AF217768

Komplett verliebt
in dich

von

Martina Gercke

MARTINA GERCKE

Komplett verliebt

IN DICH

ROMAN

Komplett verliebt in dich
©2023 by Martina Gercke

Coverdesign und Buchsatz: Catrin Sommer – rausch-gold.com
verwendetes Bildmaterial:
shutterstock_2201474179
Lektorat: Katharina Strzoda
Korrektorat: Sara Münster

Bibliografische Information der Deutschen Nationalbibliothek:
Die Deutsche Nationalbibliothek verzeichnet diese Publikation
in der Deutschen Nationalbibliografie; detaillierte bibliografische
Daten sind im Internet über dnb.de abrufbar.

Kontakt: martinagercke@gmail.com
Martina Gercke/Jörns, Klammweg 44, 76149 Karlsruhe

ISBN: 978-3-98942-219-3

1. Violet

Hier sind eure Raspberry Mimosas.« Der Barkeeper stellte drei Cocktails vor uns auf dem Tresen ab. Dabei gab er den Blick auf seine muskulösen Unterarme frei, die mit unzähligen Tattoos übersät waren wie wahrscheinlich der Rest des Mannes.

»Danke«, erwiderte ich fröhlich. Interessiert betrachtete ich das Glas, in dem sich Himbeeren zusammen mit Eiswürfeln lustig tummelten. Über allem schwebte ein Papierschirmchen, wie man es aus den Filmen der Siebziger kannte. Ein dekorativer Zuckerrand rundete das Ganze ab.

»Für zwei so Knallerfrauen immer gern.« Er zwinkerte uns zu, um dann wieder hinter dem Zapfhahn zu verschwinden.

»Nicht schlecht«, meinte Florence, die rechts neben mir auf einem Hocker saß. Florence Wiley war nicht nur meine älteste Freundin, sondern auch eine meiner Mitbewohnerinnen und der liebste Mensch, den ich kannte.

»Was meinst du jetzt?«, fragte ich. »Den Barkeeper oder die Drinks?«

»Beides.« Florence schürzte zweideutig die Lippen. Wie immer sah sie atemberaubend sexy aus in dem eng anliegenden schwarzen Top, das ihre Oberweite betonte, und dem schwarzen Rock, der im besten Fall als Gürtel durchging und gerade so ihren Po bedeckte. Dazu hatte sie mörderhohe schwarze Stiefel angezogen, die ihre wohlgeformten Beine zur Geltung brachten. Ihre honigblonden Haare hatte sie aufwendig mit dem Glätteisen in weich fallende Wellen gelegt.

Ich war eher Typ graue Maus. Lange braune Haare, mit einem Meter achtundsechzig die Kleinste in meinem Umfeld und mit der Neigung zum Übergewicht. Auch jetzt zeichnete sich unter meiner Bluse ein kleines Bäuchlein ab, liebevoll von mir Muffin-Top genannt. Je nach meiner seelischen Verfassung wuchs oder schrumpfte er. Ein Zustand, an den ich mich bereits seit dem Teenageralter gewöhnt hatte.

»Nicht mein Typ. Zu viele Tattoos und zu viele Haare im Gesicht«, teilte ich ihr nach einem kurzen Blick auf das Objekt der Begierde mit.

»Ach, komm schon, Violet. Sei nicht so wählerisch. Bei dem wohlgeformten Hintern muss man doch einfach an Sex denken.« Sie machte eine unauffällige Kopfbewegung in die Richtung des Barkeepers.

»Du hörst dich an wie ein Kerl«, gab ich lachend zurück. »Und nein, ich denke nicht an Sex, wenn ich dem Typen auf den Hintern schaue.«

»Du bist wirklich komisch. Ich als Fachfrau für Männerärsche kann dir nur sagen, das hier ist ein Prachtexemplar.« Ihre Augen waren starr auf die Rückseite des Barkeepers gerichtet, der gerade damit beschäftigt war, Bier zu zapfen. »Außerdem wäre er ein nettes Geburtstagsgeschenk.«

»Dein Geburtstag ist erst nächsten Monat.«

Florence zuckte mit den Schultern. »Für Geschenke ist es nie zu früh.«

Mein Blick wanderte zum Eingang. Um uns herum war mächtig

was los. Die Luft in dem kleinen Raum war zum Schneiden dick. Der Duft von gebratenem Fleisch mischte sich mit dem des Alkohols. Geschäftsleute in Anzügen sowie Hipster in angesagten Klamotten trafen sich hier, um ein Feierabendbier in gemütlicher Atmosphäre zu trinken. Dazu wurden einfache, aber sehr leckere Gerichte gereicht. Es herrschte eine ausgelassene Stimmung. Es wurde gelacht, geplaudert und getrunken. Aus den Lautsprechern hämmerten die Bässe und der Pub war so voll, dass man bequem hätte umfallen können, ohne den Boden zu berühren.

Das *Hairy Lemon – Haarig Zitrone* war einer der beliebtesten Pubs in Camden Town und so etwas wie ein Geheimtipp unter den Anwohnern.

»Ich frage mich, wo Laurie bleibt.«

»Du kennst sie doch. Immer zu spät.« Sie hatte den Satz kaum zu Ende gesprochen, als die schlanke Gestalt unserer Mitbewohnerin im Türrahmen des Pubs auftauchte. Ihre blauen Augen spähten zu uns.

»Laurie!« Ich wedelte mit den Armen in der Luft. Ein Lächeln huschte über ihr ebenmäßiges Gesicht, als sie uns entdeckte.

Mit wenigen Schritten war sie bei uns. Im Gegensatz zu Florence und mir hatte sie noch ihre Klamotten von heute Morgen an. Eine hellgraue, weit geschnittene Stoffhose, dazu einen Ringelpullover in Schwarz-Weiß, Sneaker und eine schwarze Lederjacke. Mit ihrem hellblonden Bobschnitt, dem Pony und der runden Goldbrille auf der Nase sah sie aus wie eine Französin.

»Wir haben uns schon gewundert, wo du bleibst«, begrüßte ich sie und drückte ihr dabei einen freundschaftlichen Kuss auf die Wange. Sofort hatte ich den zarten Jasminduft in der Nase, der Laurie Simmons umgab wie eine zweite Haut.

»Hallo, Mädels. Wie immer kam in letzter Minute mein Chef mit einer irre wichtigen Sache um die Ecke.« Seufzend zog sie die Lederjacke aus und hängte sie über die Lehne des Hockers. »Vince hat mich gerade angerufen, der hat die Männergrippe.« Vincent Leech war ein gemeinsamer Freund, der unsere WG als sein Wohnzimmer bezeichnete und gern gesehener Dauergast bei uns war.

»Der Arme. Schade, dass wir Modern Girls nicht alle vereint sind«, sagte ich bedauernd. Den Namen Modern Girls hatten wir uns gegeben, als wir in das Appartement gezogen waren. »Wir haben schon mal die Drinks bestellt.« Ich deutete auf die Cocktailgläser mit der rosafarbenen Flüssigkeit.

»Großartig. Ihr seid die Besten.« Ohne zu zögern, nahm Laurie ein Glas in die Hand.

»Hey, warte auf uns.« Hastig schnappte ich mir einen der Drinks. Florence folgte meinem Beispiel.

»Auf einen schönen Mädelsabend.« Laurie prostete uns zu.

»Cheers.« Gut gelaunt nippte ich an meinem Getränk. Sofort hatte ich den herrlich fruchtigen Geschmack der Beeren auf der Zunge, der sich mit dem des Proseccos mischte. »Es gibt nichts Besseres als einen Raspberry Mimosa. Dafür feiere ich den Laden.«

»Allerdings.« Zufrieden stellte Laurie ihren Cocktail auf den Tresen. »Habe ich was verpasst?«

»Nee, ehrlich gesagt haben wir den Hintern des Barkeepers bewundert und festgestellt, dass wir einen unterschiedlichen Geschmack haben, was Männer anbelangt«, teilte ich ihr mit.

»Das ist doch nichts Neues.« Laurie winkte gelangweilt ab.

»Ich würde es eher als einen Glücksfall bezeichnen. Stellt euch vor, wir würden auf die gleichen Kerle stehen. Das wäre gelinde gesagt eine Katastrophe. So können wir friedlich miteinander leben, ohne uns in die Quere zu kommen. In meinen Augen die Grundvoraussetzung für eine gut funktionierende WG und ein ungestörtes Liebesleben«, meldete ich mich zu Wort.

»Jetzt weiß ich wieder, warum du für eine Frauenzeitschrift arbeitest.« Florence schenkte mir einen bedeutungsvollen Blick.

»Wo wir gerade beim Thema sind: Wie läuft es eigentlich bei dir? Hast du deine neue Chefin schon getroffen?«, fragte Laurie.

»Nein, bisher nicht.« Ich nahm einen weiteren Schluck aus meinem Glas. »Wenn die Gerüchte stimmen, dann soll sie nächste Woche ankommen.«

»Spannend. Und du hast keine Ahnung, wer sie ist?«, fragte Laurie.

Ich schüttelte den Kopf. »Soweit uns mitgeteilt wurde, ist sie eine enge Verwandte der Verstorbenen. Aber niemand weiß etwas Genaues. Im Netz steht auch nichts. Catherines plötzlicher Tod hat uns alle ganz schön umgehauen. Ich bin einfach nur froh, dass nicht irgendein Investor das Unternehmen aufgekauft hat, der kein persönliches Interesse an dem Laden hat und nur auf Profit aus ist. *Herway* war Catherines Lebenswerk. Sie hat fest daran geglaubt, so wie ich an die große Liebe.«

»Etwas, das ich nicht mit dir teile«, meinte Florence. »Die große Liebe ist etwas für Träumer. Ich persönlich glaube nur an guten Sex.«

Ich versetzte meiner Freundin einen Stups. »Hör auf, so schrecklich unromantisch zu sein.«

Florence zuckte mit den Schultern. »Ich bin nicht unromantisch, sondern realistisch. Meine Eltern sind geschieden genau wie deine und die von Laurie. Das sagt doch schon alles.«

»Trotzdem liegt die Scheidungsrate in England bei knapp 39,6 Prozent und damit weit unter der Quote der Eheschließungen. Was bedeutet, dass die Liebe noch immer triumphiert«, entgegnete ich.

»Du klingst wie einer eurer Werbeslogans.« Laurie schlug die Beine übereinander und lehnte sich gegen den Tresen.

»Das liegt daran, dass ich die Slogans geschrieben habe«, gab ich lächelnd zurück. Langsam machte sich der Alkohol bemerkbar und ich fühlte mich leicht beschwingt.

»Mit dir als Social-Media-Expertin haben die echt einen Glücksgriff getan.« Florence prostete mir zu.

»Ich hoffe, das sieht die neue Chefin genauso.« Klirrend stießen unsere Gläser aneinander.

Jemand hatte die Musik lauter gedreht und die ersten Gäste hatten angefangen zu tanzen.

»Bei euch Ladys alles okay?« Der Barkeeper war hinter dem Tresen aufgetaucht und schaute uns fragend an.

»Ich würde noch mal das Gleiche nehmen«, erwiderte ich fröhlich. Demonstrativ leerte ich den Rest meines Glases mit einem Schluck.

»Da mache ich mit.« Laurie schenkte dem Barkeeper ein breites Grinsen.

»Du auch?« Der Blick des Mannes blieb an Florence haften.

»Was denkst du? Na klar.« Florence leckte sich mit der Zungenspitze über die Unterlippe. Gerade so viel, dass es nicht ordinär wirkte, aber gleichzeitig irgendwie sexy aussah. »Allerdings nur, wenn du ihn noch mal so gut wie eben gemischt bekommst.«

Es kostete mich Mühe, nicht laut loszulachen. Florence beherrschte die Kunst der Verführung nahezu perfekt.

»Nichts leichter als das.« Mit einem siegessicheren Lächeln verschwand der Typ wieder.

»Wenn du so weitermachst, fällt er dich an, bevor der Abend vorbei ist«, sagte ich. Dabei ließ ich meinen Blick über die Köpfe der Gäste hinweggleiten.

»Du weißt doch, ich liebe wilden und ungezügelten Sex«, schnurrte Florence zufrieden.

»Wenn deine Autoren dich sehen könnten, würden sie auf der Stelle tot umfallen«, kommentierte ich trocken. Niemand der

Anwesenden würde jemals auf die Idee kommen, dass Florence Wiley eine anerkannte Lektorin war.

»Bloß nicht. Wobei die Chance gleich null ist. Die sitzen alle vor ihren Laptops und kriegen nichts von der wirklichen Welt mit.« Sie grinste breit. »Was auch besser so ist.«

»Dein Wort in Gottes Ohr«, kommentierte ich.

Der Barkeeper war zurück und reichte uns die Drinks. »Dreimal meinen Special Mimosa.«

»Mmh. Sieht jedenfalls klasse aus.« Florence strahlte den Barkeeper an.

»Genau wie du«, kam es prompt zurück.

»Gleich sagt er ihr, dass ihre Augen leuchten wie Sterne«, flüsterte ich Laurie zu.

»Hat dir schon mal jemand gesagt, dass du wunderschöne Augen hast«, hörte ich den Mann sagen. »Wie flüssiger Honig.«

Das war zu viel. Laurie und ich brachen in lautes Gelächter aus.

Florence warf uns böse Blicke zu. »Ignorier die beiden einfach. Was wolltest du mir gerade noch sagen?« Sie flatterte mit den Augendeckeln wie ein Kolibri auf Ecstasy.

»Ähm, entschuldige, aber ich muss weitermachen«, antwortete das Objekt der Begierde sichtlich irritiert und stellte sich wieder hinter die Zapfanlage.

»Ihr beide gönnt mir nicht mal den kleinsten Spaß.« Florence zog gespielt einen Schmollmund.

»Komm schon, Flo. Heute ist Girls'-Night-Out. Da hätten wir gern deine uneingeschränkte Aufmerksamkeit«, teilte ich ihr mit.

»Allerdings«, stimmte Laurie mir zu. »Ist schon eine Ewigkeit her, dass wir zusammen Party gemacht haben.«

»Hast du den Abend in unserer Küche letzte Woche vergessen?«, fragte ich lächelnd.

»Okay, der zählt nicht«, kam es von Laurie zurück. »Das war ein spontanes Treffen mit Freunden. Das hier ist etwas anderes.«

»Ach so, und warum?« Ich warf Laurie einen fragenden Blick zu.

»Weil nur wir drei zusammen feiern. Ohne Männer oder andere störende Faktoren«, erklärte Laurie.

»Auch wieder wahr«, stimmte ich ihr zu.

»Ihr habt beide recht und ich bin froh, dass ich euch habe. Auf unsere wunderbare Freundschaft und noch viele tolle Abende wie diesen.« Florence hob ihr Glas.

»Auf uns.« Gut gelaunt nahm ich einen Schluck.

Aus den Boxen ertönte ein uralter Schlager aus den Neunzigern von Cyndi Lauper.

»Das ist unser Song!« Laurie war von ihrem Hocker gesprungen. Florence und ich folgten ihrem Beispiel.

»Girls just wanna have fun – Mädchen wollen nur Spaß haben«, grölten wir drei aus vollem Hals mit. Lachend bewegte ich meine Hüften zum Rhythmus der Musik. Es war herrlich.

Als das Lied vorbei war, lehnte ich mich völlig außer Atem gegen den Tresen. Mein Herz schlug wie verrückt gegen meine Brust und meine Wangen glühten vor Anstrengung.

»Ich muss dringend etwas trinken.« Ohne zu zögern, griff ich nach meinem Drink, dabei streifte ich ungewollt den Arm meines Sitznachbarn, der dort in der Zwischenzeit Platz genommen hatte.

»Hey, können Sie nicht aufpassen?«

Überrascht drehte ich den Kopf zur Seite und blickte geradewegs in die blausten Augen, die ich jemals gesehen hatte.

»Tschuldigung. Das war nicht mit Absicht!«, rief ich. Der Alkohol war mir zu Kopf gestiegen und ein leichter Schwindel machte sich bemerkbar. Der Typ sah unfassbar gut aus. Marke Frauenheld. Dunkle, fast schwarze Haare, ein kantig geschnittenes Gesicht mit hohen Wangenknochen und eine absolut gerade Nase, die etwas zu groß war, was jedoch auf eine eigenartige Weise perfekt zu seinem

Gesicht passte. Er trug einen schwarzen Wollpullover, der über seinen breiten Schultern spannte. Soweit ich es erkennen konnte, hatte der Mann eine sportliche Figur. Zumindest zeichnete sich kein Bäuchlein unter dem Pullover ab.

»Das dachte ich mir«, brummte der Unbekannte, den Blick feindselig auf mich gerichtet.

»Dann verstehe ich nicht, warum Sie mich derart böse anschauen«, konterte ich. Ein leichtes Kribbeln breitete sich in meinem Bauch aus. Ein sicheres Zeichen, das meine Hormone in Aktion traten. Dabei war der Kerl eigentlich nicht mein Typ. Ich bevorzugte Männer mit blonden Haaren und einem kleinen Nerd-Touch. Keine Macho-Typen wie der Mann vor mir.

»Ich schaue nicht böse. Das ist mein Blick, wenn ich nachdenke.« Der Fremde fuhr sich mit den gespreizten Fingern durch seine braunen Haare, als würde es sich dabei um einen Kamm handeln.

»Als Grinch hat man es schon schwer im Leben«, spielte ich den Ball zurück.

»Sehr witzig.« Er musterte mich intensiv.

»Irgendwie schon.« Mein Blick fiel auf das Glas in seiner Hand. »Wasser. Das passt zumindest.«

»Inwiefern?«

»Zum Grinch und zu Ihrer schlechten Laune.«

»Im Gegensatz zu Ihnen kann ich mich auch ohne Alkohol amüsieren«, kam es schlagfertig zurück. Zumindest war er nicht auf den Mund gefallen.

»Das behaupten Sie.« Ich schenkte ihm ein mitleidiges Grinsen. »So, wie Sie reagieren, wirken Sie eher, als ob Sie zum Lachen in den Keller gehen.«

»Und für jemanden, der mich nicht kennt, nehmen Sie sich ganz schön viel heraus.« Seine Augen funkelten mich angriffslustig an.

»Jedes Kind kennt den Grinch. Außerdem habe ich nicht vor,

mich von Ihrer schlechten Laune anstecken zu lassen«, entgegnete ich amüsiert.

Er stieß einen tiefen Seufzer aus. »Wie oft soll ich Ihnen noch sagen, dass ich keine schlechte Laune habe, sondern einfach in Ruhe mein Wasser trinken möchte.«

»Dann will ich Sie bei Ihrer kleinen Party nicht länger stören.« Ich machte Anstalten, mich wegzudrehen. »Und bitte lachen Sie nicht so laut.« Ohne seine Antwort abzuwarten, wandte ich mich wieder meinen Freundinnen zu. Dabei spürte ich seine Blicke im Rücken.

»Wer war das?« Laurie schielte über meine Schultern zu dem Unbekannten.

»Der Grinch«, sagte ich gerade so laut, dass er mich hören konnte. Ein leises Stöhnen ertönte hinter mir, was mir ein Lächeln entlockte.

»Sieht aber ganz schön heiß aus«, bemerkte Florence, die wieder neben mir auf ihrem Hocker Platz genommen hatte.

»Ist mir gar nicht aufgefallen«, erwiderte ich betont gleichgültig.

»Echt jetzt?« Florence sah mich entgeistert an. »Der ist Typ superheißes Model.«

»Das würde zumindest seinen Sinn für Humor erklären. Gutes Aussehen, aber kein Hirn.« Mit einem Lächeln stürzte ich den Rest meines Drinks runter. Das Tanzen hatte mich durstig gemacht.

»Ach, komm schon. Als Frau will man im Bett doch auch etwas fürs Auge haben.« Laurie zwinkerte mir zu.

»Klar, aber der ist definitiv nicht mein Y-Chromosom-Träger. Viel zu ...« Ich suchte nach dem passenden Wort. »Schlecht gelaunt und unfreundlich.«

Der Barkeeper tauchte mit drei Drinks in der Hand auf und stellte sie wortlos vor uns auf den Tresen.

»Ich habe nichts bestellt. Hat eine von euch 'ne Runde geordert?«

Ich sah meine Freundinnen fragend an. Eigentlich hatte ich genug Alkohol für einen Abend.

Beide schüttelten den Kopf.

»Mit gut gelaunten Grüßen vom Grinch.« Der Barkeeper machte eine Kopfbewegung in Richtung des Unbekannten von eben.

Überrascht drehte ich den Kopf zur Seite, wo der Fremde gesessen hatte. Aber der Platz war leer. Eigenartig.

»Wo ist er hin?«, fragte Laurie.

Der Barkeeper zuckte mit den Schultern. »Keine Ahnung, aber die Drinks sind bezahlt.«

»Na dann.« Florence schnappte sich eines der Gläser. »Auf den unbekannten Spender.«

»Mhm.« Nachdenklich nahm ich einen Schluck, den Blick auf den leeren Platz gerichtet. Was war das nur für ein komischer Mann gewesen?

2. Violet

Der Wecker riss mich aus dem Schlaf. Blinzelnd öffnete ich die Augen. Ich hatte schlecht geschlafen, obwohl ich gestern Abend verhältnismäßig früh ins Bett gegangen war, nachdem wir es am Samstag hatten ordentlich krachen lassen.

Dementsprechend gerädert fühlte ich mich jetzt. Gähnend richtete ich mich auf und kroch mühsam unter der warmen Bettdecke hervor. Auf nackten Füßen tapste ich über den Holzboden zum Fenster. Es war kühl und die Härchen an meinen Armen stellten sich auf, als wollten sie gegen den unliebsamen Temperaturwechsel protestieren. Mit einem Ruck zog ich die Vorhänge auf. Grelles Licht traf auf meine Pupillen. Sofort schossen mir die Tränen in die Augen und ich blinzelte hektisch. Alles war verschwommen und es dauerte einen Moment, bis ich wieder klar sehen konnte.

Von meinem Zimmer aus hatte ich eine gute Sicht auf den Hinterhof. Raureif überzog die Dächer von Camden wie eine hauchdünne Puderzuckerschicht, die in der aufgehenden Sonne glitzerte, als hätten sich darin winzige Diamantensplitter versteckt. Mein Blick fiel auf den kleinen Garten, in dessen Mitte ein großer Kastanienbaum mit einer Sitzgruppe stand. Im Sommer hatten wir dort häufig im Schatten der Blätter gesessen und den

Sonnenuntergang genossen. Niemand außer uns schien das idyllische Fleckchen Erde zu betreten und so hatten wir es uns zu eigen gemacht. Florence hatte die Rattanmöbel bei Kleinanzeigen erstanden. Ich hatte den Grill beigesteuert, den Dad mir vermacht hatte. Laurie hatte sich um die Dekoration gekümmert und dazu noch zwei Liegestühle aufgebaut. An sonnigen Tagen spendeten die grünen Blätter des Kastanienbaums einen wohltuenden Schatten. In dieser Jahreszeit waren die Äste kahl und reckten sich traurig dem Himmel entgegen. Schon jetzt freute ich mich auf den Frühling, wenn die Bäume ausschlugen und die Tage länger wurden. Aber erst einmal würden wir den typisch nasskalten englischen Winter überstehen müssen, bevor wir wieder draußen sitzen konnten.

Seufzend wandte ich mich ab und schlurfte in Richtung Bad. Was ich jetzt dringend brauchte, waren eine heiße Dusche und eine Ladung Koffein. Und zwar in genau dieser Reihenfolge.

Der alte Dielenboden knarrte unter meinen nackten Füßen, als ich den Flur durchquerte, ansonsten war es still. Wie es aussah, schliefen meine beiden Mitbewohnerinnen noch. Florence fing meistens deutlich später an als ich und Laurie übernahm fast stets die Spätschicht im Café, worum ich sie hin und wieder beneidete. Ich war schon immer ein Langschläfer gewesen, aber leider hatte sich die Arbeitswelt nicht an meine Schlafzeiten angepasst.

Leise zog ich die Badezimmertür hinter mir zu, um die anderen nicht zu wecken.

Verschlafen stellte ich mich vor den Spiegel und betrachtete mein Gesicht. Meine Augen waren leicht gerötet und Schlaffalten zogen sich über die blasse Haut meiner Wangen. Ich sah aus wie ein zerknautschtes Kissen, in dessen Mitte man eine Kartoffel gelegt hatte, wobei es sich in meinem Fall um die Nase handelte. Meine Haare standen wirr zu allen Seiten ab und sahen aus, als ob ein Vogel darin sein Nest gebaut hatte.

Verdammt. Das einzig Gute an meinem Job als Social-Media-Expertin war, dass ich den Großteil des Tages vor dem Computer verbrachte und mich niemand sehen würde, außer meiner Kollegin Chloe, mit der ich das Büro teilte.

Beherzt schüttete ich mir eine eiskalte Ladung Wasser ins Gesicht, gefolgt von einer zweiten. Zumindest konnte ich wieder klar sehen. Den Rest würde die Dusche erledigen.

Ich drehte den messingfarbenen Wasserhahn auf und kletterte, nachdem ich mich ausgezogen hatte, in die Badewanne. Ein uraltes Monstrum, das noch aus der Gründerzeit des Hauses stammte und dessen Emailleschicht unzählige Macken und abgeplatzte Stellen aufwies. Einer der Gründe, warum ich mich von der ersten Minute an in das Appartement verliebt hatte. Alles war herrlich unperfekt und genau das machte den besonderen Charme aus.

Mit geschlossenen Augen stellte ich mich unter den heißen Wasserstrahl und genoss die Wärme. Unwillkürlich tauchten die Bilder von vorgestern Abend in meinem Kopf auf. Das Gesicht des Unbekannten sah mich an. Hastig riss ich die Augen auf und das Bild verpuffte. Zum Glück würde ich den Typen nie wiedersehen. Energisch schäumte ich mich mit dem Duschgel ein, das ich mir erst letzte Woche gekauft hatte. Sofort stieg mir der herrliche Duft nach Vanille und Kokos in die Nase und vertrieb meine schlechte Laune. Anschließend wusch ich mir die Haare. Als ich fertig war, drehte ich das Wasser ab und stieg summend aus der Wanne.

»Guten Morgen.« Florence stand im Raum. Sie trug eines ihrer übergroßen Shirts und dazu rosafarbene Hausschuhe. Ihre Haare waren leicht zerzaust vom Liegen. Auf der Stirn klebte eine Schlafmaske, die Laurie und ich ihr zum Geburtstag geschenkt hatten, mit dem Aufdruck *Queen for the night.*

»Wie ich sehe, bist du auch schon wach.« Ihr Blick blieb an meinen

Brüsten hängen. »Ich vergesse immer wieder, was für sensationelle Titten du hast.«

»Danke, aber du hättest ruhig klopfen können, anstatt gleich reinzustürmen.« Mit einem Griff angelte ich nach dem Handtuch, das ich vor dem Duschen auf dem Hocker abgelegt hatte.

»Erstens habe ich geklopft und zweitens bietet dein Anblick nichts, was ich nicht kennen würde.« Ohne mich weiter zu beachten, zog Florence ihren rosafarbenen Slip runter und setzte sich aufs Klo.

»Das ist jetzt nicht dein Ernst«, sagte ich fassungslos.

»Ich muss pinkeln und du hältst das Bad besetzt«, erwiderte Florence, begleitet von leisem Plätschern.

Hastig wandte ich mich ab. »Trotzdem.«

»Violet, du bist und bleibst ein kleiner Spießer.« Das Rauschen der Spülung verkündete, dass Florence fertig war.

»Guten Morgen.« Laurie hatte ebenfalls das Bad betreten. »Na, alle gut geschlafen?«

»Ich wusste nicht, dass das Badezimmer unser neuer Meetingpoint ist«, gab ich zurück.

»Ist es nicht. Ich habe nur eure Stimmen gehört und wollte euch fragen, ob ihr auch einen Kaffee möchtet.« Laurie sah uns an.

»Kannst du Gedanken lesen? Ein Kaffee ist genau das, was ich jetzt unbedingt brauche.« Ich schenkte Laurie ein Lächeln.

»Ich würde auch einen nehmen«, meldete sich Florence, die in der Zwischenzeit auf dem Badewannenrand Platz genommen hatte.

»Alles klar. Wollt ihr ihn hier trinken oder kommt ihr in die Küche?«

»Gib mir fünf Minuten.« Wie zum Beweis ging ich zum Waschbecken, um mir die Zähne zu putzen.

»Mir auch.« Ohne uns weiter zu beachten, streifte Florence ihre

Schlafklamotten ab und verschwand hinter dem Duschvorhang.

»Wir müssen dringend ein paar Regeln einführen«, brummte ich.

»Das fällt dir jetzt ein …« Laurie runzelte die Stirn. »… nachdem wir knapp drei Jahre zusammenwohnen. Vielleicht ein bisschen spät.«

»Es ist nie zu spät.« Entschlossen quirlte ich mit der Zahnbürste in meinem Mund herum.

»Wenn du es sagst.« Mit einem Lächeln auf dem Gesicht verschwand Laurie aus dem Badezimmer.

Hastig beendete ich meine morgendliche Session, um rechtzeitig fertig zu sein, bevor Florence aus der Dusche kam.

»Laurie, du machst einfach den besten Kaffee auf der Welt.« Zufrieden stellte ich den leeren Becher auf den Tisch. Die Kopfschmerzen waren verschwunden und die Lebensgeister waren in meinen Körper zurückgekehrt.

Wir saßen in unserer kleinen Wohnküche. Durch das große Fenster fiel fast den ganzen Tag die Sonne, außerdem hatte man von hier einen geradezu fantastischen Ausblick auf die Dächer von Camden.

Bei unserem Einzug vor knapp drei Jahren hatten wir die alten Küchenmöbel in einem zarten Hellblau gestrichen. Florence hatte einen riesigen frei stehenden Kühlschrank beigesteuert, an dessen Vorderseite unzählige Magnete klebten.

Gleich neben dem Fenster hatten wir eine Sitzecke eingerichtet. Der alte Holztisch aus dem Garten meiner Eltern bot genügend Platz, dass dort bequem sechs Leute sitzen konnten. Die Stühle hatten Laurie und ich auf dem Flohmarkt für wenig Geld ergattert. Obwohl alles zusammengewürfelt war, oder gerade deswegen, strahlte die Küche eine wunderbare Gemütlichkeit aus wie keiner der anderen Räume. Ich liebte es, hier mit meinen Freundinnen zu sitzen. Oft kochten wir zusammen und meist wurde es spät.

»Irgendeinen Vorteil muss es ja haben, wenn man eine Freundin hat, die als Barista arbeitet«, entgegnete Laurie sichtlich geschmeichelt.

»Ich verstehe nicht, warum du dich mit deinem Können nicht selbstständig machst und ein kleines Café eröffnest«, sagte ich nachdenklich. »Die Leute würden dir die Bude einrennen.«

»Vielleicht, aber im Moment fehlt mir noch das nötige Kleingeld dazu.« Laurie fuhr mit dem Lappen über die Milchdüse der Espressomaschine. »Außerdem bin ich ganz glücklich, so wie es ist.« Laurie arbeitete in einem der unzähligen kleinen Cafés, ein paar hundert Meter von unserer Wohnung entfernt, am berühmten Camden Market.

»Sind wir auch mit dir.« Florence schwang die Beine hoch, um sie dann auf der Tischplatte abzulegen. »Ich würde noch einen von deinen göttlichen Kaffees nehmen.«

»Musst du nicht arbeiten?« Ich warf ihr einen fragenden Blick zu. Florence arbeitete als Lektorin bei einem kleinen Verlag, dessen Büro unweit unserer Wohnung lag.

»Für heute ist ein Meeting angesetzt, in dem wir das Programm für das nächste Jahr besprechen.« Florence wackelte mit ihren pink lackierten Zehen. »So lange kann ich mir Zeit lassen.«

»Verstehe. Ich muss los.« Mit einem Ruck stand ich auf.

»Ach, das interessiert doch im Moment niemanden, wann du da aufkreuzt.« Florence deutete mir an, mich wieder zu setzen.

»Nur weil wir im Moment keine Chefin haben, bedeutet es nicht, dass ich kommen kann, wann ich will.« Tatsächlich verspürte ich eine gewisse Unruhe bei dem Gedanken, eine neue Chefin zu bekommen. Catherine und ich hatten uns blind verstanden und dementsprechend hatte sie mir in all meinen Entscheidungen freie Hand gelassen.

»Du bist und bleibst ein Streber«, sagte Laurie. »Jeder andere würde die Situation ausnutzen und du bist pünktlich wie ein Uhrwerk.«

»So bin ich eben.« Ich warf meinen Freundinnen einen Kuss zu. »Bis heute Abend.«

Als ich nach draußen trat, wurde ich vom Lärm der Großstadt empfangen. Autos drängten sich dicht an dicht durch die engen Straßen von Camden. Wie in der berühmten Portobello Road war auch hier das Straßenbild durch die bunten Fassaden der Häuser bestimmt. Dazwischen standen schmale Fachwerkhäuser wie Fremdkörper aus einer anderen Zeit. Kleine Cafés und Restaurants reihten sich aneinander und luden die unzähligen Besucher ein, es sich dort gemütlich zu machen. Pop-up-Stores versuchten mit schriller Dekoration die Blicke der Passanten auf sich zu ziehen.

Menschen aller Herkunft lebten hier. Ein bunter Multikulti-Mix, der sich hier im Laufe der letzten Jahre entwickelt und auch die Restaurants nachhaltig beeinflusst hatte. Tagsüber mischte sich der Duft von Curry mit dem von Pommes und Würstchen.

Obwohl es noch relativ früh war, schlenderten bereits die ersten Touristen-Grüppchen über den Gehweg in Richtung Camden Market. Mütter mit kleinen Kindern an der Hand hetzten an mir vorbei ebenso wie Geschäftsleute in Anzügen mit gestressten Gesichtern.

Wenngleich die Sonne schien, war es verhältnismäßig kühl und ich war froh, dass ich über meinen Pullover mit dem kurzen Cordrock einen Mantel gezogen hatte. Bis zum Verlag waren es zum

Glück nur ein paar Minuten zu Fuß. Aber zumindest tat die frische Luft gut und ich nahm einen tiefen Atemzug.

Die meisten Läden hatten noch geschlossen, aber es würde nicht mehr lange dauern, bis die Händler ihre Türen aufsperren würden. Ich liebte die frühen Morgenstunden, wenn alles noch ein bisschen verschlafen wirkte. Einzig der kleine Kiosk an der Ecke zum Büro hatte schon geöffnet. Die schlanke Besitzerin war gerade dabei, die aktuellen Zeitungen ordentlich in die Halterungen zu sortieren.

»Guten Morgen, Eliza«, begrüßte ich die ältere Frau.

»Guten Morgen, meine Liebe.« Die veilchenblauen Augen der Kioskbesitzerin funkelten lebhaft. »Du siehst müde aus.« Es war eine Feststellung und keine Frage.

»Ich habe schlecht geschlafen und außerdem kämpfe ich noch mit den Nachwehen unseres Mädelsabends am Samstag.«

»Verstehe.« Ein Lächeln huschte über ihr Gesicht und um ihren Mund bildeten sich unzählige Falten. »Das ist das Privileg der Jugend. In meinem Alter ist man froh, wenn man sich abends auf das Sofa kuscheln und dabei ein Gläschen Wein trinken kann.«

»Also, wenn es danach geht, dann müsste ich ziemlich alt sein. Ich fühle mich ganz schön zerschlagen«, gab ich zu. Tatsächlich hatten sich die Kopfschmerzen zurückgemeldet.

Sie lachte und legte dabei eine Reihe strahlend weißer Zähne frei. Ich schätzte Eliza auf Mitte sechzig, aber so richtig sicher war ich mir nicht. Obwohl sich unter ihre Augen ein Geflecht aus Falten gelegt hatte, wirkte sie jung, was nicht zuletzt an ihrem jugendlichen Lächeln und ihrer positiven Einstellung lag. Noch nie hatte ich gehört, dass sie sich über das schlechte Wetter beklagte, und das, obwohl sie tagaus, tagein draußen im Kiosk stand. Eliza war ein Ausbund an guter Laune und ein Quell an Lebensweisheiten.

»Na, dann wird dich der Artikel über Prinzessin Catherine

vielleicht etwas aufheitern. Sie plaudert aus dem Nähkästchen, wie William und sie sich kennengelernt haben.« Ihre Hände schnellten nach vorn, um nach der Tageszeitung zu greifen. Wenn man wie ich Social-Media-Agentin war, musste man immer gut informiert sein, und so hatte ich es mir zur Angewohnheit gemacht, morgens die aktuellen News zu lesen, um auf mögliche Trends einsteigen zu können.

»Etwas Aufheiterung und eine Kopfschmerztablette wären prima.« Dankend legte ich das Geld für die Zeitung auf die Ablage. Eliza war absoluter Fan der Königsfamilie und wusste besser Bescheid als so mancher Reporter aus dem Palast.

»Warte.« Eliza drehte sich und Sekunden später hielt sie mir einen Becher entgegen. »Du willst doch nicht ohne einen Kaffee gehen.«

»Wie könnte ich das Angebot ablehnen.« Tatsächlich kam Elizas Kaffee geschmacklich gleich nach dem von Laurie.

»Geht aufs Haus.« Eliza reichte mir den dampfenden Becher.

»Danke und dir einen wunderschönen Tag.«

»Dir auch, meine Liebe.« Eliza winkte mir hinter dem Tresen zum Abschied zu.

Mit dem Kaffee in der Hand stapfte ich die letzten Meter bis zu unserem Büro, ein altes Fabrikgebäude, in dem mehrere Firmen ihre Büros hatten.

Ich schob die schwere Eingangstür auf und eilte zum Fahrstuhl. Die Absätze meiner Stiefel klapperten auf dem Steinboden. Außer mir war niemand im Flur. Die Tür sprang mit einem leisen Surren auf. Ein uraltes Ding mit einem gusseisernen Drahtkorb, in dem man in jüngster Zeit den eigentlichen Innenraum aus Stahl gesetzt hatte. Mit einem Schritt stieg ich ein und drückte den Knopf für das obere Stockwerk. Langsam ging die Tür zu.

»Halt!«, ertönte eine warme Männerstimme wie aus dem Nichts.

Zeitgleich schob sich eine Hand durch den schmalen Spalt. Es ruckte und die silbernen Pforten öffneten sich widerwillig.

»Guten Morgen.« Eine hochgewachsene Männergestalt im Anzug trat ein. Eine schwarze Laptoptasche hing über seiner breiten Schulter.

Ich blinzelte irritiert. Wollte mich das Universum verarschen? Kein Geringerer als der Unbekannte von Samstag stand neben mir. Vielleicht hatte ich ja Glück und er würde mich nicht erkennen.

»Sie.« Die Augenbraue meines Gegenübers schnellte nach oben. Sein Blick war direkt auf mein Gesicht gerichtet.

»Guten Tag«, erwiderte ich förmlich. Es ruckelte leicht und der Fahrstuhl setzte sich langsam in Bewegung. Zu meiner Verwunderung stellte ich fest, dass der Unbekannte genau das gleiche Ziel wie ich zu haben schien. Vielleicht der Freund einer Kollegin.

Unauffällig betrachtete ich das Spiegelbild des Fremden in der glatt gebürsteten Aluverkleidung des Lifts. Wobei passabel eigentlich nicht das richtige Wort war. Genau genommen war der Unbekannte einer der attraktivsten Männer, die ich jemals gesehen hatte. Groß, schlank, sportlich gebaut, aber nicht zu muskulös. Der dunkelblaue Anzug saß wie maßgeschneidert und stand im krassen Gegensatz zu seinen dunkelbraunen Haaren, die wirr um seinen Kopf lagen, als hätte er vergessen, sie zu kämmen.

Seine blauen Augen waren starr auf die Fahrstuhltür gerichtet. Wahrscheinlich konnte er es kaum abwarten, bis wir unser Ziel endlich erreicht hatten und er aussteigen konnte. Zwischen seine Augenbrauen hatte sich eine tiefe Falte gegraben, die mir vorgestern Abend nicht aufgefallen war.

»Ähm.« Nervös leckte ich mir über die Lippe. »Vielen Dank für den Drink. Das war selbst für einen Grinch ziemlich nett.«

Mit einem Ruck drehte er den Kopf in meine Richtung.

»Dann erinnern Sie sich also doch.« Die blauen Augen meines

Liftnachbarn schienen mich zu durchbohren. Ein zartes Kribbeln breitete sich in meinem Bauch aus, wie schon bei unserer ersten Begegnung. *Eigenartig.*

»Natürlich. Wieso fragen Sie?«

Seine Mundwinkel zuckten verdächtig. Lachte er mich etwa aus?

»Na ja, Sie haben auf mich den Eindruck gemacht, als hätten Sie mich nicht wahrgenommen.«

»Oh. Wie könnte ich Ihr miesepetriges Gesicht vergessen«, gab ich schmallippig zurück, darum bemüht, wieder Oberwasser zu gewinnen. »Den Grinch trifft man schließlich nicht alle Tage.«

»Autsch, das tat weh.« Seine Miene strafte seine Worte Lügen. »Eigentlich hatte ich gehofft, Sie würden sich an meine blauen Augen erinnern.«

»Das tut mir leid, wenn ich Ihrem Ego einen Schlag versetzt haben sollte.« Mit einem Ruck kam der Lift zum Stehen und die Tür ging auf.

»Nach Ihnen.« Mit einer galanten Handbewegung ließ er mir den Vortritt.

»Danke. Einen schönen Tag noch.« Ich stürmte nach draußen.

»Das werden wir sehen«, hörte ich ihn murmeln. Ein leises Klingeln ertönte. Aus dem Augenwinkel sah ich, wie der Unbekannte ein Handy aus der Hosentasche zog.

»Ja, ich bin gleich da«, war das Letzte, was ich hörte, bevor ich die Redaktion betrat. Mit wenigen Schritten hatte ich mein Büro erreicht. Die Tür stand wie immer offen.

»Guten Morgen, Violet«, wurde ich von Chloe, meiner Kollegin, fröhlich begrüßt. In ihren pinkfarbenen Klamotten sah sie aus wie eine zum Leben erwachte Barbiepuppe. Obwohl wir beide grundverschieden waren, hatten wir uns von Anfang an blendend verstanden, und ich war froh, mit ihr das Büro zu teilen. Chloe hatte nie schlechte Laune und konnte die besten

Cupcakes auf der ganzen Welt backen. Im Moment war sie gerade dabei, ihre manikürten Fingernägel mit einem grellen Pink zu überziehen.

»Hallo, Chloe.« Nachdenklich ließ ich mich auf meinen Stuhl fallen. Der Fremde ging mir nicht aus dem Kopf.

»Was ist denn mit dir los?« Chloe schielte neugierig über ihren Laptop zu mir. Dabei kaute sie heftig auf einem Kaugummi. »Du siehst aus, als wäre dir eine Laus über die Leber gelaufen.«

»Eine sehr attraktive Laus«, murmelte ich. Erst jetzt bemerkte ich, dass mein Herz wie verrückt gegen meine Brust schlug. Was war nur los mit mir? Immer wenn ich diesen Mann traf, brachte er mich mit wenigen Worten aus der Fassung. Dabei war er noch nicht einmal mein Typ. Aber irgendetwas an dem Typen wirbelte meinen Hormonhaushalt durcheinander.

»Hast du schon gehört?«, teilte mir Chloe mit verschwörerischer Miene mit.

»Nein, was denn?« Gelangweilt blickte ich hoch. Noch immer pochte ein dumpfer Schmerz in meinem Hinterkopf.

»Der neue Boss kommt heute.« Ohne ihr Kauen zu unterbrechen, machte Chloe ein Gesicht, als hätte sie ein Mittel gegen das Altern gefunden.

»Du verarschst mich.« Unbewusst hielt ich die Luft an.

»Nein. Helen von der Buchungsabteilung hat es mir erzählt und die hat es wiederum von Martha gehört.«

»Wer ist Martha?«

»Die große Blonde aus der Anzeigenabteilung.« Chloe schob den weißen Kaugummiklumpen vor die Zähne und fing an zu pusten. Eine Blase, die immer größer wurde, quoll zwischen ihren Lippen aus dem Mund. »Die Neue heißt Alex Godfrey.«

»Woher will die das wissen?«

Mit einem lauten Knall platzte die Blase und die Reste blieben an

Chloes wohlgeschminkter Wange kleben. Kein schöner Anblick.

»Sie hat es in einer E-Mail gelesen.« Mit spitzen Fingern zupfte Chloe die Kaugummireste von ihrem Gesicht.

»Mist.« Hektisch sah ich mich in unserem Büro um. Überall lagen Zeitschriften, Papierfetzen und eine alte Pizzaschachtel herum. Chloe hatte eine negative Eigenschaft – Unordnung. »Sieh dir nur das Chaos an. Wir müssen dringend aufräumen. Wenn das die Chefin sieht, denkt sie gleich, wir würden nicht ordentlich arbeiten.«

»Ach, das bisschen.« Chloe wedelte mit ihren frisch lackierten Nägeln in der Luft. »Das stört niemanden.«

Es klackte leise im Hintergrund.

Fluchend schnappte ich mir einen Haufen Zeitschriften und beförderte ihn in den Müll. »Ich fasse es nicht. Catherine ist seit zwei Wochen tot und ausgerechnet heute muss die neue Chefin auftauchen ...«

Chloe starrte mich mit einem eigenartigen Blick an.

»Die hätte ruhig mal eine E-Mail an die Mitarbeiter rausgeben können, anstatt unangekündigt im Büro zu erscheinen«, fuhr ich fort, damit beschäftigt, die Magazine rund um Chloes Schreibtisch vom Boden aufzusammeln. »Los, hilf mir mal.«

»Das werde ich mir merken«, ertönte eine bekannte Männerstimme hinter mir.

Mit einem Ruck kam ich hoch. Leider hatte ich die Schreibtischkante vergessen.

Rums. Zeitgleich durchfuhr mich ein dumpfer Schmerz.

Mist. Mist. Mist.

Stöhnend rieb ich mir über die pochende Stelle.

»Hören Sie ...« Ich hielt inne. »... das ist jetzt wirklich ein schlechter Zeitpunkt für Small Talk.« Der Mann blieb unbeirrt stehen. Seine Augen hafteten an mir. »Falls Sie Fragen haben bezüglich

Werbung oder Interviews, wenden Sie sich an die Sekretärin, das Büro ist dort drüben.« Es war nicht das erste Mal, dass sich jemand zu uns verirrte, da das Anzeigen-Office gleich nebenan war.

»Das ist wirklich sehr bedauerlich.« Die Mundwinkel des Mannes zuckten.

»Das Leben ist eben kein Ponyhof.«

»Das haben Sie gesagt. Und leider muss ich Ihnen recht geben.« Ohne mich weiter zu beachten, machte er auf dem Absatz kehrt und schritt aus dem Raum.

»Wer war das?«, flüsterte Chloe.

»Keine Ahnung.« Gleichgültig zuckte ich mit den Schultern. »Irgend so ein Grinch, der mir seit vorgestern ständig über den Weg läuft.«

»Verdammt gut aussehender Grinch«, bemerkte Chloe trocken. »Mich hätte mal interessiert, was er in unserem Büro wollte.«

»Das ist doch jetzt egal. Wir haben Wichtigeres zu tun, als uns mit irgendwelchen Typen auseinanderzusetzen. Wahrscheinlich wollte er einen Termin vereinbaren. Du hast selbst gesagt, dass die neue Chefin jeden Moment hier sein kann. Also hilf mir bitte, das Büro einigermaßen ansehnlich herzurichten«, bat ich sie.

Chloes Blick haftete auf meiner Stirn. »Du solltest vielleicht etwas Eis auf die Stelle legen. Das Ding ist ganz schön groß.«

»Mist.« Die Stelle auf der Stirn pochte und ich tastete mit den Fingern danach. Eine gigantische Wölbung hatte sich gebildet. Wahrscheinlich sah ich aus wie ein Einhorn. »Räum du auf. Ich besorge mir etwas Eis.«

»Was macht ihr beide noch hier?« Erin Conner, die Chefsekretärin, stand plötzlich im Raum. Ihr Blick wanderte zu meinem Gesicht. »O mein Gott, was ist das?«

»Ich habe mich an der Tischplatte gestoßen«, knurrte ich.

»Wieso seid ihr nicht im Konferenzraum? Alle warten schon auf euch. Der neue Boss ist da. Los.« Erin klatschte in die Hände, als müsste sie uns antreiben.

»Hätte sie sich angekündigt, dann wären wir auch pünktlich«, gab ich zurück. Das Eis würde wohl oder übel warten müssen.

»Willst du ihm das sagen oder soll ich?«, gab Erin spitz zurück.

Erst jetzt fiel mir auf, dass sie die ganze Zeit in männlicher Form gesprochen hatte. »Was meinst du mit ...?«

Aber Erin eilte schon im Stechschritt voraus, den schmalen Flur entlang zum Konferenzzimmer.

Chloe und ich folgten ihr. Mein Magen fing an zu kribbeln. Kein gutes Zeichen. Für gewöhnlich tat er das nur, wenn ich etwas ausgefressen hatte.

Gespannt trat ich ein.

Das Besprechungszimmer war lichtdurchflutet und relativ klein. Catherine hatte einen leichten Hang zum Kitsch besessen, wovon die mit rotem Samt bezogenen Stühle rund um den lang gezogenen Konferenztisch zeugten. Die Wände waren mit einer türkisgrünen Tapete überzogen, deren florales Muster an das achtzehnte Jahrhundert erinnerte.

Catherine hatte diese Farbspiele geliebt, die sich häufig auch in den Covern von *Herway* widergespiegelt hatten.

Alle Mitglieder der Redaktion hatten bereits an dem lang gezogenen Tisch in der Mitte des Raumes Platz genommen. Nur Chloes und mein Stuhl waren noch frei. Es war komplett still. Alle Blicke waren auf das Tischende gerichtet, wo eine hochgewachsene schlanke Gestalt im Anzug stand.

Für den Bruchteil eines Wimpernschlags blieb mein Herz stehen, um dann loszugaloppieren.

Kein anderer als der Unbekannte hatte sich dort aufgebaut und grinste uns an.

»Schön, dass Sie die Zeit gefunden haben, unserem Meeting

beizuwohnen«, begrüßte mich seine melodische Stimme süffisant. Mit einer Handbewegung signalisierte er uns, Platz zu nehmen.

Verdammt. Wo blieben die Naturkatastrophen, wenn man sie brauchte? Ein einfaches Erdbeben hätte mir gereicht oder ein Erdloch. Aber leider tat mir das Universum nicht den Gefallen. Stattdessen ging ich, begleitet von den Blicken der Kollegen, zu meinem Stuhl.

»Tschuldigung«, nuschelte ich. Zu mehr war ich nicht fähig. In meinem Kopf herrschte absolutes Vakuum. Das konnte unmöglich der neue Boss sein. Fassungslosigkeit breitete sich in mir aus.

»Kein Problem. Ich verspreche, das nächste Mal eine E-Mail zu schreiben, um mich anzukündigen. Im Gegenzug würde ich erwarten, dass Sie pünktlich zu einem Meeting kommen.«

Mist. Mist. Mist.

Ich nickte und ließ mich stumm auf den Stuhl fallen. Dabei gab das Polster ein leises Geräusch von sich, das wie ein Furz klang. Sofort ruhten die Blicke aller Anwesenden wieder auf mir. Wenn es schieflief, dann aber richtig.

»Ähm, das war der ...« Eine verräterische Hitze breitete sich auf meinem Gesicht aus. »... der Stuhl.«

Die Mundwinkel des neuen Bosses zuckten verdächtig. Er sah aus, als würde er jeden Moment in lautes Gelächter ausbrechen. Am liebsten wäre ich unter dem Tisch versunken. Stattdessen reckte ich das Kinn trotzig in die Höhe.

»Gut, jetzt, wo alle hier sind, möchte ich mich als Erstes bei Ihnen vorstellen.« Der Mann räusperte sich. »Mein Name ist Alexander James Godfrey. Catherine Bell war meine Tante, die mich in ihrem Testament als ihren Nachfolger bestimmt hat.«

Plötzlich war mir alles klar. Irrtümlicherweise waren wir davon ausgegangen, dass Alex Godfrey eine Frau war. Hätte ich nur einen Funken über den Tellerrand hinausgedacht, dann hätte mir klar sein müssen, das Alex genauso gut ein Mann sein konnte. Ich war so eine Idiotin. Selbst schuld.

»Der Tod meiner Tante kam ziemlich überraschend für mich wie wahrscheinlich auch für Sie alle.« Eine tiefe Falte hatte sich zwischen seine dunklen Augenbrauen gegraben. »Ich kann Ihnen versichern, dass mich die Tatsache, den Verlag zu übernehmen, genauso überrascht hat wie Sie.« Sein Blick wanderte über die Köpfe der Mitarbeiter hinweg, um bei mir hängen zu bleiben. Der letzte Satz war ganz klar an mich gerichtet gewesen. Ich war erledigt. So viel war sicher. Es würde mich nicht wundern, wenn er mir direkt nach dem Meeting die Kündigung überreichen würde.

»Catherine hatte schon immer ihren eigenen Kopf, wie die Dinge zu laufen hatten, und *Herway* war ihre Idee. Deshalb brauche ich Ihre Hilfe, um die Zeitschrift im Sinne meiner Tante weiterführen zu können. Es wird kein leichter Weg werden. Die Zeitschriften-Branche ist hart umkämpft. Wenn wir auf dem Markt bestehen wollen, müssen wir am Puls der Zeit bleiben.«

»Was immer das bedeuten soll«, flüsterte ich Chloe leise zu.

»Miss Lancaster ...« Seine blauen Augen schienen sich förmlich in mein Gesicht zu bohren. Woher kannte er meinen Namen? »Möchten Sie meinen Worten etwas hinzufügen?«

Ich schluckte hektisch. »Ihre Tante war eine Frau ...«

»Wirklich? Das ist mir jetzt völlig neu.« Sein Blick wanderte zu meiner Stirn. Wahrscheinlich sah ich aus wie ein Einhorn, das in einen Topf roter Farbe gefallen war. Zumindest fühlten sich meine Wangen an, als würden sie in Flammen stehen. Gelächter ertönte aus den Reihen meiner Kolleginnen. Ich warf wütende Blicke in die Runde.

»Ich wollte sagen, dass es schwer sein dürfte, als Mann den Geist von *Herway* zu bewahren.« Mein Herz wummerte wie verrückt gegen meine Brust.

»Sie trauen mir also nicht zu, dass ich die *Herway* im Sinne meiner Tante weiterführen kann, nur weil ich ein Mann bin.«

Nervös leckte ich mir mit der Zungenspitze über die Unterlippe. »Na ja, es dürfte nicht einfach werden, unseren Kundinnen die Tatsache zu verkaufen, dass ein Mann an der Spitze einer feministischen Zeitschrift sitzt.« Ich ballte unbewusst die Hände zur Faust. Mit meinem letzten Satz hatte ich mit Sicherheit die Unterschrift unter meine Kündigung gesetzt. Warum konnte ich nicht einfach die Klappe halten? Ein Umstand, der mich im Laufe meines Lebens schon mehrfach in Schwierigkeiten gebracht hatte.

»Soweit ich informiert bin, sind Sie, Miss Lancaster, verantwortlich für die Social-Media-Abteilung der *Herway*. Ist das richtig?«

Ich nickte, die Lippen fest aufeinandergepresst.

»Dann ist es eigentlich Ihre Aufgabe, unsere Leserinnen davon zu überzeugen, dass ich der richtige Mann für die Leitung bin.« Seine Mundwinkel zuckten. »Oder trauen Sie sich das nicht zu?«

»Natürlich«, platzte ich heraus. »Ich wollte nur ...«

»Das reicht«, unterbrach er mich. »Mir ist durchaus bewusst, dass dies keine leichte Aufgabe wird, deshalb brauche ich ein gutes Team an meiner Seite, das bedingungslos mit mir diesen Weg geht. Sind Sie, Miss Lancaster, Teil dieses Teams?«

»Sie können auf mich zählen«, murmelte ich.

»Ich habe Sie nicht richtig verstanden. Könnten Sie Ihren letzten Satz noch mal wiederholen?« Seine Augen waren starr auf mich gerichtet.

»Sie können auf mich zählen«, sagte ich mit fester Stimme.

Ein Lächeln huschte über sein markantes Gesicht.

»Das freut mich zu hören. Denn ohne ein starkes Team an meiner Seite kann und will ich nicht arbeiten. Aber vielleicht sollte ich noch etwas zu meiner Person sagen. Ich bin Einzelkind, was erklärt, dass ich es gewohnt bin, alles zu bekommen.« Einige im

Raum lachten verhalten. »Das war natürlich ein Scherz. Also der Teil mit dem Einzelkind nicht.« Seine Augen blitzten vergnügt. Eines musste man dem Mann lassen, er wusste, seine Zuhörer zu unterhalten. »Ich habe die letzten Jahre in den USA gelebt, wo ich auch studiert habe.« Das war also der Grund, warum niemand aus der Belegschaft etwas von dem verschollenen Neffen gewusst hatte. »Nach Beendigung meines Studiums habe ich bei einem größeren Unternehmen in New York gearbeitet und dort meine Erfahrungen gesammelt. Deshalb freue ich mich, hier in dieser ja fast familiären Atmosphäre arbeiten zu dürfen.« Anerkennendes Nicken rund um mich herum. »Ich freue mich schon darauf, Sie alle besser kennenzulernen und mit Ihnen zusammen die *Herway* zum Marktführer auf dem Unterhaltungssektor zu machen. Das ist nämlich mein Ziel.«

Chloe war die Erste, die laut klatschte, gefolgt von meinen Kollegen.

»Vielen Dank für dieses warme Willkommen.« Er schaute zu mir. Unwillkürlich zuckte ich zusammen. »Eine Sache, die ich in Amerika schätzen gelernt habe, ist die persönliche Anrede. Deswegen würde ich mich freuen, wenn Sie mich einfach Alex rufen würden. Bei Alexander habe ich immer das Gefühl, dass ich etwas verbrochen habe.« Ein Lächeln breitete sich auf seinem Gesicht aus und ließ ihn jünger aussehen. Alle stimmten in das Lachen ein. Der Mann hatte es innerhalb von Minuten geschafft, das ganze Team um den Finger zu wickeln.

Unwillkürlich musste ich an den Abend im Pub denken. Welchen Grund konnte es gehabt haben, dass er so schlecht gelaunt gewesen war?

»Damit ich euch ein bisschen besser kennenlernen kann, würde ich mich freuen, wenn sich jeder mit ein paar Worten vorstellen würde.« Aus dem Augenwinkel sah ich, wie Chloe breit grinste. Bei ihr hatte der neue Boss offensichtlich auch gepunktet.

»Am besten, wir fangen mit der Leiterin der Social-Media-Abteilung an. Violet, magst du uns ein bisschen über dich erzählen.« Seine Augen verhakten sich in meinen. Ein zartes Kribbeln breitete sich in meinem Bauch aus, was eine gewisse Unsicherheit bei mir auslöste.

»Violet. Neunundzwanzig Jahre. Seit drei Jahren bei der *Herway* als Social-Media-Agentin zuständig.« Ich würde ihm nicht den Gefallen tun und mehr über mich erzählen.

Seine Augenbraue schnellte nach oben.

»Vielen Dank, Violet.« Sein Blick blieb erneut auf meiner Stirn haften. »Das sieht gar nicht gut aus. Vielleicht solltest du die Stelle kühlen.«

»Schon okay.« Ich winkte lässig ab. Zwar schmerzte die Stirn höllisch, aber ich wollte auf keinen Fall als wehleidig dastehen. Kühlen konnte ich später noch.

Er zögerte einen winzigen Augenblick, dann wandte er sich ab und zerriss das Band zwischen uns. »Als Nächstes würde ich gern mit der jungen Frau neben dir weitermachen. Chloe, richtig?«

»Ja, genau«, hauchte meine Kollegin ehrfürchtig. »Mein Name ist Chloe Burns und ich arbeite seit einem Jahr bei der *Herway* zusammen mit Violet für die Social-Media-Abteilung. Ich liebe meinen Job bei der *Herway* und freue mich sehr, mit dir in einem Team zu arbeiten.« Chloe strahlte wie ein Honigkuchenpferd – die alte Verräterin.

»Das freut mich zu hören.« Er lehnte sich lässig zurück, als würde es sich bei dem Meeting um ein gemütliches Treffen unter Freunden handeln.

Als Nächstes folgte Sandy aus der Moderedaktion.

»Ich freue mich sehr, in Ihrem ... ähm, deinem Team zu sein ...«

Innerlich stieß ich einen Seufzer aus. Das konnte ja heiter werden. Anscheinend war ich die Einzige, die nicht begeistert von unserem neuen Boss war. Von allen Männern auf dieser Welt, warum musste es ausgerechnet Alexander Godfrey sein?

»O mein Gott«, quietschte Chloe, kaum, dass wir unser Büro betreten hatten. »Ist der Typ nicht unglaublich? Ich kann es gar nicht fassen, dass wir so einen heißen Boss haben.« Ihre Augen strahlten, als hätte jemand von innen eine Glühbirne angeknipst.

»Ich weiß gar nicht, warum alle so begeistert von ihm sind. Noch hat er nichts getan, außer sich vorzustellen.« Missmutig ließ ich mich auf meinen Stuhl fallen.

»Ach, komm schon. Der Mann ist unglaublich«, widersprach Chloe mit schwärmerischem Gesichtsausdruck. »Allein, wie er mich angesehen hat. Ich bin mir vorgekommen wie ein Teenager bei einem Rockkonzert. Es hätte nicht viel gefehlt und ich hätte meinen BH ausgezogen und zu ihm geworfen.«

»Wie schön für dich.« Ich klappte meinen Laptop auf.

»Was machst du?«

»Mich schon mal nach einer neuen Stelle umschauen.«

»Du spinnst ja.« Chloe tippte sich mit dem Zeigefinger gegen die Stirn. »Wieso solltest du das tun?«

»Weil er mich entlassen wird. Ich meine, ich habe den Mann einen Grinch genannt.« Mit wenigen Worten erzählte ich ihr von unserer Begegnung im Pub und dem Zusammentreffen im Fahrstuhl.

»Immer, wenn ich Alex treffe, stehe ich am Ende wie ein kompletter Idiot da«, beendete ich meine Erzählung.

»Vielleicht solltest du euch einfach noch mal eine Chance geben.«

»Ich werde es versuchen, wobei ich glaube, dass er mich nicht leiden kann. Während der Vorstellungsrunde hat er mich ein paarmal mit diesem eigenartigen Gesichtsausdruck angesehen, den ich nicht deuten konnte. Wahrscheinlich überlegt er sich, wie er mir am schnellsten die Kündigung aussprechen kann. Vor allem, nachdem ich ihm mehr oder weniger deutlich klargemacht habe, dass ich ihn nicht sonderlich mag. Aber mal davon abgesehen, hast du keine Bedenken, dass die *Herway* von einem Mann geleitet wird? Wie soll ein Typ wissen, was wir Frauen wollen?«

»Vielleicht ist er ja schwul?«, sagte Chloe unvermittelt.

»Was?« Ich schüttelte verwirrt den Kopf.

»Na ja, vielleicht ist er ja einer von uns. Was allerdings äußerst bedauerlich wäre.« Chloe schob schmollend die Unterlippe vor.

»Da würde ich mir an deiner Stelle keine Sorgen machen. Mein Gefühl sagt mir, dass Alex Godfrey definitiv nicht schwul ist.«

»Gott sei Dank.«

»Du hast wohl Interesse an ihm?« Prüfend schaute ich meiner Kollegin ins Gesicht.

»Ich würde nicht Nein sagen.« Sie warf mir einen unschuldigen Blick zu.

»Du kennst doch den Spruch: Niemals den Füller in Firmentinte tauchen. Das gilt auch umgekehrt. Das kann nur Probleme geben und ich für meinen Teil möchte unbelastet arbeiten können.« Entschlossen tippte ich meinen Namen in die Suchanfrage ein.

»Mhm, vielleicht hast du recht. Aber schön anzusehen ist er trotzdem«, sagte sie vergnügt.

»Das reicht aber nicht, um eine Zeitschrift zu führen«, gab ich zurück.

»Warte es doch erst einmal ab«, sagte Chloe. »Auf mich hat er einen kompetenten Eindruck gemacht.«

3. Alex

Der Tag war im Nu verflogen. Die vielen neuen Gesichter und die neue Aufgabe hatten mich völlig in Anspruch genommen und ich war froh, endlich in meinem Appartement zu sein.

Gedankenverloren nahm ich den Rotwein aus dem Regal und öffnete ihn, damit er etwas atmen konnte, bis der Besuch kommen würde. Alfie Froggatt und ich kannten uns seit unserer frühesten Jugend und waren beste Freunde. Wir waren während der Schulzeit in die gleiche Klasse gegangen und hatten uns auch später nie aus den Augen verloren. Er war so etwas wie ein Bruder für mich. Genau der Mensch, den ich heute Abend brauchte. Es gab so vieles, das mir durch den Kopf ging.

Frodo kam auf mich zugetapst und stupste mit seiner Hundenase gegen mein Bein. Bis eben hatte er friedlich vor dem Kamin gelegen und gedöst.

»Na, du hast wohl Sehnsucht nach mir oder Hunger?« Liebevoll strich ich dem Jack Russell über das kurze Fell. Er sah mich mit seinen Hundeaugen vorwurfsvoll an, als wollte er sagen: *Hey, Alter, du hast mich den ganzen Tag allein mit dieser blöden Hundesitterin gelassen. Was erwartest du von mir?*

»Ich weiß, Junge. Aber ich wollte die Leute von der *Herway* nicht gleich völlig überfordern, indem ich meinen Hund mitbringe«, murmelte ich, während ich ihn hinter seinen Ohren kraulte, was Frodo mit einem versöhnlichen Brummen quittierte.

Es klingelte an der Haustür. Das musste Alfie sein.

»Pünktlich wie ein Uhrwerk«, begrüßte ich meinen Freund. »Schön, dass du Zeit hast.«

»Für dich doch immer.« Lächelnd umarmte Alfie mich. Er trug einen maßgeschneiderten grauen Anzug. Ein sicheres Zeichen, dass er direkt aus dem Büro zu mir nach Camden Town gefahren war. Alfie hatte eine gutgehende Modelagentur in Shoreditch und damit seine Passion zu seinem Beruf gemacht. Wenn es etwas gab, auf das Alfie stand, dann waren es Models.

Frodo begrüßte Alfie mit einem leisen Bellen.

»Na, mein Kleiner. Schön, dass du auch da bist.« Er ging in die Knie, um den Jack Russell zu begrüßen.

»Man könnte meinen, du bist sein Herrchen«, stellte ich fest.

»Wir kennen uns ja auch schon, seit er auf der Welt ist.« Alfie hatte mir mit Frodo in den ersten Wochen geholfen und sich mit mir bei der Betreuung abgewechselt.

»Das ist richtig, ohne dich hätte ich es damals nicht geschafft«, stimmte ich ihm zu.

»Und wie ist dein erster Tag gelaufen?« Fragend sah er mich an.

»Eigentlich ganz gut. Die meisten Mitarbeiter waren äußerst aufgeschlossen mir gegenüber.« Unwillkürlich tauchte das Gesicht von Violet Lancaster in meinem Kopf auf. Als Einzige aus der gesamten Belegschaft hatte sie sich eher ablehnend gezeigt.

»Etwas Wein?« Ich hielt die Rotweinflasche in die Höhe. Im Hintergrund lief leise Musik, begleitet durch das Knistern im Kamin. Im Gegensatz zu draußen war es im Appartement angenehm warm.

Alfie beäugte das Etikett der Flasche neugierig. »Was hast du denn zu bieten?«

»Einen Châteauneuf-du-Pape vom Château de Beaucastel. Mitgebracht von meinem letzten Besuch in Frankreich. Da kann man nichts verkehrt machen.«

»Was Wein anbelangt, hattest du schon immer einen guten Geschmack.« Alfie lehnte sich auf dem Stuhl zurück. Seine grünen Augen blitzten vergnügt auf.

»Danke, und du warst schon immer ein angenehmer Mittrinker.« Gluckernd lief die dunkelrote Flüssigkeit in die Gläser.

»Auf einen gemütlichen Abend.« Ich prostete ihm zu.

»Cheers!« Wir stießen an. Genüsslich nahm ich einen Schluck. Sofort hatte ich den intensiven Geschmack von dunklen Beeren auf der Zunge.

»Nicht schlecht.« Alfie schürzte anerkennend die Lippen.

»Ja, kann man trinken.« Zufrieden stellte ich das Glas auf den Tresen.

»Du bist so ein Snob«, erwiderte Alfie.

»Vielleicht, aber das Leben ist zu kurz, um schlechten Wein zu trinken.« Ich band mir die schwarze Schürze um die Hüften. »Ich hoffe, du hast Hunger. Da warten zwei fantastische Steaks in der Pfanne auf uns.«

»Da ich wusste, dass du kochst, habe ich extra auf das Mittagessen verzichtet.« Alfie nahm einen Schluck aus seinem Glas. »Aber erzähl doch mal. Wie haben die Angestellten reagiert? Wie war dein erster Eindruck?«

»Wie ich schon sagte, die meisten waren sehr aufgeschlossen und freundlich. Soweit ich es beurteilen kann, sind alle gewillt, mich zu unterstützen. Meinem ersten Eindruck nach hat Tante Catherine ein gutes Team um sich versammelt. Sie hatte schon immer ein Gespür für Menschen.« Mit einem Klick sprang der Gasherd an und ich stellte die Pfanne auf die Platte. Sekunden später verkündete ein leises Brutzeln, dass das Fett die richtige Temperatur erreicht hatte. Das Gemüse und die Kartoffeln hatte ich bereits in den Ofen geschoben, damit alles rechtzeitig fertig war. Ich liebte es zu kochen. Eine Leidenschaft, die ich schon früh entdeckt hatte. Kochen beruhigte mich und half mir, meine Gedanken zu sortieren. Und heute hatte ich genau das dringend nötig.

»Dafür, dass es gut gelaufen ist, schaust du ganz schön grimmig.« Alfie runzelte die Stirn.

»Jetzt fängst du auch noch damit an.« Sofort hallten Violets Worte, dass ich ein Grinch wäre, in meinen Ohren wider.

»Was soll denn das bedeuten?« Er verschränkte die Hände ineinander. »Du erzählst mir besser, was los ist. Ich habe nämlich keine Lust, den ganzen Abend mit deiner schlechten Laune zu verbringen.«

Missmutig legte ich die Steaks in die Pfanne. »Da gibt es zwei Probleme. Das erste heißt Violet Lancaster. Erinnerst du dich, wie ich dir gestern von meiner Begegnung im Pub erzählt habe?«

»Du meinst die Kleine, die dich Grinch genannt hat.«

Ich nickte. »Genau die. Wie sich herausgestellt hat, handelt es sich bei ihr um meine neue Social-Media-Expertin.«

»Und was ist das Problem? Du bist der Boss. Wenn sie dir nicht passt, dann schmeißt du sie raus.«

»Mhm.« Ich wendete die Steaks. Der Geruch von gebratenem Fleisch und Kräutern lag in der Luft. Sofort meldete sich mein Magen knurrend zu Wort. Ich hatte seit dem Frühstück nichts mehr gegessen.

»Komm schon, was ist das Problem?«

»Violet Lancaster hat einen großen Anteil daran, dass die Zeitschrift so gut läuft. Ihre Marketingstrategie ist ehrlich gesagt genial. Wenn sie nicht so kratzbürstig mir gegenüber wäre, dann könnte man sie als durchaus interessante Frau bezeichnen.« Ich nahm das Blech mit den Beilagen aus dem Ofen und richtete alles auf den Tellern an, die ich vorsorglich auf dem Tresen abgestellt hatte.

»Verstehe. Sie gefällt dir.«

Ich schwieg. Violet Lancaster war nicht nur sehr hübsch, sondern auch noch schlau. Eine äußerst attraktive Mischung.

»Dachte ich mir. Ich an deiner Stelle würde ihr etwas Zeit geben. Wenn sie dich erst einmal besser kennenlernt, wird sie deinem Charme nicht widerstehen können. Zumindest wäre sie die erste Frau, seit ich dich kenne.«

Schmunzelnd reichte ich ihm den Teller. »Bisher scheint sie jedenfalls immun dagegen zu sein.«

»Die Frau ist mir jetzt schon sympathisch. Endlich mal eine, die dir nicht sofort zu Füßen liegt, sondern dir Kontra gibt.«

»Hey, auf welcher Seite stehst du eigentlich?«

»Ich bin Team Alex, aber auch du brauchst manchmal ein Korrektiv, damit du nicht größenwahnsinnig wirst.« Alfie schnupperte an dem Fleisch. »Mmh, das duftet schon mal köstlich.«

»Hoffentlich schmeckt es auch so. Ich habe das Ganze in einer Teriyakisoße eingelegt.« Vorsichtig schnitt ich mir mit dem Messer ein Stück ab und steckte es in den Mund. Das Steak war genauso, wie ich gehofft hatte – butterzart und schmackhaft.

»Alter, das ist das beste Steak, das ich jemals gegessen habe.« Alfie nickte anerkennend. »Du könntest locker als Koch arbeiten.«

»Danke, du bist definitiv mein größter Fan«, erwiderte ich lachend.

»Ja, aber nur, weil du die Frauen schneller wechselst als andere Männer ihre Unterhosen«, gab Alfie zurück. »Wo wir gleich bei meiner nächsten Frage wären. Was ist das zweite Problem, von dem du gesprochen hast?«

»Der Notar hat mir am Samstag das Testament in allen Einzelheiten zukommen lassen.« Missmutig schob ich den Teller beiseite.

»Es ist kompliziert, Alfie. Eine der Klauseln im Testament ist, dass ich den Verlag nur erbe, wenn ich bis zu meinem fünfunddreißigsten Geburtstag eine Frau an meiner Seite habe, sonst geht das Erbe an jemand anderen.«

Alfie runzelte die Stirn. »Das klingt nach einer ziemlich ungewöhnlichen Bedingung.«

»Typisch Catherine eben. Exzentrisch noch über ihren Tod hinaus.« Mein Blick wanderte zum Fenster. Ich hatte Catherine immer gemocht und auch ihre Art. Dass sie allerdings Auswirkungen auf mich haben konnte, damit hatte ich nicht gerechnet. Ich liebte mein Leben genauso, wie es war.

»Das bedeutet, du hast noch einen Monat, um eine Frau zu finden.« Alfie schüttelte ungläubig den Kopf. »Aber das ist doch der absolute Wahnsinn. Wer denkt sich so etwas aus?«

»Meine Tante Catherine. Meine Eltern waren von der Idee ganz angetan. Mum plant schon ein gemeinsames Weihnachtsessen mit meiner Verlobten.«

»Ich würde sagen, du hast ein Problem. Bis Weihnachten sind es noch zwei Wochen«, verkündete Alfie mit dem Tonfall eines Richters. »Eine Verlobte innerhalb dieser kurzen Zeit zu finden, dürfte nicht einfach sein. Um nicht zu sagen – unmöglich.«

»Was du nicht sagst.« Ich warf meinem Freund einen düsteren Blick zu.

»Wobei ...« Alfie strich sich mit der Hand über das Kinn. »Wenn ich genau darüber nachdenke, ist es gar nicht so schlimm.«

Interessiert schaute ich zu ihm. »Wie meinst du das?«

»Na ja, eigentlich liegt es doch auf der Hand.«

»Nicht für mich.«

»Alles, was du tun musst, ist, dir eine Frau zu schnappen, die bereit ist, für eine gewisse Zeit deine Verlobte zu spielen. Sobald du die Bedingung erfüllt hast, trennt ihr euch still und heimlich und das Problem ist gelöst.« Alfie strahlte mich an, als hätte er soeben den Nobelpreis in Quantentheorie empfangen.

Ein Großteil meiner schlechten Laune der letzten Tage war der Klausel im Testament geschuldet gewesen. Ich hatte die Nächte deswegen kaum geschlafen. Alles hatte sich in meinem Kopf gedreht und ich war zu keiner Lösung gekommen. In meinem näheren Umfeld gab es keine Frau, die auch nur ansatzweise als meine Verlobte infrage kam. Nicht eine Minute war mir die Idee gekommen, mir eine Fake-Verlobte zu suchen.

»Du bist ein Genie«, sagte ich schließlich. »Warum bin ich nicht selbst darauf gekommen?«

Alfie hob die Hände gespielt in die Luft. »Halleluja, endlich hat er es erkannt. Alles, was du jetzt tun musst, ist, die richtige Frau zu finden.«

»Ja, aber genau das ist das Problem.«

»Warum?«

»Ich kann schließlich nicht irgendeine nehmen. Diejenige, die sich als meine Verlobte ausgibt, muss ein paar Bedingungen erfüllen. Mum würde den Braten ansonsten sofort riechen.« Im Geiste ging ich die Liste meiner Ex-Freundinnen durch, auf der Suche nach der passenden Kandidatin. Aber so sehr ich mir Mühe gab, konnte ich keine finden, die den Ansprüchen meiner Eltern gerecht werden würde.

»Was hattest du dir denn vorgestellt?«, holte er mich aus meinen Gedanken.

Nachdenklich sah ich ihn an. »Sie sollte intelligent sein, charmant, selbstbewusst und einen guten Humor haben. Außerdem sollte sie hübsch und nicht auf den Mund gefallen sein.

»Die Frau muss erst noch geboren werden.«

»Haha.« Mit einem grimmigen Lächeln füllte ich unsere Gläser auf. »Es muss doch eine Frau geben, auf die die Beschreibung passt.«

»Wenn du sie findest, sag mir Bescheid, damit ich sie heiraten kann.« Ein schiefes Lächeln breitete sich auf dem Gesicht meines Freundes aus.

»Hör auf, Witze zu machen. Hier geht es um die Leitung des Verlages.«

»Warte.« Alfie wiegte den Kopf hin und her. »Vielleicht weiß ich doch jemanden, der zumindest ein paar deiner Punkte erfüllt.«

»Und wer soll das sein?«

»Emily Sanders. Sie ist Model, sieht dementsprechend aus und kann sich benehmen.«

»Kenne ich sie?«

»Du hast sie mal auf meiner Geburtstagsfeier getroffen. Lange blonde Haare, blaue Augen, rotes Kleid«, half Alfie meinem Gedächtnis auf die Sprünge.

»Ach die.« Ich schlug mir mit der flachen Hand gegen die Stirn. »Jetzt weiß ich, wen du meinst. Die mit der hohen Stimme.«

»Ich habe nie behauptet, dass sie perfekt ist«, entgegnete Alfie. »Aber zumindest kommt sie aus ähnlichen Verhältnissen wie du. Deine Mutter wäre bestimmt entzückt.«

»Aber welchen Vorteil hätte Emily, wenn sie sich auf das Spiel einlässt?«

»Ihre Karriere ist ein wenig ins Stocken geraten und eine kleine Fotostrecke in deinem Magazin wäre durchaus hilfreich.«

»Mhm.« Der Gedanke, mir eine Verlobte zu kaufen, auf welche Weise auch immer, verursachte mir Unbehagen. Es reichte schon, dass ich meinen Eltern eine Lüge auftischen musste. Aber auch noch dafür zu bezahlen, war so ganz und gar nicht mein Stil.

»Was hältst du davon, wenn ich Emily einfach anrufe und sie frage, ob sie Lust auf ein Treffen mit dir hat? Dann kannst du sehen, ob sie dir prinzipiell gefallen würde. Alles andere ergibt sich von allein«, schlug Alfie vor.

»Hm, einen Versuch ist es zumindest wert«, sagte ich nach einer kurzen Pause.

»Eben. Warte.« Alfie zog sein Handy aus der Tasche. »Ich versuche es gleich mal. Vielleicht erreiche ich sie ja.« Er tippte auf die Tastatur ein. Sekunden später hörte ich es leise klingeln.

»Hallo, Emily. Alfie Froggott hier. Wie geht es dir?«

Eine schrille Frauenstimme drang bis zu mir.

»Prima, ich habe einen kleinen Überfall auf dich vor, beziehungsweise mein Freund Alex.«

Kurze Pause. »Ach.«

»Ja, etwas Geschäftliches. Warte, ich gebe dich kurz mal an Alex weiter.«

Ohne Vorwarnung hielt mir Alfie sein Handy entgegen. Ich nahm einen tiefen Atemzug. Selbst für mich war das eine eher ungewöhnliche Anfrage.

»Hallo, Emily, hier ist Alex. Entschuldige bitte den Überfall zu so später Stunde, aber die Sache ist wichtig.«

»Kein Problem«, flötete Emily am anderen Ende. »Ich stehe auf Überraschungen.«

»Ähm, okay.« Nervös leckte ich mir mit der Zunge über die Unterlippe. »Ich wollte dich fragen, ob du Lust hast, mit mir essen zu gehen.«

»Na klar. Wann? Morgen?«, kam es wie aus der Pistole geschossen zurück.

»Wie wäre es mit Freitag?« Das war in fünf Tagen, was mir zumindest die Chance gab, mich an den Gedanken zu gewöhnen.

»Freitag ist prima.« Emily klang erfreut.

»Gut, ich hole dich gegen halb acht ab.«

»Prima. Vielleicht kannst du mir noch einen Tipp geben, wohin es geht, damit ich weiß, was ich anziehen muss.« Zumindest dachte sie mit.

»Ich würde einen Tisch im *Circolo Popolare* reservieren«, schlug ich vor. Das war einer der angesagtesten Italiener des letzten Jahres und erfreute sich großer Beliebtheit. Trotzdem war die Atmosphäre ungezwungen und geradezu perfekt für ein erstes Date. Ich hatte schon einige meiner Flammen dorthin eingeladen.

»Das klingt absolut fantastisch«, flötete Emily begeistert. »Ich freue mich.«

»Gut, dann bis Freitag.« Ich drücke auf Beenden.

»Na siehst du. So leicht ist dein Problem gelöst«, sagte Alfie sichtlich zufrieden und steckte sein Handy zurück in die Tasche. »Dann können wir ja jetzt zu den angenehmen Dingen des Lebens übergehen. Cheers.«

4. Violet

Und wie war es?«, wurde ich von Florence in der Küche empfangen. Vor ihr auf dem Tisch stand ein halb volles Glas Rotwein.

»Frag nicht.« Seufzend ließ ich mich auf den Stuhl neben ihr fallen. Im Hintergrund dudelte leise Musik aus dem Radio.

»So schlimm?«

»Es war eine einzige Katastrophe. Die neue Chefin ist ein Chef.«

»Was? Aber du hast doch immer von einer Nachfolgerin gesprochen.« Florence sah mich mit weit aufgerissenen Augen an.

»Das dachte ich ja auch, bis Alex Godfrey vor mir stand.« Bei dem Gedanken an unsere Begegnung im Konferenzraum verzog ich das Gesicht. »Du kennst ihn übrigens auch.«

»Ich?« Flo tippte sich mit dem Zeigefinger auf die Brust. »Das wüsste ich.«

Ohne zu fragen, nahm ich einen Schluck von ihrem Rotwein.

»Hey, schenk dir gefälligst selbst ein Glas ein.«

»Ich befinde mich in einer Notlage, da musst du nett zu mir sein.«

»Okay, auch wieder wahr.« Sie schob das Glas in meine Richtung. »Bediene dich.«

»Danke. Erinnerst du dich noch an den Grinch aus der Bar?«

Sofort tauchte Alex' Gesicht in meinem Kopf auf.

»Du meinst den Typen, der uns den Drink ausgegeben hat?«

»Yep, genau den.«

»Ach du Schande.« Flo runzelte die Stirn.

»Du sagst es. Verstehst du jetzt, warum mein Tag eine Katastrophe war?«

»Habe ich da das Wort ›Katastrophe‹ gehört?« Lauries blonder Bob tauchte im Türrahmen auf.

»Violet hat ihren neuen Chef kennengelernt!«, rief Flo von der Seite.

»Danke, deinetwegen habe ich jetzt einen Tinnitus.« Schützend hielt ich mir die Hand vors Ohr.

»Ach, stell dich nicht so an.« Grinsend versetzte mir Flo einen Stoß in die Seite.

»Hey, ich bin verzweifelt und du trampelst auch noch auf meinen Gefühlen herum.« Ich verzog das Gesicht zu einer Grimasse.

»Kann mich mal jemand aufklären, was hier los ist?« Laurie ging zum Regal und holte zwei Gläser heraus.

Ich öffnete den Mund, aber Flo kam mir zuvor. »Der Typ von vorgestern aus der Bar ist Violets neuer Boss.«

»Welcher Typ?«

»Der Grinch«, fügte ich hinzu.

»Keine Ahnung, wen du meinst«, sagte Laurie.

»Na der, der uns die Drinks ausgegeben hat«, klärte Flo sie auf.

»Echt jetzt? Aber der war doch ganz nett. Immerhin hat er uns Drinks spendiert.«

»Aber nur, weil er sich vorher wie ein Depp benommen hat.«

»Auch wieder wahr.« Laurie stellte die Gläser vor uns auf den Tisch.

»Ich bin aus allen Wolken gefallen, als er plötzlich vor mir stand und sich als der neue Verlagsleiter vorgestellt hat«, fuhr ich fort, meinen Freundinnen mein Leid zu klagen.

»Wow, das nenne ich mal Neuigkeiten.« Laurie nahm die Flasche in die Hand und füllte unsere Gläser auf.

»Ja, und das Beste ist, dass ihn alle außer mir toll finden«, sagte ich betrübt.

»Und wie ist er so dir gegenüber?«, wollte Laurie wissen.

Mit wenigen Worten schilderte ich meinen Freundinnen die Begegnung mit Alex im Fahrstuhl und in meinem Büro.

»Zugegebenermaßen sind das keine optimalen Startbedingungen, aber das muss ja nicht bedeuten, dass es so bleibt«, sagte Flo diplomatisch wie immer, nachdem ich mit meinen Erzählungen fertig war. »Jeder hat mal einen schlechten Tag und in deinem Fall waren es eben zwei schlechte Tage.«

»Soll ich mich jetzt besser fühlen?« Fragend sah ich meine Freundin an.

Flo legte den Kopf leicht schief und musterte mich skeptisch. »Du tust ja gerade so, als ob die Welt untergeht.«

»Das fühlt sich ein bisschen so an. Schließlich ist Alex mein Boss und es war mehr als offensichtlich, dass er auch nicht sonderlich begeistert darüber ist.« Ich schnappte mir mein Glas und nahm einen tiefen Schluck. Eigentlich hatte ich mir vorgenommen, erst mal nichts mehr zu trinken, aber nach dem heutigen Tag brauchte ich dringend Alkohol.

»Aber irgendwie lustig finde ich es schon.« Ein breites Grinsen hatte sich auf Lauries Gesicht geschlichen.

»Freut mich, dass ich zu deiner Unterhaltung beitragen konnte«, erwiderte ich grimmig.

»Wie hoch ist bitte die Wahrscheinlichkeit, dass man seinen zukünftigen Boss im Pub trifft und ihn dann noch einen Grinch nennt?« Flos Mundwinkel zuckten belustigt. »Also ich finde, das ist ganz großes Kino.«

»Man könnte es auch einen negativen Lottogewinn nennen«,

brummte ich.

»Ach, komm schon.« Laurie gab mir einen sanften Stups. »Der Typ mag dein Boss sein, aber du bist immer noch die beste Social-Media-Managerin in ganz London. Nicht umsonst hat dir Catherine letztes Jahr eine Sonderzahlung zukommen lassen. Du hast viel zum Erfolg der *Herway* beigetragen. Deine Arbeit spricht für dich. Noch dazu bist du pflichtbewusst und Catherine hat große Stücke auf dich gehalten. Wenn ich an deiner Stelle wäre, würde ich morgen selbstbewusst ins Büro gehen und dem Typen zeigen, was du kannst.«

Nachdenklich fuhr ich mit dem Finger über den Glasrand. »Vielleicht habt ihr recht und ich sollte nicht so schwarzsehen.«

»Na siehst du, das ist die richtige Einstellung.« Florence prostete mir zu.

»Danke, dass ihr mir zugehört habt.« Ich schenkte meinen Freundinnen ein Lächeln.

»Dafür sind wir doch da.« Laurie legte ihren Arm um mich. »In guten wie in schlechten Zeiten.«

»Ich hab euch lieb.«

»Wir dich auch.« Flo gab mir einen freundschaftlichen Kuss auf die Wange.

Im selben Moment vibrierte mein Handy in der Hosentasche. Auf dem Display lachte mir Mums Gesicht entgegen.

»O nein, das hat mir gerade noch gefehlt.« Ich liebte meine Mutter, aber mit ihrem angeborenen Hang zur Dramatik war es manchmal ein wenig anstrengend, mit ihr zu telefonieren.

Mit einem grimmigen Lächeln drückte ich auf Annehmen.

»Hallo, Mum.«

»Hallo, mein Schätzchen. Ich dachte, ich rufe dich mal an, wenn du dich schon nicht meldest.« Der vorwurfsvolle Unterton in ihrer Stimme war nicht zu überhören.

»Wir haben doch erst vor drei Tagen miteinander telefoniert«, gab ich zurück.

»Genau. Das ist eine halbe Ewigkeit. In der Zwischenzeit hätten dein Vater und ich tot sein können.« Ein leises Schnauben war zu hören.

»Mum, findest du nicht, dass du ein wenig übertreibst?«

»Dein Vater und ich sind Ende sechzig«, kam es prompt zurück.

»Zum Glück erfreut ihr euch beide bester Gesundheit.«

»Das weiß man nie.«

»Mum, geht es dir gut?«, fragte ich seufzend.

Florence kicherte leise.

»Es geht mir prima. Danke der Nachfrage. Dad geht es auch gut. Zumindest glaube ich das.«

»Wieso glaubst du das?«, hakte ich misstrauisch nach.

»Weil dein Vater sich seit vier Stunden im Laden verkrochen hat und an seiner Eisenbahn bastelt.« Mum schnaubte.

Ein Lächeln huschte über mein Gesicht. Seit Dad in Rente war, hatte er seine Liebe für die Miniatureisenbahnen entdeckt. Manchmal hatte ich allerdings den Verdacht, dass er es auch tat, um Mum ein wenig aus dem Weg zu gehen und für ein paar Stunden seine Ruhe zu haben.

»Er hat eine Winterlandschaft bei Gran im Laden aufgestellt«, fuhr Mum fort. »Als ob das irgendwen interessieren würde.«

»Och, eigentlich stelle ich mir das ganz nett vor.«

»Jetzt fällst du mir auch noch in den Rücken.«

»Mum, ich falle dir doch nicht in den Rücken, nur weil ich meine Meinung sage. Die Besucher werden es lieben. Das gibt dem Ganzen so einen nostalgischen Flair.«

»Na ja, vielleicht hast du ja recht«, sagte Mum mit versöhnlicher Stimme. »Wo wir gerade von Weihnachten sprechen: Kommst du allein oder in Begleitung?«

Der beiläufige Tonfall konnte nicht darüber hinwegtäuschen, dass Mum die Frage unter den Nägeln brannte. Jedes Jahr um die Weihnachtszeit spielte sich das gleiche Szenario ab.

»Wieso fragst du?«

»Weil ich demnächst die Tischordnung machen möchte und da wäre es einfach schön zu wissen, wer dieses Jahr kommt. Onkel Travis und Hattie haben auch schon zugesagt.«

Ich gab ein leises Stöhnen von mir. Onkel Travis war ungefähr so unterhaltsam wie ein Baumstumpf und Tante Hattie hatte nichts Besseres zu tun, als den ganzen Abend über ihren Buchclub zu sprechen. Vor zwei Jahren hatte ich an Weihnachten zwischen den beiden gesessen und war während des Essens fast eingeschlafen vor Langeweile.

»Außerdem warten wir noch auf die Zusage von Cousin Louis und seine Frau«, kam schon die nächste Horrornachricht durch den Lautsprecher.

Die beiden hatten zwei ungezogene Kinder im Alter von sechs und acht Jahren, die letztes Mal innerhalb von Minuten Mums Wohnzimmer in einen Trümmerhaufen verwandelt hatten. Aus diesem Grund hatte mich Mum letztes Weihnachten zum Kinderbeauftragten ernannt, was im Klartext bedeutet hatte, dass ich weder das Essen noch den anschließenden Abend hatte genießen können, sondern die ganze Zeit damit beschäftigt gewesen war, die Kinder zu bespaßen. Etwas, das es dieses Weihnachten unbedingt zu vermeiden galt.

»Solltest du also ohne Begleitung kommen, dann würde ich dich gern zu den Kindern setzen, damit wir wenigstens ein bisschen entspannen können. Das macht dir doch nichts aus?«

»Ich komme in Begleitung«, sagte ich voller Panik.

Kurzes heftiges Atmen.

»Mum?«

»John!«, schepperte Mums Stimme an meinem Ohr. Instinktiv riss ich das Handy in die Höhe. Aus dem Augenwinkel sah ich, wie Laurie und Florence prustend zusammenbrachen. »Violet kommt mit einem Mann.«

Anscheinend war mein Vater aus seinem Rückzugsort, dem Laden, wieder zurückgekehrt.

Vorsichtig führte ich das Handy zurück an mein Ohr.

»Aber das sind ja fantastische Neuigkeiten.« Mums Stimme überschlug sich.

»Woher weißt du, dass es ein Mann ist?«

»Ist es nicht?«

»Doch, aber du hättest wenigstens mal fragen können«, konterte ich.

Florence und Laurie blickten mit unverhohlener Neugierde zu mir rüber.

»Wer ist es? Kennen wir ihn?«, fuhr Mum fort.

Ich fuhr mir nervös mit der Zungenspitze über die Unterlippe. Mein Mund fühlte sich plötzlich staubtrocken an. Was hatte ich getan?

»Ähm, also das ist eine Überraschung«, sagte ich schließlich.

Kurzes Schweigen. Nur heftiges Atmen war zu hören.

»Und du willst uns nicht einmal den Namen verraten?«, fragte Dad vorsichtig nach, der offensichtlich in den Besitz des Handys gelangt war. Wahrscheinlich, weil Mum röchelnd am Boden lag.

»Hallo, Dad«, begrüßte ich ihn.

»Hallo, Pumpkin. Du hast deine Mum ganz schön überrascht«, teilte er mir mit seiner wunderbar rauen Stimme mit.

Unwillkürlich musste ich grinsen. »Ja, atmet sie noch?«

»Ich glaube schon.« Selbst durch den Lautsprecher war das Lächeln zu hören.

»Mum hat mir von deiner Idee mit der Eisenbahn erzählt«,

versuchte ich, das Gespräch auf weniger verfängliche Themen zu lenken.

»Ja, ich dachte mir, dass es den Kunden vielleicht gefällt.« Ich konnte förmlich sehen, wie er in Jeans und einem Strickpullover das Handy in seinen großen Händen hielt.

»Das habe ich Mum auch gesagt.«

»Immer haltet ihr beiden gegen mich zusammen«, hörte ich Mum aus dem Hintergrund maulen.

»Das stimmt doch nicht. Wir sind einfach häufig der gleichen Meinung«, widersprach ich. Es war tatsächlich so, dass Dad und ich uns meistens einig waren genau wie Isabel und Mum. So war es schon immer gewesen.

»Das ist ja auch egal. Wichtig ist, dass du dieses Jahr nicht allein kommen wirst«, frohlockte Mum. »Ist es ein Kollege?«

»Ich sagte doch, es ist eine Überraschung.«

»Du bist aber auch unerbittlich.« Mum stöhnte.

»Ich habe einen neuen Boss«, startete ich einen weiteren Versuch, das Thema zu wechseln.

»Wirklich? Und wer ist es?«, sagte Dad.

»Catherine hat ihren Neffen zum Verlagsleiter bestimmt.«

»Das muss ja nichts Schlechtes sein«, sagte Dad.

»Nein, aber ich glaube, er kann mich nicht sonderlich gut leiden.«

»Blödsinn«, sagte Dad entschieden. Der gute Dad. In seinen Augen war ich so etwas wie eine Heilige. »Du bist wunderhübsch, intelligent, humorvoll und noch dazu erfolgreich. Du bist eine echte Traumfrau, und wenn das dein Chef nicht sieht, ist er entweder blind oder nicht ganz bei Trost.«

»Ach, Dad.« Eine Welle der Liebe spülte über mich hinweg.

»Ich sage nur, wie es ist. Wahrscheinlich ist der Mann einfach im Stress. Gib ihm ein paar Tage«, versuchte Dad mich zu beruhigen. Florence und Laurie hoben ihre Daumen in die Höhe.

»Wir werden sehen.« Ein leises Klingeln war im Hintergrund zu hören.

»Schätzchen, wir müssen Schluss machen«, teilte Mum mir mit, die offensichtlich den Schock so weit überwunden hatte, dass sie das Handy wieder halten konnte. »Wir sind sehr glücklich, dass du endlich einen Mann an deiner Seite hast.«

»Du tust gerade so, als würde ich mich schon auf der Resterampe befinden.«

»Ein bisschen ist es doch auch so. In deinem Alter hatte ich schon zwei Kinder.«

»Heutzutage ist es normal, dass man als Frau Karriere macht, bevor man sich in eine feste Beziehung stürzt.«

»Deswegen laufen die Kinderwunschkliniken auch über, weil die Frauen vor lauter Karriere vergessen, Kinder zu bekommen, und dann ist es zu spät«, kam es wie aus der Pistole geschossen zurück.

Ich rollte mit den Augen. Meine beiden Freundinnen prosteten mir vergnügt zu.

Es klingelte erneut im Hintergrund.

»Aber ich muss Schluss machen. Darüber können wir ja dann sprechen, wenn du hier bist. Wir lieben dich.«

»Ich liebe euch auch.«

Klick. Mum hatte das Gespräch beendet.

»Du hast also einen Freund, interessant«, sagte Florence mit einem breiten Grinsen auf dem Gesicht.

»Was hätte ich machen sollen?« Hilflos hob ich die Arme in die Luft. »Wenn ich gesagt hätte, dass ich als Single komme, hätte sie mich eiskalt zu den Kindern oder zwischen Onkel Travis und Hattie gesetzt. Beides ist keine Option.«

»Und woher willst du so schnell einen Mann bekommen, der bereit ist, als dein Freund mit dir das Weihnachtsfest bei deinen Eltern zu verbringen?« Laurie musterte mich interessiert.

»Aus deinem Mund klingt es gar nicht gut. Keine Ahnung.« Frustriert ließ ich meine Schultern sinken. »Ohne Mann aufzutauchen, ist ausgeschlossen.«

»Hier, nimm einen Schluck. Ich denke, den kannst du jetzt gebrauchen.« Laurie reichte mir mein Glas.

»Danke. Ich hätte nicht gedacht, dass der Tag noch schlimmer werden kann. Wie man sieht, habe ich mich getäuscht.«

»Ach, komm schon. Das ist schließlich kein Weltuntergang.« Florence tätschelte mir beruhigend die Schulter. »Es ist ja nicht so, als ob es keine Männer gäbe, die mit dir ausgehen wollen.«

»Ja, aber das Letzte, was ich gebrauchen kann, ist ein Typ, der mich Weihnachten anschmachtet, während es für mich nur eine Scharade ist. Da käme ich mir echt schlecht vor.«

»Auch wieder wahr.« Flo machte ein ernstes Gesicht.

»Ich könnte Henry fragen«, sagte Laurie nachdenklich.

»Wer ist Henry?« Interessiert sah ich zu ihr hoch.

»Mein neuer Kollege aus der Spätschicht. Er ist gerade aus Birmingham nach London gezogen. So wie ich ihn verstanden habe, kennt er niemanden. Außerdem studiert er Literatur an der Uni.«

»Ein Barista.« Nachdenklich strich ich mir mit der Hand über den Kopf. »Ich weiß nicht.«

»Hey, warum nicht?« Florence versetzte mir einen freundschaftlichen Stoß in die Seite. »Was hast du zu verlieren?«

»Auch wieder wahr. Also gut. Wann kann ich diesen Henry treffen?«

»Was hältst du davon, wenn du morgen Abend nach der Arbeit im Café vorbeikommst, dann stelle ich ihn dir vor.« Laurie sah mich fragend an.

»Ein Blind Date sozusagen.« Ich war noch nicht wirklich von der Idee überzeugt, einen fremden Mann zu fragen, ob er mich

Weihnachten begleitete, aber im Moment war das die einzige Lösung.

»Das ist doch mal was Neues«, sagte Florence. »Auf das Blind Date.«

»Auf das Blind Date.« Klirrend stießen unsere Gläser aneinander.

5. Violet

ie sehe ich aus?« Nervös zupfte ich an der Bluse. Es war kurz vor Feierabend und gleich würde ich zu meinem Blind Date aufbrechen.

Im Gegensatz zu gestern war der Tag ruhig verlaufen und ich hatte Alex nicht zu Gesicht bekommen. Lediglich eine E-Mail, die an alle Mitarbeiter gerichtet war, hatte mich daran erinnert, dass es ihn noch gab.

»Was ist eigentlich los mit dir?« Chloe sah mich fragend an. »Du wirkst schon den ganzen Tag ziemlich nervös.«

»Ich verrate es dir, wenn du es niemandem weitersagst.«

Chloe hob die gekreuzten Finger in die Höhe. »Ehrenwort.«

»Also, ich habe heute ein Blind Date«, sagte ich mit gesenkter Stimme.

»Was?« Chloe hatte geschrien. »Und das erzählst du mir erst jetzt. Ich hatte noch nie ein Blind Date.«

»Na ja, eigentlich ist es gar kein Date, sondern eher ein Treffen von Geschäftspartnern.«

»Also das verstehe ich jetzt nicht.« Chloe schüttelte den Kopf. »Du hast ein Treffen mit Verlagsleuten?«

»Nein, ganz anders. Mit einem unbekannten Mann, den meine

Freundinnen mir vermittelt haben.«

»Okay, und warum?«

»Genau genommen sind meine Eltern an diesem Treffen schuld.« Mit wenigen Worten erzählte ich ihr von dem Telefonat mit Mum.

»Oje, du Arme. Das klingt ja furchtbar.«

»Es ist der Horror, Weihnachten am Kindertisch zu sitzen, sich über die neusten Abenteuer von Santa Claus zu unterhalten und dabei Kakao zu trinken, während der Rest der Verwandtschaft es sich am Kamin mit Eggnog gemütlich macht«, sagte ich grimmig. »Ich werde nie verstehen, warum meine Familie es nicht akzeptieren kann, dass ich glücklich bin. Ich liebe mein Singleleben. Aber wenn sich meine Eltern so dringend einen Schwiegersohn wünschen, dann kriegen sie ihn eben.«

»Du bist echt verrückt«, lautete Chloes abschließende Meinung.

»Du bist nicht die Erste, die mir das sagt.« Ich stand auf. »Wünsch mir Glück.«

Chloe hob ihre gekreuzten Finger in die Luft. »Viel Erfolg.«

»Danke, den kann ich gebrauchen.« Mit wenigen Schritten war ich bei der Tür.

Lächelnd drückte ich die Klinke hinunter und stürmte nach draußen. Ein dunkler Schatten kam auf mich zu und ehe ich reagieren konnte, prallte ich gegen eine muskulöse Männerbrust. Vor Schreck ließ ich meine Tasche fallen.

»Hoppla«, hörte ich Alex' Stimme. Zeitgleich packten mich zwei starke Arme und hielten mich fest. »Nicht so eilig.«

»Hey, lass mich los!«, rief ich entrüstet und presste meine Hände gegen seine Brust.

»Du hast mich über den Haufen gerannt. Nicht ich dich.« Ohne Vorwarnung lockerte er den Griff. Ein Fehler, wie sich herausstellte, denn durch den Gegendruck meiner Hände verlor ich das

Gleichgewicht und wäre um ein Haar gefallen, wenn mich Alex nicht in letzter Sekunde gepackt hätte. Seine Arme hielten mich wie in einem Schraubstock umklammert. Sofort hatte ich seinen männlichen Geruch gepaart mit einer Mischung aus Gräsern und warmen Holznoten in der Nase. *Verdammt, roch der gut.* Am liebsten hätte ich einen tiefen Atemzug davon genommen.

»Vielleicht sollte ich dich doch lieber noch einen winzigen Moment festhalten.« Sein Brustkorb vibrierte kaum merklich, während er sprach. »Ich möchte meine Social-Media-Expertin nicht gleich in der ersten Woche verlieren.«

Unbewusst hielt ich die Luft an. Wollte er damit andeuten, dass er mich feuern wollte? Mit einem Ruck hob ich den Kopf und blickte direkt in sein Gesicht. Sofort nahmen mich seine blauen Augen gefangen.

»Alles okay?«

Ich nickte stumm, noch immer damit beschäftigt, die ganze Situation zu verarbeiten.

»Gut, dann starten wir mal einen zweiten Versuch.« Vorsichtig entließ er mich aus seiner Umarmung, als hätte er Angst, ich könnte wegrennen.

Ich nahm einen tiefen Atemzug, um mich zu sammeln. Mein ganzer Körper kribbelte und mein Magen fühlte sich an, als würden darin Ameisen krabbeln. Eigenartig. Noch nie im Leben hatte ich etwas Derartiges gefühlt.

»Was ist das nur mit uns beiden, dass wir immer, wenn wir uns begegnen, aneinandergeraten?«, hörte ich ihn murmeln. Dabei sah er mich mit diesem komischen Blick an, den ich nicht deuten konnte.

»Vielleicht sollten wir uns besser aus dem Weg gehen«, schlug ich mit zittriger Stimme vor.

»Das dürfte schwierig werden, schließlich bist du meine

Social-Media-Expertin, deren Hilfe ich dringend brauche. Deswegen wollte ich dich eigentlich sprechen.«

»Jetzt?« Fassungslos sah ich ihn an. Ausgerechnet, als ich gehen wollte, fiel ihm ein, dass er meine Hilfe benötigte?

»Ja. Ich habe mir die kommende Ausgabe der *Herway* angeschaut und würde gern die Kampagne mit dir durchgehen.«

»Aber ich habe alles fertig und Catherine ...« Ich stockte. »... hat bereits alles abgesegnet.«

Er nickte bedächtig. »Das habe ich gesehen und genau darüber würde ich gern mit dir sprechen. Ich hätte da ein paar Verbesserungsvorschläge.«

»Catherine hat mir bei meiner Arbeit freie Hand gelassen und war immer sehr zufrieden.« Ich war bereits spät dran. Wenn ich noch pünktlich sein wollte, musste ich demnächst los.

»Die Kampagnen sind wirklich gut. Ich würde nur gern etwas Neues mit reinbringen.« Sein Blick wanderte mit quälender Langsamkeit von meinem Gesicht zu den Schuhen und wieder zurück. Dort, wo mich seine Augen streiften, kribbelte die Haut.

Verdammt.

»Oder hast du etwas Wichtigeres vor?« Ich hatte das Gefühl, in seinen blauen Seen zu versinken. »Dann möchte ich dich nicht aufhalten.«

Wenn ich jetzt die Wahrheit sagen und verschwinden würde, musste Alex zwangsweise den Eindruck bekommen, dass mir mein Job nicht wichtig war.

»Nein, kein Problem.«

»Sehr gut. Dann würde ich dich gern in mein Büro bitten.« Er machte eine galante Handbewegung zur gegenüberliegenden Tür, hinter der sich Catherines Büro befand.

»Natürlich.« Ich setzte ein professionelles Lächeln auf und folgte ihm.

❄ ❄ ❄

Mit gehetztem Blick lief ich über den Gehsteig. Das Gespräch mit Alex hatte nicht lange gedauert, trotzdem war ich zu spät. Einen Umstand, den ich Alex persönlich übel nehmen würde, wenn das Date deshalb nicht zustande kam und ich meine Chance auf einen Mann zu Weihnachten dadurch verpassen würde.

Endlich hatte ich das Café erreicht, in dem Laurie arbeitete. Völlig außer Atem von dem kleinen Sprint drückte ich die Tür auf. Ein leises Klingeln kündigte mich an. Es war angenehm warm und der Duft von frisch gebrühtem Kaffee hing in der Luft. Die wenigen Tische waren bis auf den letzten Platz besetzt. Mein Blick wanderte zu dem langen Holztresen gleich rechts neben der Tür, wo Laurie hinter dem chromfarbenen Monster eifrig hantierte, um den Wünschen der Kunden nachzukommen.

Ich durchquerte den Raum, dabei ließ ich meinen Blick über die Köpfe der Gäste gleiten. Es gab zwei Männer, die ohne Begleitung an einem der Tische saßen. Der eine starrte auf sein Handy und der andere, ein schlanker blonder Mann, las angestrengt ein Buch. Beide sahen nicht so aus, als wären sie auf der Suche nach Gesellschaft.

»Da bist du ja«, begrüßte mich Laurie. Der vorwurfsvolle Unterton in ihrer Stimme war nicht zu überhören. Sie hatte sich eine schwarze Schürze um die schmalen Hüften gebunden und trug dazu ein rotes T-Shirt, an dem sie ihr Namensschild befestigt hatte.

»Das ist nicht meine Schuld«, stieß ich noch immer um Luft ringend hervor. »Mein Boss hat mich aufgehalten, genau in dem Moment, als ich zur Tür raus bin. Ich hatte keine Chance, sonst hätte ich wieder im schlechten Licht dagestanden und das wollte ich nicht riskieren. Ist er noch da?«

Laurie machte eine Kopfbewegung in Richtung der Tische.

»Siehst du den großen Blonden, der da sitzt. Das ist Henry.«

Unauffällig beäugte ich mein Date. Es war der gleiche Mann, den ich bereits beim Betreten des Cafés bemerkt hatte.

»Und?«, holte mich Laurie aus meinen Beobachtungen.

»Sieht nicht gerade begeistert aus.«

Laurie zuckte mit den Schultern. »Wundert dich das? Du bist fast eine halbe Stunde zu spät. Ich musste mit Engelszungen auf ihn einreden, dass er geblieben ist.«

»Danke, das ist lieb von dir«, sagte ich wenig enthusiastisch.

»Hey, du bist meine Freundin. Das ist doch selbstverständlich.« Laurie gab mir einen sanften Stoß auf den Rücken, sodass ich nach vorn stolperte. »Los, schnapp ihn dir.«

»Ich kriege das auch ohne deine Hilfe hin«, flüsterte ich. Nervös fuhr ich mir zum gefühlt hundertsten Mal durch die Haare. Ein sinnloses Unterfangen.

Sie hatten eine Art Eigenleben, das sich meiner Stimmung anzupassen schien. War ich nervös oder gestresst, standen sie zu allen Seiten ab. Ging es mir gut, dann lagen sie in weichen Wellen über meine Schultern, als könnten sie kein Wässerchen trüben.

Bis zu dem Tisch, an dem Henry Platz genommen hatte, waren es nur wenige Schritte. Noch immer saß er über sein Buch gebeugt.

»Hallo, Henry.«

»Du bist spät.« Eine Feststellung, keine Frage. »Ich hasse Unpünktlichkeit.«

»Kann ich verstehen und es tut mir leid, dass ich deine Erwartung in dieser Hinsicht nicht erfülle. Aber mein Chef hat mich in letzter Minute aufgehalten.« Ich ließ mich auf den freien Platz sinken. Das war schließlich kein echtes Date, sondern im besten Fall ein freundschaftliches Treffen.

»Verstehe.« Anscheinend hatte er mich für beachtenswert befunden, denn er klappte sein Buch zu. »Möchtest du einen Kaffee?«

Sein Blick wanderte zu meiner Körpermitte. »Oder einen Kuchen?«

»Danke, ein Kaffee reicht.«

Henry gab Laurie ein Zeichen.

Interessiert musterte ich mein Gegenüber. Er hatte ein kantiges Gesicht, schmale Lippen und eine leicht krumme Nase. Aber seine Augen blickten freundlich unter den dunklen Wimpern hervor.

Er räusperte sich. »Laurie hat mir erzählt, dass ihr zusammen wohnt.«

»Ja, das stimmt. Laurie, Florence und ich«, antwortete ich etwas holprig.

»Mhm.« Seine schmalen Finger spielten nervös an dem Buchrücken vor sich auf dem Tisch.

»Du bist noch nicht lange in der Stadt?«, versuchte ich anzuknüpfen.

»Ich bin vor einem Monat nach London gezogen.«

»Aha. Und wie gefällt es dir hier?«

»Ganz gut.«

Wieder legte sich ein erdrückendes Schweigen über unsere Köpfe.

Hilfe suchend blickte ich zum Tresen, wo Laurie meinen Kaffee vorbereitete. Von dort war keine Unterstützung zu erwarten.

»Hat dir Laurie erzählt, worum es geht?«, startete ich einen zweiten Versuch, das Gespräch in Gang zu bringen.

»Du suchst jemanden, der dich auf das Weihnachtsfest deiner Eltern begleitet«, erklärte er ungefähr so emotional wie ein Toast.

»Ja, stimmt.«

»Da ich eh nichts Besseres vorhabe, kann ich gern mitkommen. Kann deine Mutter gut kochen?«

»Mum kocht hervorragend.«

»Sehr gut. Vielleicht könntest du ihr sagen, dass ich gegen Sellerie und Walnüsse allergisch bin.«

»Mhm.« In Gedanken stellte ich mir vor, wie wir mit meiner Familie zusammen am Tisch saßen. Außerdem würden wir zumindest den Anschein eines Paares erwecken müssen, was zum jetzigen Zeitpunkt nicht zur Debatte stand. Wir konnten uns ja noch nicht einmal normal unterhalten.

»Nein. Das geht nicht.« Entschlossen stand ich auf.

»Was?« Henry blinzelte verwirrt.

»Du gehst schon?« Laurie stand plötzlich mit dem Kaffee und einem Muffin in der Hand hinter mir.

»Entschuldige, Henry, aber das mit uns beiden wird nichts«, erklärte ich bestimmt. »Aber … aber warum?« Fragend sah er mich mit seinen braunen Augen an.

»Weil du nicht mein Typ bist«, sagte ich mit fester Stimme.

»Ich dachte, ich soll dich nur begleiten?« Sein Blick wanderte zu Laurie. »Du hast mir gesagt, sie sucht eine Begleitung zum Weihnachtsessen.«

»Ich hatte Weihnachtsfest gesagt«, korrigierte ihn Laurie.

»Wisst ihr, was? Ich gehe.« Entschlossen stand Henry auf und stieß dabei gegen den Tisch, sodass dieser wackelte und der Kaffee überschwappte.

»Das war eigentlich mein Part«, murmelte ich amüsiert.

»Ich stehe sowieso nicht auf pummelige Frauen.« Er schnappte sich das Buch.

»Was?« Ich blinzelte irritiert.

»Du hast mich schon richtig verstanden.« Ohne uns weiter zu beachten, stürmte Henry zum Ausgang. Ein fröhliches Klingeln der Glocke verkündete, dass er verschwunden war.

»Okay, das habe ich nicht erwartet.« Laurie ließ sich auf dem Stuhl neben mir nieder.

»Ich auch nicht, aber wenn ich mal so darüber nachdenke, war es eigentlich klar, dass es nicht funktionieren würde«, sagte ich schließlich.

»Ach, und warum?«

»Dem Typen ging es doch nur um das Essen und nicht darum, mir zu helfen«, stellte ich nach kurzer Überlegung fest. »Außerdem war ich nicht sein Typ, und wenn ich ehrlich bin, er auch nicht meiner. Das hätte nicht funktioniert. Mum hat einen Riecher für so etwas.«

»Mhm, da hast du auch wieder recht.« Laurie stützte ihren Kopf auf den Händen ab. »Und was willst du jetzt machen?«

»Keine Ahnung.« Etwas hilflos zuckte ich mit den Schultern.

»Du könntest dir einen Typen mieten.«

Verwundert sah ich meine Freundin an. »Du meinst wie in dem Film, den wir Silvester zusammen gesehen haben? Warte mal, war der nicht mit dem Bruder von Julia Roberts?«

»Genau den meine ich.« Laurie grinste mich breit an. »Warum eigentlich nicht. Du bist schließlich eine moderne Frau. Wenn Männer das machen, hinterfragt das niemand. Bei uns Frauen ist es immer noch komisch.« Laurie biss in meinen Muffin.

»Hey, der war für mich.« Grimmig grinsend schnappte ich mir das restliche Stück und stopfte es in den Mund. »Nein, einen Mann für die Feiertage kaufen, das ist nicht mein Ding. Aber ich habe ja zum Glück noch etwas Zeit bis Weihnachten«, sagte ich nachdenklich.

»Nicht wirklich viel.«

»Danke, dass du mich noch mal darauf aufmerksam machst. Ich hatte es schon fast wieder vergessen ... Genau wie meinen Boss.« Ich hatte den Gedanken kaum ausgesprochen, als Alex' blaue Augen in meinem Kopf aufploppten und dafür sorgten, dass mein Bauch anfing zu rumoren.

»Ach, wie war denn der zweite Tag?«, erkundigte sich Laurie.

»Ehrlich gesagt deutlich besser als der erste. Er hat mich

allerdings in letzter Sekunde in sein Büro gebeten.« Ich fuhr mit der Zungenspitze über meine Unterlippe, um die ungebetenen Krümel wegzuwischen, die es sich dort bequem gemacht hatten. »Hat mir ein paar sehr interessante Vorschläge unterbreitet.« Auch wenn ich es ungern zugab, waren die Anmerkungen von Alex gar nicht so schlecht gewesen. Innovative Ideen, die den modernen Charakter der Zeitschrift widerspiegelten und verhältnismäßig leicht umzusetzen waren, ohne meine Entwürfe zu sehr zu verändern. Vielleicht hatte ich meinem neuen Boss doch unrecht getan und er würde etwas frischen Wind in den Laden bringen. Während der letzten zwei Jahre hatte ich mehrfach versucht, Catherine davon zu überzeugen, dass wir in den Beiträgen mehr auf den Zeitgeist eingehen mussten. Diversity war nur eines der Themen, die unsere Leserinnen und Leser interessierten. Aber Catherine hatte abgelehnt. Zu schrill, zu bunt. Sie war der Meinung gewesen, es würde nur eine kurze Phase sein. Eine Ansicht, die ich nicht mit ihr geteilt hatte.

»Na siehst du. Dann ist er doch nicht so schlimm, wie du erst dachtest.« Es klingelte erneut und eine Kundin betrat das Café.

»Ich muss wieder hinter den Tresen. Tut mir leid, dass ich dir nicht helfen konnte.«

»Blödsinn, das war total lieb von dir. Aber ich hätte gleich wissen müssen, dass das nicht funktionieren kann. Vielleicht melde ich mich einfach krank und verzichte auf Weihnachten mit der Familie.«

Laurie legte die Stirn in Falten. »Und liegst ganz allein auf dem Sofa, während die anderen Eggnog trinken und Spaß haben. Das wäre echt bescheuert von dir.« Laurie tippte sich zur Bekräftigung ihrer Worte mit dem Zeigefinger an die Schläfe.

»Ja, ich weiß. Aber ich werde nicht noch so ein schreckliches Weihnachten mitmachen wie das letzte.« Unbewusst ballte ich die Hände zur Faust.

»Das wird nicht passieren.« Laurie tätschelte mich an der Schulter. »Da wird uns schon noch etwas einfallen.«

»Danke.« Einmal mehr wurde mir bewusst, wie glücklich ich mich schätzen konnte, Freundinnen wie Laurie und Florence an meiner Seite zu haben. »Auch für den Kaffee und den Muffin.«

»Immer doch.« Sie warf mir einen Kuss zu. »Bis später.«

6. Alex

Das Essen ist wirklich köstlich«, quietschte mein Gegenüber in einer Tonlage, die man sonst nur bei Comicfiguren in Zeichentrickfilmen fand. Dabei stocherte Emily mit der Gabel lieblos in ihrem Salatteller herum. In dem hautengen schwarzen Kleid und mit den glänzenden blonden Haaren war sie ein absoluter Hingucker. In dieser Hinsicht hatte Alfie nicht übertrieben, aber die Unterhaltung zwischen uns war mehrfach ins Stocken geraten. Leider hatte sie das klassische Klischee über Models fast zur Perfektion kultiviert. Zwar war Emily lieb und nett, wusste, wie man sich benahm, aber was ihren Intellekt anbelangte, war sie nicht die hellste Kerze auf der Torte, und schon nach kurzer Zeit war uns der gemeinsame Gesprächsstoff ausgegangen.

»Freut mich, dass es dir schmeckt.« Wir saßen an einem Zweiertisch direkt vor einem der riesigen Regale, die bis zur Decke reichten und vollgestellt waren mit Flaschen, die von hinten beleuchtet waren.

Die Decke selbst war mit künstlichem Grün überzogen, an dessen Ästen und Blättern winzige Feenlichter angebracht waren und den riesigen Raum perfekt in Szene setzten. Soweit ich es erkennen konnte, waren alle Tische besetzt und es herrschte eine ausgelassene Stimmung. In der Luft hing der Duft von Pasta, Kräutern und Parfüm.

Vor mir auf dem Tisch stand mein Teller, auf dem die Reste der Trüffelpasta lagen. Ich hatte jeden Bissen davon genossen. Die Spaghetti waren perfekt al dente gewesen und man hatte nicht an Trüffeln gespart.

»Ein wunderbares Essen. Ich bin pappsatt.« Mit geziertem Lächeln schob Emily demonstrativ den halb vollen Teller von sich.

»Das wage ich zu bezweifeln«, brummte ich. Wenn es etwas gab, das ich an einer Frau als unsexy empfand, dann waren es schlechte Essgewohnheiten. Es gab nichts Frustrierenderes, als wenn man für jemanden kochte und der Teller fast unberührt wieder zurückging.

»Doch, absolut. Das war mehr, als ich sonst zu mir nehme«, versicherte Emily eifrig.

Im Geiste stellte ich mir vor, wie wir am Weihnachtstisch meiner Eltern saßen und Emily wie heute Abend in ihrem Essen stochern würde. Mum würde den Betrug sofort aufdecken. Sie wusste, wie gern ich kochte und wie sehr ich es liebte, in einer gemütlichen Runde zusammenzusitzen und dabei eine gute Mahlzeit zu genießen.

»Alfie hat am Telefon angedeutet, dass du etwas Geschäftliches mit mir besprechen möchtest.« Emily legte den Kopf leicht schräg und blinzelte dabei mit ihren künstlichen Wimpern so heftig, dass ich mir einbildete, den Luftzug auf meinem Gesicht zu spüren.

Verdammt. Jetzt war die Stunde der Wahrheit gekommen. Was hatte sich meine verrückte Tante nur dabei gedacht, ihr Erbe an mich mit einer derart mittelalterlich anmutenden Klausel zu versehen. Ich liebte meine Unabhängigkeit, die es mir erlaubte, meine eigenen Entscheidungen zu treffen, ohne auf Menschen in meinem näheren Umfeld Rücksicht nehmen zu müssen.

Im Gegensatz zu den meisten meiner Freunde war mir bisher

noch keine Frau begegnet, bei der ich den Wunsch verspürt hatte, mich an sie zu binden. Manchmal hatte ich das Gefühl, dass es die richtige Frau für mich gar nicht gab. Nicht, dass mich das in irgendeiner Form stören würde. Nur vereinzelt, wenn ich des Nachts allein im Bett lag, dachte ich darüber nach, wie es wohl wäre, einen Menschen an meiner Seite zu haben, mit dem ich mein Leben teilen konnte. Aber dann saß ich Frauen wie Emily gegenüber und wusste wieder, warum ich mein Singleleben so genoss.

»Alex?« Emilys schrille Stimme holte mich aus meinen Gedanken. Ihre großen blauen Babyaugen starrten mich an.

»Ja, ähm.« Unbehaglich fuhr ich mir mit der Hand über das Kinn. »Alfie hat mir erzählt, dass du etwas Promotion gebrauchen könntest, um deine Karriere voranzutreiben, und da dachte ich mir, ich könnte dir vielleicht dabei helfen.«

»Das ist ja süß von dir«, quietschte sie in einer Tonlage, die Gläser zum Springen brachte. Aus dem Augenwinkel bemerkte ich, wie die Gäste am Nachbartisch irritiert zusammenzuckten. »Und was müsste ich im Gegenzug tun?«

Mit einem Mal kam ich mir vor wie einer dieser Sugardaddys, die sich eine junge Frau suchten, sie aushielten und dafür gewisse Gegenleistungen verlangten.

»Gar nichts«, erwiderte ich heftiger als gewollt.

»Das verstehe ich nicht.« Emily sah mich sichtlich irritiert an.

In meinem Kopf wirbelten die Gedanken umher, krampfhaft nach einer schnellen Lösung der Situation bemüht. Denn eins war mir im Laufe des Abends klar geworden – Emily war definitiv nicht die Richtige, um meinen Plan in die Tat umzusetzen. Aber vielleicht konnte ich sie tatsächlich für die kommende Ausgabe einsetzen.

»Ich wollte dich fragen, ob du Lust hast, in der *Herway* ein wenig über dein Leben als Model zu plaudern«, sagte ich schließlich.

»Du meinst ein Interview?«

»Ja, genau. Wir wollen moderne Frauen in unsere Zeitschrift bringen, die über ihre Träume erzählen. Model ist nach wie vor ein Traumberuf für viele junge Mädchen.« Die Idee, eine Strecke über junge Frauen und ihre Berufe zu machen, war mir eben gekommen. Je länger ich darüber nachdachte, umso besser gefiel sie mir.

»Wahnsinnig gern«, hauchte sie mit ihrer Mäusestimme.

»Wunderbar.« Erleichtert leerte ich mein Weinglas. »Jetzt, wo wir alles geklärt haben: Was hältst du davon, wenn wir die Rechnung bestellen? Ich muss morgen früh raus.«

»Ja klar.« Enttäuschung huschte über das schöne Gesicht meines Gegenübers. Wahrscheinlich hatte sie damit gerechnet, dass ich sie noch in eine der angesagten Bars entführen würde. Aber ich hatte genug für heute Abend. Emily war lieb und nett, dennoch schrecklich langweilig und im Appartement warteten Frodo und ein Buch auf mich. Beides erschien mir deutlich attraktiver, als noch eine weitere Stunde in Emilys Gegenwart zu verbringen.

Ich gab dem Kellner ein Zeichen, die Quittung vorzubereiten.

»Und wie ist es gelaufen?«, ertönte Alfies Stimme am anderen Ende der Leitung. Langsam fuhr ich mit dem Wagen über die Hauptstraße. Die Schaufenster der Läden waren weihnachtlich geschmückt und leuchteten hell. Es waren kaum noch Fußgänger unterwegs. Die meisten Einwohner lagen entweder schon in ihren Betten oder saßen gemütlich vor dem Fernseher. Ich setzte den Blinker und bog in meine Straße ein.

»Wir machen in der nächsten Ausgabe ein Interview mit Emily, aber ich werde sicher nicht mit ihr Weihnachten verbringen.«

»Warum? Was ist passiert?« Alfie klang erstaunt.

Mit wenigen Worten hatte ich ihm den Abend geschildert. »Ich kann meinen Eltern unmöglich eine Frau als meine Verlobte präsentieren, die in ihrem Teller herumstochert, als wäre das Essen vergiftet, und die aussieht wie eine lebende Kleiderstange. Davon abgesehen halte ich die Stimme keinen ganzen Abend lang aus.«

»Wenn du so weitermachst, wirst du nie eine Frau finden«, lautete Alfies abschließendes Urteil.

»Wie überaus ermutigend. Danke. Du bist ein wahrer Freund.«

»Gern.« Das Lachen in Alfies Stimme war nicht zu überhören. »Und wie soll es jetzt weitergehen?«

»Keine Ahnung.« Ich hatte mein Appartement erreicht und stellte den Motor aus. »Ich stehe wieder am Anfang.« Einmal mehr verfluchte ich Tante Catherine für ihre schwachsinnige Idee.

Mein Handy brummte. Mum versuchte, mich zu erreichen.

»Entschuldige bitte, aber meine Mutter ist auf der anderen Leitung. Ich rufe dich später noch mal an.«

»Geht nicht, bin verabredet. Candice hat meinem Werben endlich nachgegeben.« Ich konnte das breite Grinsen auf Alfies Gesicht förmlich vor mir sehen.

»Wenigstens einer von uns beiden, der heute Abend Spaß hat.«

»Höre ich da einen gewissen Neid?«

»Niemals. Viel Vergnügen.« Mit diesen Worten drückte ich das Gespräch weg.

»Hallo, Mum«, begrüßte ich sie.

»Hallo, mein Liebling, wie geht es dir?«

»Sehr gut, danke. Und euch?«

»Bestens. Dein Vater und ich machen uns nur Gedanken, wie es im Verlag läuft«, kam Mum wie immer auf den Punkt.

»Gut. Das Team von Catherine scheint sehr nett zu sein und alle unterstützen mich.« Ich stellte den Motor aus.

»Bist du im Auto?«

»Ja, ich komme gerade von einem Date«, erklärte ich wissend, dass

Mum sofort darauf anspringen würde. Wenn ich bis Weihnachten eine Frau aus dem Hut zaubern würde, dann musste ich zumindest schon mal den Anschein erwecken, als wäre ich liiert.

»Wirklich?« Mums Stimme schnellte in die Höhe. »Und wer ist die junge Dame?«

»Du kennst sie nicht.«

»Aber deshalb kannst du mir trotzdem sagen, wer sie ist und was sie macht. Wie lange seid ihr schon zusammen?«

»Mum, wir sprechen hier über mein Privatleben.«

»Na und? Du bist mein Sohn.«

»Der mittlerweile fünfunddreißig ist.«

»Alexander James Godfrey ...«

»Mutter!«

»Hör auf damit, mich *Mutter* zu nennen«, kam es verärgert zurück.

»Wenn du aufhörst, mich bei meinem vollen Namen zu rufen«, konterte ich. »Wie das Wort sagt: Privat-Leben. Du wirst Weihnachten schon sehen, wer sie ist.«

»Du bringst deine Freundin mit zum Weihnachtsfest?«, fragte sie ungläubig.

»Ja, das war doch euer Plan«, bestätigte ich. Es war kühl und winzige weiße Atemwölkchen stiegen wie Rauchzeichen nach oben.

»Liebling, das war Catherines Idee. Wobei ich finde, dass du dich in deinem Alter nicht beschweren kannst. Du hast die letzten Jahre dein Leben in vollen Zügen genossen. Jetzt wird es langsam Zeit, an eine Familie zu denken. Umso mehr freut es deinen Vater und mich, dass du endlich eine Frau gefunden hast. Warum hast du uns nicht davon erzählt?«

»Da wären wir wieder bei unserer Anfangsdiskussion und dem Wort privat.«

»Alexander, manchmal bist du wirklich schrecklich kompliziert.«

»Und du mischst dich zu gern in mein Leben ein«, entgegnete

ich verärgert. Nicht, dass ich Mum nicht lieben würde, aber ihre mütterlichen Interventionen waren mir manchmal einfach zu viel. Einer der Gründe, warum ich früh aus dem elterlichen Nest gefallen war und auf meinen eigenen Füßen gestanden hatte.

»Hier geht es schließlich nicht nur um dein Liebesleben, sondern auch um deine berufliche Zukunft. Der Verlag ist eine einmalige Chance für dich.«

»Als ob ich das nicht wüsste. Du wirst sie noch früh genug kennenlernen«, versuchte ich, diese unselige Diskussion zu beenden.

»Dann werde ich mich wohl gedulden müssen. Aber du versprichst mir, mich zu informieren, sollte sich etwas an deinen Plänen ändern.«

»Natürlich, aber ich wüsste wirklich nicht, was passieren sollte.«

»Wir freuen uns jedenfalls schon auf dich«, sagte Mum versöhnlich.

»Ich mich auch auf euch.« Das war zumindest nicht gelogen. Seit meine Eltern auf ihren Landsitz nach Haworth gezogen waren, sahen wir uns nur noch alle paar Wochen.

»Schön, mein Liebling. Melde dich bitte, wenn es etwas Neues gibt.« Mit diesen Worten hatte Mum aufgelegt.

Frustriert steckte ich das Handy zurück in die Jackentasche. Es war kalt geworden und der Raureif hatte sich auf die Dächer gelegt. Nachdem die letzten Jahre kaum Schnee gefallen war, prognostizierten die Meteorologen diesmal einen kalten, schneereichen Winter.

Ich zog die Jacke enger um mich und stapfte zum Eingang. Egal wie, aber ich musste eine Frau finden, die mich nach Haworth begleiten würde, andernfalls würde ich den Verlag verlieren und das Erbe würde an Catherines alkoholkranken Bruder fallen. Eine Tatsache, von der die Angestellten der *Herway* keine Ahnung hatten.

Verdammt, Catherine, was hast du dir nur dabei gedacht?

7. Violet

uten Morgen, Eliza«, begrüßte ich die Kioskbesitzerin freundlich. Der Winter hatte Einzug gehalten und ließ London in einem weihnachtlichen Glanz erstrahlen. Eine hauchdünne Schneedecke hatte sich über Nacht auf die Dächer der Stadt gelegt, als wollte sie dem kommenden Weihnachtsfest in zwei Tagen den nötigen Rahmen verleihen. Noch war alles jungfräulich weiß, aber es würde nicht lange dauern und der Dreck der Großstadt würde die Straßen in ein unfreundliches Grau verwandeln.

»Guten Morgen, Violet. Ganz schön kalt heute.« Eliza hatte sich einen dicken Wollschal um ihren Hals gewickelt und ihre Hände steckten in Fingerlingen.

»Das kannst du wohl sagen.« Ich selbst hatte mir einen warmen Wintermantel übergeworfen und meine UGG-Boots aus dem Schrank geholt. Wenn ich etwas hasste, dann waren es kalte Füße.

»Kaffee, wie immer?«

»Unbedingt.« Ich hatte schlecht geschlafen. Florence war mitten in der Nacht mit einem Mann von einer Party zurückgekommen und den Geräuschen aus dem Nachbarzimmer nach zu urteilen, hatte sie viel Spaß gehabt.

»Laut den Meteorologen soll es an Weihnachten schneien«, teilte Eliza mir mit, während sie mir Kaffee einschenkte.

»Das wäre ja mal eine schöne Überraschung zur Abwechslung.« Bei dem Gedanken an Weihnachten zog sich mein Magen zusammen, als hätte ich in eine Zitrone gebissen. Noch immer hatte ich keinen passenden Begleiter gefunden und so, wie es aussah, würde ich zur ultimativen Maßnahme greifen und mich krankmelden müssen und das Weihnachtsfest allein auf dem Sofa verbringen, wenn nicht ein Wunder geschah. Das war tatsächlich besser, als wieder mal am Kindertisch sitzen zu müssen und mir Sprüche anzuhören, dass ich immer noch Single war.

Die letzten drei Verabredungen, die Laurie und Florence für mich getroffen hatten, waren allesamt Flops gewesen. In meiner Verzweiflung hatte ich mich sogar mit Arthur aus der Personalabteilung verabredet. Ein langweiliger Typ mit Brille, der die Chance seines Lebens gewittert und mich den ganzen Abend vollgetextet hatte, um mich am Ende zu fragen, ob ich mit ihm schlafen wolle. Ein wahr gewordener Albtraum, der mich einmal mehr darin bestätigt hatte, dass ich als Single weit besser dran war, als mich mit irgendeinem Mann abzugeben.

»Hier.« Eliza reichte mir den dampfenden Becher. Vorsichtig nahm ich einen winzigen Schluck.

»Köstlich. Du machst einfach den besten Kaffee.«

Elizas Augen strahlten mich an. »Freut mich zu hören.«

»Hallo«, ertönte eine bekannte Stimme hinter mir. Überrascht drehte ich mich um und blickte geradewegs in Alex' Gesicht. Wie ich hatte auch er sich einen Schal um den Hals gewickelt. Seine braunen Haare schimmerten feucht, als wäre er gerade aus der Dusche gestiegen, was eindeutig an der Ladung Gel lag, mit der er offensichtlich versucht hatte, das Chaos auf seinem Kopf in den Griff zu bekommen. Sofort nahmen mich seine blauen Augen gefangen.

»Hallo«, gab ich verdutzt zurück. Wie immer, wenn ich meinem Boss gegenüberstand, breitete sich ein leichtes Kribbeln im Bauch aus. Langsam hatte ich mich daran gewöhnt, verstehen konnte ich es immer noch nicht.

»Anscheinend haben wir die gleiche Kaffee-Anlaufstelle.« Seine Mundwinkel kräuselten sich. »Guten Morgen, Eliza. Einen schwarzen Kaffee, bitte.«

»Sehr gern, Alex.« Sie zwinkerte ihm vergnügt zu. Da Eliza seinen Namen kannte, ging ich davon aus, dass er mehr als einmal hier gewesen war.

»Sie sind spät dran«, bestätigte sie meine Vermutung.

»Ich musste noch mit Frodo Gassi gehen.«

»Du hast einen Hund?«, fragte ich.

»Ja.« Dankend nahm er den Becher entgegen. »Wollen wir zusammen ...« Alex machte eine Kopfbewegung in Richtung Bürogebäude.

»Ja klar.« Mit klopfendem Herzen folgte ich ihm. »Frodo ist ein ganz schön ungewöhnlicher Name für einen Hund.«

»Wenn du ihn siehst, weißt du, warum er so heißt«, erwiderte er lächelnd. »Wie war dein Wochenende?«

»Ruhig, könnte man sagen, wenn man mal von meiner Mitbewohnerin absieht«, erwiderte ich lächelnd bei dem Gedanken an Florence. »Die hatte nämlich heute Nacht Besuch ...« Ich machte eine bedeutungsvolle Pause.

»Verstehe. Du lebst in einer Wohngemeinschaft?« Alex sah mich interessiert an.

»Wir sind zu dritt.«

»Das wäre doch auch mal ein interessanter Artikel.« Er stoppte für einen Augenblick und ging dann weiter. »Mein Leben als moderne, unabhängige Frau in einer WG.«

Ich lachte kurz auf. »Lieber nicht.«

»Aber warum nicht? Das würde unsere Leser bestimmt interessieren.«

»Nein, ich möchte nicht, dass die Öffentlichkeit alles über mich weiß. Ich bin lieber privat.«

»Das kann ich verstehen.« Er schenkte mir einen Blick, den ich nicht deuten konnte. »Hast du über unser Gespräch am Freitag nachgedacht?« Alex hatte mich in den vergangenen Wochen häufiger um Rat gefragt. Tatsächlich hatte sich herausgestellt, dass er entgegen meinen Befürchtungen mit seinen Ideen eine Bereicherung für die *Herway* war. Auch wenn ich es nicht gern zugab, hatte ich Gefallen an unserem Austausch gefunden. Alex gab mir das Gefühl, dass er mich und meine Arbeit äußerst ernst nahm. Er achtete stets darauf, mich nicht zu überrollen, sondern die Ideen miteinander zu verknüpfen. Es war ein inspirierender Austausch auf beiden Seiten. Etwas, das ich so noch nie bei einem meiner vorherigen Arbeitgeber wahrgenommen hatte. Nicht einmal bei Catherine.

Die Fahrstuhltür sprang auf.

»Nach dir.« Alex machte eine galante Handbewegung.

»Danke.« Meine Finger hielten den Becher fest umschlossen, als sich der Fahrstuhl in Bewegung setzte.

Langsam fuhren wir hoch.

»Gibt es schon Ideen für die Vermarktung der Fotostrecke mit den verschiedenen Berufsgruppen?«, erkundigte sich Alex. Seine Augen ruhten freundlich auf mir.

»Ja, ich würde die Sache gern auf Instagram groß aufhängen. Damit würden wir unsere Leserschaft erhöhen. Wir könnten zum Beispiel ein Reel mit allen Frauen machen und kurze Ausschnitte mit Kernaussagen posten.«

»Klingt gut.« Ein schiefes Lächeln breitete sich auf seinem Gesicht aus.

»Prima, dann hole ich mir den Terminplan für die Interviews und klinke mich dort mit ein. Das heißt, dir gefällt meine Idee.« Es war keine Frage, sondern eine Feststellung.

»Ja, aber du brauchst deswegen nicht größenwahnsinnig zu werden«, erwiderte ich frech.

»Tue ich nicht, aber es freut mich, dass ich meine Social-Media-Agentin überzeugen konnte.«

Der Fahrstuhl machte einen Ruck. Im selben Augenblick spürte ich heißen Kaffee über meine Hand laufen.

»Mist!« Fluchend wedelte ich mit dem Arm in der Luft. Gleichzeitig suchte ich verzweifelt nach einer Möglichkeit, die brauen Brühe abzuwischen.

»Hier. Unbenutzt.« Alex hatte wie aus dem Nichts ein sorgfältig zusammengelegtes Stofftaschentuch aus seiner Hosentasche gezaubert. Verdutzt sah ich ihn an.

»Ich weiß.« Er zuckte mit den Achseln. »Niemand benutzt mehr Stofftaschentücher, aber meine Granny besteht darauf und ich kann der alten Dame einfach nichts abschlagen.« Zeitgleich breitete sich ein Lächeln auf seinem Gesicht aus, das ihn jünger aussehen ließ.

Schnell tupfte ich die brauen Flecken ab. »Vielen Dank an die Granny.« Ich reichte ihm das Taschentuch.

»Du kannst es gern behalten. Ich habe den ganzen Schrank voll davon.«

»Danke.« Mein Blick wanderte zur Tür. Noch immer hatte sich der Fahrstuhl keinen Millimeter bewegt. Die Anzeige auf der Knopfleiste war auch unverändert.

»Was meinst du? Stecken wir fest?« Ich spürte eine leichte Panik in mir aufsteigen. Als Kind hatte ich unter Klaustrophobie gelitten, die ich erfolgreich in den Griff bekommen hatte, aber in Situationen wie dieser machte sich die alte Angst wieder bemerkbar.

»Sieht ganz danach aus«, meine Alex. »Am besten, wir drücken mal den Notfallknopf.« Ohne zu zögern, tippte er auf das altertümliche Tastenfeld. Der rote Knopf blinkte.

»Zumindest das scheint zu funktionieren.« Ich hoffte, dass er das Zittern in meiner Stimme nicht bemerkte.

»Ja, mach dir keine Sorgen. Ich bin mir sicher, die Techniker melden sich gleich bei uns.« Er zwinkerte mir aufmunternd zu. »Zumindest haben wir Kaffee.«

»Stimmt.« Mein Blick wanderte unruhig durch den Fahrstuhl. Mit einem Mal kam mir der Raum noch kleiner und enger vor. Wie lange die Luft wohl ausreichen würde? Panik kroch meinen Hals hoch und es fiel mir schwer zu atmen. Mein Puls raste und das Blut rauschte in meinen Ohren. Leichter Schwindel setzte ein und ich musste mich mit dem Rücken an die Wand lehnen, um nicht umzufallen.

Es ruckte und der Fahrstuhl machte einen Satz nach unten. Ein hässliches Knirschen begleitete den Spuk.

Ich schrie auf. Mit einem Schritt war ich bei Alex, der schützend seine Arme um mich schloss.

Den Bruchteil einer Sekunde später war es vorbei und der Fahrstuhl stand wieder.

Ich zitterte am ganzen Körper, unfähig, auch nur ein Wort zu sprechen. Meine rechte Hand hielt den Becher fest umklammert, während die linke sich in Alex' Jacke verkrallt hatte. In meinem Kopf lief jeder Horrorfilm ab, den ich jemals gesehen hatte, und im Geiste sah ich uns zerschmettert am Boden liegen.

»Hey, alles ist gut.« Alex' warmer Atem streifte meine Haut. »Das kann schon mal passieren. Die Dinger stürzen nicht einfach ab.« Anscheinend hatte er meine Gedanken erraten.

Ich nickte. Mein Sprachzentrum, das mich noch nie im Stich gelassen hatte, verweigerte seine Dienste.

»Diese alten Fahrstühle sind manchmal zickig. Kein Grund zur

Sorge. Ich bin bei dir.«

»Bist du sicher?« Wie in Zeitlupe schaute ich zu ihm hoch. Sofort nahmen mich seine blauen Augen gefangen und eine eigenartige Ruhe stellte sich bei mir ein.

Es war mucksmäuschenstill um uns herum.

»Ganz sicher.« Sein Brustkorb vibrierte leicht, während er sprach. Erst jetzt wurde mir bewusst, dass er noch immer seine Arme schützend um mich gelegt hatte. »Wenn wir schon sterben, dann wenigstens in netter Gesellschaft und mit einem Kaffee.«

Unwillkürlich musste ich über seinen kleinen Witz schmunzeln.

»Na, siehst du, schon besser«, kommentierte er sofort. »Wir sollten den Kaffee trinken, so lange er noch heiß ist. Was hältst du davon, wenn wir es uns dabei etwas gemütlicher machen?«

Zu meinem Bedauern entließ er mich aus seinen Armen und das leichte Panikgefühl kam zurück.

Mit einer schwungvollen Bewegung hatte er seine Jacke ausgezogen und breitete sie auf dem Boden des Lifts aus.

»Komm, setz dich«, forderte er mich mit einladend weicher Stimme auf.

In meinem Kopf wirbelten die Gedanken. Mein sehr attraktiver Boss wollte, dass ich neben ihm in einem winzigen Aufzug Platz nahm. Sofort prickelte es überall in meinem Körper.

»Aber ich kann doch nicht ...«, protestierte ich schwach. Der Fahrstuhl knarrte. Blitzschnell ließ ich mich neben Alex auf dem Boden nieder.

»Geht doch.« Ein Lächeln huschte über sein markantes Gesicht.

»Eine Sache, die ich dich schon die ganze Zeit fragen wollte«, fuhr er mit der Unterhaltung fort, als wäre nichts geschehen. »Wie kommt es, dass eine Frau wie du noch Single ist und in einer WG lebt?« Aufrichtiges Interesse sprach aus seinem Gesicht.

»Du klingst wie meine Mutter«, erwiderte ich.

»Wirklich? Eigentlich dachte ich, dass nur meine Mutter so ist.«

Wir mussten beide über die Situation lachen.

»Tatsächlich bin ich gern Single. Versteh mich nicht falsch. Ich mag Männer ...«

»Puh, da haben wir noch mal Glück gehabt.« Alex grinste schief.

»Sehr witzig.« Ich versetzte ihm einen leichten Stoß.

»Hey, das tat weh.« Alex verzog gespielt das Gesicht.

»Sollte es auch«, gab ich zurück.

»Aber mal im Ernst, warum bist du gern Single?« Er musterte mich interessiert.

»Das Gleiche könnte ich dich fragen.«

»Ich bin kein Single.«

»Bist du nicht? Aber ich dachte ...« Erst jetzt bemerkte ich, wie sein rechter Mundwinkel verdächtig zuckte.

»Du Mistkerl! Hör auf, mich zu verarschen. Das hier ist eine ernste Situation, und wenn ich schon sterbe, dann möchte ich wenigstens die Wahrheit wissen.« Ich versetzte ihm einen zweiten Stoß in die Seite.

»Schon gut.« Alex hob beschwichtigend die Hände. »Ich bin Single. Glücklicher Single. Niemand, der mich kontrolliert oder mich ändern möchte. Ich bin mein eigener Herr und kann tun und lassen, was ich will.«

»Du klingst wie ein Macho, wenn du so redest.«

»Das bin ich nicht«, sagte er mit fester Stimme. »Aber du hast mir immer noch nicht verraten, warum du Single bist.«

»Es lebt sich so viel einfacher, wenn man niemandem Rechenschaft schuldig ist. Mein letzter Freund war derart eifersüchtig, dass es mich fast an den Rand des Wahnsinns gebracht hat.«

»Eifersucht ist eine Leidenschaft, die mit Eifer sucht ...«

»... was Leiden schafft«, beendete ich seinen Satz. »Das Sprichwort hat meine Gran immer zitiert.«

»Meine auch«, erwiderte Alex.

»Wie es aussieht, haben wir nicht nur die Vorliebe für Kaffee gemeinsam, sondern auch die Sprüche unserer Grannys.« Obwohl mir nicht danach war, musste ich schmunzeln.

»Was sind deine Hobbys?«, startete ich eine kleine Gegenoffensive.

»Ich koche für mein Leben gern«, gestand er mir. »Das hat etwas Entspannendes. Und du?«

»Ich esse gern«, erwiderte ich lachend. »Wir wären also die Top-Kombi. Aber wenn wir schon von Hobbys sprechen, ich liebe es zu backen. Aber nur Hefegebäck und Weihnachtsplätzchen.«

»Das klingt vielversprechend. Ich liebe Hefegebäck und bei Plätzchen bin ich auch nicht abgeneigt, wobei unsere Haushälterin eine grandiose Bäckerin ist. Dagegen wird es schwer anzutreten.« Er zwinkerte mir zu.

Unwillkürlich musste ich an Weihnachten denken. Mit jemandem wie Alex an der Seite wäre mein Weihnachtsfest ein voller Erfolg.

»Das ist doch verrückt«, meinte Alex plötzlich mit diesem eigenartigen Gesichtsausdruck, den ich vorhin schon an ihm bemerkt hatte. »Da müssen wir erst in einem Fahrstuhl festsitzen, um entspannt und offen miteinander zu reden.«

»Ja, eigenartig«, murmelte ich. Tatsächlich gefiel mir Alex mit jeder Minute besser, die ich in seiner Nähe verbrachte.

Seine Augen ruhten noch immer auf mir. »Was machst du eigentlich an Weihnachten?«

»Das ist eine heikle Frage«, erwiderte ich erstaunt. Konnte der Mann Gedanken lesen?

»Wieso heikel?« Seine Augen schienen mich förmlich zu verschlingen.

»Weil ich Weihnachten bei meiner Familie sein möchte, aber so, wie sich die Situation im Moment darstellt, werde ich das Fest allein auf dem Sofa verbringen«, gestand ich ihm.

»Das musst du mir erklären.« Er nippte an seinem Becher.

»Tja, ähm. Das ist eigentlich ziemlich privat.« Nervös leckte ich mir über die Lippen.

»Was hier in diesem Raum besprochen wird, bleibt in diesem Raum.«

»Versprochen?«

»Du hast mein Ehrenwort.« Er prostete mir zu. Anschließend zerknüllte er den Pappbecher und legte ihn neben sich auf den Boden.

»Einverstanden.« Ich nahm ebenfalls einen Schluck. Der Kaffee war mittlerweile kalt geworden und ich verzog das Gesicht. Mit wenigen Worten erzählte ich ihm von meinem Weihnachtsfest.

»Ich habe einfach keine Lust mehr, am Katzentisch zu sitzen, während alle anderen Spaß haben. Versteh mich nicht falsch. Ich liebe Kinder. Aber genauso gern sitze ich am Kamin mit den Erwachsenen und trinke gemütlich einen Eggnog. Außerdem nerven mich diese ewigen Sprüche über meine biologische Uhr.«

Alex' Augenbraue schnellte nach oben. »Was ist denn mit deiner biologischen Uhr verkehrt?«

»Na, die tickt. Zumindest in den Ohren meiner Umwelt. Meine Mum behauptet immer, dass Frauen ihre Kinder mit dreißig bekommen müssen, danach fangen die Eierstöcke an zu schrumpeln wie alte Weintrauben.«

»Danke für diese bildliche Darstellung. Jetzt kann ich keine Frau mehr anschauen, ohne verschrumpelte Weinreben zu sehen.« Er grinste verschmitzt.

»Blödmann. Du weißt genau, was ich meine. Also habe ich behauptet, dass ich einen Freund habe. Leider stellte sich heraus, dass Fake-Freunde nicht gerade auf der Straße liegen.« Ich gab einen tiefen Seufzer von mir. Tatsächlich fühlte es sich auf eine eigenartige Weise befreiend an, endlich die Wahrheit ausgesprochen zu haben.

Für einen winzigen Moment herrschte Schweigen zwischen uns. Alex starrte mich mit diesem superintensiven Blick an.

»Wahrscheinlich hältst du mich jetzt für verrückt, aber ich wusste einfach keinen anderen Ausweg.«

Er räusperte sich. »Keineswegs. Ehrlich gesagt kann ich dich komplett verstehen.« Sein Gesicht war ganz nah. Erst jetzt fiel mir auf, was für einen wunderschön geschwungenen Mund er hatte. *Wahnsinn.* Wie es sich wohl anfühlte, ihn zu küssen? *Halt. Stopp. Ich bin so ein schwaches Ding!*

»Ehrlich oder sagst du das nur?«

»Keineswegs.« Er strich sich mit der Hand über das Kinn. »Was würdest du sagen, wenn ich jemanden für dich hätte. Jemand, der perfekt für dich wäre und gern mit dir das Weihnachtsfest verbringen würde.« Er machte eine nachdenkliche Pause. Zwischen seinen Augenbrauen hatte sich eine Falte gebildet, die vorher nicht da gewesen war.

»Echt jetzt? Du nimmst mich auf den Arm, oder?« In meinen Ohren rauschte das Blut.

»Nein, ganz und gar nicht. Du bist auf der Suche nach dem perfekten Mann für Weihnachten und ich habe ihn für dich.« Alex‘ Augen blitzten.

»Und wer soll das sein?«

»Ich.« Er tippte sich mit den Fingern auf die Brust.

»Was? Da vertraue ich dir meine engsten Sorgen an und du machst dich über mich lustig.« Entrüstet stand ich auf und trommelte gegen die Lifttür. »Hört mich jemand da draußen? Ich sitze mit einem Wahnsinnigen fest!«, rief ich, so laut ich konnte.

»Violet, ich meine es ernst.« Alex war ebenfalls aufgestanden und nahm meine Hand in seine. »Ich bin der Mann, den du suchst.«

Ich beäugte ihn misstrauisch. »Wieso solltest du das tun?«

»Weil ich ein ähnlich gelagertes Problem habe und deine Hilfe gebrauchen könnte.«

»Das wage ich zu bezweifeln. Jemand wie du dürfte es nicht schwer haben, eine Frau zu finden, die ihn begleitet.«

»Doch. Das Problem bei mir ist, ich brauche jemanden, dem ich zu hundert Prozent vertrauen kann.« Seine Augen bannten sich in mein Gesicht.

»Ich bin ganz Ohr.« Unbewusst hielt ich die Luft an.

»Der Verlag – ich bekomme ihn nur, wenn ich bis zu meinem fünfunddreißigsten Geburtstag eine Frau an meiner Seite habe«, stieß er hervor.

»Du hast an Weihnachten Geburtstag?«

»Am sechsundzwanzigsten Dezember, um genau zu sein.«

»Verstehe. Und was müsste diese Frau tun?«

Eine leichte Röte hatte sich auf Alex᾽ Gesicht geschlichen. Er räusperte sich unangenehm. »Also, sie müsste mit mir verlobt sein.«

»Verlobt! Du machst Witze?« Das war mal eine deutlich andere Nummer, als nur einen Fake-Freund zu haben.

»Ich wünschte, es wäre so.« Seine Augen ruhten auf mir. Alles, was ich darin erkennen konnte, war die reine Wahrheit.

Ich brach in schallendes Gelächter aus.

»Was ist daran so lustig?«, hörte ich Alex sagen.

»Und ich dachte, ich hätte ein Problem«, stieß ich zwischen zwei Lachanfällen hervor. Ich hatte gewusst, dass Catherine verrückt war, aber für so durchgeknallt hatte ich sie nicht gehalten.

»Wenn ich die Bedingung nicht erfülle, geht der Verlag an ihren Bruder«, sagte Alex grimmig.

Ich stutzte. »Du meinst diesen blassgesichtigen Schnösel?« Catherines Bruder hatte seine Schwester zweimal im Verlag besucht und jedes Mal hatten sich die beiden lauthals gestritten.

»Yep. Genau den.« Alex nickte.

»Ach du meine Güte, dann ist es ja noch viel schlimmer, als ich dachte.« Fassungslos glitt ich an der Fahrstuhlwand nach unten, bis ich auf Alex' Jacke zum Sitzen kam.

»Du sagst es«, erwiderte Alex mit düsterer Miene.

In meinem Kopf wirbelten die Gedanken. Alex hatte das gleiche Problem wie ich, er brauchte jemand Glaubwürdiges, den er als seine Verlobte präsentieren konnte – genau wie ich. Mit dem kleinen Unterschied, dass bei ihm wesentlich mehr dranhing. Wenn er niemanden fand, würde es mehr als nur ein einsames Weihnachtsfest für ihn bedeuten. Wir würden ihn als Verlagschef verlieren und nach alledem, was ich von seinem Onkel wusste, war der keine Option für uns. Insofern würde meine Aktion, wenn ich ihm denn eine Zusage erteilen würde, sogar einen selbstlosen Akt für den Erhalt des Verlages darstellen.

Ich legte den Kopf leicht schräg und betrachtete Alex zwischen halb geschlossenen Lidern unauffällig. Zumindest sah er verdammt gut aus und konnte außerdem kochen. Ein wahrgewordener Traumschwiegersohn. Mum würde begeistert sein und was Dad anbelangte, wenn er das Gefühl hatte, dass ich glücklich war, würde er es auch sein. Meine beiden Geschwister Nathan und Isabel würden ihn lieben. Dessen war ich mir sicher. Nat stand auf dunkelhaarige große Männer und damit hatte Alex schon mal die wichtigsten Pluspunkte und Isabel fand es toll, wenn ein Mann kochen konnte. Mir gefiel er auch, wenn ich mal ganz ehrlich zu mir selbst war. Also was hatte ich zu verlieren?

»Okay, ich mache es«, sagte ich schließlich und streckte meine Hand aus.

»Wirklich?« Alex schüttelte ungläubig den Kopf.

»Ich spiele an Weihnachten deine Freundin, ähm, Verlobte, wenn du das Gleiche für mich tust. Allerdings darf niemand von unserer

Scharade erfahren. Das würden mir meine Eltern nie verzeihen.«

»Das würdest du echt für mich tun?« Seine Augen leuchteten unnatürlich hell hinter dem dunklen Wimpernkranz hervor.

»Ja, schlag ein. Ansonsten überlege ich es mir noch anders«, sagte ich ungeduldig.

»Einverstanden.« Ehe ich mich's versah, hatte er sich meine Hand gegriffen und hielt sie so fest, dass es wehtat.

»Hey, du sollst mir nicht die Finger brechen«, maulte ich.

»Oh, entschuldige. Ich bin nur so erleichtert.« Aus seinen Augen sprach nichts als die Wahrheit.

»Frag mich erst mal.« Mein Herz wummerte wie verrückt gegen meine Brust. »Allerdings müssen wir die Rahmenbedingungen unseres Deals noch genau absprechen.«

»Ja, natürlich.«

»Gut. Der Vierundzwanzigste gehört meiner Familie.«

Alex schob die Brille hoch auf den Nasenrücken. »Na gut. Das kann ich regeln und sonst?«

»Nichts.« Ich überlegte. »Doch. Warte. Keine Lügen, soweit es sich vermeiden lässt. Ich würde lieber bei der Wahrheit bleiben.«

»Das kommt mir entgegen.«

»Was sagen wir ihnen, wie lange wir uns schon kennen?«

»Drei Monate. Dann ist es wenigstens realistisch«, erwiderte Alex nachdenklich.

»Meine Eltern werden wissen wollen, warum ich ihnen nichts von dir erzählt habe«, überlegte ich laut.

»Weil wir unsere Liebe erst einmal genießen wollten«, erwiderte Alex. Seine Augen ruhten auf mir. »Was hat dich dazu bewogen, zuzusagen?«

Ich zuckte gleichgültig mit den Schultern. »Das liegt doch auf der Hand. Du bist nicht mein Typ und somit laufe ich nicht Gefahr, mich in dich zu verlieben. Umgekehrt scheint es genauso zu sein.

Wir sind sozusagen das perfekte Fake-Match.«

Etwas lag in seinem Blick, das ich nicht deuten konnte. »Das tut weh und ich dachte, du stehst auf mich.«

»Vergiss es. Mein Boss ist tabu«, sagte ich energischer als gewollt.

Eine leise Stimme drang von draußen zu uns. »Hallo, können Sie mich hören?«

Ich schnappte hörbar nach Luft.

»Ja, wir hören Sie«, antwortete Alex, der sich schneller wieder im Griff hatte.

»Wie viele Personen sind Sie?«, kam die Rückantwort prompt.

»Wir sind zu zweit.« Alex hob den Daumen in meine Richtung in die Luft.

»Einen Moment!«, rief eine unbekannte männliche Stimme. »Wir holen Sie raus.«

Unwillkürlich drückte ich mich an Alex. Wie gebannt starrte ich auf die Tür, während die Synapsen in meinem Hirn noch immer damit beschäftigt waren, die letzten Minuten zu verarbeiten. Hatte ich wirklich gerade einen ziemlich verrückten Deal mit meinem Boss abgeschlossen?

Sekunden später ruckelte es und die Tür ging langsam auf. Der Kopf eines unbekannten Mannes tauchte in dem handbreiten Spalt auf.

»Alles okay?«

»Ja«, erwiderte ich schwach.

»Gut. Es dauert noch ein paar Minuten, dann sind Sie draußen.« Mit diesen Worten verschwand der Mann wieder.

»Violet«, holte mich Alex zurück. Er hatte seine Augen auf mein Gesicht gesenkt. »Kann ich mich auf deine Verschwiegenheit verlassen?«

»Natürlich.« Alex hatte weit mehr zu verlieren als ich.

»Gut.« Er nickte zufrieden. »Noch hast du die Gelegenheit

zurückzuziehen.«

»Nein, der Deal steht«, versicherte ich ihm. Ein unkontrolliertes Kichern entwich meiner Kehle. »Das ist das Verrückteste, was ich jemals getan habe.«

»Dito.« Ein breites Grinsen legte sich auf sein Gesicht. »Das glaubt uns keiner.«

»Gut so. Das ist ja der Zweck dieses Bündnisses.«

»Was hältst du davon, wenn wir morgen bei mir die nötigen Details besprechen?«

»Bei dir?« Ein leichtes Flattern breitete sich in meinem Bauch aus.

»Hast du etwa Angst? Du bist schließlich meine Verlobte.« Er funkelte mich vergnügt an.

»Nein, natürlich nicht.«

»Gut, dann würde ich mich freuen, wenn du gegen acht Uhr bei mir bist. Ich koche etwas für uns.« Er nannte mir seine Adresse.

»Okay, ich werde pünktlich sein«, versprach ich.

Die Tür wurde weiter aufgeschoben und mit einem Ruck war der Ausgang frei. Zwei Männer in Arbeitsanzügen warteten dahinter und streckten uns die Hände entgegen.

»Vorsicht, Stufe.« Erst jetzt bemerkte ich den Abstand zum Boden. Wie es aussah, war der Fahrstuhl unterhalb des eigentlichen Ausstiegs zum Stehen gekommen.

Dankbar schlug ich ein. Ein fester Händedruck und ich wurde nach oben gezogen. Erleichtert kletterte ich nach draußen, froh, endlich der Enge des Raumes entkommen zu sein.

Alex folgte mir nur wenige Sekunden später.

»Geht es Ihnen beiden gut?« Die Männer musterten uns aufmerksam.

»Ja, prima«, versicherte ich ein weiteres Mal.

»Diese alten Dinger zicken herum wie meine Frau«, brummte

der ältere der beiden. »Man muss sie ständig pflegen, damit sie ordnungsgemäß funktionieren.«

»Ich kann nur hoffen, dass niemals ein Mann so über mich spricht«, flüsterte ich Alex kaum hörbar zu.

Anscheinend hatten wir den gleichen Humor. Etwas, das mir gefiel. Es kam nicht häufig vor, dass man einen Mann an seiner Seite hatte, der humorvoll war. Alex schien einer dieser männlichen Raritäten zu sein. Sehr gut. Das würde mir das Spiel erleichtern. Aus dem Augenwinkel sah ich die Chefsekretärin auf uns zukommen.

»Mein Gott, Alex, da bist du ja. Wir hatten schon Angst, dass dir etwas passiert sein könnte.«

»Danke der Nachfrage, mir geht es gut«, murmelte ich, noch immer mit unserem Deal beschäftigt.

»Ach, Violet. Du bist ja auch da. Und ihr wart die ganze Zeit zusammen eingesperrt?« Ungläubigkeit stand ihr ins Gesicht geschrieben.

»Ja, sieht ganz danach aus.« Ich wandte mich Alex zu. »Danke für deine Hilfe.« Dabei deutete ich auf die Jacke, die Alex sich in der Zwischenzeit wieder über die Schultern gelegt hatte.

»Gern geschehen.« Seine Mundwinkel zuckten kaum merklich und seine Augen funkelten belustigt.

»Violet.« Chloe kam mit rotem Gesicht auf mich zugestürmt. »Du lebst!«

»Knapp und gerade dem Tod entkommen«, witzelte ich erstaunlich locker. Alex hatte es tatsächlich geschafft, mir die Angst zu nehmen, noch dazu hatte er mir ein geradezu unmoralisches Angebot gemacht. Ich konnte es nicht fassen, dass ich eingewilligt hatte.

»Wenn du mir einen Kaffee spendierst, erzähle ich dir alles«, schlug ich vor.

»Einverstanden.« Chloe hakte sich bei mir unter. Langsam setzten wir uns in Bewegung.

»Bis später«, hörte ich Alex' Stimme hinter uns rufen. Sofort machte mein Herz einen Hüpfer und mein Magen fing an zu blubbern.

Was habe ich getan?

8. Alex

Zigarettenrauch schlug mir entgegen, als ich den Pub betrat, und mischte sich mit den schweren Essensgerüchen. Um den breiten Holztresen hatten sich einige Männer versammelt, die sich lautstark miteinander unterhielten.

Ich ließ meinen Blick über die Köpfe der Anwesenden hinweggleiten, bis ich Alfies braune Haare entdeckt hatte. Er hatte es sich auf dem alten Ledersofa vor dem Kamin gemütlich gemacht.

Mit wenigen Schritten war ich bei ihm. Frodo folgte mir wie ein Schatten. Ich hatte erst überlegt, ihn im Appartement zu lassen, aber mein schlechtes Gewissen hatte mich schließlich dazu bewogen, ihn mitzunehmen. Eigentlich mochte Frodo keine großen Menschenansammlungen, aber den Platz am Kamin mochte er.

»Da bist du ja«, begrüßte mich Alfie.

»Hallo, Alfie.« Ich klopfte meinem Kumpel auf die Schulter. Frodo stupste mit der Nase gegen Alfies Knie. »Na, alter Junge. Schön, dich zu sehen. Wie klappt es mit der Hundesitterin?«

»Gut, wobei das keine Lösung auf Dauer ist. Sobald ein bisschen Ruhe im Verlag eingekehrt ist, darf er mit.« Ich ließ mich neben Alfie auf dem Ledersofa nieder. Im Kamin prasselte leise das Feuer.

Es war angenehm warm und ich zog die Jacke aus, die ich mir übergeworfen hatte.

Ich deutete auf das halb leere Glas auf dem Tisch. »Möchtest du auch noch ein Ale?«

»Auf einem Bein kann man nicht stehen.«

»Alles klar.« Mit der Hand gab ich der Bedienung ein Zeichen, uns noch zwei zu bringen.

Wie immer um diese Zeit war der Laden gut besucht. Die meisten Anwohner kamen nach der Arbeit hierher, um ein kühles Bier zu trinken.

»Alex, was verschafft uns die Ehre?« Maggie, die Bedienung, war mit zwei vollen Gläsern zurück. »Du warst länger nicht mehr hier.«

»Ich hatte viel zu tun«, erklärte ich freundlich. »Der Verlag und so. Hat nichts mit euch zu tun.«

»Verstehe. Na, dann bin ich beruhigt. Schön, dass du da bist. Der geht aufs Haus.« Sie stellte die Getränke auf den Tisch. Dabei gab sie den Blick auf ihre drallen Brüste frei, die wie schwere Glocken in ihrem Ausschnitt baumelten.

»Danke, Maggie, aber das wäre nicht nötig gewesen.«

»Für meine beiden Lieblingskunden doch immer.« Mit einem frechen Grinsen verschwand sie wieder in der Menge.

»Meintest du den Blick auf ihre Brüste oder das Bier?«, bemerkte Alfie trocken von der Seite, dem der Anblick nicht entgangen war.

»Das Bier natürlich. Cheers.« Das Ale lief wunderbar kalt die Kehle hinunter und hinterließ einen angenehm herben Geschmack.

»So, und nun schieß los, Kumpel. Was macht die Verlobten-Suche?« Alfie lehnte sich entspannt zurück. Frodo hatte es sich auf dem Boden vor dem Kamin gemütlich gemacht und döste vor sich hin.

»Ich habe eine Frau gefunden für Weihnachten«, ließ ich die Bombe platzen.

Alfie starrte mich mit offenem Mund an. »Nicht dein Ernst.«

»Doch. War ein ziemlicher Zufall.« Mit wenigen Worten schilderte ich ihm die Ereignisse von heute Vormittag. »Als ich ihr den Vorschlag gemacht habe, dachte ich im ersten Moment, sie knallt mir eine, aber dann hat sie zugestimmt. Das ist eine echte Win-win-Situation. Violet braucht wie ich ein Date zu Weihnachten. Keiner hat einen Nachteil davon. Wir müssen uns nur auf die Rahmenbedingungen einigen. Violet ist ein echter Glücksfall, wenn man es mal genauer betrachtet.«

Für einen Moment herrschte Schweigen. Nur das Knistern der Flammen und die Stimmen der Gäste im Hintergrund waren zu hören.

»Das ist ja unglaublich«, sagte Alfie schließlich.

»Ganz meine Meinung. Violet ist perfekt für den Job geeignet.«

»Definiere perfekt«, verlangte Alfie.

»Sie sieht gut aus, ist schlau, nicht auf den Mund gefallen und hat noch dazu Humor«, fasste ich Violets Vorzüge zusammen. »Außerdem ist sie Single und nicht auf der Suche nach einem Mann.«

»Dein letzter Satz widerspricht sich«, bemerkte Alfie. »Frauen, die Single sind, sind immer auf der Suche nach ihrem Traummann. Das liegt in der Natur der Dinge.«

»Nein. Ganz und gar nicht. Da tust du Violet unrecht. Sie liebt ihr Singleleben genau wie ich und hat gar kein Interesse, sich zu binden. Außerdem bin ich nicht ihr Typ.« Ich nahm einen weiteren Schluck Ale.

»Sagt sie das oder du?«

»Das braucht sie gar nicht extra zu erwähnen. So, wie sie mich in den letzten Wochen behandelt hat, ist es ziemlich eindeutig. In der Umgangssprache würde man es als freundlich-distanziert bezeichnen.«

»Aha.«

»Was willst du mir sagen?«

»Na ja, bei Frauen wäre ich mir da nicht so sicher. Ich dachte nämlich, dass Candice mein Werben endlich erhört hat, aber wie es aussieht, wollte sie fragen, ob ich ihrem Freund einen Job in der Agentur besorgen kann.«

Nur mit Mühe konnte ich ein Lächeln unterdrücken. »Das tut mir leid, alter Junge.«

»Ach, macht nichts.« Alfie winkte entspannt ab. »Aber zurück zu dir. Das klingt doch ziemlich cool. Wie sieht die Kleine eigentlich aus?«

Es missfiel mir, dass er Violet als *Kleine* bezeichnete.

»Sie hat lange braune Haare und ihre Augen haben die Farbe von Bernstein, wenn das Sonnenlicht darauf fällt. Aber sie hat diese natürliche Schönheit ohne viel Make-up und so. Ehrlich gesagt finde ich sie äußerst attraktiv.« Das war die Untertreibung des Jahrhunderts. Violet war die schönste Frau, die mir jemals begegnet war, allerdings nicht auf die herkömmliche Weise. Dafür war ihr Mund zu groß und ihre Figur etwas zu moppelig. Aber genau das war es, was mir so an ihr gefiel. Sie hatte es nicht nötig, ihr Gesicht hinter Make-up zu verstecken, wie es heutzutage üblich war. Keine künstlichen Wimpern oder aufgespritzte Lippen. Violet überstrahlte alle Frauen in ihrer Nähe durch ihre Natürlichkeit.

»Bist du verknallt in sie?« Alfie betrachtete mich aufmerksam.

»Nein, selbstverständlich nicht«, gab ich betont gleichgültig zurück. Ich wollte nicht, dass Alfie irgendwelche voreiligen Schlüsse zog. »Aber sie verkörpert die perfekte Schwiegertochter und noch dazu ist sie ziemlich nett. Das allein macht sie sympathisch.«

»Aber ist sie eine so gute Schauspielerin, dass dein Onkel dir die Story mit der plötzlichen Verlobung auch abkauft? Immerhin hängt davon dein weiteres berufliches Leben ab. Verlag oder kein Verlag.«

»Wir müssen eben überzeugend genug sein. Außerdem sind wir ja erst bei ihren Eltern. Da können wir unsere Glaubwürdigkeit schon mal testen und eventuell nachjustieren in die eine oder andere Richtung.«

Bei dem Gedanken an Carl wurde mir leicht mulmig. In den letzten Jahren waren seine Besuche von der Alkoholsucht geprägt gewesen. Meist war er irgendwann betrunken am Tisch eingeschlafen oder hatte unpassende Bemerkungen gemacht.

»Deine Tante war ganz schön durchgeknallt, sich so eine bekloppte Klausel auszudenken.«

Bei dem Gedanken an Catherine musste ich unwillkürlich lächeln.

»Das kannst du laut sagen. Aber zumindest habe ich eine Lösung gefunden, und wenn ich ehrlich bin, hätte es mich schlimmer treffen können«, sagte ich aufrichtig. Je länger ich darüber nachdachte, umso besser gefiel mir der Gedanke, mein Weihnachten mit der hübschen Violet zu verbringen.

»Ich würde sagen, das ist ein Grund anzustoßen.« Alfie streckte mir sein Glas entgegen. »Auf die hübsche Violet, die dich gerettet hat.«

»Hoffentlich«, murmelte ich nachdenklich.

»Aber erzähl mal, wie läuft es im Job? Du siehst ein bisschen müde aus«, meinte Alfie, den Blick auf mich gerichtet.

»Bin ich auch. Die vergangenen Wochen waren anstrengend und ich habe schlecht geschlafen.« Das war noch untertrieben.

Jede Nacht war ich schweißgebadet aufgewacht und hatte darüber nachgedacht, wie es mit dem Verlag weitergehen würde, wenn ich keine Frau fand. Wieder tauchten Violets goldbraune Augen in meinem Kopf auf. Es war, als ob sie sich dort festgesetzt hatte, seit wir unseren Deal im Fahrstuhl geschlossen hatten. Den ganzen Tag hatte ich mich immer wieder dabei erwischt, dass ich an sie gedacht hatte. Violet Lancaster war nicht nur eine attraktive Frau, sondern mit ihrer selbstbewussten Art auch eine Herausforderung für jeden Mann. Bis Weihnachten waren es nur noch zwei Tage. Sehr wenig Zeit, um sie besser kennenzulernen. Heute hatte ich zumindest einen winzigen Einblick bekommen, was sich hinter der selbstbewussten Fassade verbarg – eine verletzliche junge Frau. Eine gewisse Vorfreude auf den morgigen Abend breitete sich aus. Ich war gespannt, welchen Teil sie diesmal von sich preisgab.

9. Violet

nd was sagst du?« Fragend drehte ich mich vor dem großen Spiegel in meinem Zimmer. Um uns herum herrschte völliges Chaos. Der Kleiderschrank stand offen und sämtliche Klamotten lagen entweder auf meinem Bett oder auf dem Boden. Dazu gesellten sich diverse Schuhe und Handtaschen.

»Ich kann es nicht glauben, dass du dich wirklich auf diesen Deal eingelassen hast.« Florence, die zwei Schritte hinter mir stand, schüttelte fassungslos den Kopf. Laurie hatte es sich auf meinem Bett gemütlich gemacht, umgeben von Klamottenbergen. Seit gestern beschäftigte mich die Kleiderfrage, schließlich wollte ich einen guten Eindruck bei unserem ersten offiziellen Date machen – selbst wenn es sich dabei genau genommen um eine geschäftliche Besprechung im privaten Rahmen handelte.

»Daran erkennst du den Grad meiner Verzweiflung.« Ich spielte mit einer Haarsträhne zwischen den Fingern. »On top hat er Schwiegersohn-Potenzial. Er sieht gut aus, ist intelligent und hat einen guten Humor. Das ist mehr, als so mancher Typ von sich behaupten kann. Mum wird begeistert sein, wenn sie ihn kennenlernt. Bei Dad bin ich mir nicht so sicher. Aber letztendlich ist es auch egal. Schließlich verschwindet Alex wieder aus meinem

Privatleben, sobald Weihnachten vorbei ist. Dann ist er wieder mein Boss und ich bin seine Social-Media-Agentin.«

»Hast du dir das wirklich gut überlegt? Schließlich musst du im Gegenzug seine Verlobte spielen«, gab Laurie zu bedenken. »Das ist schon eine andere Hausnummer, als nur ein kurzes Gastspiel als Freundin zu geben.«

Ich zuckte gleichgültig mit den Schultern. »Das wird schon. Sind ja nur ein paar Tage, dann habe ich meine Ruhe und er seinen Verlag.«

»Und wann willst du eure Trennung verkünden?« Laurie sah mich mit skeptischer Miene an.

»Ein, zwei Wochen später. Ich erzähle meinen Eltern einfach, dass es nicht gepasst hat. Wie heißt es bei den Stars immer so schön: *Wegen unüberbrückbarer Differenzen gehen wir ab jetzt getrennte Wege. Aber wir werden Freunde bleiben.*« Vergnügt nahm ich einen Schluck aus meinem Kaffeebecher.

»Und was ist mit seinen Eltern?«

»Das ist nicht mein Problem. Ich bin nur die Fake-Verlobte, die ihm hilft, den Verlag zu bekommen. Wie er das mit seinen Eltern handhabt, ist seine Sache.«

»Okay, aber ich verstehe immer noch nicht, warum er dich ausgesucht hat?« Florence sah mich fragend an. »Du arbeitest schließlich für ihn.«

»Weil ich bekennender Single bin so wie er. Außerdem bin ich durchaus begehrenswert.« Ich schob meine Unterlippe schmollend hervor.

»So war es nicht gemeint. Ich bin mir immer noch nicht sicher, ob es eine gute Idee ist, sich als die Fake-Verlobte vom Boss auszugeben.«

»Im Büro weiß keiner davon. Noch nicht einmal Chloe.« Natürlich war ich versucht gewesen, ihr alles zu erzählen, aber nach kurzer Überlegung hatte ich mich dagegen entschieden. Je weniger Leute über unseren kleinen Deal Bescheid wussten, umso besser.

»Und das alles habt ihr in der kurzen Zeit geklärt, die ihr im Fahrstuhl festgesteckt habt?«, hakte Laurie nach.

»Hey, auf welcher Seite seid ihr eigentlich? Ich dachte, ihr freut euch für mich, dass ich mein Problem endlich gelöst habe.« Meine Euphorie von gestern war verflogen, je länger ich darüber nachdachte.

»Tun wir ja auch, aber wir wollen einfach vermeiden, dass du eine Enttäuschung erlebst«, konterte Florence und Laurie nickte.

»Also Alex hat null Interesse an einer Beziehung. Das hat er ziemlich deutlich gesagt. Er will einfach nicht, dass der Verlag an seinen Onkel geht, und das kann schon als Selbstschutz nur unterstützen.«

»Das hast du von Alex am ersten Tag auch behauptet.« Laurie wackelte mit ihren rot lackierten Zehen.

»Das war anders. Alex ist ein guter Typ und hat einen Sinn für Humor. Das ist schon mal mehr, als die meisten Männer vorweisen können.«

»Und du bist sicher, dass du nicht verknallt bist?« Florence musterte mich misstrauisch im Spiegel.

»In Alex?«

»Nein, in den Weihnachtsmann – natürlich in Alex.«

»Niemals.« Ich schüttelte energisch den Kopf. »Alex ist mein Boss und damit tabu. Fake-Verlobter hin oder her.«

»Viel Glück damit.« Florence hob die gekreuzten Finger in die Luft.

»Warum seid ihr nur so skeptisch?« Ich drehte mich zu meinen Freundinnen um.

»Ist dir eigentlich klar, dass ihr das verliebte Paar spielen müsst?«, sagte Laurie. Erst jetzt bemerkte ich, dass sie sich eine meiner Blusen übergeworfen hatte.

»Was meinst du genau?«

»Na ja, wenn ihr eure Familien überzeugen wollt, dann müsst ihr das ganze Register ziehen. Verliebte Blicke, Küsse und Zärtlichkeiten. Das, was Paare ebenso machen, wenn sie ineinander verknallt sind.«

Ich öffnete den Mund und schloss ihn wieder. Tatsächlich hatte ich nicht so weit gedacht, als ich dem Deal zugestimmt hatte.

»Dachte ich es mir doch«, bemerkte Florence trocken.

Das markante Gesicht von Alexander Godfrey tauchte vor meinen Augen auf und mit ihm das nervöse Flattern in meinem Bauch. Mein Körper war schon immer ein alter Verräter gewesen.

»Violet?«

Eine ungute Hitze breitete sich vom Hals aufwärts auf meinem Gesicht aus.

»Ähm. Was meint ihr, welche Tasche ich nehmen soll?« Hektisch bückte ich mich, um nach der braunen Tod's-Handtasche zu greifen, die mir Mum letztes Jahr zu Weihnachten geschenkt hatte. Ein Vorwand, damit meine Freundinnen nicht sahen, wie ich rot wurde. Wie sollte ich die ganzen Feiertage überstehen, wenn mir allein der Gedanke, Alex zu küssen, den Schweiß auf die Stirn trieb? *Verdammt.*

Ich richtete mich wieder auf und hielt die Tasche vor den Bauch. Auf der anderen Seite hatte ich schon eine Menge Männer in meinem Leben geküsst und war trotzdem noch glücklicher Single. Ein Kuss war schließlich nichts Besonderes.

Alles, was ich tun musste, war, die Angelegenheit als geschäftliche Transaktion zu betrachten. Dann würde es schon klappen.

»Ich denke nicht, dass ich ein Problem damit habe. Denn Alexander Godfrey ist definitiv nicht mein Traummann. Wir kommen aus zwei verschiedenen Welten«, sagte ich im Brustton der Überzeugung. So richtig sicher war ich mir aber nicht. Es war nicht zu leugnen, dass Alex eine gewisse Anziehungskraft auf Frauen ausübte, der auch ich mich nur schwer entziehen konnte.

»Dann ist doch gut.« Florence schenkte mir ein breites Grinsen. »Ich bin gespannt, was du berichten wirst.«

»Du siehst jedenfalls toll aus«, versicherte Laurie mir.

Mein Blick wanderte zurück zum Spiegel. Die Kombination aus der weiten schwarzen Hose zusammen mit dem beigefarbenen Kaschmirpullover war schick, aber nicht aufgedonnert. Fehlte nur noch der schwarze Mantel. Mit einer schwungvollen Bewegung hatte ich mir das finale Kleidungsstück übergeworfen. Gefolgt von der Handtasche, in die ich das Handy samt meinem Portemonnaie legte. Zusammen mit der Liste an Fragen, die ich für das Treffen mit Alex vorbereitet hatte.

»Viel Glück.« Florence und Laurie warfen mir einen Kuss zu. »Und wir wollen alles wissen.«

»Versprochen. Ihr könntet mir einen riesigen Gefallen tun und meine Klamotten zurück in den Schrank hängen.« Ich deutete auf die herumliegenden Sachen.

»Sehr gern, Eure Majestät.« Florence machte einen gespielten Knicks.

»Aber nur, wenn ich die Bluse morgen zur Arbeit tragen darf!«, rief Laurie.

»Einverstanden. Bis später.« Mit diesen Worten stürmte ich aus dem Zimmer.

Langsam fuhr das Taxi in die Straße ein, in der sich Alex' Wohnung befand. Der Schnee von gestern hatte sich in eine hässliche graue

Matsche verwandelt. Nur auf den Dächern lag noch ein Rest von der weißen Pracht.

Shoreditch war eines der angesagten Viertel Londons. Unzählige Start-up-Unternehmen hatten hier ihren Sitz. Es gab jede Menge hipper Läden und Restaurants. Viele der Gebäude waren ursprünglich Fabriken gewesen, die man in den letzten Jahren stillgelegt und zu Geschäftshäusern umgebaut hatte, was der Gegend ihren besonderen Charme verlieh.

Mit jedem Meter, den ich mich dem Haus näherte, erhöhte sich mein Puls. Den ganzen Tag war ich wie ein aufgescheuchtes Huhn durch die Gegend gelaufen, darum bemüht, mir nichts anmerken zu lassen. Je länger ich über die Sache nachdachte, umso verrückter schien mir unser Plan zu sein.

»Da wären wir.« Der Taxifahrer stoppte den Wagen. Neugierig schaute ich nach draußen. Das alte Gebäude schimmerte rötlich im Licht der Straßenbeleuchtung. Weiße Steine umrahmten die hohen Fenster und den Eingang des ehemaligen Fabrikgebäudes.

Ich war gespannt, was mich hinter den Mauern erwarten würde.

Nachdem ich den Fahrer bezahlt hatte, stieg ich mit klopfendem Herzen aus und ging die wenigen Stufen bis zum Eingang. Als ich die Tür erreicht hatte, sprang die Beleuchtung an. Neugierig inspizierte ich die Klingelleiste.

Alex' Name stand ganz oben. Darunter waren noch drei weitere zu finden.

Ich nahm einen tiefen Atemzug, dann drückte ich auf den goldenen Knopf.

Ein leises Surren ertönte.

»Hallo, Violet«, meldete sich Alex' Stimme blechern. Irritiert sah ich hoch. Erst jetzt entdeckte ich die winzige Kamera, die über der Leiste angebracht war.

Ich lächelte nervös. »Hallo, Alex.«

»Einfach den Lift bis in den vierten Stock nehmen.« Kurze Pause. »Mach dir keine Sorgen, das Ding ist noch nie stecken geblieben«, fügte er hinzu.

»Dann ist ja gut.« Tatsächlich hatte ich überlegt, die Treppe zu nehmen, aber ich wollte nicht wie ein Angsthase vor ihm dastehen.

Es surrte erneut und die Haustür sprang mit einem leisen Klicken auf. Mein Herz wummerte wie verrückt gegen die Brust, als ich eintrat.

Der Fahrstuhl war nur wenige Schritte vom Eingang entfernt. Kaum war ich drin, fuhr der Lift sanft nach oben, um keine dreißig Sekunden später wieder zum Stehen zu kommen.

Geräuschlos gingen die silbernen Türen auf.

»Willkommen in meinem kleinen Reich.« Alex stand lässig gegen den Türrahmen gelehnt. Ich schluckte bei seinem Anblick. Es war das erste Mal, dass ich ihn nicht im Anzug sah.

Das weiße Shirt spannte über seinen Schultern und ließ erahnen, dass sich weiter unten ein Sixpack darunter verbarg. Die dunkle Hose saß perfekt auf den schmalen Hüften. Seine Haare waren im Gegensatz zu sonst sorgfältig zurückgekämmt. Er sah unglaublich sexy aus. Seine blauen Augen lächelten mir entgegen.

»Hallo, Alex«, erwiderte ich schwach.

Mit einem Schritt war er bei mir. »Darf ich dir den Mantel abnehmen?«

»Ja, danke.« Ich drehte ihm den Rücken zu, sodass er mir heraushelfen konnte. Als seine Hände mich berührten, zuckte ich unbewusst zusammen.

»Du siehst toll aus.« Sein Blick glitt mit geradezu quälender Langsamkeit über mein Gesicht nach unten zu den Schuhen und wieder hoch. Es hätte mich nicht gewundert, wenn kleine Rauchwölkchen aufgestiegen wären, dort, wo mich seine Augen berührten.

»Das kann ich nur zurückgeben.« Meine Stimme klang, als hätte ich täglich eine Flasche Whiskey getrunken. Ich räusperte mich.

»Danke, ohne Anzug fühle ich mich auch deutlich wohler.« Er schenkte mir ein breites Grinsen. Dabei bildeten sich zwei Grübchen in seinen Wangen, was ihn jünger aussehen ließ.

Wie aus dem Nichts tauchte plötzlich ein Jack Russell neben Alex auf, der mich neugierig mit seinen feuchtbraunen Augen anstarrte.

»Wie ich sehe, sind die Frauen heute Abend in der Unterzahl.« Ich ging in die Knie, um den Hund zu begrüßen. »Du bist also Frodo.« Sanft fuhr ich dem Tier mit der Hand über das glatte Fell.

Der Jack Russell sah mich mit diesem Blick an, als wollte er sagen: *Keine Ahnung, was er sich dabei gedacht hat.*

»Du hättest ihn mal sehen sollen, als ich ihn bekommen habe. Ein winziger Welpe mit tapsigen Füßen und riesigen Ohren«, erklärte Alex schmunzelnd. »Der erste Name, der mir bei seinem Anblick einfiel, war Frodo.«

»Du bist aber viel hübscher als Frodo«, flüsterte ich dem Jack Russell zu.

»Du kennst Herr der Ringe?«

»Und ob. Ich bin ein riesiger Tolkien-Fan.« Der Hund leckte mir freudig über die Hand. Dabei bewegte sich sein Schwanz wie das Pendel eines Metronoms hin und her.

»Er mag dich«, kommentierte Alex.

»Wundert dich das? Ich bin schließlich ein sehr liebenswerter Mensch«, erwiderte ich vergnügt und richtete mich wieder auf.

»Dem es nicht an Selbstbewusstsein zu mangeln scheint.« Alex' Mundwinkel kräuselten sich.

»Eine Frau muss wissen, wo sie steht. Sobald du als Frau einen Hauch von Unsicherheit zeigst, wird es dir sofort als Schwäche ausgelegt. Wenn ein Mann Selbstzweifel zeigt, gilt es als liebenswert. Eine Lektion, die ich schon früh in der Berufswelt gelernt habe.«

Neugierig schaute ich mich um.

Vor mir lag das Wohnzimmer. Ein großer Raum mit hohen Decken, der nahtlos in den Koch-Essbereich überging. Der Holzboden schimmerte im Licht wie mit Honig überzogen. Die Stirnwand war aus grauen Backsteinen errichtet worden, in die ein riesiger Kamin eingebaut war. Davor befand sich eine Sitzecke, deren Mittelpunkt ein dunkles Ledersofa bildete. Zur rechten Seite stand ein breites Regal, das bis hoch zur Decke reichte und in dem hunderte von Büchern ihren Platz gefunden hatten. Links befand sich eine große Fensterfront, die einen fantastischen Blick über das nächtliche London freigab.

An der hohen Decke waren schlichte runde Glaskugeln befestigt, die in unterschiedlichen Längen bis tief in den Raum hingen und ein weiches Licht spendeten.

Die Küche im hinteren Teil war in einem dunklen Grau gehalten und lediglich durch den Tresen vom Wohnzimmer getrennt. Alles war modern eingerichtet und unterstrich den industriellen Stil der Wohnung, ohne dabei ungemütlich zu wirken. Im Gegenteil. Alles war sorgfältig aufeinander abgestimmt und die Sitzecke lud zum Träumen vor dem Kamin ein.

Es war angenehm warm und in der Luft hing ein köstlicher Essensduft.

»Sehr schön hast du es hier«, lautete mein abschließendes Urteil.

»Freut mich, dass dir die Wohnung gefällt. Es war reiner Zufall, dass ich sie bekommen habe, und noch heute feiere ich die Maklerin dafür«, erwiderte er lächelnd. »Lust auf ein Glas Wein?« Er machte eine Handbewegung in Richtung Küche.

»Sehr gern.« Noch immer schlug mein Herz wie verrückt gegen die Brust, als ich ihm folgte. Der Dielenboden knarrte leise unter meinen Füßen, als wollte er sich beschweren.

Zu meiner Überraschung stellte ich fest, dass er nicht den Esstisch, sondern den lang gezogenen Küchentresen für uns gedeckt hatte. Im Stillen bewunderte ich die dunkelgrauen Platzdecken, die perfekt zu den mitternachtsblauen Tellern passten. Die hellblauen Leinenservietten waren farblich auf das Geschirr abgestimmt. In der Mitte des Tresens standen zwei Windlichter, in denen das Kerzenlicht munter flackerte.

Eins musste man Alex lassen, er hatte einen ausgezeichneten Geschmack, was die Einrichtung seiner Wohnung betraf.

»Da ich nicht wusste, ob du Fleisch isst, habe ich uns etwas Vegetarisches gekocht.« Mit fließenden Bewegungen band er sich eine schwarze Schürze um die Hüften.

»Wie aufmerksam von dir. Tatsächlich esse ich nur noch gelegentlich Fleisch.« Ich ließ mich auf einem der beiden Hocker nieder, die um den Tresen standen.

»Was möchtest du lieber: einen hervorragenden Rotwein oder einen Weißwein?« Alex warf mir einen fragenden Blick zu.

»Der *hervorragende* Rotwein klingt gut«, erwiderte ich schmunzelnd. »Das nennt man in der Werbebranche unbewusste Beeinflussung.«

»Den habe ich schon mal vorbereitet, in der Hoffnung, dass du ihn nehmen würdest.« Zielsicher zog er einen Dekanter hervor.

»Was für ein Zufall.« Ich konnte nicht anders, als zu lachen.

Gluckernd lief die dunkelrote Flüssigkeit in die Weinkelche.

»Auf unsere Verlobung.« Lächelnd reichte er mir eines der Gläser.

Sofort schaltete mein Puls einen Gang höher. *Verlobung*. Aus seinem Mund klang es irgendwie real.

»Auf unseren Deal«, entgegnete ich, damit beschäftigt, den Aufruhr in meinem Körper, den seine Worte ausgelöst hatten, wieder in den Griff zu bekommen.

Vorsichtig nahm ich einen winzigen Schluck. Sofort hatte ich den beerigen Geschmack auf der Zunge, der sich mit dem von dunkler Schokolade mischte. Alex hatte nicht übertrieben, als er behauptet hatte, der Wein wäre gut.

»Mmh. Perfekt.« Genießerisch leckte ich mir mit der Zungenspitze über die Lippen.

»So wie du.« Seine Augen ruhten auf meinem Mund.

Verdammt. Flirtete er mit mir? Eine verräterische Hitze breitete sich auf meinen Wangen aus. Schnell drehte ich den Kopf zur Seite, dass er nicht sah, wie ich rot wurde. Denn leider gehörte ich nicht zu der Sorte Frau, wie man es immer in Büchern las, deren Wangen von einem zarten rosafarbenen Hauch überzogen wurden. In meinem Fall handelte es sich eher um ein sattes Tomatenrot.

Alex schnalzte zufrieden mit der Zunge. »Ich hoffe, du hast Hunger mitgebracht. Als Vorspeise gibt es eine Süßkartoffel-Kokos-Suppe.«

»Vorspeise«, hauchte ich andächtig.

Wenn Männer behaupteten, sie könnten kochen, waren es meist schnelle Gerichte wie Spaghetti Bolognese, Hamburger oder Sandwiches. Niemals hätte ich damit gerechnet, dass der Chef der *Herway* mich mit einem Zwei-Gänge-Menü verwöhnen würde.

Alex hatte sein Glas abgestellt und machte sich am Herd zu schaffen.

Bewundernd sah ich zu, wie er die Suppe in die Schalen füllte. Anschließend formte er weiße Kreis mithilfe von Kokosmilch in dem satten Orange. Als Dekoration streute er Chiliflocken und Pinienkerne darüber. Ich bewunderte die Eleganz, mit der er zum Abschluss die Korianderblätter wie ein Kunstwerk darin drapierte.

»Voilà.« Er reichte mir eines der dampfenden Schüsselchen. Sofort hatte ich einen intensiven Geruch von Koriander und Ingwer in der Nase.

»Mmh, das duftet absolut köstlich.«

»Hoffentlich schmeckt es auch so. Ich habe das Rezept heute zum

ersten Mal ausprobiert.« Er ließ sich auf dem Hocker mir gegenüber nieder. Frodo hatte es sich in einem Korb vor dem Kamin
gemütlich gemacht und beobachtete uns von dort aus.

»Guten Appetit«, wünschte er mir.

Fast bedauerte ich es, als der Löffel in die Suppenmalerei hinein-
tauchte und sich alles vermischte. Am liebsten hätte ich ein Foto
gemacht, um es meinen Freundinnen zu zeigen. Laurie würde
begeistert sein. Sie selbst war eine tolle Köchin, die uns oft mit
ihren Eigenkreationen überraschte. Meine Kochkünste hielten
sich eher in Grenzen. Aber daraus hatte ich noch nie einen Hehl
gemacht und bisher hatte sich auch niemand darüber beschwert.

Alex beobachtete mich gespannt, als ich den Löffel zum Mund
führte.

Genießerisch schloss ich für einen Moment die Augen, um
mich ganz diesem Geschmackserlebnis hinzugeben. Die Essenzen
der Süßkartoffel mischten sich mit denen des Korianders,
begleitet durch die verschiedenen Gewürze. Es war die reinste
Geschmacksexplosion.

»Wow. Das ist unfassbar gut«, sagte ich schließlich. Seine blauen
Augen strahlten mich an. Sofort setzte das nervöse Kribbeln in
meinem Bauch wieder ein. »Freut mich zu hören.«

»Kochst du immer so aufwendig?«

»Nur, wenn ich besondere Gäste habe. Du bist schließlich meine
Verlobte.«

»Daran muss ich mich erst einmal gewöhnen«, gestand ich ihm.

»Das solltest du, wir haben nur noch bis morgen Zeit.«

Ich nickte stumm und nahm einen weiteren Löffel. *Verlobte.*
Verlobte. Verlobte, wiederholte ich das Wort, damit es mir in
Fleisch und Blut übergehen würde. Zeitgleich schaltete mein Puls
einen Gang höher. Auf was hatte ich mich da nur eingelassen.

»Einverstanden. Das ist schließlich der Sinn unseres kleinen

Treffens, oder nicht?«

Ich bemerkte ein winziges Zögern bei ihm. »Vielleicht auch ein bisschen, damit wir uns besser kennenlernen.« Seine Augen ruhten auf mir.

Eine leichte Wärme breitete sich auf meinem Gesicht aus. »Vielleicht auch.«

»Wir sollten erst einmal die wichtigsten Fakten abgleichen«, schlug Alex weiter vor.

»Gute Idee«, stimmte ich ihm zu.

»Wo lebt deine Familie und was machen deine Eltern? Als zukünftiger Fake-Schwiegersohn sollte ich das wissen.«

»Mhm. Meine Eltern sind vor ein paar Jahren nach Stow-on-the-Wold gezogen, wo sie einen kleinen Buchladen führen. Sie hatten die Nase voll von der Großstadt. Außerdem brauchte Gran Unterstützung. Sie ist immerhin vierundachtzig Jahre alt und hat bis vor ein paar Jahren den Laden allein geführt.« Ich nahm einen Schluck Rotwein. »Die Gegend dort ist wunderschön und von London aus sind es nur zweieinhalb Stunden bis dorthin.«

»Meine Eltern leben in Haworth. Warte.« Alex stand auf, um sein Handy zu holen, das er auf der Arbeitsplatte abgelegt hatte. Neugierig schaute ich ihm zu, während er die beiden Ortsnamen bei Google Maps eintippte. Sekunden später tauchte das Ergebnis seiner Suche auf.

»Dachte ich es mir. Das bedeutet, dass dein Elternhaus genau auf halber Strecke zu meinem liegt. Wenn das mal kein Zufall ist.« Er strahlte mich an. »Damit steht unserem Plan nichts mehr im Wege, erst bei deinen Eltern zu feiern und am nächsten Tag zu meiner Familie zu fahren.«

»Das ist doch prima.«

»Gut.« Er wirkte erleichtert. »Vielleicht sollten wir sicherheitshalber alles durchsprechen, damit wir keine Fehler machen.

Was meinst du?« Ich hatte das Gefühl, im Blau seiner Augen zu versinken.

Konzentrier dich. Ich nahm nur einen winzigen Schluck aus meinem Glas. Wenn der Abend ein Erfolg werden sollte, brauchte ich einen klaren Kopf. Es genügte, dass mein Puls noch immer raste und mein Magen bei jedem Blick von Alex wilde Kapriolen schlug.

»Wo hast du studiert?«, nahm ich den Faden wieder auf.

»In New York.«

»Okay, und was hat dich bewogen, nach England zurückzukommen?«

»England ist meine Heimat«, erwiderte Alex, als sei es das Selbstverständlichste auf der Welt. »Versteh mich nicht falsch. Ich bin meinen Eltern sehr dankbar, dass sie mir die Möglichkeit gegeben haben, in den USA zu studieren, aber mein Herz war immer hier in meiner Heimat.«

Für einen Moment herrschte Schweigen zwischen uns. Niemals hätte ich diesen Lokalpatriotismus bei ihm vermutet.

»Warum siehst du mich so an?«

Ertappt zuckte ich zusammen. »Wenn ich ehrlich bin, hätte ich nicht gedacht, dass du mit deiner Heimat so verbunden bist.«

»Absolut. Hier sind meine Freunde. Außerdem haben die Amerikaner keinen Sinn für Traditionen und gegen das Königshaus kann auch der Präsident der Vereinigten Staaten nur abstinken.«

Unwillkürlich musste ich lachen. »Ich würde sagen, du hast es auf den Punkt gebracht.«

»Freut mich, dass du das genauso siehst. Aber jetzt zu dir.«

»Hey, ich bin noch nicht fertig.«

Alex gab einen Seufzer von sich. »Okay, was möchtest du wissen?«

»Was ist deine Lieblingsfarbe?«

»Ich wüsste nicht, inwiefern das hilfreich sein sollte, aber – grau.«

»Grau? Das ist keine Farbe.« Ich nahm einen weiteren Löffel von der köstlichen Suppe.

»Sieh dich um. Ich finde, dafür, dass es keine Farbe ist, sehe ich ganz schön viel davon.«

»Grau.« Ich schüttelte den Kopf. »Ich kenne niemanden, der grau als seine Lieblingsfarbe bezeichnet.«

»Dann bin ich wohl der Erste.« Er prostete mir augenzwinkernd zu. »Was ist dein Hobby?«

Ich zögerte einen winzigen Augenblick. »Ich mache gern Kreuzworträtsel.«

Alex Mundwinkel zuckten verdächtig. »Kreuzworträtsel!«

»Das entspannt mich.«, fügte ich noch hinzu. Tatsächlich hatte ich während des Studiums damit angefangen, und festgestellt, dass es mich auf eine seltsame Weise beruhigte und mir half, meinen Stress abzubauen.

»Ein ungewöhnliches Hobby.« Ein Lächeln schwang in seiner Stimme mit.

»Du kannst dich ruhig lustig machen, aber mir gefällt es eben. Andere Leute trinken zur Entspannung ein Glas Wein oder sehen fern. Ich löse Worträtsel.« Gleichgültig zuckte ich mit den Schultern. »Jetzt bin ich wieder dran.«

Alex stand auf. »Bevor wir weitermachen, würde ich gern den Hauptgang servieren.«

»Warte, ich helfe dir.« Ich nahm die Schüsseln und stellte sie in die Spülmaschine, während Alex sich am Herd zu schaffen machte. Neugierig blieb ich stehen und beobachtete ihn, wie er mit geübten Bewegungen unser Essen zubereitete, als sei es die selbstverständlichste Sache der Welt.

»Du könntest mich ein bisschen unterhalten und mir von deiner Familie erzählen«, schlug Alex vor. »Was erwartet mich Weihnachten? Ich will schließlich nicht wie ein Depp dastehen.«

»Hm, da gibt es nicht viel zu erzählen.« Nachdenklich nahm ich einen weiteren Schluck Rotwein. »Wir feiern sehr traditionell wie die meisten Familien in England. Mit Baum, Musik und jeder Menge Essen.«

Alex hatte sich sein Glas geholt und nahm ebenfalls einen Schluck, um es dann neben dem Herd abzustellen.

»Am Weihnachtsabend kommt die ganze Familie im Haus meiner Eltern zusammen. Meine Schwester Isabel und ihr Mann Georg mit ihren zwei Kindern Rose und Otis. Normalerweise kommen auch mein Bruder Nathan und sein Mann Liam. Manchmal lädt sich noch der Bruder meines Vaters mit seiner Frau und deren beiden Kindern ein, aber das ist nicht sicher. Die entscheiden sich immer erst in letzter Minute. Und natürlich Gran.«

»Isabel, Georg, Rose, Otis, Nathan, Liam und Gran«, wiederholte Alex die Namen wie ein Mantra, während er Spaghetti in einen Topf mit kochendem Wasser füllte.

»Seit den letzten Jahren feiern auch mein Onkel Travis und seine Frau Hattie mit uns. Die zwei haben keine Kinder und wollen nicht allein sein.« Bei dem Gedanken an die beiden verzog ich das Gesicht.

»Du siehst nicht gerade begeistert darüber aus«, kommentierte Alex, während er eine Pfanne mit Butter auf die Platte stellte.

»Hattie und Travis sind die langweiligsten Sitznachbarn, die man sich vorstellen kann.« Es roch leicht nach Gas, als er den Herd anstellte. »Und ich weiß, wovon ich spreche, weil Mum mich entweder zu den Kindern setzt oder zwischen die beiden. Noch so ein Weihnachten und ich wandere aus.«

Alex' Mundwinkel zuckten. »Das müssen wir unbedingt verhindern.«

Er holte mehrere Schälchen aus dem riesigen Kühlschrank gleich neben mir. Dabei streife er unabsichtlich meinen Arm. Unbewusst zuckte ich zusammen, als hätte mich ein Schlag getroffen.

»Entschuldige bitte. Ich bin etwas schreckhaft«, beeilte ich mich zu sagen.

»Okay. Was heißt, ihr feiert traditionell?«, fuhr Alex seine kleine Fragerunde fort.

»Du weißt nicht, wie deine Landsleute Weihnachten feiern?« Ich sah ihn verwundert an.

»Meine Familie ist in dieser Hinsicht eher unkonventionell.« Er streute den klein gehackten Knoblauch zusammen mit Thymianzweigen in die Pfanne und fügte anschließend Honig hinzu, um das Ganze hinterher mit Rotwein abzulöschen. Erst zum Schluss gab er die abgekochten Spaghetti dazu. Ein würziger Duft, der zweifelsohne vom Thymian stammte, erfüllte die Küche.

»Also, gegen Mittag starten wir mit einem selbst gemachten Eggnog, den Mum unter Grans strengen Augen zubereitet. Dazu setzt sich die ganze Familie ins Wohnzimmer. Dad macht die Lichter am Weihnachtsbaum an und wir essen leckere Kekse, die Nathan gebacken hat. Abends gibt es den traditionellen Weihnachtsbraten und Pudding«, beantwortete ich seine Frage.

»Das klingt ziemlich gemütlich.« Alex schaute zu mir hoch.

»Ist es auch.« Allein bei dem Gedanken an Weihnachten mit meiner Familie wurde mir warm ums Herz. »Und wie muss ich mir das Fest bei euch vorstellen?«

Alex vermengte die Spaghetti mit der Soße.

»Wir feiern auf dem Landsitz meiner Eltern zusammen mit Freunden, die selbst kinderlos sind. Normalerweise war Tante Catherine auch immer mit dabei.« Seine Miene verdunkelte sich augenblicklich. »Diesmal könnte ich mir vorstellen, dass mein Onkel mit von der Partie sein wird. Meine Mutter hat so etwas angedeutet.«

»Du meinst Carl?«

Er nickte. »Als ich klein war, waren er und Catherine Weihnachten immer bei uns, aber dann hat er sich ein paarmal derart danebenbenommen, dass Mum ihn rausgeschmissen hat. Seitdem haben wir ohne ihn gefeiert.«

»Wie traurig.«

»Ja, mit seiner Alkoholsucht hat er viel kaputt gemacht«, bestätigte Alex düster.

Das erklärte zumindest das Verhalten von Catherines Bruder bei seinen Besuchen im Verlag.

»Und wie feiert ihr?« Ich hatte keine Ahnung, wie es bei anderen Familien wohl ablaufen würde, da ich die Feiertage zeit meines Lebens bei meinen Eltern verbracht hatte.«

»Iris, die Haushälterin, ist auch da und kocht für uns. Es wird viel gegessen und getrunken. Meine Mutter hat meistens kleine Geschenke für alle Gäste vorbereitet, die wir nach dem Essen auspacken. Und wir hören gemeinsam die Rede von König Charles.«

»Nicht dein Ernst.« Ich musste unwillkürlich schmunzeln.

»Doch, meine Mutter ist totaler Fan der Königsfamilie und lässt keinen offiziellen Anlass aus. Sie hatte sogar schon mal eine Einladung zur Tee-Party bei der Queen.«

»O mein Gott. Deine Familie scheint recht bekannt und einflussreich zu sein.«

»Sagen wir so, wir sind nicht gerade unbekannt.« Er nahm die Nudeln aus der Pfanne, die mittlerweile eine dunkelrote, fast lila Farbe angenommen hatten.

»Wow, das habe ich noch nie gesehen. Wie heißt das Gericht?«

»Drunken Noodles – betrunkene Nudeln«, teilte er mir mit. Mit der Hand streute er geröstete Pinienkerne und Rucola über das Ganze. Ein zufriedenes Lächeln lag auf seinem Gesicht, als er die Teller auf den Tresen stellte.

»Wie kommt es, dass du so gut kochen kannst?« Allein der

Anblick genügte, um mir das Wasser im Munde zusammenlaufen zu lassen.

»Iris hat mir schon als kleiner Junge das Kochen beigebracht. Sie meinte immer ›Wenn du das Herz einer Frau erobern willst, musst du nur für sie kochen‹.« Dabei ahmte er den Tonfall der Haushälterin nach.

»Mich hast du jedenfalls schon mal schwer beeindruckt.« Vergnügt nahm ich die Gabel und den Löffel in die Hand.

»Das freut mich zu hören.« Alex' Augen ruhten auf mir, dabei hatte er diesen eigenartigen Blick, der mir schon im Fahrstuhl aufgefallen war und den ich nicht deuten konnte. »Guten Appetit.«

»Das wünsche ich dir auch.« Je länger ich in Alex' Gegenwart verbrachte, umso wohler fühlte ich mich. Ich war gespannt, was der Abend noch so alles bringen würde.

»Wenn ich noch einen Bissen esse, dann platze ich.« Lächelnd legte ich meine Gabel ab.

»Lieber nicht. Rotwein macht immer so hässliche Flecken«, erwiderte Alex. Unwillkürlich musste ich lachen. Tatsächlich war die Stimmung zwischen uns gelöst und ich spürte, wie sich mein Körper mehr und mehr entspannte.

»Das Rezept muss ich unbedingt haben, dann kann ich es Florence geben. Die ist nämlich bei uns in der WG für das Kochen zuständig. Ich bin eher die Bäckerin.«

Frodo war aus seinem Körbchen aufgestanden und kam zu uns herübergetapst.

»Na, mein Kleiner«, begrüßte ihn Alex. »Du hast wohl auch Hunger?«

Als ob er ihn verstanden hätte, fing der Jack Russell an zu bellen.

»Dachte ich es mir doch.« Lächelnd stand Alex auf und ging zum Tresen, wo eine Schale platziert war. »Zur Feier des Tages gibt es etwas ganz Besonderes für dich.« Dabei fiel mir auf, wie seine Stimme weicher wurde, wenn er mit seinem Hund sprach. »Wir haben schließlich nicht jeden Tag so charmanten weiblichen Besuch.«

»Ach, und ich dachte, bei dem Appartement handelt es sich um eine Frauenfalle«, witzelte ich.

»Wie kommst du darauf?« Unsere Blicke trafen sich und mein ganzer Körper fing an zu kribbeln.

»Na ja, du bist erfolgreich, wohlhabend, äußerst gut aussehend und noch dazu Single.«

»Das bedeutet nicht automatisch, dass ich Frauen abschleppe, um sie hierherzulocken.« Er wirkte sichtlich getroffen.

»Tut mir leid«, murmelte ich. »Du hast natürlich recht. Das war dumm von mir.«

»Aber es freut mich, dass du mich als gut aussehend bezeichnet hast.« Er grinste schief.

»Sonst hätte ich mich nicht mit dir verlobt«, konterte ich.

»Gut zu wissen.« Er rührte mit der Gabel im Fressnapf, um das Essen zu lockern.

Mein Blick fiel auf den Jack Russell, der geduldig wartete.

»Wie alt ist Frodo eigentlich?« Wir hatten nie Haustiere gehabt. Mum behauptete immer, sie sei allergisch gegen Hundehaare. Eine Aussage, die ich ihr bis heute nicht abnahm.

Alex zuckte mit den Schultern. »Das weiß ich nicht so genau. Der Tierarzt hat ihn auf ein bis zwei Tage geschätzt, als ich ihn gefunden habe.«

»Das musst du mir erklären. Wie findet man denn einen Hund?«

»Als ich letztes Jahr zu meinen Eltern gefahren bin, habe ich an der Tankstelle kurz vor Haworth ein Körbchen auf dem Parkplatz entdeckt. Die Besitzer hatten ihn einfach nach der Geburt in

Decken eingewickelt und dort zurückgelassen. Der Kleine war völlig unterkühlt und in einem schlechten Zustand. Ein Freund meiner Eltern ist Tierarzt und zu dem habe ich Frodo gebracht. Erst sah es aus, als würde er die Nacht nicht überleben.« Nachdenklich fuhr er seinem Hund über das Fell. Die Verbundenheit der beiden war deutlich zu spüren. »Aber Frodo ist ein Kämpfer und nach drei harten Tagen wussten wir, dass er es schaffen würde.« Eine tiefe Falte hatte sich zwischen Alex' Augenbrauen gegraben.

»O mein Gott, der Arme. Was für ein furchtbarer Start ins Leben.« Tränen hatten sich in meine Augen geschlichen. »Was für Menschen tun so etwas.« Ich schüttelte fassungslos den Kopf.

»Die Pflegeheime sind voll mit Tieren, die ausgesetzt wurden«, erklärte Alex mit ernster Miene. »Ein Tier zu besitzen, bedeutet immer auch Verantwortung. Dessen sind sich viele Hundebesitzer offenbar nicht bewusst. Vor allem kurz nach Weihnachten werden die ungeliebten Fell-Geschenke dort abgegeben.«

»Furchtbar, wie herzlos manche Menschen sind.« Ich ging neben Alex in die Knie, um Frodo zu kraulen, während Alex das Futter zubereitete.

»Ja, aber inzwischen geht es ihm prächtig. Nicht wahr?« Alex stellte den vollen Napf auf dem Boden ab.

»Kein Wunder bei dem Herrchen«, rutschte es mir heraus.

Unsere Blicke kreuzten sich.

»Also, ich meine, bei einem Herrchen mit so viel Verantwortungsgefühl«, korrigierte ich mich. Sein Gesicht war nur eine Handbreit von meinem entfernt. Eine kleine Bewegung und unsere Lippen würden sich berühren.

Verdammt, was war nur los mit mir? Ich durfte auf keinen Fall zulassen, dass meine Hormone das Kommando übernahmen. Das hier war schließlich eine Business-Angelegenheit und kein echtes Date.

Mit einem Ruck richtete ich mich auf.

»Noch ein Glas Rotwein?«, fragte Alex.

»Nein, danke, lieber nicht«, lehnte ich höflich ab. »Sonst kann ich nicht mehr klar denken. Wir sollten lieber noch ein paar Dinge klären, um keine unliebsamen Überraschungen zu erleben.«

Er zuckte lässig mit den Schultern. »Da mache ich mir keine großen Sorgen. Im Notfall improvisieren wir eben.«

»Trotzdem würde ich gern, soweit es möglich ist, bei der Wahrheit bleiben. Umso glaubwürdiger kommen wir rüber.« Ich richtete mich auf, um Frodo sein Futter in Ruhe zu überlassen, und lehnte mich gegen den Tresen.

»Da bin ich ganz deiner Meinung.«

»Danke. Wann, denkst du, sollten wir fahren, damit wir pünktlich in *Stow-on-the-Wold* sind?«

»Ich würde vorschlagen, dass ich dich gegen elf abhole.«

»Alles klar.« Ich nannte ihm meine Adresse. »Mit Parkplätzen ist es eher schwierig.«

»Ich werde schon einen finden. Nette Ecke, wo du wohnst.« Es war eine Feststellung, keine Frage.

»Ja, Camden liegt sehr zentral und ist nicht ganz so überlaufen wie Portobello. Wir hatten ziemliches Glück, dass wir die Wohnung zu einem bezahlbaren Preis gefunden haben.« Ich warf einen Blick auf meine Uhr. Es war bereits kurz nach elf. Wenn ich noch packen wollte, musste ich los. »Ich denke, ich sollte mich langsam auf den Weg machen. Das Essen war superlecker.«

»Freut mich, dass es dir geschmeckt hat.« Seine Augen musterten mich. »Vielleicht sollten wir noch Nummern austauschen, damit wir uns bei Fragen kontaktieren können«, schlug er vor.

»Ja, ähm, gute Idee.« Lächelnd zog ich das Handy aus der Tasche.

Alex nannte mir seine Nummer, dabei spürte ich, wie sein Blick auf mir ruhte, während ich die Zahlen eintippte.

»Dann hätten wir alles.« Zufrieden ließ ich das Handy in der Tasche verschwinden.

»Soll ich dich nicht lieber fahren?« Seine Augen brannten sich in mein Gesicht.

Unbewusst wanderte mein Blick zu seinem Mund. Alex hatte die schönsten Lippen, die ich jemals bei einem Mann gesehen hatte. Scheiß Hormone. Es war besser, wenn ich ging, bevor ich auf dumme Ideen kam.

»Nein, danke. Ich gehe gern noch ein paar Schritte. Gute Nacht, Frodo.« Ich strich dem Hund über sein kurzes Fell.

»Kommt Frodo eigentlich mit?«, fragte ich. Etwas, worüber ich bis zu diesem Moment nicht nachgedacht hatte.

»Wäre das ein Problem für dich?«

»Keineswegs und die Kinder dürften begeistert sein über den Überraschungsbesuch«, erwiderte ich schmunzelnd. Im Geiste sah ich schon, wie sich Otis und Rose auf den Jack Russell stürzen würden. »Meine Schwester wird dich allerdings hassen, weil sich die Kinder danach bestimmt einen Hund wünschen.«

»Damit kann ich leben.« Seine Mundwinkel zuckten belustigt.

»Ich auch.« Der Fahrstuhl sprang auf. Ich stieg ein.

»Danke für den schönen Abend«, hörte ich seine Stimme, als die Tür sich schloss.

Mit klopfendem Herzen fuhr ich nach unten.

10. Violet

Es klopfte in meinem Kopf. Was konnte das nur sein? Dabei hatte ich gerade so schön geträumt.

Blinzelnd öffnete ich die Augen. Um mich herum herrschte komplette Dunkelheit. Lediglich durch einen winzigen Spalt zwischen den Vorhängen fiel helles Licht. Wie spät mochte es sein?

Nach meinem Besuch bei Alex war ich in einen unruhigen Schlaf gefallen. Immer, wenn ich kurz davor war wegzudämmern, war das Gesicht von Alexander Godfrey hinter meinen geschlossenen Lidern aufgetaucht und hatte mich um den wohlverdienten Schlaf gebracht. Irgendwann mitten in der Nacht war ich aufgestanden, um mir einen Tee zu machen. Zu meiner Überraschung hatte ich Florence in der Küche vorgefunden, die ebenfalls nicht schlafen konnte. Wir hatten uns an den Küchentisch gesetzt, unseren Tee getrunken und stundenlang gequatscht. Am frühen Morgen war ich in mein Bett gekrochen und eingeschlafen.

Es klopfte erneut, diesmal gegen die Zimmertür. Mit einem Ruck schnellte ich hoch.

»Violet!«, hörte ich Lauries Stimme. »Bist du wach?«

»Jetzt ja«, gab ich knurrend zurück.

Zeitgleich wurde die Tür aufgerissen und Laurie stand im

Zimmer, umgeben von grellem Licht.

»Na, Schlafmütze.« Ohne weiter auf mich Rücksicht zu nehmen, schritt sie zum Fenster und riss die Vorhänge auf.

Es hätte mich nicht gewundert, wenn ich zu Staub zerfallen wäre. Meine Augen tränten und ich fühlte mich völlig zerschlagen. Entschlossen zog ich die Decke über den Kopf, um die grässliche Welt da draußen auszublenden.

»Was ist los, was willst du von mir?«, rief ich unter der Decke.

»Es ist kurz nach neun. Flo hat erzählt, dass Alex dich um zehn abholen kommt und soweit ich weiß, hast du noch nicht einmal deinen Koffer gepackt«, holte mich Lauries Stimme in die harte Realität.

»Waaas?« Mit einem Ruck schlug ich die Decke zurück und blickte geradewegs in Lauries perfekt geschminktes Gesicht. Wenn ich meinen Koffer noch packen und nicht unpünktlich sein wollte, musste ich ordentlich Gas geben.

»Shit. Shit. Shit.« Mit einem Satz war ich aus dem Bett. Leider kam mein Kreislauf nicht hinterher und ich fiel direkt rücklings wieder auf die Matratze.

»Hey, langsam. Du willst doch Weihnachten nicht im Krankenhaus liegen.«

»Da ist ja unsere Verlobte.« Florence stand plötzlich im Raum.

Im Gegensatz zu mir sah sie aus wie das blühende Leben. Ihre Haare fielen seidig über ihre Schultern und ihre Haut schimmerte rosig. Ohne in den Spiegel geschaut zu haben, wusste ich, dass meine Haare wie ein Katastrophengebiet aussahen, von meinem Gesicht ganz zu schweigen.

»Was hältst du davon, wenn du ins Badezimmer gehst und dich in Ruhe fertig machst? Florence kümmert sich um deine Klamotten und ich koche dir einen Kaffee«, schlug Laurie pragmatisch wie immer vor.

»Du bist die Beste.« Einem Impuls folgend, gab ich Laurie einen Kuss.

»Und was ist mit mir? Schließlich packe ich deinen Koffer.« Florence hatte ein untrügliches Gespür für Mode und war meine Beraterin, wann immer es um Modefragen ging.

»Du auch.« Ich warf ihr einen Kuss zu. »Ein paar Sachen habe ich gestern Abend schon rausgesucht. Die liegen auf dem Stuhl.« Ich deutete auf den Klamottenhaufen ein paar Meter entfernt.

»Das kriege ich hin.« Flo hob die Hand und wackelte mit dem Mittel- und Zeigefinger. »Go. Go. Go.«

»Schon gut.« Lachend verschwand ich ins Bad.

Eine knappe Stunde später stand ich fertig angezogen und geschminkt in meinem Zimmer. Als Reiseoutfit hatte ich mich für einen knielangen braunen Lederrock und einen cremefarbenen Rollkragenpullover entschieden. Dazu trug ich braune Lederstiefel, die meine Beine länger erscheinen ließen. Laurie hatte mir geholfen, meine Haare mit dem Glätteisen zu bändigen, sodass sie seidig glänzend über die Schultern fielen. Ein Zustand von Seltenheitswert.

Ich hatte mich für ein natürliches Make-up entschieden. Etwas getönte Tagescreme, Mascara, einen Hauch von Rouge und dazu ein Lippenstift in einem zarten Roséton.

Florence hatte in der Zwischenzeit meine Tasche gepackt. Dank ihres modischen Gespürs brauchte ich mir keine Gedanken zu machen.

Laurie hatte mir einen Kaffee gebracht, der selbst Tote wieder zum Leben erwecken würde und dank dem meine Müdigkeit verflogen war. Bis auf eine leichte Nervosität fühlte ich eine Vorfreude darauf meine Familie wiederzusehen. Weihnachten bei meinen Eltern bedeutete Gemütlichkeit pur.

Zufrieden mit meinem Äußeren legte ich den Kulturbeutel zusammen mit den Geschenken für die Familie oben auf die Tasche. Wie es aussah, hatte vorsorglich Florence meine gesamte Wintergarderobe eingepackt, anders konnte ich mir die Menge nicht erklären. Mir sollte es recht sein, so war ich wenigstens für jede Gelegenheit gewappnet.

»Dann kann es ja losgehen.« Florence legte ihren Arm um mich. »Ich habe deine schöne schwarze Hose, mehrere Pullover, Blusen und das schwarze Kleid reingelegt. Falls der Wintereinbruch kommen sollte, habe ich deine UGG-Boots mit eingepackt. Man weiß ja nie.«

»Danke.« Ich drückte ihr einen Kuss auf die Wange.

»Wir werden dich vermissen.«

»Ich euch auch.« Lauries und Florence' Eltern wohnten am Stadtrand und so würden die beiden das Weihnachtsfest in London verbringen.

»Du musst uns alles erzählen. Jedes winzige Detail«, verlangte Laurie.

»Da wird es nicht viel zu berichten geben. Wir werden Eggnog trinken und unseren Verwandten vorspielen, dass wir ein Liebespaar sind.« Ich hatte das Wort kaum ausgesprochen, als es in meinem Magen nervös flatterte. Wahrscheinlich der Kaffee, aber sicher war ich mir nicht.

»Wer weiß, was noch alles passiert.« Flo machte eine geheimnisvolle Miene.

»Nichts. Wir haben eine Abmachung, mehr nicht. Dazu ist er mein Boss und somit tabu«, versicherte ich meinen Freundinnen heftiger als gewollt.

»Wir werden ja sehen.« Laurie zauberte ein kleines Päckchen

hinter ihrem Rücken hervor. »Das ist für dich. Aber erst morgen aufmachen.«

»Oh, das ist ja süß von dir.« Ich gab ihr einen Kuss auf die Wange.

»Ich habe auch eine Kleinigkeit für dich. Dem Anlass entsprechend.« Flo eilte in ihr Zimmer, um zwei Minuten später mit einem hübsch verpackten Geschenk wieder vor mir zu stehen.

»Ihr bekommt natürlich auch etwas von mir.« Ich hatte mir lange Gedanken gemacht, was ich den beiden schenken konnte, schließlich waren Flo und Laurie für mich wie meine Familie. Laurie würde ein Netflix-Abonnement bekommen, da sie ein absoluter Serienjunkie war. Für Flo hatte ich einen Gutschein für Sephora geholt. Sie liebte es, neue Produkte auszuprobieren, die gerade bei TikTok gehypt wurden, und war deshalb oft knapp bei Kasse. Beide Gutscheine hatte ich in kleine Kästchen gelegt mit einer Karte dazu.

Lächelnd überreichte ich meinen Freundinnen ihre Geschenke. »Ich vermisse euch schon jetzt.«

»Wir dich auch. Und mach keinen Blödsinn.« Laurie zwinkerte mir zu.

»Niemals«, versicherte ich.

»Bis in drei Tagen.« Flo umarmte mich ein letztes Mal.

Es klingelte an der Haustür.

»Das muss dein Verlobter sein.« Laurie und Flo liefen zum Fenster. Sofort machte mein Magen einen nervösen Hüpfer.

»Wow, nicht schlecht. Ich hatte völlig vergessen, wie gut der Mann aussieht.« Flo pfiff anerkennend. »Den würde ich auch nicht von der Bettkante schubsen.«

»Du bist so ein oberflächliches Ding.« Laurie versetzte ihr einen sanften Stups in die Seite.

»Hey, ich habe auch gern was Hübsches zwischen meinen Schenkeln«, protestierte Florence.

Ein letzter Kontrollblick durch mein Zimmer, ob ich etwas

vergessen haben könnte, dann zog ich den Reißverschluss der Reisetasche zu.

»Sehr witzig.« Mit einem Ruck hob ich die Tasche an und wäre fast aufs Bett gefallen. Das Ding wog gefühlt eine Tonne. »Wow, was ist denn da noch alles drin außer Klamotten?«

Flo zuckte gleichgültig mit den Achseln. »Zwei Kilo Kondome.«

»Wie oft muss ich dir noch sagen, dass ich nicht vorhabe, eine Affäre mit Alex anzufangen.« Stöhnend schulterte ich die Tasche.

Es klingelte erneut.

»Der scheint es aber eilig zu haben«, meinte Flo.

»Dann sollte ich los.« Ich warf meinen Freundinnen eine Kusshand zu. »Hab euch lieb und frohe Weihnachten.«

Mit wenigen Schritten hatte ich die Tür erreicht.

»Hallo, Alex, ich komme runter«, meldete ich mich durch die Sprechanlage.

»Alles klar. Soll ich hochkommen und dir helfen?«

»Nein, danke. Das geht schon.« Mit klopfendem Herzen ging ich nach unten.

Als ich durch die Haustür trat, schlug mir ein kühler Wind entgegen. Wie bereits die letzten Tage zuvor, war der Himmel grau und wolkenverhangen. Gelegentlich blitzte die Sonne durch.

Alex stand nur ein paar Schritte entfernt lässig gegen einen schwarzen MG gelehnt. Als er mich entdeckte, leuchteten seine Augen.

Er hatte sich stylingmäßig seinem Wagen angepasst und trug eine dunkelbraune Hose, die perfekt über seinen Hüften saß und durch einen braunen Ledergürtel festgehalten wurde. Dazu hatte er sich für einen hellbraunen Wollpullover mit V-Ausschnitt und einem zarten Streifenmuster darin entschieden, unter dem er ein schwarzes Shirt trug. Darüber hatte er einen Mantel gezogen, dessen Muster die beiden Farbtöne seiner Kleidung vereinte. Seine braunen Haare lagen lockig um seinen Kopf und auf der Nase saß eine dunkle Hornbrille, die ich bisher noch nie bei ihm gesehen hatte. Bei jedem anderen Mann hätte es leicht spießig gewirkt. Bei Alex wirkte es wahnsinnig sexy.

»Hallo, Violet. Du siehst absolut bezaubernd aus.« Ohne zu zögern, beugte er sich vor und gab mir einen Kuss. Seine Lippen streiften meine Wange wie die Flügel eines Schmetterlings. Kaum spürbar und trotzdem hatte ich das Gefühl, als ob ein elektrischer Schlag durch meinen Körper schoss. Überall kribbelte die Haut und mein Puls ging in den Panikmodus über.

»Hallo, Alexander.« Ich merkte selbst, wie falsch es klang.

»Alexander James, bitte.« Seine Mundwinkel zuckten.

»Was?« Ich blinzelte irritiert.

»Wenn wir uns schon bei unseren vollen Namen rufen, dann aber richtig«, gab er lächelnd zurück. »Farblich scheinen wir zumindest einen ähnlichen Geschmack zu haben.« Seine Augen glitten bewundernd über mich hinweg. Dabei spielte ein Lächeln um seinen Mund. Tatsächlich hatte er recht. Ein Außenstehender würde zweifelsohne denken, dass wir uns abgesprochen hatten. Der Ton meines Rocks matchte perfekt mit Alex' Hose.

»Sieht ganz so aus. Aber ich kann dir versichern, dass es keine Absicht war.« Ich stellte die Tasche auf dem Gehsteig ab, darum bemüht, meinen Puls wieder auf normale Werte zu beruhigen.

»Darf ich?« Galant hob er die Tasche hoch.

»Ähm, gern.« Ich fuhr mir mit der Zungenspitze über die Unterlippe. Eine Übersprunghandlung, um Zeit zu gewinnen. Der überraschende Kuss auf die Wange hatte mich völlig aus der Fassung gebracht, obwohl es kaum mehr als eine flüchtige Berührung gewesen war.

»Meine Güte ist das Ding schwer.« Mit einer schwungvollen Bewegung hatte er die Tasche in den Kofferraum befördert. »Was hast du vor?«

»Weihnachten zu feiern.« Vorsichtig fuhr ich mit den Fingerspitzen über die Motorhaube. »Netter Wagen.«

»Nett!« Alex verzog das Gesicht. »Lass das bloß nicht meinen Vater hören. Das ist ein MG 1600 aus den Sechzigern. Den hat er mir zum einundzwanzigsten Geburtstag geschenkt. Ein echtes Prachtstück.« Mit einem Knall fiel die Kofferraumtür ins Schloss.

»Nicht schlecht.« Der MG wirkte, als hätte man ihn aus einem James-Bond-Film hierher gebeamt.

»Ja, ich liebe den Wagen.« Alex stellte sich zu mir, um die Beifahrertür zu öffnen.

Unauffällig warf ich einen Blick nach oben. Selbst aus der Entfernung konnte ich Florence' und Lauris Gesichter hinter dem Glas erkennen. Es war klar gewesen, dass die beiden jede unserer Bewegungen beobachten würden.

»Deine Mitbewohnerinnen?«, fragte Alex, der meinem Blick gefolgt war.

»Ja, Florence und Laurie.« Ich winkte den beiden zu.

Aus dem Augenwinkel sah ich, wie Alex meinen Freundinnen ein Lächeln schenkte, das Eis zum Schmelzen gebracht hätte und damit die Gerüchteküche anfeuern würde.

Na toll. Für einen winzigen Moment war ich versucht, die ganze Sache abzublasen, aber dann entschied ich mich dagegen. Was hatte ich schon zu verlieren? Das hier war immer noch besser, als Weihnachten einsam auf dem Sofa zu verbringen. Außerdem würde ich endlich meine Familie sehen. Das allein war es wert.

»Nach dir.« Er hielt mir die Wagentür auf, sodass ich bequem einsteigen konnte. Erst jetzt bemerkte ich den Jack Russell, der es sich hinten auf dem Rücksitz auf einer Decke gemütlich gemacht hatte und mich mit großen Augen musterte.

»Hallo, Frodo«, begrüßte ich ihn, was er mit einem begeisterten Schwanzwedeln quittierte. Mit klopfendem Herzen ließ ich mich auf den weichen Ledersitz gleiten. Alex nahm auf dem Fahrersitz Platz.

Das Innere des Wagens war ganz im Stil der Sechziger ausgestattet. Keine modernen Armaturen. Stattdessen jede Menge Chrome und Wurzelholz, was perfekt zu der roten Lederinnenausstattung passte.

Ich suchte nach dem Anschnallgurt, konnte ihn aber auf den ersten Blick nicht finden.

»Warte.« Schon beugte sich Alex zu mir herüber, um mir behilflich zu sein. Sofort hatte ich seinen männlichen Duft in der Nase. Verdammt, wie konnte ein Mann nur so gut riechen?

Mit einer geübten Handbewegung hatte er den Gurt aus der Verankerung gezogen.

»Danke«, hauchte ich.

»Kein Problem.« Sein Blick ruhte auf mir. »Bist du so weit?«

»Ja, alles prima.« Ich zwang mich zu einem Lächeln.

»Gut, dann wollen wir das Baby mal auf die Straße bringen.« Er drehte den Zündschlüssel um und der Motor sprang an. Ein sattes Brummen, das sich bis in den Körper übertrug. Frodo ließ sich wieder auf seine Decke fallen, den Blick geradeaus gerichtet.

Alex trat auf das Gaspedal und der MG schoss nach vorn.

11. Alex

Der MG fuhr ruhig über die Landstraße. Wir hatten die Stadt schon lange hinter uns gelassen. Rechts und links breiteten sich die Felder aus, lediglich unterbrochen durch kleine Baumgruppen.

Violet hatte, seit wir losgefahren waren, kaum ein Wort gesprochen. Stattdessen starrte sie mit verschlossener Miene aus dem Fenster.

Unauffällig sah ich zu ihr hinüber. Ihre Augen fixierten die Landschaft. Dabei hatte sie die vollen Lippen aufeinandergepresst, als wollte sie verhindern, dass Worte herauskamen. Ich bewunderte ihr nahezu perfektes Profil. Die gerade Nase, die hohen Wangenknochen und den geschwungenen vollen Mund. Ihre Haare lagen seidig schimmernd über ihren Schultern. Der Rollkragenpullover betonte ihren Schwanenhals.

Ihre Körperhaltung signalisierte mir, dass etwas nicht in Ordnung war.

Kurz entschlossen setzte ich den Blinker und fuhr seitlich an den Straßenrand.

»Was ist los mit dir?« Fragend sah ich sie an.

Erstaunen hatte sich auf ihr Gesicht gelegt. »Aber ich habe doch gar nichts gesagt.«

»Es geht darum, was du nicht gesagt hast.« Ich zog die Parkbremse. Offensichtlich war der Deal zwischen uns doch nicht so leicht, wie ich zunächst angenommen hatte.

Violets Brustkorb hob und senkte sich, als würde eine schwere Last darauf liegen. Mit einem Ruck wandte sie sich zu mir. Frodo war aufgestanden, hatte seinen Kopf zwischen die beiden Vordersitze geschoben und beobachtete uns wie ein Zuschauer das Tennismatch.

»Wir müssen Regeln aufstellen«, sagte sie schließlich. Eine Falte hatte sich zwischen ihre Augenbrauen gegraben.

»Regeln?« Ich runzelte die Stirn.

»Ja, wie wir miteinander umgehen.«

»Okay. Verstehe. Und an was hattest du gedacht?«

»Gut. Also geküsst wird nur, wenn es die Situation erfordert«, sagte sie bestimmt.

»Alles klar. Keine Küsse.«

Sie sah so unglaublich süß aus, wie sie mich mit funkelnden Augen anstarrte, dass ich am liebsten genau das Gegenteil getan und sie geküsst hätte.

»Zärtlichkeiten nur, wenn die anderen uns sehen«, forderte sie.

»Zärtlichkeiten nur in der Öffentlichkeit«, wiederholte ich brav.

»Und wir schlafen in getrennten Betten.«

»Wird gemacht.« O Gott, dieser Mund, diese Augen. Diese Frau war unglaublich. Wie sollte ich nur die nächsten Tage überstehen, ohne eine ihrer Regeln zu brechen?

»Sag mal, nimmst du mich überhaupt ernst?«, fragte sie entrüstet, als hätte sie meine Gedanken gelesen.

»Natürlich nehme ich dich ernst.«

Unsere Blicke kreuzten sich wie zwei Klingen.

»Violet, ich habe mindestens so viel zu verlieren wie du. Deshalb habe ich ein gewisses Eigeninteresse, dass wir Weihnachten so komplikationslos wie möglich über die Bühne bringen. Aber du wirst nicht leugnen können, dass wir, wenn wir ein glaubwürdiges Paar abgeben wollen, uns auch so verhalten müssen.«

Sie nickte stumm, die Lippen fest aufeinandergepresst.

»Vertrau mir bitte. Ich werde nichts tun, was du nicht möchtest.«

»Okay.« Ein winziges Lächeln huschte über ihr Gesicht. »Danke.«

»Liegt dir sonst noch etwas auf dem Herzen?«

Sie schüttelte den Kopf. »Nein, außer, dass ich ziemlichen Hunger habe.«

Unwillkürlich musste ich lachen.

»Ich habe verschlafen und bis auf einem Kaffee noch nichts zu mir genommen«, gestand sie mir mit schuldbewusstem Blick.

»Was hältst du davon, wenn wir uns auf dem Weg einen Kaffee und ein Sandwich gönnen?«

Das Lächeln wurde breiter. »Das wäre geradezu fantastisch.«

»Wunderbar. Nicht weit von hier ist ein kleines Café. Die Besitzerin ist eine alte Freundin von mir«, schlug ich vor.

»Du hast eine Freundin in Bibury?«

»Ja. Julia und ich kennen uns aus der Schulzeit und haben uns dann aus den Augen verloren. Erst als sie mich auf Facebook angeschrieben hat, haben wir uns wiedergefunden. Sie hat ein Buchcafé in Bibury übernommen und lebt dort mit ihrem Mann Simon und den zwei Kindern.«

»Das klingt nett. Meine Eltern sind nach *Stow-on-the-Wold* gezogen, als Gran nicht mehr konnte. Sie hat den Buchladen ihr Leben lang geführt, aber jetzt, wo sie über achtzig ist, fällt es ihr zunehmend schwer. Sie wohnt zwar noch über dem Laden, aber das meiste regeln Mum und Dad.« Violet lächelte bei dem Gedanken an ihre Familie. »Ich habe als Kind Stunden bei Gran im Laden verbracht und gelesen.«

»Dann wird dir Julias Buchcafé sicherlich auch gefallen. Das ist in einem historischen Gebäude untergebracht«, erklärte ich. »Zum Bücherlesen der perfekte Ort.«

»Du liest Bücher?«, witzelte sie.

»Meistens Liebesromane«, erwiderte ich mit ernster Miene. »Da kann man so gut bei entspannen.« Nur mit Mühe konnte ich ein Grinsen unterdrücken.

Violet stockte. Für einen Moment sah sie mich sichtlich irritiert an.

»Du Mistkerl.« Sie gab mir einen unsanften Stoß in die Seite. »Du hast mich schon wieder auf den Arm genommen.«

»Sorry, aber du hast mir quasi eine Steilvorlage geliefert«, erwiderte ich lachend. »Mal im Ernst. Das Buchcafé ist ein Traum und das Essen ist unglaublich gut.«

»Na dann, worauf wartest du noch.« Mit einem Mal wirkte sie deutlich gelöster.

»Alles klar, Boss.« Lächelnd drehte ich den Zündschlüssel um und der MG rollte von der Stelle.

Knapp zwanzig Minuten später hatten wir das Städtchen Bibury inmitten der Cotswolds erreicht. Wie jedes Mal, wenn ich hierherkam, hatte ich das Gefühl, in eine andere Zeit versetzt zu sein, und es hätte mich nicht gewundert, wenn mir eine Pferdekutsche entgegengekommen wäre. Lediglich die Strommasten wiesen darauf hin, dass das moderne Zeitalter auch in Bibury Einzug gehalten hatte.

Bis zur Mühle, in der sich das Café befand, waren es vom Ortseingang nur ein paar hundert Meter.

»Ich vergesse immer, wie schön es in den Cotswolds ist«, sagte Violet, als wir an der berühmten Arlington Road vorbeifuhren, in der die Cottages dicht an dicht aufgereiht standen und den Betrachter in ihren Bann zogen. Selbst jetzt im Winter schimmerten die Fassaden in einem satten Honigbraun. Dort, wo sonst dichte Rosenbüsche blühten, waren lediglich die kahlen Äste zu sehen. Aus den Schornsteinen stiegen weiße Rauchsäulen in die Höhe.

»Ja, das geht mir genauso. Sieh nur, da vorn ist die Mühle.« Ich deutete mit der Hand auf die Brücke, hinter der das Gebäude zu sehen war.

»Das schaut aus wie im Film«, bemerkte Violet voller Bewunderung.

»Nicht umsonst hat der Ort schon mehrfach als Filmkulisse gedient.« Ich lenkte den MG langsam über die schmale Straße, bis wir auf dem Parkplatz zum Stehen kamen.

»Da wären wir.« Lächelnd stoppte ich den Motor.

»Harriets Buchcafé«, las Violet andächtig den Namen auf dem Schild, das über der Eingangstür angebracht war.

»Als Julia den Buchladen übernommen hat, hat sie ein altes Backbuch zusammen mit Holzfiguren gefunden, das der früheren Bäckerin Harriet gehört hat. Das war der Grundstein für den Namen«, erklärte ich ihr beim Aussteigen.

»Gott, ist das entzückend.« Violet deutete auf das weihnachtlich geschmückte Schaufenster.

»Warte ab, bis du es von innen siehst.« Ohne nachzudenken, legte ich meinen Arm um ihre Taille. Irgendwie fühlte es sich in ihrer Gegenwart natürlich an. Im selben Moment, in dem ich es tat, wurde mir bewusst, dass ich unsere Abmachung gebrochen hatte. Schuldbewusst sah ich zu Violet. Doch statt eines bösen Blickes erntete ich ein Lächeln.

Ich wurde einfach nicht schlau aus dieser Frau. Den einen Moment wies sie mich ab wie ein lästiges Anhängsel und im nächsten war es komplett normal, dass ich meinen Arm um sie legte. Frodo trottete vergnügt neben uns her. Wahrscheinlich freute er sich schon auf ein Leckerli, das Julia immer für vierbeinige Besucher hatte.

Als wir eintraten, schlug uns der Duft von frisch gebackenen Keksen entgegen. Das Café war auch am heutigen Tag gut besetzt. Viele der Anwohner kamen hierher, um sich nach ihrem Besuch auf dem Weihnachtsmarkt ein wenig aufzuwärmen und dabei einen guten Kaffee zu genießen, bevor die allgemeine Weihnachtshektik losging.

Julia hatte sich in den letzten zwei Jahren zu einer hervorragenden Bäckerin entwickelt und viele Touristen kamen hierher, um von den köstlichen Gebäckstücken zu kosten und dabei in den Bücherregalen zu schmökern, in denen sich wahre Raritäten versteckten. Heute entdeckte ich allerdings nur bekannte Gesichter von meinen Besuchen zuvor.

»Alex!« Julia kam mit einem strahlenden Lächeln um die Ecke. Auf ihrer Hüfte saß ihr kleiner Sohn und neben ihr lief ihre Tochter. »Das ist ja eine Überraschung.«

»Hallo, Julia.« Schmunzelnd beugte ich mich vor und gab ihr einen freundschaftlichen Kuss auf die Wange.

»Hallo, kleiner Mann.« Ich zog eine Grimasse, was Julias Sohn mit einem zahnlosen Grinsen belohnte.

»Frodo.« Das Mädchen war in die Knie gegangen und streichelte den Jack Russell.

»Na, du Motte.« Hazel hatte in dem letzten Jahr einen ordentlichen Schuss gemacht und reichte ihrer Mutter bis zu den Schultern. Auf ihren braunen Haaren thronte eine rote Bommelmütze.

»Hallo, Onkel Alex«, begrüßte mich Hazel fröhlich. »Hast du gesehen, ich habe eine Weihnachtsmannmütze auf dem Kopf.«

»Na klar, steht dir fantastisch«, erwiderte ich schmunzelnd. Die

Kleine war wirklich entzückend.

»Wer bist du?« Hazel musterte Violet neugierig. »Ich bin Hazel.« Artig streckte die Kleine die Hand aus.

»Ich bin Violet«, entgegnete sie freundlich und schlug ein.

»Oh, du feierst Weihnachten nicht allein.« Julias Augenbraue schnellte nach oben.

»Nein, ich möchte meinen Eltern meine Verlobte vorstellen.« Demonstrativ legte ich meinen Arm um ihre Taille und zog Violet enger an mich heran.

»Verlobte!« Julia klatschte in die Hände. »Aber das sind ja tolle Neuigkeiten. Wenn Simon das hört, wird er ausflippen. Er hat immer behauptet, du wärst der ewige Junggeselle.«

»So kann man sich täuschen.« Ich lächelte wissend. »Simon ist Julias Mann.«

Violet nickte stumm.

»Wann ist die Hochzeit?« Julias Blick wanderte von mir zu Violet.

»Ähm, wir haben noch keinen festen Termin im Auge.« Ein leichtes Zittern lag in Violets Stimme.

»Ach, wie schade. Ich an eurer Stelle würde im Sommer heiraten. Da ist es warm und als Braut kann man eines dieser herrlichen Boho-Brautkleider tragen. Simon und ich haben auch im Sommer geheiratet und es war einfach traumhaft schön. Wenn ihr wollt, könnt ihr hier heiraten.« Julia machte eine ausladende Handbewegung. »Die Mühle eignet sich perfekt dazu.«

Ich lachte angesichts ihres Eifers kurz auf. »Das muss ich alles in Ruhe mit meiner Braut besprechen.« Ich beugte mich zu Violet und gab ihr einen zärtlichen Kuss auf die Wange. »Sie ist schließlich der Boss, wenn es ums Heiraten geht.«

»Entschuldigt bitte, ich vergesse schon wieder, mich zu benehmen.« Julia machte ein schuldbewusstes Gesicht.

»Nein, schon gut«, meldete sich Violet zu Wort. »Sollten wir

heiraten, komme ich auf jeden Fall auf dein Angebot zurück.«
Dabei betonte sie das Wort *sollten.*

»Das freut mich zu hören«, erwiderte Julia. »Was kann ich heute
für euch Gutes tun?«

»Violet ist am Verhungern und ich hätte gern einen Kaffee«,
erklärte ich.

»Kaffee auch für mich«, meldete sich Violet neben mir zu Wort.

»Zum Hieressen oder Mitnehmen?« Julia sah uns fragend an.

»Wir sind zwar auf der Durchreise, aber das Buchcafé ist so schön.
Das muss ich genießen«, sagte Violet zu meiner Überraschung. Ich
hatte fest damit gerechnet, dass sie zum Aufbruch drängen würde.

»Prima, dann habe ich den perfekten Platz für euch.« Julia führte
uns an einen Tisch in unmittelbarer Nähe des Kamins. »Hier ist es
am kuscheligsten.«

Frodo ließ sich neben dem Kamin auf den Boden fallen. Er liebte
das Plätzchen und hatte dort schon so manchen Nachmittag verbracht, wenn ich Julia und Simon besucht hatte.

»Danke, das erinnert mich total an meine Kindheit.« Violet blieb
stehen. »Ich war immer eine Leseratte, und wenn ich bei Gran zu
Besuch war, hatte ich einen ähnlichen Platz, wo ich gelesen und
Grans leckeren, selbst gebackenen Kuchen gegessen habe.«

»Damit kann ich auch dienen«, sagte Julia grinsend. »Ich habe
frische Zimtschnecken, wenn ihr möchtet, bringe ich euch zwei
oder wollt ihr lieber etwas Deftiges?«

»Zimtschnecken klingen traumhaft«, kam mir Violet zuvor.
»Nicht wahr, Liebling?« Ihr Blick haftete an mir.

»Ja, ähm. Super. Ich liebe Zimtschnecken.«

»Das wusste ich doch, Darling«, säuselte Violet und schenkte
mir einen hollywoodreifen Augenaufschlag. Anscheinend hatte sie
beschlossen, mein kleines Spiel mitzumachen.

»Wunderbar, ich bin gleich wieder bei euch.« Julia wandte sich zum Gehen. Hazel hingegen hatte offensichtlich beschlossen zu bleiben. Sie setzte sich neben Frodo und streichelte ihn, dabei hatte sie den Blick auf uns gerichtet.

»Bekommt ihr ein Baby?«, fragte sie mit unverhohlener Neugierde. »Daddy und Julia haben auch noch ein Baby bekommen, als sie geheiratet haben.« Julia war Hazels Stiefmutter und hatte die Kleine wie ihre eigene Tochter aufgenommen.

»Ähm, im Moment nicht«, sagte Violet. Eine tiefrote Farbe hatte sich auf ihre Wangen geschlichen.

»Ich wusste gar nicht, dass du Kinder möchtest.« Ich schenkte ihr ein Lächeln.

»Es gibt noch einiges, was du nicht über mich weißt.« Violets Augen schleuderten Pfeile in meine Richtung.

»Das hatte ich auch befürchtet«, gab ich seufzend von mir.

Julia war zurück mit einem Tablett.

»Hier ist eure Bestellung. Ich hoffe, Hazel hat euch nicht genervt.«

»Nein, überhaupt nicht«, beteuerte Violet.

»Alex Frau hat gesagt, dass sie Kinder möchte«, plapperte die Kleine einfach drauflos.

»Ach was. Noch mehr Neuigkeiten.« Julia stellte einen Napf mit Hundekeksen zu Frodo. Mit begeistertem Bellen stürzte er sich darauf.

»An mir soll es nicht liegen. Aber Alex möchte noch ein wenig warten, jetzt, wo er den neuen Job im Verlag übernommen hat«, entgegnete Violet, ohne mit der Wimper zu zucken. Eins musste man ihr lassen. Sie spielte die Rolle der Verlobten gut und ließ sich nichts anmerken.

»Das kann ich verstehen. Aber lasst euch nicht zu lange Zeit.«

»Meine Eltern haben auch einen Buchladen in Stow-on-the-Wold«, lenkte Violet das Gespräch auf ein anderes Thema.

»Sara und John sind deine Eltern?«, fragte Julia erstaunt.

»Du kennst meine Eltern?« Violets Augen waren geradezu unnatürlich groß.

»Wer kennt die beiden nicht«, erwiderte Julia lächelnd. »Das *Little Birds Books* ist einfach entzückend, und wenn ich mal ein ganz spezielles Buch suche, dann ist dort die beste Anlaufstelle.«

»Das klingt nach meinen Eltern.« Violet lachte und ihr Gesicht leuchtete förmlich dabei. Es war schön, sie so zu sehen. »Ehrlich gesagt freue ich mich schon ziemlich darauf, Weihnachten in Bibury zu verbringen. Vor allem jetzt, wo ich Alex an meiner Seite habe.«

»Dann verbringt ihr die ganze Zeit dort?«, fragte Julia weiter.

»Erst sind wir bei Violets Familie und anschließend fahren wir zu meinen Eltern nach Haworth«, mischte ich mich in die Unterhaltung ein.

»Oh, welche große Ehre. Weihnachten bei den Royals.« Julia warf Violet einen bedeutungsvollen Blick zu.

»Royals?« Violet schüttelte fragend den Kopf.

»Ach, dann kennst du Alex' Eltern noch nicht?« Eine Feststellung, keine Frage.

»Nein, tatsächlich nicht.« Misstrauen schwang in ihrer Stimme mit.

Julias Blick wanderte zu mir. »Und du hast sie natürlich auch nicht vorgewarnt?«

Ich schüttelte schuldbewusst den Kopf. »Alex, du kannst deine Verlobte doch nicht ins offene Messer rennen lassen.«

»Halt!« Violet wedelte mit der Hand. »Könnte mich mal einer von euch beiden aufklären?«

»Das übernehme ich gern«, meinte Julia mit einem breiten Grinsen und für einen winzigen Moment bedauerte ich, hierhergefahren zu sein. »Lass es mich so sagen, Alex' Eltern sind eine echte Institution in England.«

»Na, das klingt doch beruhigend«, murmelte Violet nachdenklich.

»Liebling, bitte mach dir keine Sorgen. Meine Eltern werden dich lieben.« Ich tätschelte ihre Hand.

»Das sagen alle Söhne zu ihren Zukünftigen, und wie das endet, ist schon mehrfach verfilmt worden«, sagte Julia.

»Danke, du bist eine wahre Hilfe und gute Freundin.« Ich funkelte Julia wütend an.

»Stets zu Diensten.« Julia machte eine gespielte Verbeugung. Die Schlange.

Violet schien es zu gefallen, denn sie lächelte. »Wenigstens bin ich jetzt gewarnt. Danke, Julia.«

»Gern geschehen. Und wenn du Hilfe brauchst, ruf mich an. Sara und ich sind so!« Sie kreuzte den Ring- und den Zeigefinger.

»Na, dann kann ja nichts mehr schiefgehen«, sagte Violet seufzend.

Einer der Gäste rief nach Julia. »Entschuldigt mich bitte kurz.« Diesmal folgte Hazel ihrer Mutter.

»Du hättest mich ruhig aufklären können.« Violet hatte den Blick fest auf mich gerichtet.

»Ich weiß nicht, was du meinst, Liebling.« Lächelnd nahm ich einen Schluck aus dem Becher. Der Kaffee war genauso, wie ich ihn liebte – heiß und stark.

»Zwei Dinge. Erstens hättest du mir das über deine Familie sagen können und zweitens hatten wir eine Abmachung.«

»An die ich mich gehalten habe«, erwiderte ich. »Das hier war der perfekte Test, um zu sehen, ob unsere kleine Scharade funktioniert. Julia ist eine wirklich alte Freundin. Sie würde sofort merken, dass etwas nicht stimmt, wenn wir ihr nur den geringsten Anlass zum Zweifeln geben würden.«

»Hm.«

»Und ich dachte mir, wenn ich nichts über meine Eltern sage, lernst du sie unbefangen kennen.«

»Okay, das lasse ich gelten.« Violet biss in die Zimtschnecke. Augenblicklich änderte sich ihr Gesichtsausdruck. »O mein Gott, ist die lecker.«

»Deshalb wollte ich ja hierher.«

»Nur weil die Zimtschnecken gut sind, bedeutet es nicht, dass ich dir deinen kleinen Überfall verziehen habe.« Genüsslich leckte sie mit der Zunge einen Tropfen Zuckerguss von ihrem Finger.

»Gibt es denn nichts, womit ich dich gnädig stimmen könnte?« Ich nahm ebenfalls einen Bissen.

»Doch. Indem du aufhörst, nicht abgesprochene Sachen zu machen.«

»Hätte ich es dir erzählt, hättest du Nein gesagt.«

»Musst du eigentlich immer das letzte Wort haben?« Ihre Augen funkelten mich angriffslustig an.

»Nur bei dir.«

»Na toll.« Seufzend steckte sie sich ein großes Stück in den Mund.

So langsam fing die Sache an, mir Spaß zu machen. Ich war gespannt, was der heutige Tag noch alles bringen würde.

12. Violet

D a vorn musst du rechts abbiegen«, kommandierte ich. Im Gegensatz zu London, wo der Schnee fast verschwunden war, lag hier noch eine dünne weiße Decke über der Landschaft.

»Aye, Boss.« Mit einem breiten Lächeln auf dem Gesicht setzte Alex den Blinker.

Seit dem Aufenthalt in dem kleinen Café hatte sich die Stimmung zwischen uns geändert. Die anfängliche Anspannung war verflogen und hatte einer gewissen Lockerheit Platz gemacht. Allerdings hatte mich sein Kuss völlig aus dem Konzept gebracht. Diese winzige Berührung seiner Lippen hatte meine Hormone in Aufruhr versetzt und ich war froh gewesen, dass ich mich an dem Kaffeebecher hatte festklammern können. Einmal mehr erinnerte ich mich daran, dass dies alles nur ein Spiel war, und nach Weihnachten würden Alex und ich abgesehen vom Job wieder getrennte Wege gehen.

Julia, die Besitzerin, war mir sofort sympathisch gewesen mit ihrer lockeren und offenen Art. Ihre beiden Kinder waren absolute Zuckerschnecken, die man einfach nur lieb haben konnte. Ich hatte den kurzen Aufenthalt in *Harriets Buchcafé* sehr genossen.

Langsam rollte der MG den kleinen Hügel hoch, begleitet vom

satten Brummen des Motors. In der letzten halben Stunde waren uns kaum noch Autos begegnet. Im Sommer drängten sich die Busse durch die engen Straßen der Cotwolds, aber jetzt im Winter ging es eher ruhig und beschaulich zu.

In sichtbarer Entfernung tauchten die ersten Häuser von Stow-on-the-Wold vor uns auf. Sekunden später kündigte ein Schild den Ortseingang an. In wenigen Minuten würden wir das Cottage meiner Eltern erreichen. Bei dem Gedanken an das Treffen machte mein Magen einen nervösen Hüpfer. Es war das erste Mal, dass ich zu Weihnachten einen Mann mitbrachte, und ich war gespannt, wie die Familie darauf reagieren würde.

Unauffällig warf ich einen Blick zur Seite, wo Alex saß. Seine schlanken Finger umfassten das Lenkrad locker, während seine Augen die Straße fixierten, um eventuellen Schlaglöchern rechtzeitig ausweichen zu können. Die Brille war leicht hinuntergerutscht und saß etwas schief auf der Nase. Irgendwie süß. Er hatte mir ein bisschen von seiner Familie erzählt und mich mit der ein oder anderen Episode zum Lachen gebracht. Wie es klang, war seine Familie mindestens genauso verschroben wie meine.

Brummend fuhr der MG die schmale Hauptstraße durch den Ort entlang. Die alten Häuser standen dicht an dicht wie die Perlen einer Kette. Die Sonne brach für einen Moment hinter den Wolken durch und ließ die Schindeln der Dächer silbern wie eine Rüstung schimmern. Wir hatten den historischen Marktplatz erreicht. Im Sommer fand hier zweimal die Woche ein Markt statt, auf dem Gemüse, Obst, aber auch Waren feilgeboten wurden.

Jetzt hatte sich der Platz in ein weihnachtliches Dorf verwandelt, dessen Mittelpunkt der festlich geschmückte Tannenbaum bildete. Kleine Stände luden die Besucher ein, von den köstlichen Gebäckwaren oder dem Eggnog zu probieren. In der Luft hing der Duft von Bratwürstchen und Pommes.

Alex verlangsamte das Tempo.

»So stelle ich mir Weihnachten vor«, murmelte er mit dem Blick nach draußen.

»Deshalb freue ich mich jedes Jahr, hier zu feiern, abgesehen davon, dass ich es natürlich toll finde, meine Familie zu sehen«, erwiderte ich. »Da kommt wenigstens richtiges Weihnachtsfeeling auf. Wenn du Lust hast, können wir heute Abend einmal über den Markt schlendern?«

»Das klingt toll.« Er nickte, den Blick wieder auf die Straße gerichtet.

»Da vorn ist das Haus meiner Eltern.« Bei dem Anblick des Cottage machte mein Herz einen freudigen Hüpfer. Alles sah genauso aus, wie ich es in Erinnerung hatte. Die Trockensteinmauer rund um das Grundstück war mit einem weißen Pelz aus Schnee belegt und wirkte wie gemalt. Gelbe Flechten zogen sich über die verwitterten Steine, auf die sich winzige Eiskristalle gelegt hatten, die im Licht glitzerten. Das sandfarbene Mauerwerk stach zwischen dem Weiß wie ein Fremdkörper empor. Wie jedes Jahr zu Weihnachten hatte Dad eine beleuchtete Rentiergruppe im Vorgarten platziert.

Die dichten Rosenbüsche entlang der Fassade waren kahl im Gegensatz zum Sommer, wenn der Duft der rosafarbenen Blüten allgegenwärtig war und sich die Bienen darin tummelten. Dafür hatte Mum Lichterketten in die Fenster gehängt, die ihr gelbes Licht draußen auf die Schneelandschaft warfen.

Aus dem schiefen Schornstein stiegen weiße Rauchwölkchen empor. Ein sicheres Zeichen, dass Dad den Kamin angezündet hatte.

»Darf ich bitten?« Alex war ausgestiegen und hielt mir die Beifahrertür auf.

Aus dem Augenwinkel sah ich, wie die Gestalt meiner Mutter hinter dem Küchenfenster auftauchte. Wahrscheinlich würde sie entzückt sein, wenn sie sah, wie galant Alex mir die Tür aufhielt.

Ich warf einen letzten Blick in den Rückspiegel. Meine braunen Augen blickten mir skeptisch hinter den getuschten Wimpern entgegen. Ich fuhr mir mit den Fingern ein letztes Mal durch die Haare, in der Hoffnung, sie in Form zu bringen. Ein hoffnungsloses Unterfangen. Wie so häufig hatten meine Haare beschlossen, das Glätteisen zu ignorieren, mit dem Laurie sie bearbeitet hatte, und stattdessen wieder in glatten Strähnen über die Schultern zu fallen. *Egal.*

Heute war meine Familie an der Reihe und die kannten das Eigenleben meiner Haare schließlich seit meiner Kindheit zur Genüge. Wie oft hatte Mum mir zu besonderen Anlässen Lockenwickler in die Haare gedreht, sie anschließend mit Festiger ertränkt, um feststellen zu müssen, dass es nichts gebracht hatte und ich aussah wie ein Igel.

»Wollen wir?« Alex streckte mir die Hand entgegen. Er hatte die Brille abgezogen, was eigentlich sehr bedauerlich war. So sah er wieder aus wie mein Boss. Dankbar schlug ich ein. Die Koffer würden wir später holen, wenn klar war, wo wir schlafen würden. Mum hatte sich diesbezüglich etwas nebulös ausgedrückt.

»Du siehst toll aus«, flüsterte er. Sein Gesicht war ganz nah und ich spürte seinen warmen Atem auf meiner Haut. Von außen musste es aussehen, als würde er mir etwas Zärtliches ins Ohr flüstern. Er legte seinen Arm um meine Taille, als wäre es die natürlichste Sache auf der Welt. Der Mann war wirklich ein begnadeter Schauspieler, das musste man ihm lassen. Sofort beschleunigte sich mein Puls.

Mit klopfendem Herzen ging ich die wenigen Stufen bis hoch zu meinem Elternhaus. Frodo trottete neben seinem Herrchen her. Ich drückte die Klingel. Schritte näherten sich. Instinktiv trat ich kaum merklich zurück.

»Alles wird gut, niemand wird Verdacht schöpfen«, versicherte mir Alex' warme Stimme. »Ich bin sehr gespannt, deine Familie kennenzulernen. Wenn sie so sind wie du, dann kann man sie ja nur mögen ...«

»Du hast keine Ahnung«, sagte ich zweifelnd.

In diesem Moment wurde die Tür aufgerissen. Mum stand in schwarzer Hose und einem selbst gestrickten roten Pullover vor uns, auf dem lustige Rentiere Händchen haltend tanzten.

»Schätzchen.« Mum breitete die Arme aus und drückte mich an ihre Brust. »Da seid ihr ja endlich.« Sie spitzte ihre blutroten Lippen, um mir einen Kuss auf die Wange zu drücken. Mit einer blitzschnellen Kopfbewegung schaffte ich es, ihrem Mund auszuweichen, um nicht den ganzen Abend wie ein von Vampiren gezeichnetes Wesen herumzulaufen.

»Hallo, Mum«, entgegnete ich schwach. Aus dem Augenwinkel konnte ich sehen, wie Alex' Mundwinkel verdächtig zuckten. Der Mistkerl amüsierte sich auf meine Kosten!

»Und Sie müssen der Mann sein, der meine Tochter glücklich macht«, wandte sich Mum ohne Umwege meiner Begleitung zu. »Sara Lancaster.«

Ich gab ein leises Stöhnen von mir.

»Alexander James Godfrey. Sehr erfreut, Sie kennenzulernen«, stellte er sich formvollendet vor.

»Die Freude ist ganz meinerseits. Violet hat sich ja komplett in Schweigen gehüllt. Ich hatte schon Angst, dass es Sie gar nicht gibt. Aber wie ich sehe, sind Sie sogar äußerst ...« Mum spitzte die Lippen. »... attraktiv.«

»Mum.« Am liebsten wäre ich im Erdboden versunken.

»Herzlich willkommen in der Familie.« Zu meinem Entsetzen breitete Mum die Arme aus und schob mich zur Seite, um Alex an ihren mütterlichen Busen zu drücken. An seinem Gesichtsausdruck konnte ich sehen, dass er nicht damit gerechnet hatte, derart überschwänglich empfangen zu werden. Das geschah ihm recht, schließlich hatte er mich mit dem Besuch bei Julia auch überrascht.

»Danke für dieses herzliche Willkommen.« Lächelnd entzog er sich Mums Würgegriff.

Mums Blick fiel auf Frodo, der brav neben Alex stand und das Geschehen mit seinen großen braunen Hundeaugen neugierig beobachtete. »Wen haben wir denn da?«

»Das ist Frodo. Ich hoffe, Sie haben nichts dagegen, dass ich ihn mitgebracht habe. Aber ich wollte ihn nicht in eine Hundepension geben.« Alex schenkte Mum ein bittendes Lächeln.

»Nein, überhaupt nicht. Ich liebe Hunde.« Mum ging in die Knie. »Nicht wahr, mein Kleiner?«

»Das ist mir aber neu«, entgegnete ich erstaunt.

»Überhaupt nicht. Ich mochte Hunde schon immer.« Wie zum Beweis streichelte sie den Jack Russell ausgiebig.

»Gut zu wissen.« Ich warf ihr einen bedeutungsvollen Blick zu.

»Möchtet ihr jetzt euer Zimmer beziehen oder später?« Mum hatte anscheinend beschlossen, das Thema Hund zu beenden.

»Zimmer?« Ich blinzelte irritiert. »Ich dachte, wir schlafen im Gartenhäuschen.«

»Das war auch so geplant, aber Hattie hat darum gebeten, dass sie dort übernachten können. Onkel Travis schnarcht ziemlich stark und die Arme kann unmöglich neben ihm schlafen. Deshalb habe ich euch das Zimmer unterm Dach zugeteilt.« Sie zwinkerte uns wissend zu. »Das ist ohnehin viel kuscheliger und das Bett größer.« Mum machte ein Gesicht, als hätte sie uns soeben den Friedensnobelpreis überreicht.

»Toll«, murmelte ich. Panik kroch in mir hoch. Eigentlich hatte ich damit gerechnet, dass jeder von uns in seinem eigenen Bett schlafen würde. Wie es aussah, hatte das Universum beschlossen, sich über mich lustig zu machen.

»Hallo, Pumpkin.« Dad kam mit Isabel über den Flur gelaufen.

»Hallo, Dad.« Erleichtert fiel ich meinem Vater um den Hals. Sofort hatte ich den würzigen Duft seines Aftershaves in der Nase, der ihn umgab wie eine zweite Haut und mir Geborgenheit vermittelte. Wie Mum hatte er einen selbst gestrickten Pullover an, nur dass es bei ihm Wichtel waren, die einem lachend entgegenblickten. Seine wenigen Haare waren unter einer roten Weihnachtsmannmütze versteckt.

»Wie ich sehe, seid ihr schon voll im Weihnachtsfieber«, bemerkte ich lächelnd.

»Du weißt doch, die Tradition lebt in diesem Haus«, entgegnete Dad, den Blick wachsam auf Alex gerichtet.

»Darf ich dir vorstellen, das ist Alexander ...« Ich hüstelte. »... mein Freund.« Es fiel mir schwerer als gedacht zu lügen. »Und sein Hund Frodo.«

Als ob der Jack Russell mich verstanden hätte, hob er den Kopf.

»Sehr erfreut, Sie kennenzulernen«, begrüßte Alex meinen Dad formvollendet und reichte ihm dabei die Hand.

»Aber bitte nenn mich doch John.« Dad schlug ein. Das war schon mal ein gutes Zeichen.

»Ich bin Violets Schwester«, meldete sich Isabel zu Wort. Dabei drängte sie sich zwischen Mum und Dad. Auch sie hatte einen dieser schrecklichen Weihnachtspullover an. So, wie ich sie kannte, hatte sie in selbst gestrickt. *Grauenvoll.* Zum Glück war der Kelch an mir vorbeigegangen. Sie streckte ihm die Hand entgegen. »Isabel Blake.«

»Hallo, freut mich sehr.« Alex schenkte ihr ein breites Grinsen. »Wow. Zwei so hübsche Töchter, aber das ist ja kein Wunder bei der Mutter.«

Mum kicherte im Hintergrund hysterisch und auf Isabels

Wangen zeichnete sich ein Hauch von Röte ab, was äußerst selten vorkam.

Nur mit Mühe konnte ich ein leises Stöhnen angesichts der Schleimspur unterdrücken. Immerhin musste ich Alex zugutehalten, dass man ihm mit keiner Silbe anmerkte, dass alles nur gespielt war.

»Violet. Violet.« Meine Nichte und mein Neffe kamen um die Ecke zu uns gestürmt. Rose hatte ein rotes Kleid mit silbernen Schneeflöckchen darauf an. Auf dem Arm trug sie eine Puppe, die sie sorgsam in Tücher eingewickelt hatte. Otis sah aus wie die Miniaturausgabe von Dad. Gleicher Pullover, gleiche Bommelmütze. Das konnte nur Isabels Werk gewesen sein.

»Na, ihr beiden.« Mit ausgebreiteten Armen ging ich in die Knie. »Schön, euch zu sehen.«

»Gesegnet seist du, Violet.« Rose wedelte mit der Hand, als würde sie meinen Kopf mit Weihwasser besprenkeln.

Fragend sah ich hoch zu meiner Schwester.

»Seit sie gestern im Krippenspiel die Jungfrau Maria gespielt hat, geht sie voll in der Rolle auf und segnet alles, was nicht bei drei auf dem Baum ist«, gab Isabel seufzend von sich.

Alex grinste breit. Auch er wurde einem Segen unterzogen. Dabei machte Rose ein ernstes Gesicht.

Ich stellte mich zu Alex. Schließlich waren wir als Paar hier. Eine Rolle, an die ich mich noch gewöhnen musste.

»Wer bist du?« Rose baute sich vor ihm auf.

»Ich bin Alex, der Freund deiner Tante«, erklärte er mit ernster Miene.

»Mummy und Granny haben gesagt, dass du Tante Violet davor rettest, eine vertrocknete Jungfer zu werden«, plapperte Rose.

Alex warf einen kurzen Blick zu Mum, die ihn mit schuldbewusster Miene anstarrte.

»Da hast du völlig recht.«

Ehe ich mich's versah, hatte er mich an sich gezogen und sein Mund lag heiß auf meinem. Dabei hielten mich seine Arme fest umschlossen.

Mein Gott, fühlte sich das gut an. Instinktiv kuschelte ich mich an ihn. Selbst durch die Jacke konnte ich seinen durchtrainierten Oberkörper erahnen.

Mein Herz hämmerte wie verrückt gegen die Brust und es hätte mich nicht gewundert, wenn es herausgesprungen wäre. Sein männlicher Duft benebelte meine Sinne und meine Hormone tanzten einen feurigen Samba wie schon lange nicht mehr. In meinem Kopf herrschte völlige Leere und für einen Augenblick war die Welt um mich herum vergessen. All meine Sinne waren auf Alex gerichtet.

Seine Hand wanderte fast unmerklich unter meinen Haaransatz und blieb dort liegen. Als sein Daumen anfing, die empfindliche Stelle im Nacken zu massieren, lief ein wohliger Schauer durch meinen Körper. *O mein Gott.*

Es hätte nicht viel gefehlt und ich hätte laut gestöhnt.

Sanft lösten sich seine Lippen von mir und nur mit Mühe widerstand ich der Versuchung, ihn an mich zu ziehen und weiterzumachen.

Als ich die Augen aufschlug, herrschte Totenstille im Raum. Mum, Dad und Isabel starrten uns an. Ich hätte schwören können, dass meiner Schwester der Sabber aus dem Mund lief.

»Siehst du, Mummy«, wandte sich Rose an Isabel. »Tante Violet vertrocknet nicht.«

»Das ist doch gut zu wissen.« Isabel sah aus, als wäre sie gerade Zeuge eines Jahrhundertereignisses geworden.

Alex schenkte mir ein siegessicheres Grinsen. In meinem Kopf drehte sich alles. Sein Kuss hatte mich völlig überrascht. Obwohl es nur eine Berührung unserer Lippen gewesen war, spielte mein Körper komplett verrückt. Mein Puls raste wie der eines Marathonläufers und mir war kochend heiß. Es war erschreckend, wie leicht es ihm fiel, meinen Freund zu spielen, mit dem Wissen, dass er überhaupt keine Gefühle für mich hatte.

»Tja, nachdem wir das auch geklärt hätten«, hauchte ich, noch um Fassung bemüht, »können wir ja reingehen.«

Frodo machte sich mit einem leisen Bellen bemerkbar.

»Ein Hund!«, quietschte Rose begeistert.

Otis, der Frodo zeitgleich entdeckt hatte, warf sich freudig vor dem Hund auf den Boden.

»Das ist Frodo. Bitte seid lieb zu ihm«, bat ich die beiden. Wobei es eigentlich unnötig war, so zärtlich wie Otis und Rose den Jack Russell streichelten.

»Ich hole nur schnell das Gepäck«, sagte Alex. »Frodo ist ja in guten Händen.«

»Alles klar. Dann bringe ich euch zuerst nach oben«, erwiderte Mum freudig. »Die anderen können ja schon mal ins Wohnzimmer gehen.«

Nachdenklich sah ich Alex hinterher, als er die Treppen hinunter zum Auto ging. Allein der Gedanke, mit ihm in einem Raum zu schlafen, genügte, um meinen Puls nach oben schnellen zu lassen. Aber in einem Bett! Das war die absolute Katastrophe.

Verdammt.

Meine Lippen brannten noch immer von seinem Kuss. Auch wenn ich es nicht gern zugab, aber Alex Godfrey war so etwas wie ein Naturtalent. Nie zuvor war ich von einem Mann so geküsst worden.

»Ich weiß ja nicht, wie du es angestellt hast«, flüsterte Mum, als ob sie Angst hätte, jemand könnte sie hören. »Aber dein Alexander scheint ja ein echtes Goldstück zu sein.«

»Freut mich, dass er dir gefällt«, erwiderte ich, noch immer in Gedanken mit der Schlafsituation beschäftigt.

»Gefallen ist gar kein Ausdruck. Der Mann sieht nicht nur unglaublich gut aus, er hat auch noch Manieren und scheint aus einer guten Familie zu kommen.« Sie sah mich erwartungsvoll an.

»Ja, stimmt. Alexanders Familie ist sehr wohlhabend.«

»Der Mann ist ein absoluter Jackpot«, frohlockte Mum.

Ich verzichtete darauf zu antworten, um ihre Euphorie nicht noch anzufeuern. Zumindest musste ich mir keine Gedanken machen, dass der kleine Schwindel aufflog.

»Da bin ich wieder.« Alex hatte das Gepäck aus dem Kofferraum geholt und kam in den Flur.

»Wunderbar.« Mum klatschte die Hände zusammen wie ein Seehund im Zirkus. »Wenn ihr mir bitte folgen wollt.« Mit einem leisen Klick fiel die Tür ins Schloss. Langsam setzten wir uns in Bewegung. Mum hakte sich bei mir unter. Sofort hatte ich ihren zarten Puderduft in der Nase, der sie umgab, so lange ich denken konnte.

Alex, der hinter uns ging, hatte sich unser Gepäck mit spielerischer Leichtigkeit unter den Arm geklemmt. Frodo folgte uns, sehr zum Bedauern der Kinder.

»Wie war eure Anreise?«, erkundigte sich Mum auf dem Weg nach oben.

»Wunderbar. Wir haben in Bibury in einem kleinen Buchcafé eine kurze Pause eingelegt. Ich soll euch ganz lieb von der Besitzerin grüßen«, teilte ich ihr mit.

Mit einem Ruck blieb Mum stehen. »Ihr habt Julia kennengelernt?« Ihr Blick wanderte von mir zu Alex.

»Julia ist eine alte Freundin von mir«, sagte er.

»Na, das nenne ich mal einen Zufall.« Mum schenkte Alex einen mütterlichen Blick. »Es ist erstaunlich, was Julia in der kurzen Zeit aus Harriets Mühle gemacht hat. Eine tolle Frau, die ihr Leben in die Hand genommen hat.« Mum warf mir einen bedeutungsvollen Seitenblick zu. »Ihr Mann ist der Besitzer des örtlichen Hotels. Eine wirklich entzückende Familie.« Mums Stimmlage hatte in die oberen Oktaven gewechselt und es hätte mich nicht gewundert, wenn das Glas in den Bilderrahmen gesprungen wäre.

Langsam setzten wir uns wieder in Bewegung. Die schmale Steintreppe war gerade so breit, dass wir hintereinander hochgehen konnten. Mum führte den kleinen Trupp an, gefolgt von mir und schließlich Alex.

»Das hier ist der erste Stock mit den Kinderzimmern und unserem Schlafzimmer«, teilte sie ihm mit.

Ich liebte das Cottage mit seinen hellen Steinwänden und dem alten Dielenboden. Wenn ich hier war, fühlte ich mich sofort zu Hause. Ein leichter Duft nach Lavendel lag in der Luft, der zweifellos den kleinen Kissen geschuldet war, die Mum überall zwischen der Wäsche verteilte, um Motten fernzuhalten.

»Wann kommt eigentlich Nathan?«, erkundigte ich mich.

»Er und Liam müssten auch jeden Moment hier sein«, teilte Mum mir schwer atmend mit.

Ich konnte es kaum abwarten, meinen Bruder endlich wiederzusehen.

Wir hatten das Dachgeschoss erreicht.

»Er wird begeistert sein, wenn er sieht, dass du deinen Traummann gefunden hast so wie er.« Mums Blick wanderte von Alex zu mir.

»Mum.«

»Jetzt tu nicht so. Ich war schließlich auch mal jung und verliebt.« Mit einem Ruck drückte sie die Tür auf. »Das ist euer kleines Reich.«

Mit klopfendem Herzen trat ich ein. Der alte Dielenboden knarrte bei jedem Schritt unter den Füßen. Früher hatte uns der Dachboden als Spielzimmer gedient. Aber nach unserem Auszug hatte Mum den rechteckigen Raum in ein Gästezimmer verwandelt. Die einstigen Blumenvorhänge waren durch hellblaue ersetzt worden. Statt des Spielzeugregals standen dort nun Bücher. Auf dem Boden hatte sie einen anthrazitfarbenen Teppich ausgelegt. Die alte Hängelampe war geblieben und gab ihr weiches Licht an die Umgebung ab.

Die Sandsteinwände waren in mühsamer Arbeit freigelegt worden und schimmerten in einem wunderschönen Goldbraun. Der alte Kamin an der Stirnseite des Zimmers war gereinigt und vom Ruß befreit worden. Jetzt flackerte darin ein Feuer, das seine Wärme an die Umgebung abgab. Bei dem Anblick der Lichterkette und den Weihnachtsengeln auf dem Sims musste ich lächeln.

Davor hatte Mum zwei Sessel gestellt, sodass die Gäste dort sitzen und sich wärmen konnten. In dem Weidenkorb daneben lagen frische Holzscheite sorgfältig übereinandergestapelt. Der ganze Raum strahlte eine behagliche Gemütlichkeit aus, ohne spießig zu wirken. Zumindest das hatte Mum gut hinbekommen.

Bei dem Anblick des Bettes machte mein Herz einen nervösen Hüpfer. Irgendwie wirkte es kleiner, als ich es in Erinnerung hatte. Mum hatte es mit dem Plaid überzogen, den sie und Gran zusammen genäht hatten. Darauf hatte sie liebevoll Kissen drapiert. Auf den Nachttischchen rechts und links standen jeweils ein Glas, eine Flasche mit Wasser und ein Schokoladenweihnachtsmann.

»Gefällt es euch? Sie schaute fragend zu mir. »Ich wollte doch, dass ihr zwei es gemütlich habt.«

»Es ist toll«, murmelte ich.

»Es ist perfekt, genau wie ihre Tochter. Danke für die Mühe, die ihr euch gemacht habt.« Alex, der hinter mir stand, legte die Arme um mich und zog mich an sich, sodass ich mit dem Rücken gegen seine Brust lehnte.

»Freut mich, dass es euch gefällt.« Mum strahlte uns an.

»Isabel hat extra zwei Pullover für euch nur für den heutigen Abend gestrickt.« Sie deutete auf die beiden Wollhaufen auf dem Couchtisch neben den Sesseln.

»Was?« Ich blinzelte irritiert.

»Als sie gehört hat, dass du einen Mann mitbringst, hat sie sich sofort hingesetzt und auch einen Pullover für Alex gemacht. Ist das nicht reizend von ihr?« Ihre Stimme überschlug sich. »Sie hat sich so gefreut.«

»Aber Mum, ich habe einen Rock an. Der Pullover passt nicht dazu und ich möchte doch besonders hübsch heute Abend sein«, zog ich Alex als Ass aus dem Ärmel.

»Liebling, du bist immer wunderschön für mich«, schnurrte Alex, der alte Verräter, an mein Ohr.

»Da hörst du es«, nahm Mum den Faden sofort auf. »Außerdem könnt ihr unmöglich ablehnen, nachdem sich Isabel so viel Mühe gemacht hat. Du weißt doch, wie empfindlich deine Schwester sein kann.« Sie sah mich mit flehendem Blick an, als würde es darum gehen, den Weltfrieden zu bewahren.

»Das können wir unmöglich zulassen«, meldete sich Alex zu Wort, bevor ich ablehnen konnte. »Ich freue mich darauf.«

Mistkerl.

»Wunderbar.« Sie schenkte ihm ein seliges Lächeln wie die Jungfrau Maria persönlich. »Dann lasse ich euch mal allein. Ihr habt bestimmt was zu ... tun.«

»Wir kommen gleich nach unten«, beeilte ich mich zu sagen.

»Lasst euch Zeit. Ich weiß doch, wie es ist, wenn man frisch verliebt ist. Wir starten in einer halben Stunde mit dem Essen.«

»Okay.« Ich zwang mich zu einem Lächeln.

»Wenn ihr noch etwas braucht, meldet euch einfach.«

»Ich habe alles, was ich brauche.« Alex gab mir einen Kuss auf die Wange.

»Das sieht ganz danach aus.« Die Gestalt meiner Mutter verschwand aus der Tür und ließ mich mit klopfendem Herzen in den Armen eines Mannes, der mein Fake-Freund war, nichts ahnend zurück. Mit einem Mal meldete sich mein schlechtes Gewissen. Noch nie in meinem Leben hatte ich meine Eltern angelogen. Alex spielte die Rolle des Freundes derart gut, dass selbst ich versucht war, ihm zu glauben. Aber das durfte nicht passieren. Das hier war alles nur Show, damit er und ich bekamen, was wir brauchten. Ich meinen Frieden und er den Verlag.

13. Alex

indest du nicht, dass du ein wenig übertreibst?« Violets Augen funkelten mich angriffslustig an.

»Ich weiß nicht, was du meinst«, erwiderte ich, überrascht von der unerwarteten Reaktion. Eigentlich hatte ich den Eindruck gehabt, dass ihr meine Umarmung gefallen hatte. Zumindest hatte ihr Körper eine andere Sprache gesprochen, als er sich an mich gekuschelt hatte.

»Du weißt ziemlich genau, was ich meine. Wir hatten uns geeinigt, dass wir nur dann zärtlich zueinander sind, wenn es die Situation erfordert. Selbst Isabel ist auf die Nummer mit uns reingefallen.« Sie hatte die Hände vor der Brust verschränkt.

»Aber das ist doch genau das, was wir erreichen wollten. Oder nicht?« Unsere Blicke verhakten sich. Etwas lag in ihren Augen, das ich nicht deuten konnte. Unsicherheit? Panik?

»Ja, aber wir müssen auch an die Zeit danach denken«, gab sie zurück. »Wenn wir zu dick auftragen, komme ich später in Erklärungsnot.«

»Okay. Wäre es dir lieber, wir streiten uns?« Mein Blick blieb an ihrem Mund hängen, der so wunderbar küssen konnte.

»Nein, natürlich nicht.«

»Ich fand eigentlich, dass es echt gut gelaufen ist. Deine Eltern mögen mich und der Rest der Familie scheint auch nicht abgeneigt zu sein. Der Kuss war ziemlich überzeugend«, verteidigte ich mich.

»Aber genau das ist der Punkt. Der Kuss war zu gut«, erwiderte sie heftig.

»Freut mich, dass er dir gefallen hat.« Ich musste unwillkürlich lächeln. Noch immer konnte ich ihre wunderbar weichen Lippen auf meinen spüren.

»Das habe ich nicht so gemeint.« Ihre Augen blitzten. »Also bilde dir bloß nichts ein.«

»Okay, was hast du dann gemeint?« So leicht würde ich sie nicht aus der Nummer herauskommen lassen.

»Dass du mich nur küssen sollst, wenn es wirklich nötig ist. Diese spontanen Küsse verwirren nur.«

»Wen? Dich oder deine Familie?«

»Falls du glaubst, dass deine Küsse mich verwirren, muss ich dich leider enttäuschen. Erstens war es gar kein richtiger Kuss und zweitens habe ich schon besser geküsst.« Trotzig blickte sie mir ins Gesicht.

»Okay, ich hatte einen anderen Eindruck.«

»Das ist mal wieder typisch.« Violet seufzte und machte dabei ein mitleidiges Gesicht.

»Was meinst du damit?«

»Ihr hinterfragt euch nie. Nehmen wir zum Beispiel das Küssen. Ich habe schon einige Männer geküsst und jeder von ihnen dachte, dass er der Beste ist. Wir Frauen sind Weltmeister im Vortäuschen von Gefühlen.«

»Ich würde es spüren, ob eine Frau mich echt küsst oder mir nur etwas vorspielt.«

»Das glaubst du. Jede Frau, die ich kenne, hat ihrem Freund schon mal einen Orgasmus vorgespielt und dabei an die Einkaufsliste nachgedacht. Genauso verhält es sich mit dem Küssen.«

»Das kann ich mir nicht vorstellen.«

»Moment.« Ehe ich reagieren konnte, stellte sie sich auf die Zehenspitzen und legte ihren Mund auf meinen. Als ihre Zungenspitze meine Lippen durchstieß, schnappte ich überrascht nach Luft.

Sie schmeckte genauso, wie ich es mir vorgestellt hatte – süß und verführerisch. Ihre Hand krallte sich in meine Haare und gleichzeitig presste sie ihre Hüften gegen mich. Unsere Zungen umspielten sich, gierig, den Geschmack des anderen aufzunehmen. Ein leises Stöhnen entwich ihren Lippen, was meine Lust noch mehr anfeuerte. Es war unglaublich heiß. Am liebsten hätte ich ihr auf der Stelle die Klamotten von Leib gerissen, um ihren herrlichen Körper mit Zärtlichkeiten zu überschütten.

Es gab nur noch Violet und mich.

Mit einem Ruck löste sie sich von mir und ließ mich atemlos zurück.

»Na, und?« Ihre Augen funkelten mich triumphierend an. »Denkst du immer noch, dass ich etwas empfunden habe?«

Ich räusperte mich, damit beschäftigt, meine Fassung wiederzugewinnen.

»Leider falsch. Das war alles nur gute Technik und langjährige Übung. Mehr nicht.« Sie wandte sich von mir ab, nahm die Tasche vom Boden hoch und stellte sie auf dem Bänkchen vor dem Bett ab.

»Nicht schlecht«, sagte ich schließlich.

»Ich weiß. Deshalb denk bitte nicht, dass ich mehr für dich empfinde.« Mit einem Lächeln zog sie den Reißverschluss auf.

Sollte ich mich wirklich so getäuscht haben?

»Okay, ich muss sagen, ich bin beeindruckt«, sagte ich schließlich. »Damit hast du mich überzeugt.« Tatsächlich ratterte es in meinem Kopf, welche Frauen mir noch so vorgespielt hatten, dass ich gut küssen konnte.

»Das freut mich zu hören. Dann hat sich das Küssen der vielen Frösche wenigstens gelohnt.« Ihr Blick wanderte zum Bett. »Da wäre nur noch die Sache mit der Schlafgelegenheit.«

»Was meinst du? Das Bett ist groß genug für uns beide.«

»Auf keinen Fall.« Wilde Entschlossenheit lag in ihren Augen.

»Okay, und an was hattest du gedacht?«

Mit einer Kopfbewegung deutete sie zu den beiden Sesseln vor dem Kamin. »Du kannst da schlafen.«

»Das ist ein Scherz, oder?« Der Sessel war zwar groß, aber definitiv nicht bequem.

»Keineswegs«, entgegnete sie kühl. Sie hatte ihren Kulturbeutel aus der Tasche gezogen. »Wenn du mich entschuldigen würdest. Ich gehe mich nur kurz frisch machen.«

»Kein Problem. Ich laufe nicht weg.«

Ohne mich weiter zu beachten, verschwand sie im Bad.

14. Violet

Verdammt. Was hatte mich nur geritten, Alex Godfrey zu küssen? Mein Spiegelbild starrte mir mit weit aufgerissenen Augen entgegen.

Ich war so darum bemüht gewesen, ihm klarzumachen, dass der Kuss mir nichts bedeutet hatte, dass ich mir selbst eine Falle gestellt hatte.

Dieser zweite Kuss war noch viel, viel besser gewesen als der erste. Leidenschaftlich, wild und fordernd. Nie zuvor in meinem Leben hatte ich etwas Vergleichbares gespürt.

Die meisten Männer waren eher mittelmäßige Küsser, bei denen man häufig den Eindruck hatte, sie würden beim Küssen an einer Forschungsarbeit arbeiten. Viel Zunge, wenig Gefühl.

Nicht bei Alex. Es hätte nicht viel gefehlt und ich hätte mich in seinen Armen verloren. *Verdammt. Verdammt. Verdammt.*

Wenn es so weiterging, war ich auf dem besten Weg, mich in ihn zu verlieben. Etwas, das unter keinen Umständen passieren durfte.

Ich stellte den Wasserhahn an und schüttete mir eine Ladung eiskaltes Wasser ins Gesicht, um die verräterische Röte verschwinden zu lassen.

Dabei sollte doch alles so easy sein.

Stattdessen stand ich hier mit Herzklopfen und zitterte am ganzen Körper. Noch nie hatte ein Mann mich derart aus der Fassung gebracht.

Leise Stimmen drangen zu mir hoch. Wie es sich anhörte, saß die Familie im Wohnzimmer. Es wurde Zeit, nach unten zu gehen, um nicht noch mehr Anlass für Gesprächsstoff zu geben.

Das kalte Wasser hatte seine Wirkung getan und die Röte war aus meinem Gesicht verschwunden. Mit einem Handgriff schnappte ich mir den Kulturbeutel und fing an, mein Make-up aufzufrischen.

Etwas getönte Tagescreme, ein Hauch Bronzer für die Wangen und ein zarter Lipgloss, das musste genügen. Meine Haare sahen aus, als wäre ich gegen die Windanlage gelaufen. Mit energischen Bürstenstrichen fing ich an, die widerspenstigen Strähnen zu bändigen. Mit mehr oder weniger Erfolg. Seufzend legte ich die Bürste zurück auf ihren Platz, klappte das Täschchen zusammen und stellte es in das kleine Holzregal gleich neben dem Waschbecken.

Im Gegensatz zu den anderen Räumen, die im Laufe der Jahre einige Veränderungen miterlebt hatten, war das Badezimmer in seinem ursprünglichen Zustand geblieben. Lediglich die Wasserleitungen waren erneuert worden.

Auf dem Fensterbrett lag Mums Muschelsammlung von ihren Urlauben an der Küste von Cornwall. Die alte Emaillewanne mit ihren Löwenfüßen stand noch immer unter dem Fenster und lud zum gemütlichen Baden ein.

Am liebsten hätte ich mir Wasser eingelassen und mich entspannt. Jede Körperzelle war in Aufruhr und das Adrenalin rauschte durch meine Adern wie heiße Lava.

Aber dafür war keine Zeit. Vielleicht könnte ich mir später noch ein Bad gönnen, wenn ich den Abend heil überstanden hatte.

Es rumpelte nebenan. Wahrscheinlich war Alex dabei, seine Sachen aus dem Koffer zu holen.

Alex. Was hatte ich mir nur dabei gedacht, auf diesen verrückten Deal einzugehen. Aber für einen Rückzug war es zu spät.

Entschlossen ging ich zurück ins Schlafzimmer.

Als ich eintrat, stand Alex lässig gegen den Sessel gelehnt. Er hatte sich Isabels Pullover übergezogen.

»Also, wenn du jetzt nicht schwach wirst, dann weiß ich auch nicht.« Ein breites Grinsen lag auf seinem Gesicht.

Obwohl mir eigentlich nicht danach zumute war, musste ich lachen.

Isabel hatte sich mächtig ins Zeug gelegt, als sie den Pullover entworfen hatte. Ein dunkelblaues Monstrum, auf dem ein Lebkuchenmännchen seitlich den Arm ausstreckte. Dazu rieselte es Schneeflöckchen von oben herab. In der anderen Hand hielt er ein Schild in die Höhe, auf dem stand: »Willkommen in der Familie«.

Aber zumindest die Größe hatte sie getroffen und der Pullover saß perfekt über Alex' breiten Schultern.

»Jetzt bist du dran.« Alex warf mir den zweiten Pullover zu. »Mitgefangen. Mitgehangen.«

»Das nehme ich meiner Schwester persönlich übel«, knurrte ich.

»Los, umdrehen.«

»Du gönnst deinem Verlobten aber auch gar nichts«, murrte Alex gespielt und wandte sich wortlos ab.

Blitzschnell hatte ich meinen Pullover ausgezogen und Isabels übergeworfen. Zumindest kratzte er nicht und fühlte sich tatsächlich kuschelig weich an. Wie Alex hatte ich ein Lebkuchenmännchen als Motiv, dass seinen Arm zur Seite ausstreckte. Dem rosafarbenen Dekor nach zu urteilen, handelte es sich bei meinem um das weibliche Pendant zu Alex'.

»Fertig«, rief ich und stellte mich in eine typische Modelpose, wie ich sie schon häufig auf Instagram gesehen hatte. »Wehe, du lachst!«

»Niemals.« Mit einem Ruck wirbelte er herum. Seine Augen glitten über mich hinweg. »Du siehst umwerfend aus.«

»Mach dich nur lustig über mich.« Schmollend schob ich die Unterlippe vor.

»Nein, wirklich, du siehst toll aus.« Er stellte sich neben mich. »Jetzt müssen wir den ganzen Abend dicht beieinanderstehen, damit unsere Lebkuchenmännchen Händchen halten können.«

Er deutete auf die Lebkuchenfrau auf meinem Pullover, die dem Lebkuchenmann von Alex die Hand reichte.

»Ja, super.« Obwohl ich die Idee bescheuert fand, musste ich unwillkürlich lachen.

»So gefällst du mir schon viel besser.«

»Was meinst du?«

»Wenn du lachst. Dann leuchten deine Augen und es fühlt sich an, als würde die Sonne aufgehen.«

»Hm.« Flirtete er mit mir? Noch immer hielt mich sein Blick gefangen. Sein Mund, der so unglaublich küssen konnte, lächelte. *Verdammt.* Von Alex ging eine enorme Anziehungskraft aus und es kostete mich meine ganze Selbstbeherrschung, ihr nicht zu erliegen.

»Ich denke, wir sollten nach unten gehen«, murmelte ich und zerriss das Band zwischen uns.

Als wir nach unten kamen, roch es im Flur nach Weihnachtsbraten und Eggnog.

Bevor wir die Tür erreicht hatten, legte Alex seinen Arm um meine Taille.

»Showtime, Miss Lancaster.«

Ich nahm einen tiefen Atemzug, dann nickte ich. »Showtime.«

»Da ist ja das junge Glück«, begrüßte uns Granny freudig als wir eintraten. Sie hatte auf einem der großen Sessel vor dem Kamin Platz genommen. Otis und Rose saßen vor ihr auf dem Dielenboden und spielten mit ihren Playmobil-Figuren. Dad saß mit Isabel auf dem Sofa und Mum war gerade dabei, den Topf mit dem Eggnog auf dem Esstisch zu platzieren.

»Hallo, Gran.« Sanft löste ich mich aus Alex' Armen und lief zu ihr.

Sie streckte die dünnen Ärmchen aus und zog mich zu sich herunter. »Schön, dass du da bist.«

»Es ist viel zu lange her, dass wir uns gesehen haben.« Ich drückte ihr einen Kuss auf die faltige Wange.

»An mir hat es nicht gelegen.« Der vorwurfsvolle Ton war nicht zu überhören und mit ihm kam mein schlechtes Gewissen. Ich war die letzten Wochen so beschäftigt gewesen, dass ich keine Zeit gefunden hatte, sie zu besuchen.

»Du hast völlig recht und ich gelobe Besserung.« Ich sog den zarten Geruch von Rosenblüten ein, der Granny umgab wie ein Mantel aus Duftmolekülen.

»Sehr gut.« Ihr Blick wanderte zu Alex. Trotz des hohen Alters war Gran noch immer eine Schönheit. Wenn sie lachte oder eine Geschichte erzählte, dann funkelten ihre Augen wie die eines jungen Mädchens und ihre Hände bewegten sich dabei wie flatternde Vögel.

»Darf ich dir Alex vorstellen?« Ich winkte ihn zu mir.

Gran richtete sich kerzengerade auf. »Das ist also dein Freund.«

»Hallo, mein Name ist Alexander James«, begrüßte er sie lächelnd. »Es ist mir eine Ehre, Sie kennenzulernen.« Er hauchte Gran einen formvollendeten Kuss auf den Handrücken, als würde es sich bei ihr um die Queen persönlich handeln.

»Oh, und gut erzogen ist er auch noch.« Ein Lächeln hatte sich auf Grans Gesicht gestohlen. Ein sicheres Zeichen, dass sie Alex mochte.

»Hallo, Plumpy«, meldete sich die Stimme meines Bruders. Freudig drehte ich mich um. Nathan trug einen dunkelgrünen Anzug mit feinen roten Nadelstreifen. Seine dunkelblonden lockigen Haare hatte er mit Tonnen von Gel in Form gebracht. Liam hatte den gleichen Anzug nur in umgekehrter Farbreihenfolge angezogen. Die beiden sahen aus, als wären sie direkt vom Schlitten des Weihnachtsmanns abgesprungen und im Wohnzimmer meiner Eltern gelandet. *Herrlich.*

»Nat.« Beim Anblick meines Bruders wurde mir sofort warm ums Herz.

»Endlich habe ich dich wieder.« Mit einem Ruck hatte Nathan mich angehoben und wirbelte mich einmal um die eigene Achse.

»Hey, lass mich los. Mir wird ganz schwindelig.« Lachend klopfte ich gegen seine Brust.

»Ich hatte schon Angst, du könntest kneifen und mich der Meute überlassen.« Nat zwinkerte mir zu. »Wie ich sehe, hast du die versprochene Verstärkung mitgebracht.«

»Hey, Nathan. Ich bin Alex.« Er reichte ihm die Hand.

»Freut mich. Welch angenehmer Anblick für mein geschundenes Auge«, sagte Nat fröhlich und schlug ein. »Der Mann an meiner Seite heißt übrigens Liam.« Nat senkte die Stimme und fuhr mit verschwörerischer Miene fort. »Er folgt mir nun schon seit Jahren. Keine Ahnung, warum, aber ich habe mich irgendwie an ihn gewöhnt.«

Wir lachten über den kleinen Scherz.

»Hallo, Liam«, begrüßte Alex ihn. »Cooler Anzug.«

»Danke, Bro.« Liam klopfte im lässig auf die Schulter. »Wie ich sehe, hast du dich schon in der Familie eingefunden.« Er deutete auf Alex' Pullover. »Ansonsten bin ich immer der einzige Alien hier.«

Alex grinste schief. »Also mir gefällt es.«

»Warte ab, ob du das nach dem Abendessen immer noch sagst«, erwiderte Nat fröhlich.

»Soooo«, flötete Mum. Ihre Wangen waren gerötet vor Aufregung. »Nachdem sich alle vorgestellt haben, wäre es Zeit für meinen berühmten Eggnog.«

»Ich dachte, das ist ein altes Familienrezept von Granny«, bemerkte ich trocken.

»Musst du denn immer so genau sein? Heute habe jedenfalls ich ihn gemacht.« Mums Augen schleuderten kleine Blitze in meine Richtung. »Wer möchte ein Gläschen haben?«

»Sag lieber Ja, denn anders kannst du den Abend nicht überstehen.« Nat zwinkerte Alex zu.

»Man sollte immer auf seine Gastgeber hören«, erwiderte Alex und legte wieder den Arm um meine Taille, als müsste er seinen Besitz klarmachen.

»Gut zu wissen. Dann tust du ja heute ausnahmsweise mal, was ich möchte«, schnurrte ich wie ein verliebtes Kätzchen.

»Da halte ich mich besser raus.« Nat hob die Hände in die Luft.

»Schon gut, ich komme klar. Das ist schließlich die Frau, die ich liebe.« Ohne zu zögern, legte er erneut seine Lippen auf meinen Mund. Nur für den Bruchteil eines Wimpernschlages, dann zog er seinen Kopf wieder zurück. »Nicht wahr, mein Schatz?«

»Ja klar.« Mein Mund fühlte sich trocken an und ich kämpfte dagegen an, meinen Hormonen das Feld zu überlassen. Ich sah mich um. »Wo sind Onkel Travis und Hattie?«

»Die kommen später. Der alte Vauxhall schafft es wohl nicht so schnell bei dem Schnee auf der Straße«, meldete sich Dad zu Wort.

»Georg müsste auch jeden Moment hier sein«, sagte Isabel, den Blick fest auf Alex gerichtet, als müsste sie sich davon überzeugen, dass es sich bei ihm nicht um eine Fata Morgana handelte.

»Und Cousin Louis mit Familie?«

»Die haben aufgrund des Wetters kurzfristig abgesagt.« Dad hielt mir ein volles Glas Eggnog entgegen. »Pumpkin.«

»Danke, Dad.« Ich schenkte ihm ein Lächeln.

Mum reichte Alex ein Glas. »Für dich.«

Alle hatten sich im Halbkreis um Grans Sessel versammelt.

»Auf einen ...«, fing Dad an.

»Bin ich zu spät?« Georg kam mit hochrotem Gesicht ins Wohnzimmer gestürmt. Unterm Arm hatte er eine Packung Binden. Auch er hatte einen selbst gestrickten Pullover an, auf dem der Weihnachtsmann mit einer Flasche Bier in der Hand fröhlich lachte.

»Du kommst genau richtig«, begrüßte ich meinen Schwager grinsend.

»Hier, Schatz, deine ...« Georg drehte sich zu Isabel und hielt dabei die Packung Binden in die Höhe.

»Danke, ich weiß, was das ist«, zischte Isabel und schnappte sich die Packung, um sie dann schnellstmöglich hinter ihrem Rücken verschwinden zu lassen.

Alex tat so, als ob er es nicht gesehen hätte, aber seine zuckenden Mundwinkel verrieten ihn.

Dad räusperte sich. »Liebe Familie, liebe Schwiegersöhne und solche, die es noch werden wollen.« Sein Blick wanderte von Georg zu Liam, um dann bei Alex zu landen.

»Was meint Grandpa damit?«, durchdrang Otis' glockenklare Stimme die Runde.

»Dass Alex Tante Violet befeuchten soll«, flüsterte Rose deutlich hörbar für alle.

Eine heiße Welle stieg mir den Hals hoch und breitete sich auf meinem Gesicht aus. Alex gluckste leise neben mir.

»Rose.« Isabel warf ihrer Tochter einen strafenden Blick zu.

»Aber ich habe doch nur Otis' Frage beantwortet«, erwiderte meine Nichte mit Unschuldsmiene.

»Ist schon gut, Kleines.« Dad tätschelte ihren Kopf. »Ich freue mich, dass ihr alle gekommen seid und ein weiteres Mal mit uns alten Menschen Weihnachten feiern wollt ...«

»Da sprichst du aber nur für dich«, wurde er ein zweites Mal unterbrochen, diesmal von Mum. »Ich fühle mich immer noch genauso wie mit fünfunddreißig.«

Nur mit Mühe konnte ich ein Grinsen unterdrücken. Isabel ging es ebenfalls so, denn ich konnte sehen, wie ihre Mundwinkel zuckten.

Mum war eine sehr attraktive Frau mit guten Genen. Aber wie Isabel wusste auch ich, dass Mum in den Fünfzigern beschlossen hatte, gegen die Falten und das Alter anzugehen. Auf dem Badezimmerregal hatte ich bei meinem letzten Besuch diverse Tiegel vorgefunden, die allesamt versprachen, Falten zu mindern oder gar wegzunehmen.

»Wie schön, mein Schatz«, nahm Dad den Faden wieder auf, »wenigstens einer von uns beiden, der aufgehört hat zu zählen.« Er legte liebevoll seinen Arm um sie. »Eigentlich wollte ich auch nur sagen, dass wir sehr glücklich sind, euch alle hier zu haben. Deshalb lasst uns anstoßen und diesen wunderbaren Abend genießen. Cheers.«

Dad hob sein Glas in die Höhe und alle folgten seinem Beispiel.

»Cheers!«

Vorsichtig nippte ich an meinem Glas. Aus Erfahrung wusste ich, dass Grannys Eggnog es in sich hatte.

»Mmh, gar nicht übel«, verkündete Alex, der einen kleinen Schluck genommen hatte.

»Sagt mal, ihr Turteltäubchen«, meldete sich Mum zu Wort. Sofort schlug meine innere Alarmglocke bei ihrem zwitschernden

Tonfall an, da es erfahrungsgemäß nur eines bedeuten konnte – sie wollte mehr wissen.

»Wie habt ihr beiden euch eigentlich kennengelernt?«, kam prompt die Frage. Schlagartig verstummten die Gespräche und alle Blicke waren auf uns gerichtet.

»Willst du es ihnen sagen?« Alex sah mich fragend an. *Mistkerl.*

Nervös leckte ich mir mit der Zungenspitze über die Unterlippe. »Tja, ähm ...« In meinem Kopf herrschte Vakuum.

»Wenn man dich sieht, könnte man glatt meinen, ihr habt euch bei Tinder kennengelernt!«, rief Isabel dazwischen.

Alle lachten, ohne die Blicke von uns zu nehmen. Selbst Gran starrte mich an.

»Im Fahrstuhl.« Ich hatte geschrien, aber zumindest schien mein Hirn wieder zu arbeiten. »Wir haben uns im Fahrstuhl kennengelernt.«

»Das ist mal etwas Besonderes«, kommentierte Dad und schenkte mir ein Lächeln. Der gute Dad.

»Ja, wir sind in den gleichen Lift eingestiegen und auf dem Weg nach oben hing das Mistding plötzlich fest.«

»O mein Gott.« Mum schlug die Hand vors Gesicht. »Und das bei deiner Platzangst.«

»Ja, aber Alex hat mir geholfen und ist ganz ruhig geblieben.« Instinktiv kuschelte ich mich an ihn.

»Du hättest sie mal als Kind erleben müssen«, sagte Mum mit diesem eifrigen Ausdruck auf ihrem Gesicht, den sie bekam, wenn sie etwas sehr Privates erzählte. »Violet war schon immer eher ängstlich. Bei Gewitter hat sie nachts unter ihrer Bettdecke gelegen und gezittert. Später kam dann noch die Angst vor einer Zombie-Invasion dazu.«

Im Stillen fragte ich mich, ob man mildernde Umstände bekam, wenn man seine Mutter in Notwehr umbrachte.

»Zombie-Invasion!« Alex' Augenbraue schnellte belustigt nach oben.

»Hast du nie den Film ›World War Z‹ mit Brad Pitt gesehen?«, gab ich zurück. »Danach weißt du, warum meine Angst berechtigt ist.«

»Hast du eigentlich noch deinen Zombie-Survival-Guide?«, fragte Isabel mit einem süffisanten Grinsen auf dem Gesicht.

»Ja, und ihr könnt alle über mich lachen. Wenn die Apokalypse kommt, bin ich die Einzige aus der Familie, die weiß, was zu tun ist«, gab ich zurück.

»Ein Grund mehr, mich in deine kompetenten Hände zu geben.« Alex zog mich noch dichter an sich.

»Freut mich, dass wenigstens du mein Wissen zu schätzen weißt.« Ich schenkte ihm ein Lächeln.

»Und wann feiert ihr Verlobung?«, platzte Gran hervor, die sich die ganze Zeit im Hintergrund gehalten hatte.

Ich stöhnte leise. Eigentlich hatte ich gehofft, dass wir aus dem Fokus gerutscht wären, aber wie man sah, hatte ich mich getäuscht.

»Vielleicht schneller als gedacht«, antwortete Alex mit einem zweideutigen Blick auf mich. Eine klare Anspielung auf das Weihnachtsfest bei seiner Familie.

»Wirklich?«, quietschte Mum. Ihre Wangen hatten einen ungesunden Rotton angenommen.

»Mum, beruhig dich.« Ich legte meine Hand auf ihre Schulter.

»Man wird doch als Mutter mal aufgeregt sein dürfen, wenn das Kind heiratet.«

»Wir sind noch nicht einmal verlobt«, gab ich seufzend zurück.

»Noch nicht«, korrigierte sie mich mit wissendem Blick.

Es klingelte an der Haustür.

»Das müssen Travis und Hattie sein«, frohlockte Mum.

»Ich hätte niemals gedacht, dass ich das jemals sagen würde«, flüsterte ich Alex ins Ohr, »aber ich freue mich, die beiden zu sehen.«

»Wieso? Bisher lief es doch ganz prima«, kam es von Alex zurück. Sein warmer Atem streifte meine Wange und ein wohliger Schauer rieselte mir den Rücken runter. »Übrigens ganz schön sexy, das mit dem Zombie-Survival-Guide.«

»Ach, tatsächlich?« Ich grinste ihn breit an. »Dann warte mal ab, bis ich dir zeige, wie man aus einem Zombieskelett eine prima Waffe bastelt.«

»Uhhh!« Das Grinsen auf Alex' Gesicht wurde breiter. »Ich kann es kaum noch abwarten.«

»Das dachte ich mir.« Schmunzelnd prostete ich ihm zu. Der Eggnog tat seine Wirkung und eine angenehme Wärme breitete sich in meinem Bauch aus.

»Zumindest haben wir das erste kleine Fegefeuer überstanden«, flüsterte Alex, sodass ihn die anderen nicht hören konnten.

»Es kann nur noch besser werden.« Ich prostete ihm augenzwinkernd zu. Auf eine seltsame Weise fühlte es sich unheimlich vertraut an, ihm so nahe zu sein. Unwillkürlich wanderte mein Blick zu seinem Mund. Bei der Erinnerung an den Kuss wurde mir ganz flau im Magen und mein Puls schnellte nach oben.

»Alles okay?« Alex sah mich fragend an.

Verdammt. Konnte der Mann Gedanken lesen?

»Alles super.«

In diesem Moment kam Mum mit meinem Onkel und seiner Frau ins Wohnzimmer zurück.

»Sieh dir nur an, wer dieses Jahr mit uns feiert.« Mum breitete die Arme in unsere Richtung aus wie ein Zirkusdirektor, der den finalen Akt ankündigt.

Ich setzte das Glas an meinen Mund und nahm einen tiefen Schluck. Das konnte ja heiter werden.

»Hast du mich nicht gewarnt, den Eggnog vorsichtig zu trinken?«, flüsterte Alex.

»Yep, aber ich bin ihn gewohnt.« Ich grinste ihn mit verschwörerischer Miene an.

»Hallöchen, mein liebes Nichtchen.« Hattie kam mit wogenden Hüften auf uns zugestürmt. Wie immer zu Weihnachten hatte sie sich ein dunkelgrünes Kostüm angezogen mit braunen Lederschuhen dazu. Ihre grau melierten Haare wurden von einem Fascinator bedeckt, an dem mehrere Weihnachtselfen befestigt waren. An ihren Ohren baumelten winzige Weihnachtskugeln.

»Jetzt verstehe ich, was du meinst.« Alex nahm ebenfalls einen Schluck.

Er hatte seinen Satz kaum beendet, als die fleischigen Arme mich umschlossen und ich mir vorkam, als wäre ich in einem Schraubstock gefangen. Gleichzeitig drückte sie mich mit dem Kopf gegen ihren Oberkörper, sodass mein Gesicht zwischen ihren Brüsten landete.

Hattie war mit einer Größe von eins achtzig eine echte Erscheinung.

»Violet. Wie schön, dass du diesmal in Begleitung da bist«, brummelte es an meinem Ohr.

»Finde ich auch«, nuschelte ich, darum bemüht, Luft zu schnappen.

»Und Sie müssen der junge Mann sein, der meine Nichte glücklich macht.« Schlagartig wurde ich aus der Umklammerung entlassen.

»Alexander James. Es freut mich, Ihre Bekanntschaft zu machen«, begrüßte Alex meine Tante höflich.

»Ach, was für eine Freude. Wir hatten schon Angst, dass unsere liebe Violet allein bleibt.« Meine Tante bedachte mich mit einem zärtlichen Blick. »Dabei ist sie doch eine wirklich ansehnliche junge Frau. Aber nichtsdestotrotz braucht eine Frau einen Mann an ihrer Seite, der ihr in allen Lebenslagen hilft.«

»Da würde ich mir an ihrer Stelle keine Sorgen machen. Violet ist nicht nur die schönste Frau, die ich jemals gesehen habe, sondern auch durchaus in der Lage, ihr Leben selbst in die Hand zu nehmen.« Jeder hier im Raum musste annehmen, dass ich die absolute Traumfrau für ihn war.

»Hattie, jetzt lass die beiden in Ruhe!«, rief Onkel Travis seine Frau zur Räson und das erste Mal in meinem Leben war er mir wirklich sympathisch.

»Ich wollte doch nur zum Ausdruck bringen, wie sehr wir uns freuen.« Hattie schob die Unterlippe schmollend vor. »Du hast selbst gesagt, dass es höchste Zeit wurde.«

Aus dem Augenwinkel sah ich, wie Nat wiehernd neben dem Tannenbaum zusammenbrach.

»Das weiß ich doch, Liebes.« Onkel Travis tätschelte Tante Hattie wie ein Bauer, der seine Kuh beruhigen will.

Dad kam mit zwei Gläsern Eggnog herbeigeeilt und reichte sie den Neuankömmlingen.

»Damit sind wir alle da. Auf einen gemütlichen Familienabend.«

Klirrend stießen die Gläser aneinander.

Trotz der kleinen Widrigkeiten hatte ich das Gefühl, dass es ein schönes Weihnachten werden würde – hoffentlich.

15. Violet

öchtest du noch ein Stück Braten?«, flötete Mum, den Blick auf
Alex gerichtet, der neben mir am Tisch saß.

»Vielen Dank, aber ich kann beim besten Willen nicht mehr. Das
Essen war wirklich köstlich«, erwiderte Alex mit einem strahlenden Lächeln.

»Ach, das war doch gar nichts.« Mum winkte lässig ab.

»Ich würde mich freuen, wenn ich das Rezept haben könnte.«

»Wirklich?« Mum sah Alex an wie einen Außerirdischen, der
zufällig an unserem Tisch gelandet war.

»Du musst wissen, dass Alex gern kocht«, erklärte ich.

»Das ist ja ungewöhnlich. Violets Dad kann gerade mal Eier
kochen.«

Alle am Tisch lachten.

»Unsere Haushälterin hat mir das Kochen beigebracht und ich
muss sagen, es beruhigt mich«, sagte Alex, als wäre es die natürlichste Sache auf der Welt.

»Haushälterin?« Mum blinzelte irritiert.

»Ja, Iris arbeitet bei uns, seit ich denken kann. Irgendwie gehört
sie mittlerweile zur Familie.«

»Jetzt denkt meine Familie, dass du ein Snob bist«, flüsterte ich ihm zu, während Mum noch damit beschäftigt war, die Informationen zu verarbeiten.

»Bin ich doch auch ein kleines bisschen.« Alex zuckte resigniert mit den Schultern.

»Was hast du nur für ein Glück!«, rief Mum hocherfreut. Ob es der Tatsache geschuldet war, dass Alex kochen konnte oder dass er wohlhabend war, vermochte ich nicht eindeutig zu sagen. Wahrscheinlich eine Mischung aus beidem.

»Ja, das ist tatsächlich ziemlich praktisch«, murmelte ich. Wenn es so weiterging, würde Alex noch bis Ende des Abends einen gottähnlichen Status erreichen, an dem sich all meine folgenden Freunde die Zähne ausbeißen würden. Wieder einmal wurde mir bewusst, dass Alex in spätestens drei Tagen aus meinem Leben verschwinden würde, zumindest aus dem privaten Bereich.

Das Abendessen war besser als erhofft verlaufen. Der Eggnog war in Strömen geflossen. Dementsprechend gelockert war die allgemeine Stimmung. Ich konnte mich nicht erinnern, wann es schon mal so lustig zugegangen war.

»Natürlich kannst du das Rezept haben«, holte mich Mums Stimme aus meinen Gedanken.

»Danke, das freut mich.« Alex legte seine Hand auf meine. Seine Haut fühlte sich angenehm weich und gleichzeitig kühl an. Winzige kleine Stromschläge wanderten meine Hand hoch, dort, wo er mich berührte.

Wie es wohl wäre, von ihm gestreichelt zu werden?

Hör auf damit.

Abrupt zog ich meine Hand unter seiner hervor. Aus dem Augenwinkel sah ich, wie seine Augenbraue nach oben schnellte.

»Zeit für den Nachtisch«, verkündete Isabel. »Ansonsten wird es zu spät für die Kinder.«

Mum stand wie auf Kommando auf. »Wer hilft beim Abräumen?«

»Ich kann gern helfen«, bot sich Alex an.

»Das ist lieb von dir, aber du bist heute unser Gast.« Mums Blick fiel auf uns Kinder.

»Schon gut. Ich mache das.« Ich winkte ab und stapelte das Geschirr übereinander. Isabel nahm die restlichen Teller. Gemeinsam folgten wir Mum in die Küche.

»Du bist unglaublich«, raunte Isabel mir zu, sobald wir außer Hörweite waren. »Da schnappst du dir den heißesten Typen ever und sagst mir kein Wort.«

»Ich wusste nicht, dass dich mein Liebesleben interessiert«, gab ich achselzuckend zurück. Bevor wir zu meinen Eltern gefahren waren, hatte ich lange darüber nachgedacht, ob ich Isabel in mein Täuschungsmanöver einweihen sollte, aber mich schlussendlich dagegen entschieden. Isabel war nicht gerade ein Weltmeister, wenn es darum ging, ihre Gefühle zu verbergen, und die Gefahr war einfach zu groß, dass sie mich verraten würde.

»Wie hast du das angestellt?« Sie sah mich fragend an.

»Was meinst du?« Ich stellte die Teller neben der Spüle ab.

»Na, dir so einen Wahnsinnsmann an Land zu ziehen.«

»Hey, das hört sich gerade so an, als wäre ich ein Problemfall.« Angriffslustig funkelte ich Isabel an. Wir waren noch nie ein Herz und eine Seele gewesen. Dafür waren wir einfach zu verschieden, trotzdem liebte ich sie sehr.

»Na ja, du bist immerhin neunundzwanzig und bisher Single.« Isabels Blick wanderte zu Mum.

»Da hat deine Schwester recht«, kam Mum ihr prompt zu Hilfe.

»Auch wenn es euch schwerfällt, mir zu glauben, aber es gibt ein Leben außerhalb von Familie und Mann. Ich habe tolle Freundinnen und einen Job, der mir sehr viel Spaß macht. Das ist schon mal mehr, als die meisten Frauen in meinem Alter haben.«

»Na, und jetzt hast du auch noch einen tollen Mann«, lenkte

Mum mit versöhnlicher Stimme ein.

Für einen Moment herrschte Schweigen in der kleinen Küche.

»Ich gehe kurz das restliche Geschirr holen.« Ich nutzte die Gunst der Stunde, um mich aus dem Staub zu machen, bevor Isabel auf die Idee kam, mir weitere Fragen zu stellen.

»Alles klar.« Mum nickte, damit beschäftigt, das Besteck in den Geschirrspüler einzuräumen.

Ich eilte in den Flur.

»Da bist du ja.« Nathan stand plötzlich vor mir.

Mit einem Griff hatte er meine Hand gepackt und zog mich in Mums Bügelzimmer.

»Du erzählst mir sofort, was es mit Alex auf sich hat, oder ich verspreche dir, ich schreie.« Seine Augen brannten sich in mein Gesicht. Nat hatte schon immer gewusst, wenn etwas in meinem Leben nicht stimmte oder ich Probleme hatte. Genauso umgekehrt.

»Also, ähm.« Eine heiße Welle flutete meine Wangen. Für Nat war mein Gesicht schon ein offenes Buch. Vielleicht wäre es gar nicht so verkehrt, wenigstens einen Verbündeten in der Familie zu haben. Bei Nat wusste ich, dass er die Klappe halten würde. »Alex ist mein Boss.«

»Was?«, stieß Nathan überrascht hervor. »Du vögelst deinen Boss. Ich dachte, das ist tabu?«

»Nein, tue ich ja auch nicht«, gab ich kleinlaut zu.

»Was jetzt?« Nathan schüttelte verwirrt den Kopf. »Das musst du mir genauer erklären.«

»Alex und ich …«, druckste ich. »... also, wir sind gar kein Paar.« Jetzt war es raus.

»Seid ihr nicht?« Man konnte förmlich sehen, wie seine Synapsen arbeiteten.

Ich schüttelte den Kopf. »Nein, sind wir nicht.« Mit wenigen Worten erzählte ich ihm von unserem Deal.

»Wahnsinn«, sagte Nat schließlich. »Das hätte ich nicht mal dir zugetraut. Du bist ja noch verrückter, als ich immer angenommen habe. Chapeau – Hut ab. Ihr spielt die Rolle wirklich gut. Bist du sicher, dass er nicht in dich verknallt ist?«

»Tausend Prozent. Der Mann ist einfach ein begnadeter Schauspieler. Mehr nicht.«

»Verstehe.« Nat fuhr sich mit der Hand über das Kinn. »Und du bist auch cool damit?«

»Na klar. Alex ist überhaupt nicht mein Typ«, protestierte ich heftiger als gewollt.

»Soso. Ich hatte da einen anderen Eindruck. Aber gut, du bist erwachsen und weißt selbst am besten, was du fühlst oder nicht.«

»Und du bist nicht sauer auf mich?«

»Wegen Alex?« Nat schüttelte den Kopf. »Ich bin eigentlich nur sauer, dass du mir nichts davon erzählt hast.«

»Ich war mir ja bis heute Mittag auch nicht sicher, ob ich die Sache wirklich durchziehe«, gestand ich ihm.

»Da wärst du aber schön blöd gewesen. Alex ist eine absolute Sahneschnitte. Allein der Hintern genügt, um schwach zu werden.« Nat spitzte die Lippen.

»Hör auf, meinem Freund auf den Hintern zu glotzen.«

»Fake-Freund. Damit hast du kein Recht, mir irgendwas zu verbieten.« Nat grinste mich schief an. »Aber mal im Ernst, mich hast du gehabt mit eurer Story. Ihr seid quasi das perfekte Paar. Kein Wunder, dass Mum und Dad derart begeistert sind. Und wie soll es weitergehen? Die beiden werden euch mit Einladungen überschütten. Das gebe ich dir mit Brief und Siegel.«

»Das ist kein Problem. Alex ist ein viel beschäftigter Mann, der nur wenig Zeit hat. Und irgendwann in zwei, drei Monaten erzähle ich ihnen dann, dass Schluss zwischen uns ist.«

»Na, wenn das mal klappt.« Nat nahm meine Hand. »Und du bist dir sicher, dass du keine Gefühle für ihn hast?«

»Wieso fragst du?«

»Weil der Kuss zwischen euch schon ziemlich spektakulär war.«

Ich gab einen leisen Seufzer von mir. Noch immer konnte ich Alex' Lippen auf meinen spüren. »Ach, das war nichts. Nur ein guter Kuss.«

»Okay, dann möchte ich nicht wissen, wie du sonst so küsst.«

Ich lehnte mich mit dem Kopf gegen seine Schulter. »Schön, dass wir mal wieder alle zusammen sind.«

»Ja, das finde ich auch. Dein Alex ist ein absoluter Glücksgriff. Eigentlich sehr bedauerlich, dass er nur auf Zeit in der Familie ist.«

»Ach, komm schon.« Ich versetzte ihm einen unsanften Stoß in die Seite. »Du tust gerade so, als ob Alex dein Traummann ist.«

»Meiner nicht. Ich habe Liam. Aber deiner auf jeden Fall. Ihr beide seid wie füreinander gemacht.«

»Das sagst du nur, weil du Alex nicht kennst. Der Mann ist ein echter Snob. Allein das Auto und dann, wie er manchmal redet. Er ist schließlich der Erbe eines der erfolgreichsten Frauenmagazine Londons. Das sind zwei Welten.«

»Egal, was du mir erzählst, ich finde ihn sehr sympathisch.«

»Er ist ganz nett.« Das war gelogen. Was ich für Alex empfand, war weit mehr als Sympathie, wenn ich ehrlich war.

»Nett!« Nat verzog das Gesicht. »Nett ist auch der Postbote, nur, dass der nicht so wie Alex küssen kann.«

»Woher weißt du, wie der Postbote küsst?«

»Dein großer Bruder hat eben auch seine Geheimnisse.« Nat grinste schief.

»Weiß Liam davon, dass der Postbote mehr als nur Päckchen geliefert hat?«

»Das war weit vor Liam ...«

Die Tür wurde aufgerissen. »Dachte ich es mir doch.« Isabel stand im Türrahmen und musterte uns. »Es ist immer noch so wie früher. Du und Nat steckt eure Köpfe zusammen und ich komme mir vor wie das dritte Rad am Wagen.«

Nat und ich tauschten kurze Blicke. Isabel hatte es als große Schwester schwer gehabt, zu Nat und mir vorzudringen.

»Das tut mir leid.« Ich eilte zu Isabel und schlang die Arme um sie. »Du bist die beste große Schwester, die man sich wünschen kann. Auch wenn wir uns vielleicht nicht immer einig sind. Ich habe dich ganz doll lieb.«

»Das stimmt. Ich hab dich auch lieb.« Nat hatte ebenfalls seine Arme ausgebreitet und drückte uns an sich. »Family Hug – Familienumarmung.«

Keiner von uns sagte ein Wort. Wir hielten uns einfach nur gegenseitig fest.

»Wir sollten uns öfter im Bügelzimmer treffen«, durchbrach Isabel schließlich die Stille. Ihre Augen schimmerten feucht.

»Das stimmt.« Ich lächelte ihr zu. »Das sollten wir.«

»Isabel, Violet, Nathan. Wo seid ihr?« Mums Stimme drang dumpf durch die Holztür.

»Ich schätze, wir sollten sie nicht länger warten lassen«, meinte Nat.

»Damit könntest du richtigliegen.« Ein Lächeln breitete sich auf Isabels Gesicht aus und ließ sie gleich jünger aussehen.

Als wir zurück ins Wohnzimmer kamen, lief im Hintergrund leise Weihnachtsmusik. Gran saß in ihrem geliebten Sessel und döste. Zumindest hatte sie die Augen geschlossen. Dad hatte es sich mit den Kindern auf dem Sofa gemütlich gemacht und las ihnen die Weihnachtsgeschichte vor. Hattie und Travis saßen zusammen mit Mum am Esstisch. Alex stand lässig gegen den Kaminsims gelehnt und unterhielt sich mit Liam und Georg. Frodo hatte es sich vor dem Kamin gemütlich gemacht.

»Da bist du ja.« Als er mich sah, leuchteten seine Augen freudig auf.

»Du hast mich wohl vermisst«, neckte ich ihn.

»Unbedingt.« Demonstrativ beugte er sich vor, um mir einen Kuss auf die Stirn zu geben. Dabei verweilten seine Lippen länger als nötig. Die Rolle des liebenden Freundes schien ihm in Fleisch und Blut übergegangen zu sein.

»Ihr kommt genau rechtzeitig für die Christmas Cracker - Knallbonbons und den Pudding.« Mum winkte uns zu sich.

»Weihnachtscracker!« Die Kinder waren aufgesprungen und liefen zu ihren Plätzen.

»Was hast du so lange gemacht?«, flüsterte Alex mir zu, während wir den anderen folgten.

»Ich habe meinem Bruder alles erzählt.«

Alex' Augenbraue schnellte nach oben.

»Keine Sorge. Nat verrät uns nicht.«

»Alles klar. Du wirst wissen, was du tust«, murmelte er.

Wir setzten uns. Vor jedem Platz stand ein Schälchen mit Weihnachtspudding und daneben lag ein Christmas Cracker.

»Ihr nehmt es mit den Traditionen wirklich ernst«, sagte Alex, den Blick auf das riesige Knallbonbon neben seinem Nachtischschälchen gerichtet.

»Allerdings. Morgen gibt es dann noch die Weihnachtsansprache von König Charles beim Tee«, erwiderte ich grinsend.

»Los geht´s.« Mum klatschte in die Hände. Aus dem Augenwinkel sah ich, wie Otis sich seinen Löffel schnappte und anfing zu essen.

»Mum, ist da Alkohol drin?« Isabel hatte sich eines der Schälchen geschnappt und schnupperte daran.

»Nur ein winziges kleines bisschen Rum«, flötete Mum.

»Mum, die Kinder dürfen keinen Alkohol«, schimpfte Isabel und schnappte sich Rose' Schale. »Wirklich. Denk doch mal nach.«

»Ich mache den Weihnachtspudding schon immer so. Euch hat es schließlich auch nicht geschadet.«

»Jetzt weiß ich endlich, warum ich Alkoholiker geworden bin«, kommentierte Nat trocken und prostete Mum zu.

»Hör auf, solche Witze zu machen«, schimpfte Mum. »Ihr stellt mich gerade so dar, als ob ich euch zum Alkohol verführt hätte.«

Otis kaute eifrig. Um seinen Mund klebten Schokoladenreste. »Der ist superlecker, Granny.«

»Das freut mich, mein Schätzchen.« Mum tätschelte seinen Kopf. »Wenigstens einer, der meinen Pudding zu schätzen weiß.«

»Rose, stell das sofort weg!«, befahl Isabel mit strengem Blick.

»Aber Granny hat den gemacht«, maulte Rose, die wie ihr Bruder bereits einen Löffel gegessen hatte.

Mum sah aus, als hätte man sie geschlagen.

»Vielleicht könnten wir ja eine Ausnahme machen«, fragte Georg leise.

»Auf keinen Fall.« Isabel schüttelte den Kopf.

»Hast du nicht etwas Eiscreme?«, kam ich Isabel zu Hilfe. Die Arme tat mir leid, schließlich hatte sie recht, auch wenn Mum damit nicht ganz glücklich war.

»Ja, im Kühlschrank müssten noch Vanille- und Schokoladeneis sein«, antwortete Dad.

»Rose, Otis, was haltet ihr von Eis mit einem leckeren Schokokeks dazu?«, fragte ich.

»Au ja.« Ein Leuchten huschte über das Gesicht der beiden.

»Na also, dann haben wir doch eine Lösung.« Zufrieden stand ich auf und holte die beiden Packungen aus dem Kühlschrank.

»Danke«, flüsterte Isabel mir zu, als ich wiederkam.

»Gern. Wir drei müssen doch zusammenhalten.«

»So, nachdem jetzt alle glücklich sind, können wir ja mit der

Hauptattraktion des Abends starten«, meinte Dad. »Es wird Zeit für das Weihnachtsorakel.« Er wedelte mit dem Knallbonbon in der Luft.

»Weihnachtsorakel?« Alex runzelte die Stirn. Neugierig nahm er den Cracker in die Hand und musterte ihn von allen Seiten. Das Bonbon war in rotes Seidenpapier gehüllt. Um die Enden war jeweils ein grünes Samtband gewickelt, an dem ein kleines goldenes Glöckchen und ein Tannenzweig befestigt waren.

»Ja, Mum und Dad kaufen die Christmas Cracker bei einer alten Lady im Dorf. Die sind handgefertigt und mit Lebensweisheiten gefüllt«, erklärte ich.

»Na, da bin ich mal gespannt.« Alex grinste breit. »Sie sehen auf jeden Fall wunderschön aus. Fast zu schade, um sie kaputt zu machen.«

»Bisher ist immer alles eingetreten, was das Orakel prophezeit hat.« Ich warf Gran einen kurzen Seitenblick zu. »Was natürlich auch daran liegen könnte, dass die Lady eine gute Freundin von Gran ist.«

»Verstehe.« Alex schmunzelte. »Aber warum haben wir nur einen Cracker?«

»Jedes Paar bekommt einen. Nur die Kinder und Gran bekommen einen eigenen«, erklärte ich.

»Otis und Rose fangen an.« Grans Augen blitzten vergnügt. Die Christmas Cracker waren ihr Highlight des Abends.

Mit einem lauten Knall platzte das bunte Papier auf, als die Kinder daran zogen und es regnete Konfetti, kleine Bonbons und eine Figur auf den Tisch.

»Schaut mal, ich habe ein Kleeblatt!«, rief Rose und hielt den goldenen Anhänger in die Höhe.

»Das bedeutet, du hast ganz viel Glück im nächsten Jahr«, sagte Isabel und strich ihrer Tochter liebevoll über den Kopf.

»Ich habe eine Kackwurst.« Otis wedelte mit einem braunen Hufeisen in der Luft. »Habe ich jetzt auch Glück?«

»Das ist ein Hufeisen«, korrigierte Isabel ihn lachend.

»Ach so«, sagte Otis sichtlich enttäuscht.

»Aber das bringt auch Glück«, erklärte Gran mit einem Lächeln. »Und vielleicht die Reitstunde bei Graham, die du dir so sehr wünschst.«

»Au ja.« Otis klatschte freudig in die Hände. Seine Wangen schienen zu glühen vor Aufregung.

»Na, jetzt bin ich gespannt, was uns erwartet.« Alex grinste schief.

»Hoffentlich kein Kackhaufen«, gab ich lachend zurück. Mit wachsamem Auge beobachtete Gran jede unserer Bewegungen.

Verdammt. Ich hatte völlig vergessen, dass sie bei den Crackern immer die Finger im Spiel hatte.

Entschlossen schnappte ich mir das eine Ende des roten Papiers. Alex nahm den anderen Zipfel.

Aus dem Augenwinkel sah ich, wie Mum und Dad gemeinsam an dem bunten Papier zogen und es goldenen Glitter und ein kleines Boot regnete.

Unsere Blicke trafen sich.

»Bist du so weit?« Alex‘ Augen scannten jeden Millimeter meines Gesichts.

»Ich bin so weit, wenn du es bist«, gab ich zurück.

»Okay. Eins. Zwei. Drei.« Mit entschlossenem Blick zog Alex an dem Papier.

Rote Herzen ergossen sich auf den Tisch zusammen mit einem eingerollten Zettel.

Unsere Blicke fanden sich erneut. Für einen Moment schien die Welt um uns herum stillzustehen. Es gab nur Alex und mich. Zeitgleich verspürte ich den unbändigen Drang, ihn zu küssen.

Ein sicherer Hinweis, dass meine Hormone außer Rand und Band waren. Kein gutes Zeichen, da es zur Folge hatte, dass ich nicht mehr rational dachte. Einen Umstand, den es unbedingt zu verhindern galt.

Mit spitzen Fingern nahm ich den winzigen Zettel hoch und entrollte ihn vorsichtig. Meine Augen flogen über die Worte hinweg. Mein Herz raste und ich hatte Mühe zu atmen.

»Los, lies vor«, forderte Gran.

»Du brauchst die Liebe nicht zu suchen, denn die Liebe findet dich, wenn du bereit dafür bist.« Ich konnte nur hoffen, dass die anderen das Zittern in meiner Stimme nicht bemerkten. Alex' Augen ruhten auf mir, brannten sich in mein Gesicht. Ich schluckte. Kaum fähig zu atmen.

»Na, wenn das mal nicht passend ist!«, rief Nat von der Seite. Dankbar für die Ablenkung drehte ich den Kopf zu meinem Bruder.

Er und Liam hatten buntes Konfetti bekommen.

»Was steht bei euch?«, versuchte ich, locker zu klingen.

»Nimm dir Zeit für die Dinge, die dich glücklich machen«, las Nat laut vor.

»Das passt perfekt. Ich sage ja immer, wir müssen mehr Zeit miteinander verbringen«, meinte Liam strahlend.

»Ich hatte zwar eigentlich an ein leckeres Essen mit einem guten Wein gedacht«, gab Nat lachend zurück, aber die Liebe, die aus seinen Augen sprach, strafte ihn Lügen.

»Mummy, was steht bei dir und Daddy?«, wollte Rose wissen.

»Die besten Dinge im Leben sind nicht die, die man für Geld bekommt«, las Isabel mit fester Stimme vor.

»So wie Otis und ich«, sagte Rose fröhlich.

»Da hast du absolut recht.« Georg gab seiner Tochter einen Kuss.

»Und bei euch?« Mein Blick wanderte zu Mum und Dad.

»Bewahre dir deine Träume, egal, wie alt du bist. Es ist nie zu spät dafür.« Mum legte die Hand auf Dads. In den Blicken der beiden lag so viel Zärtlichkeit, dass mir warm ums Herz wurde. »Wollen wir es ihnen sagen?«

Dad nickte mit einem Lächeln.

»Moment, was geht hier vor?«, schaltete sich Nat dazwischen. »Sag mir bitte nicht, dass du schwanger bist.«

Alle am Tisch lachten. Sogar Onkel Travis und Hattie, deren Humorzentrum für gewöhnlich eher ausgeschaltet war.

»Ach, Nat!« Mum winkte ab, dabei hatten ihre Wangen eine tiefe Röte angenommen.

»War ja nur ein Scherz.« Nat zwinkerte ihnen vergnügt zu.

»Aber mal im Ernst. Euer Vater und ich träumen schon lange von einer Kreuzfahrt.«

»Aber das wusste ich gar nicht!«, rief ich dazwischen.

Mum lächelte mich milde an. »Es gibt einiges, das ihr nicht wisst.«

»Jetzt macht ihr mir Angst«, erwiderte ich.

»Keine Sorge, Pumpkin.« Dad tätschelte meine Hand. »Deine Mutter und ich fliegen nach Dubai und von dort geht es über die Malediven nach Singapur. Am zweiten Januar starten wir.«

Fassungslos starrte ich meine Eltern an.

»Ein Abend voller Überraschungen, wie mir scheint«, murmelte Alex.

»Da wird der Hund in der Pfanne verrückt.« Nat warf dem Jack Russell einen Seitenblick zu. »Sorry, Frodo.«

»Aber ist das in eurem Alter nicht zu anstrengend?«, gab Isabel zu bedenken.

»Du tust ja gerade so, als ob wir schon im Rollstuhl sitzen und Tee aus der Schnabeltasse trinken.« Mum schnalzte missbilligend mit der Zunge. »Wir sind zwar nicht mehr ganz jung, aber durchaus in der Lage, eine Reise zu unternehmen.«

»Entschuldige. So war es nicht gemeint«, sagte Isabel kleinlaut. »Ich dachte nur, mit dem Jetlag und so ... Aber du hast völlig recht. Das war dumm von mir. Natürlich könnt ihr eine Kreuzfahrt machen. Entschuldigt bitte.«

»Schon in Ordnung, Schätzchen«, sagte Dad versöhnlich. »Ihr braucht euch keine Sorgen zu machen. Eure Mutter und ich haben uns das gut überlegt und alles sorgfältig geplant.« Dad hatte Mums Hand genommen und drückte sie fest. »Das sind sozusagen unsere späten Flitterwochen. Als wir geheiratet haben, hatten wir kein Geld dazu, und als wir es hatten, wart ihr auf der Welt und habt uns gebraucht. Aber jetzt ist die Zeit gekommen, wo eure Mutter und ich endlich unseren Traum wahr werden lassen können, bevor es zu spät ist.« Dads Augen ruhten liebevoll auf Mum.

»Ich finde, das ist eine tolle Idee«, sagte ich aufrichtig. Es rührte mich zutiefst, wie verbunden meine Eltern nach all den Jahren noch waren. Mit Sicherheit hatte es die ein oder andere Krise gegeben. Aber letztendlich hatten sie immer wieder zueinandergefunden und liebten sich noch immer.

»Darauf sollten wir trinken.« Nat und Liam hielten ihre Gläser in die Höhe. »Auf euren Traum.«

Nachdenklich nahm ich einen Schluck. Was hatte mir Gran mit dem Spruch sagen wollen? Ahnte sie, dass Alex nicht mein wahrer Freund war?

»Du hast gar nicht gesagt, was bei dir stand.« Fragend schaute ich Gran an.

»Rosinen haben auch Falten, schmecken aber trotzdem süß.« Gran schmunzelte und hunderte von kleinen Fältchen spielten um ihre Augen. »Das Orakel muss eine weise Frau sein.«

»Sieht ganz danach aus«, sagte Dad vergnügt. »Wobei du dich nicht beschweren kannst.«

»Danke, mein Lieber, aber als ich mich heute Morgen im Spiegel gesehen habe, habe ich mich ernsthaft erschreckt.« Gran kicherte vergnügt. »Ich dachte, wer ist die alte Schachtel, die mir da entgegensieht. In meinem Kopf sehe ich nämlich viel jünger aus.«

»Du bist echt einmalig.« Ich beugte mich vor und gab ihr einen Kuss.

»Was hat sich das Orakel für euch ausgedacht?«, fragte Mum an Hattie und Travis gerichtet.

»Manche Menschen spüren den Regen, andere werden nur nass«, las Onkel Travis vor.

»Jetzt fällt mir ein, was ich letzte Woche kaufen wollte, als wir im Supermarkt waren!«, rief Hattie völlig aufgeregt. »Einen Regenschirm.«

Für einen Moment herrschte Schweigen, dann lachten alle los.

»Ich fürchte, sie hat den Spruch nicht ganz verstanden«, flüsterte Alex mir zu. Seine Augen blitzten vergnügt.

»Hört sich ganz so an.« Dabei musste ich unwillkürlich an unseren Spruch denken und mein Herz machte einen kleinen Hüpfer.

Isabels Blick wanderte zu ihren Kindern.

»So, ihr zwei, es wird langsam Zeit, dass wir nach Hause fahren. Schließlich wollt ihr morgen die Geschenke unterm Baum finden und da dürfen wir den Weihnachtsmann nicht stören.«

»Es gibt gar keinen Weihnachtsmann«, verkündete Rose. »Das ist Dad, der die Geschenke unter den Baum legt.«

»Was?« Otis' Unterlippe zitterte verdächtig.

Isabel und Georg tauschten verwunderte Blicke.

»Rose, Darling, erschreck deinen Bruder nicht so«, sagte Isabel. »Natürlich gibt es den Weihnachtsmann.«

»Dennis hat gesagt, dass sein Dad gesagt hat, es gäbe den Weihnachtsmann nicht. Das wären alles Geschichten und es würde Zeit, dass er langsam groß wird und aufhört, an einen solchen Blödsinn zu glauben«, erzählte Rose mit fester Stimme.

»Nur weil Dennis' Vater nicht an Santa glaubt, bedeutet es nicht, dass es ihn nicht gibt«, mischte sich Alex zu meiner Überraschung in die Unterhaltung ein. »Ich habe den Weihnachtsmann schon mit eigenen Augen gesehen.«

»Wirklich?« Otis und Rose starrten Alex an, als wäre er soeben vom Himmel herabgestiegen.

»Ja, als ich nachts nicht schlafen konnte, bin ich aufgestanden und habe ein lautes Rascheln im Kamin gehört. Natürlich bin ich ganz schnell hingelaufen. Als ich hochgeschaut habe, fiel mir die Mütze des Weihnachtsmanns entgegen.«

»Cool!«, riefen Otis und Rose wie aus einem Munde.

»Allerdings. Die Mütze hängt bis heute in meinem Zimmer«, sagte Alex mit ernster Miene.

»Kann ich die mal sehen?«, bettelte Rose.

»Beim nächsten Mal«, versprach Alex.

»Oh, schade.« Rose blinzelte müde.

»Gut, dann, denke ich, können wir beruhigt nach Hause fahren.« Isabel stand auf. »Georg, nimmst du Otis. Ich kümmere mich um Rose.«

»Ich denke, für uns wird es auch Zeit. Der kleine Liam ist müde«, sagte Nat. Tatsächlich gähnte Liam wie zum Beweis.

»Ich würde auch gern gehen.« Gran war ebenfalls aufgestanden.

»Pumpkin, könnten du und Alex Gran nach Hause bringen?«, fragte Dad. »Dann kann ich eurer Mutter ein wenig zur Hand gehen.«

»Ich hätte es auch gemacht, wenn du mich nicht gebeten hättest.« Ich reichte meiner Großmutter die Hand. Wie immer in ihrer Nähe überkam mich ein Gefühl der Geborgenheit. Gran war der Mensch auf der Welt, der mich bedingungslos geliebt hatte, ohne jemals ein böses Wort an mich gerichtet zu haben.

Gran hatte einmal selbst von sich behauptet, dass sie eine

strenge Mutter gewesen war und es umso mehr genossen hatte, als Großmutter die Großzügige sein zu dürfen. Sie hatte es immer Lieben ohne Erziehungsauftrag genannt.

»Frodo muss ohnehin noch mal Gassi«, sagte Alex.

»Eine bessere Begleitung könnte ich mir nicht wünschen.« Gran nahm lächelnd meine Hand.

Isabel, Georg und die Kinder waren bereits im Flur und zogen sich an.

»Kann Frodo nicht bei uns schlafen?«, bettelte Rose.

»Nein, das ist Alex' Hund«, erwiderte Isabel knapp.

»Ich will auch einen Hund.« Otis zupfte an Isabels Ärmel.

»Nein, und dabei bleibt es.« Isabel hatte einen entschlossenen Ausdruck auf dem Gesicht.

»Wir können ja noch mal darüber reden«, sagte Georg versöhnlich, was ihm einen bösen Blick von Isabel einbrachte.

»Ich fürchte, wir haben da eine Welle bei den Kindern losgetreten«, flüsterte ich Alex ins Ohr.

»Hört sich ganz so an«, gab Alex grinsend zurück.

»Wir nehmen die Abkürzung.« Onkel Travis deutete auf die Terrassentür zum Garten. »Vielen Dank für diesen schönen Abend.«

»Bis morgen, Dad.« Zufrieden kuschelte ich mich an ihn. »Danke für diesen herrlichen Abend und das tolle Essen.«

»Für das Essen ist deine Mum zuständig«, verwies mich Dad lächelnd an Mum.

»Das stimmt.« Mum hakte sich bei Dad unter. »Dann sehen wir uns spätestens morgen zum Frühstück.«

»Ja, das machen wir.« Ich gab auch ihr einen Kuss.

»Gute Nacht und vielen Dank, dass ich dabei sein durfte.«

»Aber das ist doch selbstverständlich«, plusterte Mum sich auf. »Violets Freunde sind auch unsere Freunde. Bis morgen. Du frühstückst mit uns, oder?«

»Natürlich. Violet und ich wollten erst gegen Mittag zu fahren.« Alex schenkte meinen Eltern ein breites Lächeln.

»Kommt ihr?« Gran war bereits vorgegangen und wartete mit den anderen an der Eingangstür. Sie hatte sich einen dicken Mantel angezogen und sich einen Schal über ihre Haare gelegt.

»Bis morgen«, rief uns Isabel vom Auto aus zu. Die Kinder hatten bereits auf ihren Sitzen Platz genommen.

»Bis morgen.« Ich winkte zurück. Alex hatte in der Zwischenzeit unsere Sachen geholt und half mir galant in den Mantel. Frodo wartete geduldig neben seinem Herrchen.

»Und dass du mir keinen Blödsinn machst.« Nat gab mir einen Abschiedskuss. »Und wenn doch, will ich alles wissen.«

»Hör auf. Da ist nichts«, flüsterte ich ihm zu.

»Was nicht ist, kann ja noch werden«, raunte Nat, sodass niemand ihn hören konnte. »Ich würde mir diesen Astralbody jedenfalls nicht entgehen lassen.«

Ich versetzte meinem Bruder einen unsanften Stoß in die Seite. »Ich sage dir nie wieder etwas, wenn du nicht gleich die Klappe hältst.«

Nat hob beschwichtigend die Hand in die Luft. »Schon gut. Meine Lippen sind versiegelt, aber meine Fantasie arbeitet weiter. Gute Nacht.« Gut gelaunt gingen Liam und Nat zum Auto, das nur ein paar Meter entfernt vom Cottage stand.

»Es riecht nach Schnee«, meinte Gran, als wir nach draußen gingen.

»Möchtest du wirklich gehen oder sollen wir dich lieber schnell mit dem Auto fahren?«, fragte ich, den Blick auf sie gerichtet. Mir war aufgefallen, dass Alex fast nichts getrunken hatte und auch ich hatte mich zurückgehalten.

»Wenn ich das nicht mehr schaffe, kannst du mich gleich umbringen«, kam es lächelnd zurück. »Die paar Meter sind doch nichts. Ich bin schließlich nicht aus Zucker. Die frische Luft tut mir gut.« Gran hatte noch nie ein Blatt vor den Mund genommen. Eine Eigenschaft, für die ich sie bewunderte. »Außerdem hast du doch gehört, was dein Freund gesagt hat. Der Hund muss noch mal Gassi gehen.«

Wie selbstverständlich schnappte sich Gran Alex' Arm, um sich bei ihm unterzuhaken. »So ist es besser.«

Es war deutlich kühler geworden und noch dazu blies ein leichter Wind.

Alex' Mundwinkel zuckten belustigt. Frodo lief bellend voraus, dabei stobte der Schnee zu allen Seiten davon und bis auf ein Paar spitzer Ohren und den Schwanz war nichts mehr von dem Jack Russell zu sehen.

»Frodo liebt Schnee«, kommentierte Alex.

»Na dann«, sagte ich lächelnd.

Langsam setzten wir uns in Bewegung. Die Straßenlaternen warfen ihr gelbes Licht auf den Bürgersteig, ansonsten war es dunkel. Dicke Wolken hatten sich zu einer undurchdringlichen Decke zusammengeschoben und verdeckten den Mond. Es roch leicht nach Kaminfeuer und feuchter Erde. Der Schnee knirschte unter unseren Schritten. Bis auf uns schien niemand mehr unterwegs zu sein.

»Und Sie leben noch immer allein?«, fragte Alex.

»Ja, ich wohne in meinem Haus und das bleibt auch so, bis ich sterbe«, sagte Gran mit fester Stimme. »Mein Mann und ich haben den Buchladen zusammen geführt und ein Teil von ihm ist noch immer dort.«

»Grumpy ist vor zehn Jahren gestorben«, erklärte ich Alex, der fragend zu mir herüberschaute.

»Das tut mir leid zu hören.«

»Ach, das ist lange her. Aber er fehlt mir noch immer.« Gran schaute wehmütig in die Ferne. »Der Schmerz um den Verlust eines geliebten Menschen wird nie weniger. Man lernt nur, damit umzugehen.«

Für einen Moment herrschte Schweigen.

»Was für ein schöner Abend«, wechselte Gran abrupt das Thema. Weiße Atemwölkchen spielten um ihr Gesicht jedes Mal, wenn sie etwas erzählte.

»Ja, das fand ich auch.« Ich drückte mich enger an sie. »Vor allem, weil du da warst.«

»Ach, mein Liebes, ich habe dich auch vermisst.« Gran streichelte mir die Wange. »Aber ich weiß ja, dass wir immer miteinander verbunden sind, egal, wo du bist. Ich habe dich hier.« Sie deutete auf die Stelle, wo ihr Herz schlug. Ihr Blick wanderte zu Alex, der schweigend neben uns ging. »Was für ein glücklicher Zufall, dass ihr beiden euch so kurz vor Weihnachten kennengelernt habt«, fuhr sie unbeirrt fort. »Es gibt keine schönere Zeit für ein verliebtes Paar als den Winter. Man kann im Haus bleiben und es sich gemütlich machen, ohne ein schlechtes Gewissen zu haben.« Ihre Augen ruhten auf mir. Langsam beschlich mich der Verdacht, dass mehr hinter ihren Worten lag, als sie zugeben wollte. Ahnte sie, dass Alex und ich kein Paar waren? Gran hatte schon immer einen wachen Verstand gehabt.

»Ja, es ging alles ziemlich schnell«, antwortete ich wahrheitsgemäß.

»Liebe auf den ersten Blick. Das erlebt man nicht allzu oft.« Gran schürzte die Lippen. »Als ich deinen Großvater das erste Mal getroffen habe, war er überhaupt nicht mein Typ. Viel zu eingebildet und von sich überzeugt. Aber er sah aus wie die Helden in meinen Büchern. Meine Freundinnen waren ganz verrückt nach ihm, aber ich habe ihn links liegen gelassen und habe mich um den Buchladen gekümmert. Bücher waren meine besten Freunde und meine Gesellschaft. Mehr brauchte ich nicht. Das dachte ich zumindest.«

Verwundert hörte ich ihr zu. Noch nie hatte ich diese Geschichte von ihr gehört und ich fragte mich im Stillen, warum sie sie ausgerechnet heute Abend erzählte.

»Deshalb habe ich auch nicht auf sein Werben reagiert. Aber dein Großvater war ein hartnäckiger Mann, der, wenn er sich etwas in den Kopf gesetzt hatte, nicht locker ließ, bis er es erreicht hatte.« Ein Lächeln breitete sich auf Grans Gesicht aus und selbst im Dämmerlicht konnte ich sehen, wie ihre Augen leuchteten. »Als das große Weihnachtsfest kam, hat er mich gefragt, ob er mich begleiten dürfte. Danach habe ich nie wieder einen Schritt ohne ihn getan, bis zu seinem Tod. Und auch jetzt ist er noch bei mir.«

»Oh, Gran.« Ich tätschelte ihre Hand.

»Sie müssen Ihren Mann sehr geliebt haben.« Alex blieb einen winzigen Augenblick stehen.

»Mehr als man mit Worten ausdrücken kann, und das Gleiche wünsche ich euch«, sagte Gran lächelnd.

Wir hatten den Dorfplatz erreicht.

Alles war still und verlassen. Die Buden hatten die Fenster zugeklappt und die Bänke in der Mitte des Platzes waren übereinandergestellt. Das kleine Karussell stand still und kein Kinderlachen lag mehr in der Luft. Nur die Lichter des Weihnachtsbaums vor der alten Markthalle brannten noch.

»Da wären wir.« Gran deutete auf das kleine Cottage mit dem Schild »Bücher und Antiquitäten« über dem Eingang. Wie jedes Jahr um diese Zeit war das Schaufenster weihnachtlich dekoriert. Dad hatte die alte Märklin-Bahn aufgebaut und Mum hatte Bücher auf die Ladefläche der Anhänger gestellt. Dazwischen schlängelte sich eine Lichterkette im Kunstschnee, den Mum auf der Unterlage verteilt hatte.

»Das ist ja eine echte Märklin-Bahn«, sagte Alex voller Bewunderung.

»Ja. Dad hat Nathan die Bahn zu seinem achten Geburtstag geschenkt, aber wir sind uns alle einig, dass es mehr ein Geschenk an sich selbst war«, sagte ich lächelnd. »Eigentlich steht sie im Bastelraum, worauf Mum großen Wert legt.«

»Ich habe mir immer eine Bahn wie diese gewünscht, als ich klein war«, erzählte Alex mit verklärtem Gesichtsausdruck.

»Wenn du willst, lege ich bei Dad ein gutes Wort für dich ein. Vielleicht lässt er dich dann auch damit spielen«, witzelte ich.

»Das wäre großartig.« Alex' Mundwinkel zuckten vergnügt.

»Wollt ihr noch kurz mit reinkommen?«, fragte Gran. »Dann kannst du Alex alles zeigen. Du hast in diesen vier Wänden schließlich fast deine ganze Kindheit verbracht.«

»Ich würde gern sehen, womit du gespielt hast«, beantwortete Alex Grans Frage, bevor ich es konnte.

Misstrauisch sah ich ihn an. Warum interessierte er sich für meine Vergangenheit, wo wir doch keine Zukunft zusammen hatten? Ich wurde aus dem Mann nicht schlau.

»Von mir aus.« Ich zuckte betont gleichgültig mit den Achseln. Er sollte nicht glauben, dass ich besonderen Wert darauf legte, ihn in mein Leben zu lassen. Meine Familie war derart begeistert von Alex, dass ich mich fragte, wie sie reagieren würde, wenn ich ihr mitteilen würde, dass es aus zwischen uns war.

Gran hatte in der Zwischenzeit die Tür aufgeschlossen und das Licht angemacht.

Neugierig, ob sich seit meinem letzten Besuch etwas verändert hatte, trat ich ein. Sofort hatte ich den typischen Bohnerwachsgeruch in der Nase, mit dem Gran ihre Dielen bearbeitete. Dazu mischte sich der geliebte Duft von Büchern. Für einen Moment gestattete ich mir, stehen zu bleiben und die Eindrücke auf mich wirken zu lassen, um sie für die kommenden Wochen abzuspeichern.

Als ich die Augen aufschlug, blickte ich geradewegs in Alex' Gesicht. Er stand nur eine Schrittlänge von mir entfernt. Sein Blick ruhte nachdenklich auf mir. Was er wohl dachte? Ich hatte keine Ahnung. Dieser Mann war nach wie vor ein Rätsel für mich. Warum war er derart engagiert, wo er und ich doch genau wussten, dass alles nur Show war?

»Violet, was stehst du hier noch rum? Zeig deinem Freund, wo du mit einer heißen Schokolade gesessen und dabei ein Buch gelesen hast. Ich gehe so lange nach oben. Gute Nacht, ihr beiden.« Gran stand an der Treppe und hatte eine Hand auf das Geländer gelegt.

»Aber willst du nicht bei uns bleiben?«, fragte ich erstaunt. Aus dem Augenwinkel sah ich, wie Frodo sich vor dem Kamin niederließ.

»Für das, was ihr vorhabt, braucht ihr mich alte Frau nicht.« Gran schüttelte den Kopf und der Schal rutschte nach unten. »Gute Nacht.«

»Bis morgen, Gran!«, rief ich ihr hinterher.

Die alten Holzdielen knarrten, als Gran die Treppe hoch in den ersten Stock ging, wo sich ihr Reich befand.

»Der Buchladen ist wirklich etwas Besonderes genau wie deine Großmutter«, bemerkte Alex. Er deutete auf das alte Grammophon, das auf dem Tisch gleich neben dem Plattenregal stand.

»Da hast du recht. Wobei die Platten zum Großteil von Dad stammen. Das Grammophon ist ein Erbstück meines Großvaters. Genau wie der Schaukelstuhl.« Ich deutete auf die Sitzecke vor dem Kamin.

»Als Kinder haben wir das Zimmer immer den blauen Salon genannt.« Gran hatte die Wände mit Tapeten überziehen lassen, deren Untergrund tiefblau war. Darauf schlängelten sich Blumen in leuchtenden Farben. Passend dazu hatte sie zwei Polstersessel bei einem ihrer Streifzüge auf Antiquitätenmärkten erstanden.

Riesige Holzregale, die bis zur Decke reichten, bedeckten die Wand seitlich des Kamins. Darin standen die Buchklassiker sorgfältig nebeneinandergereiht und warteten darauf, dass jemand sie zur Hand nahm.

Alex' Blick wanderte durch den Raum, als wollte er sich alles genau einprägen.

»Ich kann verstehen, warum du gern hier warst«, lautete sein abschließendes Urteil. »Wir haben zu Hause auch ein Lesezimmer, aber das ist nicht ansatzweise so gemütlich wie das hier.«

»Wahrscheinlich liegt es daran, dass Gran Bücher so liebt. Für sie sind es nicht einfach Seiten, die man zusammengebunden hat, um darin zu lesen. Für Gran sind Bücher Schätze, die es zu hüten gilt.«

»Verstehe. Und für dich?« Seine Augen ruhten auf mir. Ein zartes Kribbeln breitete sich in meinem Bauch aus. »Was bedeuten Bücher für dich?«

»Wenn ich ein Buch lese, dann höre ich die Stimmen in meinem Kopf und rieche, was die Hauptfiguren riechen, und fühle und denke, was sie fühlen und denken.« Ich nahm einen tiefen Atemzug. »Aber leider komme ich heutzutage viel zu wenig dazu.«

Alex legte den Kopf leicht schräg. »Warum bist du nicht Schriftstellerin geworden oder Lektorin, sondern ausgerechnet Social-Media-Agentin?«

»Weil ich irgendwann aufgehört habe zu träumen. Das wahre Leben findet da draußen statt und nicht in meinem Kopf. In der Realität gibt es keine Liebe auf den ersten Blick und auch keine Prinzen auf einem Schimmel«, erklärte ich mit fester Stimme. »In der Realität gibt es Tinder, beste Freundinnen und meinen Job.«

»Hm.« Nachdenklich strich er sich mit der Hand über das Kinn, ohne die Augen von mir zu nehmen. Eine unbehagliche Stille entstand zwischen uns.

»Was hältst du davon, wenn wir uns auf den Rückweg machen? Ich bin ganz schön müde und morgen wird ein langer Tag. Außerdem möchte ich für meine Schwiegereltern frisch aussehen«, versuchte ich, die Stimmung zwischen uns aufzulockern.

»Ganz, wie du möchtest.«

Wir gingen den Flur entlang vorbei an der Treppe, gefolgt von Frodo. Oben brannte noch Licht. Wahrscheinlich lag Gran in ihrem Bett und las ein gutes Buch.

Schweigend traten wir nach draußen.

16. Alex

Als wir beim Cottage von Violets Eltern ankamen, war alles dunkel. Wie es aussah, waren wir die Einzigen, die noch wach waren. Den ganzen Weg zurück hatten wir kaum ein Wort gesprochen. Jeder hatte seinen Gedanken nachgehangen.

Violet hatte mich mit ihrer Aussage überrascht. Sehnsucht hatte in ihren Augen gelegen.

»Psst.« Violet legte den Zeigefinger auf ihren Mund, der so wunderbar küssen konnte. Selbst in der Dunkelheit leuchteten ihre golden Augen hinter den langen Wimpern hervor. Eine Windböe wirbelte ihre Haare auf und eine Strähne legte sich vor ihr Gesicht. Es kostete mich meine ganze Kraft, nicht die Hand nach ihr auszustrecken und ihr die Strähne hinter das Ohr zu schieben. Aber ich wusste, eine Berührung ihrer weichen Haut würde genügen, um meinem Verlangen, sie zu küssen, nachzugeben. Allein der Gedanke an ihren Kuss ließ meinen Schwanz hart werden. *Shit. Shit. Shit.*

Je mehr Zeit ich in ihrer Gegenwart verbrachte, desto mehr lief die Sache aus dem Ruder. Den ganzen Abend hatte ich an nichts anderes denken können als an diesen unglaublichen Kuss. Es war, als ob sie mich verhext hätte.

Die alten Dielen knarrten verräterisch unter unseren Schuhen, als wir den Flur betraten, begleitet durch das leise Tapsen von Frodos Pfoten.

Violet ging voraus und gab mir die Gelegenheit, sie in Ruhe von hinten zu betrachten. Ihre Hüften wiegten sich sanft bei jedem Schritt, als würden sie einer stummen Melodie folgen. Dazu der knackige Hintern und die schmale Taille. Violet Lancaster war nicht nur weiblich, sondern auch äußerst sexy. Jede ihrer Bewegungen war von einer gewissen Eleganz, wie sie nur die wenigstens Frauen besaßen.

Vorsichtig führte sie mich die Treppe hoch bis zum Dachgeschoss.

Mit einem leisen Klick ging die Tür auf.

»Home sweet home«, murmelte sie beim Eintreten.

Jemand hatte den Kamin angemacht und es war trotz der Kälte, die draußen herrschte, angenehm warm. Die Flammen warfen ihre zuckenden Schatten auf die Umgebung und hüllten alles in ein sanftes Licht. Frodo sah mich an, frei nach dem Motto *Viel Glück, Kumpel* und machte es sich auf der Decke vor dem Kamin bequem.

»Hast du was dagegen, wenn ich als Erste ins Bad gehe?« Violet hatte die Schuhe ausgezogen und stand nur in Socken vor mir.

»Nein, natürlich nicht.«

»Danke. Ich beeile mich.« Als ob sie auf der Flucht wäre, eilte sie durch die schmale Tür nach draußen.

Kurze Zeit später war das Rauschen des Wasserhahns zu hören. Unentschlossen sah ich mich um.

Der Plaid war zurückgeschlagen. Anscheinend hatte Violets Mum alles für uns vorbereitet. Die Herzlichkeit, mit der man mich in die Familie aufgenommen hatte, war überraschend gewesen. Ich hatte mich von der ersten Minute an wohlgefühlt.

Etwas, das ich auch noch nie erlebt hatte. Bisher hatte ich es vermieden, die Eltern meiner jeweiligen Freundin aufzusuchen. Sex ohne Verpflichtungen war all die Jahre mein Motto gewesen und ich war ziemlich gut damit gefahren. Bis jetzt ...

Nachdenklich öffnete ich die Knöpfe meines Hemdes und zog es aus. Gefolgt von meiner Hose. Beides hängte ich sorgfältig über einen der Bügel, die Violet mir gegeben hatte.

Nur mit Unterhose bekleidet, öffnete ich die Reisetasche, um das Nachtzeug herauszuholen. Normalerweise schlief ich nackt, aber aus Rücksicht meiner Mitbewohnerin gegenüber hatte ich vorsorglich einen Pyjama eingepackt.

»Alex.« Ich war so in Gedanken versunken gewesen, dass ich nicht bemerkt hatte, wie Violet den Raum betreten hatte.

Bei ihrem Anblick blieb mein Herz stehen, um dann im doppelten Tempo weiterzugaloppieren. Sie hatte sich ein übergroßes T-Shirt angezogen und dazu eine lange Schlafanzughose. Ihre Füße steckten in rosafarbenen Plüschschuhen. Bei jeder anderen Frau hätte es albern ausgesehen, bei ihr sah es entzückend aus.

Es war das erste Mal, dass ich sie komplett ungeschminkt sah.

Ihre langen Haare fielen in weichen Wellen über ihre Schultern. Im Schein des Feuers hatten sich Rot-Reflexe hineingeschlichen, was wunderschön aussah. Ihr Gesicht schimmerte rosig ohne das Make-up und gab die natürliche Schönheit preis, die sich dahinter verbarg.

Ihre großen blauen Augen ruhten auf mir oder besser gesagt auf meinem Oberkörper.

»Ähm, was machst du da?«

»Ich wollte mich gerade umziehen«, erklärte ich. Unwillkürlich musste ich lächeln. Anscheinend war sie doch nicht so eiskalt mir gegenüber, wie sie tat, denn sie wirkte nervös. »Und dann ins Badezimmer gehen.«

Sie nickte stumm, ohne die Augen von mir zu nehmen. Dabei hielten die Hände ihre Klamotten fest umklammert.

»Du treibst Sport«, raunte sie.

»Ja, ich gehe dreimal die Woche ins Studio.«

»Mhm.«

»Warum?«

»Sieht man.«

»Freut mich, dass es dir gefällt. Schließlich sind wir ab morgen miteinander verlobt«, versuchte ich, die Stimmung zwischen uns aufzulockern.

»Sagen wir so, ich habe schon schlechtere Figuren als deine gesehen.« Die Lockerheit war zurück in ihrer Stimme. Sie legte die Sachen sorgfältig über den Stuhl.

»Ich werte das als Kompliment.«

»Kannst du auch.« Ihr voller Mund war halb geöffnet und schrie geradezu danach, von mir geküsst zu werden.

Shit. Wie sollte ich die Nacht in der Nähe dieser atemberaubenden Frau verbringen, ohne den Wunsch zu versprühen, sie zu besitzen?

Mein Schwanz regte sich in seiner Unterhose. Etwas, das mir noch nie in der Gegenwart einer Frau passiert war. Hektisch drehte ich mich zur Seite, damit sie es nicht sah.

»Ich mach mich dann mal fertig.« Ohne die Antwort abzuwarten, eilte ich in das kleine Badezimmer.

17. Violet

Verdammt noch mal. Was hatte ich mir nur eingebrockt? Auch wenn ich es niemals zugeben würde, aber Alexander Godfrey war der heißeste Typ, mit dem ich jemals ein Zimmer geteilt hatte, und genau das war das Problem.

Allein der Anblick seines nackten Oberkörpers hatte genügt, um mein ganzes System in Aufruhr zu versetzen. Der Mann sah aus wie ein griechischer Gott. Feine Muskelstränge, die sich in Bahnen wie gemalt über seine Brust zogen. Dazu die schmalen Hüften, der knackige Po und die sportlichen langen Beine. Das war einfach nicht fair.

Das Handy klingelte leise in meiner Tasche. Rasch eilte ich zum Stuhl, wo ich sie abgelegt hatte.

Ein Blick auf das Display genügte. Florence' lachendes Gesicht blickte mir entgegen.

»Hey, Flo«, meldete ich mich mit gesenkter Stimme.

»Bist du krank oder weshalb flüsterst du?«

»Alex ist im Nebenzimmer.«

»Verstehe. Und wie läuft es so?« Im Hintergrund lief leise Weihnachtsmusik.

»Furchtbar«, platzte ich heraus.

»Furchtbar? Das musst du mir erklären.« Ich konnte förmlich sehen, wie Florence die Stirn runzelte.

»Meine Familie ist völlig verrückt nach ihm.« Ich ließ mich auf das Bett fallen.

»Aber das ist es doch, was du wolltest.«

»Du verstehst das nicht. Alex ist der absolute Schwiegermutter-traum. Mum hat den ganzen Abend wie ein Teenager geflötet.«

»Perfekt«, sagte Flo.

»Ist es nicht«, erwiderte ich düster.

»Sag mal, ist da sonst noch etwas anderes?«

»Ich habe Alex geküsst.«

»Aber das war doch klar. Wenn du glaubwürdig sein willst, musst du ihn küssen. Das tun verliebte Paare nun mal.«

»Ich habe ihn aber mit Zunge geküsst, um ihm zu beweisen, dass ich nichts für ihn empfinde.«

»Das scheint ja toll geklappt zu haben. Mum ...« Florence hatte geschrien. Hektisch nahm ich das Handy vom Ohr. »Kann ich einen Wein haben?« Die Stimme von Florence' Mutter war zu hören, gefolgt von dem leisen Gluckern, wenn jemand Flüssigkeit in ein Glas schenkt.

»Ihr seid noch am Feiern?«, fragte ich erstaunt.

»Klar. Wir haben Weihnachten. Da kann ich es mal so richtig bei meinen Eltern krachen lassen. Wir waren sogar schon bowlen. Und rate mal, wer gewonnen hat.«

»Du?«

»Na klar. Aber zurück zu dir. Kann es sein, dass du diesen Alex netter findest, als du zugeben willst?« Misstrauen waberte durch den Hörer wie schlechter Mundgeruch.

»Ich weiß auch nicht, was mit mir los ist«, gestand ich ihr. »Aber ich musste den ganzen Nachmittag an den Kuss denken.«

»So gut?«

»Besser noch. Großartig. Fantastisch. Unfassbar gut. Das ist ja der Mist.« Ich knabberte an meiner Unterlippe.

»Dagegen gibt es nur ein Heilmittel«, sagte Florence in ihrer typisch trockenen Art. Einer der Gründe, warum ich sie so mochte. Florence hatte eine Gabe, die Dinge auf den Punkt zu bringen.

»Und das wäre?« Ich schlüpfte aus meinen Schuhen. Aus dem Bad drangen leise Duschgeräusche zu mir.

»Du musst mit ihm schlafen.«

»Auf keinen Fall.« Ich schüttelte energisch den Kopf, was natürlich Quatsch war, denn schließlich konnte mich Florence nicht sehen.

»Warum denn nicht? Was hast du zu verlieren? Der Mann ist offensichtlich heiß und ein guter Küsser. Was Besseres kann dir nicht passieren.« Florence tat gerade so, als würde es sich dabei um eine unumstößliche Tatsache handeln. »Wer weiß, was der mit seiner Zunge sonst noch alles anstellen kann.« Sie kicherte vergnügt.

»Hör auf!« Allein der Gedanke verwandelte mein Gesicht gefühlt in ein Flammenmeer. »Der Mann ist mein Boss und damit, abgesehen von diversen anderen Gründen, tabu.«

»Sei doch nicht so spießig.«

»Das hat nichts mit spießig zu tun. Aber wie soll ich ihm nächste Woche im Büro normal gegenübertreten, wenn ich mit ihm im Bett war? Nein, auf keinen Fall.«

»Na gut. Deine Entscheidung.« Im Hintergrund waren Stimmen zu hören. »Du, ich muss aufhören. Mum möchte das jährliche Weihnachtspokerspiel starten.«

»Ihr spielt an Weihnachten Poker?«

»Jede Familie hat eben so ihre Bräuche. Bei uns sind es Bowling und Poker zu Weihnachten«, erwiderte Florence fröhlich. »Ruf an, wenn etwas ist.«

»Mache ich«, versprach ich.

Klick. Florence hatte aufgelegt.

Mein Blick blieb auf dem zweiten Bettzeug haften, das noch immer unschuldig gefaltet auf der Matratze lag.

Kurz entschlossen faltete ich das Plaid zusammen und schnappte mir die Decke und das Kissen, um sie auf den Sessel zu legen. Alex sollte gar nicht erst auf dumme Gedanken kommen.

Keine Sekunde zu früh, denn im selben Moment ging die Tür auf und er spazierte ins Zimmer. Um seine Hüften hatte er lediglich ein Handtuch gewickelt.

Verdammt.

Mit geschmeidigen Bewegungen wie ein Panther kam er auf mich zu. Unauffällig bewunderte ich das Spiel seiner Muskeln dabei. Der Mann war eine echte Augenweide. Seine dunklen Haare waren feucht und glänzten wie Rabenfedern im Licht. Winzige Tropfen liefen über seine Brust. Ich folgte ihnen mit dem Blick bis runter zu der Stelle, wo der dunkle Haarflaum unter dem Handtuch verschwand. Ich schluckte bei dem Anblick der beachtlichen Beule, die sich unter dem Frotteestoff abzeichnete.

»Na, alles in Ordnung?« Er blieb einen Schritt vor mir stehen.

»Ja, super.« Ich zwang mich, ihm in die Augen zu schauen.

»Ich habe deine Stimme gehört.« Fragend sah er mich an. Sofort verhakten sich unsere Blicke ineinander. Das Universum wollte mich quälen, so viel war klar.

»Ich habe mit meiner Freundin in London telefoniert«, erklärte ich, darum bemüht, die Fassung bei dem Anblick des feucht glänzenden Oberkörpers nicht zu verlieren. Wie es sich wohl anfühlte, ihn dort zu berühren?

»Mhm.« Seine Mundwinkel kräuselten sich. Ein sicheres Zeichen, dass er irgendwas im Schilde führte.

»Ja, eine meiner Mitbewohnerinnen. Sie wollte wissen, wie es mir geht«, plapperte ich weiter. Wie sollte ich nur die Nacht mit dem Mann in einem Zimmer verbringen? Die sexuelle Ausstrahlung, die von Alex ausging, war unglaublich. Noch nie hatte ein Mann eine solche Wirkung auf mich gehabt. Einmal mehr verfluchte ich mich dafür, dass ich diesen bescheuerten Deal eingegangen war. Auf der anderen Seite hatte ich meine Ruhe, was die Familie betraf. Noch zwei Tage, dann hatte ich es geschafft.

»Wenn du genug gesehen hast«, bemerkte Alex und riss mich aus meinen Überlegungen, »dann würde ich mich jetzt gern anziehen.«

»Bild dir bloß nichts ein. Es ist ja nicht so, als ob ich noch keine nackten Männer gesehen hätte.« Ich lehnte mich betont gleichgültig zurück.

Ein breites Grinsen breitete sich auf seinem Gesicht aus. »Wenn das so ist, kann ich mich ja ganz frei bewegen.«

»Tu dir keinen Zwang an.« Ich schenkte ihm ein Lächeln. »Wir sind schließlich Geschäftspartner. Nicht mehr.«

»Wunderbar, das freut mich, dass du es so siehst.« Ohne zu zögern, zog er das Handtuch von seinen Hüften.

Ich schnappte bei dem Anblick, der sich mir bot, überrascht nach Luft, was dazu führte, dass sein Grinsen noch breiter wurde, wenn das überhaupt möglich war. Alexander Godfrey war in jeder Hinsicht beeindruckend gebaut. *Verdammt.*

Mein Hormonlevel schoss wie eine Rakete in die Höhe und ich spürte, wie ich feucht wurde.

»Tja, ähm, ich geh dann mal ins Bett.« So schnell ich konnte, schlüpfte ich unter die Decke und schloss die Augen, darum bemüht, meinen Herzschlag wieder zu beruhigen.

Es raschelte leise. Dann war es still. Als ich die Augen wieder aufschlug, war es dunkel, bis auf das Flackern des Kamins. Alex' Kopf ragte über den Sessel hinaus. Anscheinend hatte er sich mit seinem Schicksal abgefunden. Gut so. Erleichtert sackte ich in mir zusammen. Zumindest das lief nach Plan.

Ich machte die Augen zu und fiel in einen unruhigen Schlaf.

18. Violet

Es war herrlich warm, als ob ich an eine Bettflasche gekuschelt liegen würde. Jemand schmatze leise. War ich das?

Blinzelnd öffnete ich die Augen. Alles war verschwommen. Wie spät mochte es wohl sein? Ein Sonnenstrahl fiel durch den Spalt zwischen den Vorhängen und tauchte das Zimmer in ein goldenes Licht.

Ich blinzelte erneut, um den Schlaf aus den Augen zu vertreiben. Das Erste, was ich registrierte, war ein brauner Haarschopf, der auf dem Kopfkissen lag. Ein Körper war dicht an meinen gekuschelt. Das Zweite war mein Arm, der auf der nackten Brust des Mannes lag.

»Alex!« Mit einem Ruck schnellte ich hoch.

»Was ist passiert?« Wie in Zeitlupe drehte er den Kopf in meine Richtung.

O Gott, das war nicht fair. Selbst jetzt unter diesen Umständen sah er absolut sexy aus. Seine dunklen Haare waren zerzaust und lagen wirr um seinen Kopf. Eine winzige Schlaffalte zog sich über seine Wange. Seine Augen blinzelten verschlafen, was absolut süß aussah. Gab es nichts an diesem Mann, das nicht perfekt war? Es war zum Verrücktwerden. Denn auch ohne in den Spiegel geschaut zu haben wusste ich, dass meine Haare ein absolutes Katastrophengebiet waren und mein Gesicht aussah wie ein zerknautschtes Kissen, nur leider ohne den dazugehörigen Sexappeal.

»Was tust du hier?«, quietschte ich in den höchsten Tönen. Mein Herz wummerte wie verrückt gegen die Brust und mein Mund fühlte sich trocken an.

»Ich konnte auf dem Sessel nicht schlafen«, erklärte er mit einem grimmigen Gesichtsausdruck. »Also habe ich mich neben dich gelegt.«

»Aber du kannst dich doch nicht einfach zu mir ins Bett schleichen«, protestierte ich.

Alex rutschte mit dem Oberkörper hoch, sodass er an der Rückwand des Bettes lehnte. Ich konnte sehen, wie sich sein Brustkorb hob und senkte. »Ich weiß gar nicht, wieso du dich so aufregst.«

»Weil wir ganz klar vereinbart hatten, dass du auf dem Sessel schläfst.«

»Das hast du bestimmt, nicht ich.« Er klang verärgert.

»Aus gutem Grund.« Ich presste die Lippen fest aufeinander. »Du und ich sind kein Paar.«

»Als ob ich das nicht wüsste. Du erinnerst mich ja schließlich ständig daran«, entgegnete er.

»Das gibt dir trotzdem kein Recht, dich einfach zu mir ins zu Bett legen.« Ich schnaubte.

»Genau deshalb kann ich es«, beharrte er. »Du hast mir ganz ziemlich deutlich klargemacht, dass du keinerlei Interesse an mir hast. Wieso sollte es dann ein Problem für dich sein, neben mir zu schlafen? Ich verspreche dir, dich in Ruhe zu lassen. Du hast übrigens nicht einmal gemerkt, dass ich mich zu dir gelegt habe.«

»Mhm.« Ich knabberte nervös an der Unterlippe. Aus Alex' Sicht war die Argumentation völlig logisch und richtig. Er wusste ja nicht, dass ich seinen Körper absolut heiß fand und der Kuss der beste meines Lebens gewesen war. *Na toll!*

»Violet«, sagte er versöhnlich. »Ich habe es wirklich versucht, auf diesem Ungetüm zu schlafen, aber es war schlicht unmöglich. Du hast so fest geschlafen und ich wollte dich nicht wecken. Deshalb habe ich mich auf die andere Seite des Bettes geschlichen.« Sein Blick suchte meinen. Mein Gott, der Mann hatte wirklich die schönsten blauen Augen, die ich jemals gesehen hatte.

»Okay«, sagte ich schließlich. »Ich habe mich nur furchtbar erschreckt, als ich eben wach geworden bin.«

»Bin ich wirklich so schlimm?« Eine gewisse Verletztheit war in seinem Blick zu erkennen, die ich bisher noch nicht an ihm bemerkt hatte.

Ich konnte ihm ja schlecht sagen, wie schön es sich angefühlt hatte, an ihn gekuschelt zu liegen. Also schwieg ich.

Gleichzeitig wurde mir bewusst, dass wir noch immer nebeneinanderlagen. Eine winzige Bewegung und meine Hand würde seinen nackten Oberkörper berühren. Noch immer konnte ich seinen warmen Körper spüren.

Mist. Ich musste hier weg, bevor ich noch auf dumme Ideen kam.

Mit einem Ruck schlug ich die Decke zurück und schlüpfte aus dem Bett.

Von unten waren Stimmen zu hören. Offensichtlich war die Familie schon auf den Beinen.

Alex saß noch immer da und sah mich mit diesem unergründlichen Blick an.

»Ich mach mich dann mal fertig.« Ohne seine Antwort abzuwarten, schnappte ich mir meine Klamotten. Wie sollte ich nur den Tag überstehen?

Als wir nach unten kamen, hatte sich die ganze Familie bereits am Esstisch versammelt. Sogar Gran war da und hatte es sich auf dem Stuhl am Kopfende gemütlich gemacht.

»Da sind ja unsere Love Birds – Turteltauben«, begrüßte mich Mum flötend. Alle Augen waren auf uns gerichtet.

»Guten Morgen.« Ich zwang mich zu einem Lächeln.

»Wir haben schon mal angefangen, da wir euch nicht stören wollten.« Sie schenkte uns einen zweideutigen Blick.

Am liebsten wäre ich im Boden versunken.

Alex stand neben mir und lächelte, als wäre nichts passiert. Dabei hatten wir seit dem Vorfall heute Morgen kaum ein Wort mehr miteinander gesprochen. Als ich wieder ins Schlafzimmer gekommen war, hatte er bereits seine Reisetasche gepackt und war wortlos im Badezimmer verschwunden.

»Aber bitte setzt euch doch.« Mum deutete auf die beiden freien Plätze.

Hattie kam mit zwei Kannen bewaffnet aus der Küche. »Tee? Kaffee?«

»Gerne Kaffee«, bat ich.

»Für mich auch«, sagte Alex.

»Wie habt ihr beiden geschlafen?«, wollte Dad wissen.

»Super«, murmelte ich.

»Das freut mich zu hören.« Mum lächelte zufrieden. »Dein Vater hat immer gesagt, das ist ein Bett, um Helden zu zeugen.«

»Mum!«, rief ich entsetzt auf.

»Ach jetzt tu nicht so. Dein Vater und ich waren schließlich auch mal jung.« Mum warf Dad einen zweideutigen Blick zu. »Außerdem bedeutet es nicht, nur weil man älter ist, dass man keinen Sex mehr hat.« Hattie und Travis nickten wissend.

Ich stöhnte leise.

Alex neben mir gluckste vergnügt. Der Mistkerl schien Spaß

daran zu haben, mich leiden zu sehen.

»Bitte nicht noch mehr Informationen«, meldete sich Isabel zu Wort. »Das sind Bilder, die ich sonst nie wieder aus meinem Kopf bekomme.«

»Was für Bilder meinst du?« Rose sah ihre Mutter fragend an.

»Ach nichts. Iss lieber dein Porridge auf, damit wir schauen können, ob der Weihnachtsmann euch etwas gebracht hat.« Isabel warf Georg einen Hilfe suchenden Blick zu, den er mit einem Achselzucken quittierte.

»Und wie habt ihr so geschlafen?«, fragte ich Nat, der sich bisher nicht zu Wort gemeldet hatte.

»Wie ein Baby.« Nat grinste.

»Wie ein großes schnarchendes Baby«, sagte Liam.

»Das stimmt gar nicht«, protestierte Nat.

»Doch. Du kannst dich schließlich nicht selber hören, aber ich.« Liam nahm einen Schluck aus seinem Becher. »Schnarcht Alex?«, richtete er die Frage an mich.

»Nur wenn er trinkt«, gab ich zurück. Aus dem Augenwinkel sah ich, wie Alex' Braue nach oben schnellte. »Aber dafür redet er im Schlaf.«

»Ach was?« Mum blickte interessiert zu uns herüber.

»Ja und er schlafwandelt sogar.« So langsam gewann ich wieder Oberwasser. »Letzte Woche habe ich ihn in der Badewanne liegend gefunden, mit den Hausschuhen davor.«

Alle lachten.

Deutlich besser gelaunt nahm ich einen tiefen Schluck aus meinem Becher.

»Dafür liegt Violet wie ein Seestern im Bett und klaut mir die Bettdecke«, meldete sich Alex zu Wort. Anscheinend hatte er beschlossen, auch etwas zum Gespräch beizutragen.

»Das macht Isabel auch«, sagte Georg.

»Dafür schnarchst du wie ein ganzes Sägewerk«, konterte Isabel lachend.

»Das müssen Männer tun, um ihre Frauen vor wilden Bären zu schützen.« Georg gab seiner Frau einen liebevollen Kuss.

»Gibt es bei Granny Bären?«, fragte Otis mit weit aufgerissenen Augen.

»Nein, mein Kleiner.« Isabel strich ihrem Sohn über die Wange. »Das war nur ein Scherz von deinem Daddy.«

»Dafür pupst Otis ganz laut im Schlaf«, rief Rose. Unwillkürlich musste ich lachen.

»Tue ich gar nicht.« Otis schob schmollend die Unterlippe vor.

»Mach dir nichts draus.« Alex schaute zu Otis. »Das macht deine Tante Violet auch manchmal und die stinken ganz fürchterlich.« Alex verzog gespielt das Gesicht.

»Das kann ich nur bestätigen«, sagte Nat. *Der alte Verräter.*

Alle am Tisch lachten. Sogar Gran. Zumindest hatte die Familie nichts von unserer Missstimmung gemerkt und der kleine Witz hatte die Stimmung deutlich gelockert.

Dad war aufgestanden, um die Weihnachtsglocke zu holen. Ein sicheres Zeichen, dass gleich die Bescherung folgen würde.

»Es geht los«, flüsterte ich Alex zu. »Trink lieber schnell aus.«

Ich hatte den Satz noch nicht ausgesprochen, als ein leises Klingeln ertönte.

»Ho ho ho«, rief Dads warme Bassstimme aus dem Wohnzimmer.

»Der Weihnachtsmann war da!« Otis war aufgesprungen. »Mum. Dad.«

»Dann schaut doch mal nach«, schlug Isabel lachend vor.

Das ließen sich die zwei nicht zweimal sagen. Wie der Blitz schossen die beiden Kinder durch den Durchgang ins Wohnzimmer.

»Darling, wollen wir auch nach nebenan gehen?« Alex bot mir

mit einem Lächeln seine Hand. »Ich würde gern sehen, was der Weihnachtsmann gebracht hat.«

»Der bringt nur lieben Kindern etwas«, sagte ich mit einem zuckersüßen Lächeln. »Also würde ich meine Erwartungen nicht allzu hochschrauben.«

»Ich habe schon alles, was ich brauche«, gab Alex zurück und drückte meine Hand. Den Blick, den er mir dabei schenkte, ließ meinen Puls in die Höhe schnellen.

»Du hättest Schauspieler statt Verleger werden sollen«, flüsterte ich ihm zu.

»Dann hätte ich dich nicht kennengelernt und das wäre wirklich höchst bedauerlich gewesen.« Er legte seinen Arm um meine Taille. »Wollen wir?«

Hatte er mir gerade ein Kompliment gemacht? *Verdammt.* Ich wurde aus dem Mann nicht schlau.

19. Violet

ertig.« Alex stand in Mantel und Schal in der Eingangstür. Er hatte das Gepäck bereits ins Auto gebracht. Weiße Schneeflocken hatten sich wie winzige Wattebällchen auf seine Haare gelegt. Seine Wangen waren von der Kälte gerötet. Es hatte angefangen, leicht zu schneien, und winzige Flocken segelten hinter seinem Rücken auf den Boden. Ein eiskalter Windzug fuhr durch den Flur. Schnell ließ ich die Tür ins Schloss fallen, um die Kälte draußen zu halten.

»Was hat so lange gedauert?«, erkundigte ich mich.

»Ich habe den Kindern eine Spur vom Weihnachtsmann hinterlassen«, flüsterte er mit einem geheimnisvollen Lächeln.

»Aber die Bescherung ist vorbei.«

»So kann Rose diesem Dennis beweisen, dass es den Weihnachtsmann gibt. Wer hat schon Spuren vom Schlitten und den Rentieren bei sich im Garten.« Er zwinkerte mir vergnügt zu.

»Spuren?«

»Ja, ich habe mit einem breiten Ast zwei Schleifspuren durch den Garten deiner Eltern gezogen, sodass es aussieht, als ob der Schlitten dort gelandet ist. Außerdem habe ich meine Weihnachtsmannmütze an eine der Tannen ganz in der Nähe aufgehängt. Dadurch, dass es etwas schneit, sieht es aus, als ob sie dort schon ewig hängt. Frodo hat ein bisschen Rentier gespielt. Wenn das die kleine Rose nicht überzeugt, dann weiß ich es auch nicht.«

»Wie süß von dir«, murmelte ich. »Rose und Otis werden außer sich sein, wenn sie das entdecken.« Bewundernd blickte ich zu ihm hoch.

»Ich habe eben auch meine guten Seiten«, antwortete er. Dabei trafen sich unsere Blicke.

Mum und Dad kamen zusammen mit dem Rest der Familie um die Ecke. Isabel hatte die beiden Kinder an der Hand.

»Wie ich sehe, seid ihr schon fertig«, meinte Mum. »Wollt ihr wirklich bei diesem Wetter fahren?«

»Es sind heftige Schneefälle für die nächsten Tage vorhergesagt«, sagte Dad mit ruhiger Stimme. »Und der MG ist nicht für solches Wetter gemacht.«

»Ach, ich glaube nicht, dass wir Probleme bekommen. Ich fahre langsam und im Zweifel brauchen wir einfach etwas länger«, wischte Alex die Bedenken weg.

»Also gut. Ihr müsst wissen, was ihr tut.« Es war Dad anzumerken, dass er nicht sonderlich glücklich mit unserer Entscheidung war. »Aber bitte seid vernünftig und fahrt rechts ran, wenn es nicht mehr geht.«

»Hier.« Mum hatte zwei sorgfältig gefaltete Decken in der Hand. »Packt die sicherheitshalber in den Wagen.«

»Mum, das ist wirklich übertrieben. Wir fahren schließlich nicht nach Grönland«, lehnte ich höflich ab. »Das letzte Mal, dass es so geschneit hat, war Anfang des Jahrhunderts.«

Alex grinste. »Das klingt irgendwie komisch. Da komme ich mir gleich steinalt vor.«

»Könnt ihr nicht noch ein bisschen bleiben?« Rose schielte zu uns hoch.

»Das würden wir ja gern, aber Alex' Eltern warten auf uns.« Ich streichelte meiner Nichte tröstend über den Kopf. »Ich komme euch bald wieder besuchen. Versprochen.«

»Kommt Alex dann auch mit?« Rose schielte hoch zu ihm. »Ich mag Alex.«

»Ich mag dich auch.« Alex schenkte meiner Nichte einen warmherzigen Blick. Es rührte mich, wie schnell die Kleine ihm sein Herz geöffnet hatte.

»Es war schön, dich kennengelernt zu haben«, verabschiedete sich Mum von Alex. »Ich hoffe, wir sehen uns bald wieder.«

»Alex ist ein ziemlich beschäftigter Mann«, kam ich ihm zuvor.

»Im Moment befindet sich die Firma, die ich übernommen habe, im Aufbruch, deshalb kann ich nichts versprechen«, kam mir Alex zu Hilfe, wofür ich ihm sehr dankbar war. Wir hatten uns darauf geeinigt, meinen Eltern nicht zu erzählen, dass wir im selben Unternehmen arbeiteten, um unangenehmen Nachfragen aus dem Weg zu gehen. »Danke für alles. Ich habe mich in der Familie sehr wohlgefühlt.«

»Das liegt daran, dass du ab jetzt Teil der Familie bist«, sagte Dad, der neben Mum stand.

»Das freut mich zu hören.« Alex reichte Dad die Hand.

»Junger Mann, passen Sie mir gut auf meine Violet auf.« Gran hatte sich zwischen Mum und Dad nach vorn gedrängt.

»Das verspreche ich.« Wie zum Beweis zog er mich an sich heran und gab mir einen Kuss auf die Stirn. »Es war mir eine Freude, Sie kennengelernt zu haben.«

»Die Freude ist ganz meinerseits.« Gran reichte ihm die Hand. »Ich hoffe sehr, dass wir uns wiedersehen.«

»Das hoffe ich auch«, erwiderte Alex mit fester Stimme.

Nat und Liam traten vor. »Schade, dass ihr schon geht. Sonst hätten wir es heute Abend mal so richtig mit Eggnog krachen lassen«, sagte Liam.

»Das nächste Mal«, versicherte ich ihm.

Nat zog mich an sich und fuhr im Flüsterton fort. »Mach keinen Quatsch, Sis. Der Mann ist ein Goldstück.«

»Ich habe dich auch lieb.« Ich warf ihm einen warnenden Blick zu. »Wir sehen uns bald und dann quatschen wir in Ruhe.«

»Lass dich drücken.« Isabel breitete die Arme aus und drückte mich an sich. »Ich hoffe, wir werden bald eine Einladung bekommen«, sagte sie mit verschwörerischer Miene.

»Hä?«

»Zur Hochzeit natürlich, du Dummerchen.« Isabel schüttelte den Kopf. »Was hast du denn gedacht?«

»Hey, Alex und ich kennen uns erst ein paar Wochen.«

»Aber man müsste blind sein, um nicht zu sehen, wie verknallt der Mann in dich ist.« Isabel lächelte milde.

Zeitgleich setzte mein Herz einen Schlag aus, um dann loszugaloppieren wie ein Rennpferd. Alex in mich verliebt? Fast hätte ich laut losgelacht. Oder vielleicht doch?

»Rose, Otis!«, rief Alex die Kinder zu sich. »Ich bin mir nicht ganz sicher, aber als ich heute Nacht auf Toilette war, habe ich ein leises Klingeln im Garten gehört.«

Rose und Otis tauschten kurze Blicke. »Der Weihnachtsmann?«

Alex zuckte mit den Schultern. »Ich kann mich auch getäuscht haben, aber für mich klang es wie Glöckchen von einem Schlitten. Vielleicht hat er ja etwas im Garten vergessen.«

»Mummy, dürfen wir kurz nachschauen?«, bettelte Rose und griff nach ihrer Daunenjacke, die gleich neben dem Eingang an der Garderobe hing. Otis angelte ebenfalls nach seinem Schneeanzug.

»Natürlich, aber nicht ohne Mütze.« Isabel schaute durch das Glasfenster in der Tür nach draußen. »Ich möchte nicht, dass ihr krank werdet.«

Georg half den beiden in ihre Sachen und zog sich selbst etwas über.

»Was hast du denn vor?« Isabel sah ihren Mann fragend an.

»Ich will auch sehen, ob Santa uns einen Besuch abgestattet hat.«

»Was haltet ihr davon, wenn wir alle zusammen nachschauen und dabei Alex und Violet verabschieden«, schlug Nat vor.

»Gute Idee.« Ich war neugierig zu sehen, was Alex im Garten meiner Eltern angestellt hatte.

Fünf Minuten später marschierte die ganze Familie inklusive Hattie und Onkel Travis den schmalen Weg zum Garten meiner Eltern entlang.

»Otis!«, rief Rose aufgeregt, »da sind Spuren im Schnee.«

Die beiden sausten los.

Staunend blieb ich stehen. Alex hatte ganze Arbeit geleistet.

Eine Spur wie die eines Schlittens zog sich von der Terrasse meiner Eltern bis tief in den Garten. Frodos Abdrücke sahen aus, als ob dort Rentiere durch den Schnee gelaufen wären. Aber die Krönung war die rote Mütze mit dem weißen Bommel daran, die an einem der Tannenzweige hing, als hätte sie der Weihnachtsmann dort beim Abheben mit dem Schlitten verloren.

»Das ist ziemlich beeindruckend«, flüsterte ich ihm zu.

»Ich hatte gehofft, dass du das sagst«, erwiderte er grinsend.

»Bilde dir bloß nichts ein.« Ich knuffte ihn in die Seite. »Aber süß ist es trotzdem.« Ich schenkte ihm ein Lächeln.

»Jetzt kannst du dem blöden Dennis sagen, dass es den Weihnachtsmann doch gibt«, sagte Otis triumphierend.

»Das mache ich. Darauf kannst du einen lassen«, erwiderte Rose mit leuchtenden Augen.

Gran gluckste vergnügt.

»Danke, Alex.« Isabel stellte sich zu uns. »Du hast den Kindern eine Riesenfreude bereitet.«

»Gern geschehen.« Alex legte wie selbstverständlich seinen Arm um mich. »Ich will ja nicht drängeln, aber wir sollten los.« Sein Blick war gen Himmel gerichtet, wo die Wolken düster und grau über uns hingen.

»Ja, natürlich.« Mein Blick wanderte wehmütig zu meiner Familie. Ich vermisste sie schon jetzt. Im Stillen nahm ich mir vor, sie häufiger zu besuchen.

»Wartet, wir begleiten euch noch!«, rief Mum.

Gemeinsam gingen wir zum Auto. Der MG stand verlassen auf der Straße. Alex hatte den Schnee bereits entfernt, aber in der kurzen Zeit hatte sich wieder eine feine Decke darübergelegt.

»Es war wunderschön mit euch«, verabschiedete ich mich von meiner Familie. Traurig ließ ich mich auf den weichen Ledersitz gleiten.

Alex nahm neben mir Platz und drehte den Zündschlüssel im Schloss. Mit einem satten Brummen sprang der Motor an.

Ich kurbelte die Fensterscheibe hinunter. »Bis bald!«

»Bis bald.« Mum warf mir Küsse zu.

Der Schnee knirschte laut unter den Rädern, als sich der Wagen in Bewegung setzte.

Ich lehnte mich aus dem offenen Fenster, bevor der MG um die Ecke auf die Hauptstraße bog.

»Ich liebe euch alle!«, rief ich so laut, wie ich konnte. Alex drückte auf die Hupe und begleitete meine Worte.

Ein Glücksgefühl breitete sich bei dem Anblick meiner lachenden Familie in mir aus. Dad, der Mum in den Armen hielt. Nat und Liam in ihren Anzügen. Isabel und Georg mit den Kindern. Sogar Hattie und Travis würde ich vermissen.

Ich winkte, bis die kleinen Gestalten nicht mehr zu sehen waren.

Seufzend ließ ich mich zurück auf den Sitz fallen und schloss das Fenster.

»Du liebst deine Familie sehr.« Alex warf mir einen kurzen Seitenblick zu, um sich dann wieder auf das Geschehen auf der Straße zu konzentrieren.

»Ja, sehr. Mum und Dad sind immer für mich da. Meine Familie ist meine Base.« Traurig blickte ich nach draußen auf die tief verschneite Landschaft. »Gran sagt immer: ›Freunde kommen und gehen. Nur wenn wir ganz viel Glück haben, begleiten sie uns ein Leben lang. Die Familie hingegen bleibt immer.‹«

»Dann hast du doch doppeltes Glück. Du hast eine tolle Familie und tolle Freundinnen.«

»Ja, das stimmt. Ich bin auch sehr froh, dass ich so gute Freundinnen wie Florence und Laurie habe.«

Außer uns schien kein Auto auf der Straße zu sein. Wahrscheinlich saßen die meisten Familien gemütlich unterm Weihnachtsbaum bei leiser Musik und Keksen dazu. Wir hatten uns schon vor Jahren darauf geeinigt, uns nur Kleinigkeiten zu schenken. Nur die Kinder bekamen größere Geschenke.

Mum und Dad hatten mir ein Album mit Fotos aus meiner Kindheit geschenkt. Gran hatte mir eine selbst gehäkelte Einkaufstasche überreicht, so wie sie gerade bei allen Hipstern in London angesagt waren. Von Nat und Liam hatte ich einen Becher mit dem Aufdruck »Santa is a girl« bekommen, der perfekt zu meiner Sammlung passte. Otis und Rose hatten mir zwei wunderschöne Bilder gemalt.

Sogar Alex hatte eine Kleinigkeit von meinen Eltern erhalten. Einen Korb mit selbst gebackenen Keksen von Mum, Käse aus der Region und Weihnachtspudding und dazu eine Flasche Eggnog.

Nachdenklich ließ ich meinen Blick über die Landschaft schweifen. Dort, wo kein Schnee lag, hatte sich glitzernder Raureif auf die Natur gelegt und so die Löcher in der weißen Decke gestopft. Sanfte Hügel, die sich über die Landschaft bis zum Horizont zogen.

Wie aus dem Nichts tauchte eine Herde Schafe auf, die scheinbar verloren auf einer Wiese stand. Hätte die Sonne geschienen, man hätte meinen können, in eine Postkarte gefallen zu sein.

Alex saß mit einem konzentrierten Blick neben mir. Bis zu dem Besuch bei meinen Eltern hatte ich ihn als Lebemann eingeschätzt, aber in den letzten vierundzwanzig Stunden hatte er eine ganz andere Seite von sich gezeigt. Sozial verlässlich, empathisch und kinderlieb. Etwas, das ich nicht vermutet hätte, bevor wir nach Stow-on-the-Wold gefahren waren.

Ich war gespannt, wie er sich im Kreise seiner Familie verhalten würde.

20. Alex

Wir hatten die Cotswolds schon lange hinter uns gelassen. Bis nach Haworth war es nur noch knapp eine halbe Stunde. Die Landschaft um uns herum hatte sich verändert. Hatten in den Cotswolds die großen Wiesen das Bild bestimmt, so waren es nun die sanft geschwungenen Hügel mit ihren alten Baumbeständen und den malerischen Cottages und Herrenhäusern darin.

Auch hier hatte es geschneit und eine feine Schicht aus Schnee und Eis überzog die Natur, so weit das Auge reichte. Dazwischen ragten die kleinen Dörfer mit ihren Sandsteinfassaden hervor wie Fremdkörper.

Mein Blick wanderte zur Seite, wo Violet saß. Sie hatte den Kopf gegen das Fenster gelehnt und schlief. Ihre dunklen Haare fielen wie eine seidige Matte rechts und links über die Schultern und umrahmten ihr ovales Gesicht. Im Stillen bewunderte ich ihr Profil mit der geraden Nase, die bis auf den etwas breiteren Rücken fast perfekt geformt war und jedem plastischen Chirurgen als Model hätte dienen können. Der dunkle Wimpernkranz, hinter dessen Lidern sich die schönsten braunen Augen dieser Welt versteckten, und der geschwungene Mund mit den vollen Lippen, die förmlich danach schrien, von mir geküsst zu werden …

Die letzte Nacht war die reinste Tortur für mich gewesen. Neben ihr zu liegen mit dem Wissen, dass eine winzige Bewegung meiner Hand genügt hätte, um ihren herrlich fraulichen Körper zu berühren. Noch nie in meinem Leben hatte ich eine Frau so begehrt wie Violet Lancaster. Jede Zelle in mir sehnte sich danach, sie zu fühlen. Ihren warmen Atem auf der Haut zu spüren und ihre weichen Lippen auf meinem Mund. Ich wollte ihren Geschmack in mich aufnehmen und sie dazu bringen, dieses winzige Geräusch von sich zu geben, das sie machte, wenn sie innig küsste.

Noch immer konnte ich nicht glauben, dass dieser wunderbare Kuss bei ihren Eltern nur gespielt war, und doch hatte sie mich mit diesem triumphierenden Blick angeschaut. Wenn dieser Kuss nur eine Täuschung gewesen war, dann hatte Violet definitiv einen Oscar dafür verdient.

Konnte man Gefühle wie diese tatsächlich vorspielen?

Unbewusst schüttelte ich den Kopf. So richtig überzeugt hatte sie mich mit ihrer Argumentation nicht, aber sie hatte Zweifel gesät, die mein Ego verletzt hatten. Eigentlich hatte ich mich bisher immer gut auf meinen Instinkt verlassen können, was Frauen betraf. Aber Violet war für mich ein Rätsel. Jedes Mal, wenn ich glaubte, sie zu verstehen, überraschte sie mich mit einer völlig unvorhersehbaren Reaktion und ich fing wieder von vorn an.

Ich hatte keine Ahnung, was der heutige Besuch bei meinen Eltern an neuen Seiten zum Vorschein bringen würde. Mum hatte schon immer die Gabe, selbst hart gesottene Typen zum Plappern zu bringen. Dad war in dieser Hinsicht eher verschlossen, aber er hatte eine gute Beobachtungsgabe.

Die Rolle des verliebten Mannes vor Violets Familie zu spielen, war mir leichtgefallen, aber meine Eltern zu überlisten, würde eine weit größere Herausforderung darstellen.

»Sind wir bald da?« Violet war aufgewacht und sah fragend zu mir herüber.

»Noch zehn Minuten, dann müssten wir das Landhaus meiner Eltern erreichen«, teilte ich ihr mit. Sie sah absolut zum Anbeißen aus mit ihren zerzausten Haaren und den leicht verschlafenen Augen.

»O Gott.« Hektisch klappte sie den Spiegel herunter und betrachtete sich mit skeptischer Miene darin. »Ich sehe ja furchtbar aus.« Sie fuhr sich mit den Fingern durch die Haare, als würde es sich dabei um einen Kamm handeln. »Diese Haare bringen mich noch um den Verstand.«

»Ich finde, du siehst bezaubernd aus«, erwiderte ich.

»Flirtest du mit mir oder übst du schon mal für deine Eltern?« Ein spöttisches Lächeln lag auf ihrem Gesicht.

»Ein bisschen von beidem.« Die Bemerkung war mir herausgerutscht, ohne dass ich darüber nachgedacht hatte.

»Dachte ich mir. Kannst du dir sparen. Wir sind ja mittlerweile ein eingespieltes Team. Ich glaube nicht, dass deine Eltern ein Problem darstellen werden.«

Sie kramte aus ihrer Handtasche einen kleinen Beutel hervor und fing an, ihr Make-up aufzufrischen.

»Du kennst meine Eltern nicht«, murmelte ich.

»Keine Sorge.« Sie legte ihre Hand auf meinen Unterarm. »Du hast meine Familie überzeugt und jetzt ist es an mir, deine Familie zu überzeugen. Deal ist Deal und ich plane, meinen Teil einzuhalten.« Ihr roter Mund lächelte.

»Daran habe ich keine Sekunde gezweifelt. Trotzdem wird es nicht leicht werden. Mein Onkel wird auch da sein und der hat, wie du weißt, ein gewisses Eigeninteresse daran, mir nachzuweisen, dass wir kein Paar sind.« Ich setzte den Blinker und bog in die Abfahrtstraße nach Haworth ein.

»Erzähl mir ein bisschen von deinem Onkel. Ich habe ihn nur ein paar Mal kurz im Büro getroffen und da war er mir gänzlich unsympathisch. Wie ist er so?«

»Früher war er ein echt netter Mann. Aber im Laufe der Jahre hat er sich durch seine Sucht ziemlich verändert«, sagte ich nachdenklich. »Aus dem gut gelaunten Mann wurde ein Egoist, der nur noch an sich gedacht hat. Er hat alles seiner Sucht geopfert. Seine Karriere, die Familie und auch seine Freunde.« Allein der Gedanke an Onkel Carl ließ meinen Puls in die Höhe schnellen.

»Du sagtest, dass eure Familie wohlhabend ist. Was ist mit Carl? Hat er überhaupt ein Interesse am Verlag?« Violets Blick ruhte auf mir.

»Catherines Eltern hatten ein großes Gestüt. Nach ihrem Tod wurde das Erbe zu gleichen Teilen zwischen den Kindern aufgeteilt. Catherine hat damals ihren Anteil genutzt und den Verlag aufgebaut. Carl hingegen hat das ganze Geld innerhalb von ein paar Jahren für seinen luxuriösen Lebensstil ausgegeben. Hinzu kam eine Alkoholsucht. Irgendwann hat er angefangen, sich von meinen Eltern Geld zu leihen und auch von Catherine. Seine Versuche, einen Entzug zu machen, sind allesamt gescheitert, was zur Folge hatte, dass er nach jedem Mal noch tiefer gefallen ist. Von dem netten Mann aus meiner Kindheit ist nicht viel übrig geblieben. Mum leidet sehr darunter, aber solange Carl nicht trocken ist, hat sich Dad dagegen gestellt, ihm noch mehr Geld zu leihen.«

»Verständlicherweise. Das bedeutet, dass Carl alles versuchen wird, den Verlag an sich zu reißen.« Es war eine Feststellung und keine Frage.

Ich nickte. »Davon ist auszugehen. Wobei wir zum Glück meine Eltern auf unserer Seite haben.«

»Wie sind deine Eltern so?« Sie war tiefer in den Sitz gerutscht und schaute zu mir.

»Also fangen wir bei den Basics an. Meine Mum ist Yoga-Lehrerin ...«

»Yoga-Lehrerin«, unterbrach sie mich.

»Ja. Eigentlich hat sie Kunstgeschichte studiert. Aber dann hat sie Dad auf einem Konzert kennengelernt und hat ihren damaligen Job aufgegeben, um ihn auf seinen Reisen zu begleiten. Irgendwann hat sie beschlossen, eine Yoga-Ausbildung zu machen.« Ein Lächeln huschte bei dem Gedanken an Mum über mein Gesicht.

»Was macht dein Dad beruflich, dass die beiden so viel unterwegs sind?«

»Er ist Musikproduzent«, ließ ich die Bombe platzen.

»Dein Vater ist Musikproduzent?« Sie schüttelte ungläubig den Kopf. »Wen hat er denn so produziert?«

»Sir Elton John zum Beispiel. Rod Steward. Robbie Williams, um nur einige Namen zu nennen.«

»Was? Und das sagst du mir erst jetzt?« Violet war aus ihrem Sitz hochgerutscht.

»Ich wollte, dass du meinen Eltern so unbefangen wie möglich gegenübertrittst.«

»Aber, aber, aber ...«, stammelte sie. »Du hättest mich wenigstens mal vorwarnen können, dann hätte ich mir mit meinem Äußeren ein bisschen mehr Mühe gegeben.«

»Du siehst toll aus, so wie du bist«, versicherte ich ihr.

»Gibt es sonst noch irgendwelche Geheimnisse von deiner Familie, die ich wissen sollte? Und jetzt sag mir nicht, dass deine Granny die Schwester der Queen ist.«

Ich schwieg.

»Ist sie?« Entsetzen sprach aus ihrer Stimme.

»Nein, aber sie ist eine gute Freundin von Camilla.«

»Charles' Camilla?«

Unwillkürlich musste ich schmunzeln. »Ich sage Tante Camilla zu ihr, wenn wir uns sehen.«

»O mein Gott. Halt sofort den Wagen an!«, befahl Violet mir.

Ich trat auf die Bremse. Außer uns war ohnehin kein Auto unterwegs. Die ganze Gegend war wie ausgestorben.

Mit einem Ruck hatte Violet die Tür aufgerissen. Ein eiskalter Windhauch fuhr durch das Innere des MGs.

»Ich fasse es nicht.« Sichtlich sauer stieg sie aus.

»Hey.« Ich eilte zu ihr. Draußen war es eisig kalt. Violet stand mit dem Rücken zu mir gewandt. »Beruhig dich bitte.«

Mit einem Ruck wirbelte sie herum. Ihre Augen funkelten mich angriffslustig an.

»Du kannst mich doch nicht einfach den Löwen zum Fraß vorwerfen, ohne mir ein Wort zu sagen«, schleuderte sie mir die Worte entgegen. »Du hättest mich ruhig warnen können, dass dein Vater ein ziemlich hohes Tier ist und ihr mit dem Königshaus befreundet seid. Das ist ganz schön viel für einen Normalo wie mich.« Der Wind spielte mit ihren Haaren wie ein Kätzchen mit den Wollfäden.

»Hey, Violet, erstens bist du kein Normalo, sondern ziemlich besonders«, versuchte ich, sie zu beruhigen. »Im Grunde ist meine Familie wie jede andere Familie auch und nur, weil wir ein paar bekannte Leute kennen, bedeutet es nicht, dass du dich in irgendeiner Form verstecken musst.«

»Das weiß ich. Aber ich hätte mich etwas vorbereiten können und vielleicht hätte ich mir das ein oder andere schicke Teil eingepackt.« Ihr Blick wanderte hinunter zu dem bunten Pullover, den Isabel gestrickt hatte. Aus Solidarität zu ihrer Familie hatte sie ihn anbehalten. »Ich finde, du siehst total sexy aus«, schnurrte ich.

»Blödmann. Jetzt muss ich mich in dieser Scheißkälte umziehen.«

Fluchend stapfte sie zum Kofferraum, in dem ihre Sachen verstaut waren.

»Violet, das ist doch albern. Meine Familie wird dich mögen, egal was du anziehst«, sagte ich mit Inbrunst.

»Ja, schon klar. Aber ich möchte einen guten Eindruck beim ersten Treffen mit meinen Schwiegereltern machen.« Sie stockte, kaum, dass sie den letzten Satz ausgesprochen hatte.

»Also, wenn du so weitermachst wie bisher, überzeugst du sie ohne Probleme«, erwiderte ich grinsend.

»Das ist nicht witzig. Du weißt genau, was ich meine. Eigentlich solltest du auch daran interessiert sein, dass alles klappt.«

»Violet.« Mit einem Schritt war ich bei ihr. »Bitte reg dich ab. Das Treffen bei meinen Eltern ist komplett informell. Keiner wird dich nach deinem Aussehen beurteilen. Alles, was meine Eltern interessiert, bist du.«

»Hm.« Sie sah mich zweifelnd an.

»Ich verspreche dir, dass es völlig easy wird. Ein kleiner Umtrunk, Abendessen und vielleicht noch ein Nightcap. Mehr nicht. Morgen sind wir wieder im Auto auf dem Weg nach London.«

»Versprochen?« Zweifelnd blickte sie an sich hinunter.

Ich legte ihr die Hand unter das Kinn und zwang sie, mir in die Augen zu schauen. »Bitte. Vertrau mir.«

»Trotzdem werde ich nicht in diesem Pullover bei deinen Eltern aufschlagen. Gib mir zwei Minuten.« Mit einer energischen Bewegung hatte sie den Kofferraum geöffnet und fummelte an ihrem Gepäck herum. Sekunden später zog sie den Rollkragenpullover hervor, den sie gestern während der Fahrt getragen hatte. Mit einem lauten Knall flog die Kofferraumtür zu.

»Worauf wartest du? Wir wollen schließlich nicht zu spät kommen.«

»Ganz wie Miss Lancaster wünscht.« Ich machte eine Verbeugung und eilte zurück auf den Fahrersitz.

Violet hatte sich in der Zwischenzeit den Pullover ausgezogen und saß nur in einem schwarzen BH und dem Rock auf ihrem Platz. Die Spitze umschloss ihre üppige feste Brust und gab lediglich den Blick auf die sanften Rundungen zur Mitte hin frei.

Sie sah unglaublich heiß aus, und es kostete mich meine ganze Beherrschung, sie nicht an mich zu reißen und zu küssen.

»Fahr los«, befahl sie in einem Ton, der keine Widerrede zuließ. »Ich möchte nicht zu spät kommen.«

»Muss du immer das letzte Wort haben?«

»Genau wie du.« Sie streifte sich den Pullover über den Kopf.

Seufzend schaltete ich den Motor an und langsam rollte der Wagen zurück auf die Straße.

21. Violet

nd, wie sehe ich aus?« Fragend drehte ich mich zu Alex, der mit einem verräterischen Grinsen auf seinem Sitz saß. Ich war noch immer wütend auf ihn. Der Mistkerl hatte mich ganz klar hintergangen, indem er die entscheidenden Informationen über seine Familie zurückgehalten hatte. Das würde ich ihm nicht so schnell verzeihen.

Wie hatte er verschweigen können, dass sein Vater einer der berühmtesten Musikproduzenten des Landes war und seine Großmutter eine enge Freundin von Königin Camilla? Jetzt verstand ich, warum Julia mich mit diesem vielsagenden Blick angeschaut hatte.

Eigentlich hatte ich Isabels Pullover als kleine Auflockerung anbehalten wollen, aber angesichts der neuen Tatsachen hatte ich es für besser gehalten, mich umzuziehen. Zumindest sah ich jetzt anständig aus und nicht mehr wie eine Weihnachtskarikatur.

»Vorher hast du mir besser gefallen.« Alex' Mundwinkel zuckten.

»Mistkerl.« Grimmig zog ich meinen Make-up-Beutel aus der Tasche und malte den Lippenstift nach. Alex fuhr ruhig weiter. Es hatte wieder angefangen zu schneien und winzige Flocken flogen auf die Windschutzscheibe, um dort zu traurigen Tropfen zu schmelzen.

Langsam fuhren wir durch eine Ortschaft, die aussah, als hätte die moderne Technik vergessen, hier Einzug zu halten.

»Wo sind wir?« Ich steckte den Beutel zurück in die Tasche.

»Das ist Haworth, die Heimat der Brontë-Schwestern«, erklärte Alex mit ruhiger Stimme.

Neugierig schaute ich durch das Fenster nach draußen. Die ehemals sandsteinfarbenen Fassaden der Häuser waren verwittert und im Laufe der Jahrhunderte nachgedunkelt. Die weißen Fensterläden wirkten wie Fremdkörper zwischen den alten Gemäuern. Die Dächer waren mit einer dünnen Schicht aus Schnee bedeckt. Eine Vielzahl von kleinen Geschäften präsentierte sich entlang der Hauptstraße und lockte die Touristen mit liebevoll gestalteten Schildern, die über den Eingängen hingen. Jetzt war aufgrund des Wetters kaum etwas los. Lediglich ein paar Einwohner in dicken Daunenmänteln huschten über die schmalen Gehwege.

Eine Trockensteinmauer verlief entlang der linken Seite und schützte die kleinen Vorgärten der Häuser. Dort, wo sonst üppige Blumen wuchsen, waren jetzt kahle Sträucher zu sehen, deren dünne Äste mit Schnee ummantelt waren.

Aus den Schornsteinen stiegen weiße Rauchsäulen in den Himmel empor und mischten sich mit den Schneeflocken.

»Das ist ja ein süßes Örtchen«, lautete mein abschließendes Urteil.

Alex nickte. »Du müsstest es mal im Sommer sehen, wenn alles blüht. Traumhaft. Mir ist es allerdings etwas zu ländlich.«

»Dann bist du hier aufgewachsen?«

»Teilweise. Als ich klein war, sind wir viel durch die Welt gereist. Dad hatte häufig Produktionen im Ausland und Mum hat darauf bestanden, ihn zu begleiten. Als ich aufs College kam, haben mich meine Eltern in ein Internat geschickt, damit ich mich auf meine Schule konzentrieren konnte.« Das Lächeln war aus seinem Mund verschwunden. »Seitdem war ich nur noch in den Ferien oder später zu Kurzbesuchen hier.«

Unwillkürlich musste ich an meine Kindheit denken. Bis ich angefangen hatte zu studieren, war ich nie länger als einen Tag von meinen Eltern getrennt gewesen. Wie es aussah, hatte der Wohlstand durchaus seinen Preis und ich war mir nicht sicher, wer von uns beiden das bessere Los gezogen hatte.

Alex setzte den Blinker und bog in eine Seitenstraße ein, die uns aus dem Dorf führte. Langsam schraubte sich der MG den schmalen Weg den Hügel hoch, vorbei an alten Bäumen, deren kahle Äste in den Himmel ragten. Eine weiße Decke hatte sich auf die hüfthohen Trockensteinmauern entlang des Grundstücks gelegt.

»Da vorn ist es.«

Vor meinen Augen breitete sich eine parkähnliche Anlage aus, in deren Mitte auf einem leichten Hügel ein wunderschönes Herrschaftshaus stand.

»Wow! Das ist euer Landsitz? Machst du Witze?«, rief ich aufgeregt bei dem Anblick des prachtvollen Gebäudes. »Das sieht ja aus wie bei ›Downton Abbey‹, nur in klein.«

Alex lachte vergnügt. »Meine Eltern hatten schon immer einen etwas exzentrischen Geschmack.«

»Den Eindruck habe ich auch.« Mit jedem Meter, den wir uns dem Haus näherten, wuchs meine Nervosität. Eine Trockensteinmauer zog sich durch das Gelände wie eine graue Schlange zwischen dem Schnee und grenzte das Grundstück von Alex‘ Eltern ab. Aus der Entfernung konnte ich eine Schafherde ausmachen, die einsam auf dem Hügel stand. Daneben war ein kleines Cottage zu sehen. Wahrscheinlich die Unterkunft des Schäfers.

Alex lenkte den Wagen die Einfahrt hoch. Langsam fuhren wir auf das imposante, lang gestreckte Gebäude zu.

Die weißen Fensterrahmen stachen zwischen den hellbraunen

Steinen hervor. Seitlich des Gebäudes wuchsen riesige Efeuranken hoch bis zum Dach und überzogen fast den ganzen oberen Teil des Haupthauses. Die grauen Dachschindeln sahen aus der Ferne aus wie die Schuppen eines Drachen, die das Haus schützend bedeckten. Aus den beiden Schornsteinen jeweils am Ende des Dachgiebels stiegen weiße Rauchsäulen zum Himmel empor. Der Eingangsbereich war vorgesetzt und nur über eine Treppe zu erreichen. Ich zählte zwei Stockwerke und das Dach. Hinter den kleinen Fenstern im oberen Stockwerk befanden sich auch Zimmer.

Um den Komplex führte ein schmaler Weg in den hinteren Teil der parkähnlichen Anlage. Riesige Rosenbüsche wuchsen rund um das Haus und ich konnte mir vorstellen, wie es hier im Sommer aussehen würde. Ein Blütenmeer, das seinen köstlichen Duft an die Umgebung abgab, begleitet vom Summen der Bienen.

Der Bereich vor dem Haus war mit Platten ausgelegt, sodass dort die Autos parken konnten. Gleich neben dem Haupthaus gab es ein weiteres Gebäude, das viel kleiner war und dessen Eingang zum hinteren Teil ausgerichtet war. In der Ferne waren die Stallungen zu erkennen.

Im vorderen Bereich der Anlage wuchs ein riesiger Baum, der mindestens so alt wie das Haus selbst war. Seine kahlen Äste ragten zu allen Seiten wie ein gigantischer Sonnenschirm. Überall standen sorgfältig gestutzte Büsche, deren Namen ich nicht kannte. Weiße Schneeflocken segelten träge herab und verpassten dem Ganzen ein romantisches Ambiente wie in einem Hollywood-Film.

Ich stieß einen Pfiff aus. »Beeindruckend.«

Alex warf mir einen belustigten Seitenblick zu. »So geht es mir auch jedes Mal, wenn ich zu meinen Eltern fahre.«

Nachdenklich sah ich ihn an, er hatte so gesprochen, als würde es sich nicht um sein Zuhause, sondern einen beliebigen Ort handeln, indem seine Eltern lebten.

Wir hatten den Parkplatz gleich neben dem Haupteingang erreicht. Alex hupte mehrfach.

»Wofür war das?«

»Na, ich muss meiner Familie doch mitteilen, dass wir da sind«, erwiderte Alex schmunzelnd. Dabei bildeten sich die beiden Grübchen auf seinen Wangen, die ich so mochte.

Verdammt. Der Mann war einfach wie ein Magnet. Je mehr Mühe ich mir gab, Abstand zu ihm zu gewinnen, umso mehr fühlte ich mich von seiner Anwesenheit angezogen. Unwillkürlich musste ich an nächste Woche denken, wenn wir wieder Angestellte und Boss waren. Wie sollte ich unter diesen Umständen weiter für ihn arbeiten?

»Wie ich sehe, ist mein Onkel auch schon da. Wahrscheinlich will er sich keine Sekunde unseres Auftritts entgehen lassen.« Alex deutete mit einer Kopfbewegung auf den dunkelgrünen Rover mit einem Londoner Kennzeichen, der einsam auf dem Parkplatz stand. Er schaltete den Motor ab.

»Was hast du erwartet? Für ihn hängt schließlich ziemlich viel von deinem Besuch ab.« Mein Blick wanderte zurück zum Haus. Aus der Nähe sah es noch prächtiger aus als aus der Ferne. Für einen Moment kam ich mir vor wie in eine andere Zeit versetzt. Fehlten nur noch die Pferdekutschen statt der Autos und das Bild wäre perfekt gewesen.

»Darf ich präsentieren – Willow Weed House.« Er machte eine ausladende Handbewegung.

»Ich würde sagen, es hätte euch schlimmer treffen können«, sagte ich schmunzelnd.

»Da hast du wohl recht.« Er stieg aus dem Wagen. Ich blieb geduldig sitzen, um die Form zu wahren, bis Alex bei mir war. Wie schon die Male zuvor reichte er mir die Hand. »Showtime.«

Aus dem Augenwinkel sah ich zwei Gestalten durch die

Eingangstür kommen. Das mussten Alex' Eltern sein. Es wurde Zeit, mein Versprechen an ihn einzulösen. Für die nächsten vierundzwanzig Stunden würde ich die Verlobte spielen, das war ich ihm schuldig.

Entschlossen nahm ich seine Hand und stieg aus dem Wagen. Ich beugte mich vor, sodass es für Außenstehende aussehen musste, als würde ich ihm etwas Zärtliches in sein Ohr flüstern.

»Du hast deinen Teil des Deals erledigt, jetzt bin ich dran.« Ich nahm seinen Kopf zärtlich zwischen meine Hände. Alex' Augenbraue schnellte verwundert nach oben.

Unsere Blicke trafen sich. Sekundenlang schien die Welt um uns herum stillzustehen.

Langsam ging ich auf die Zehenspitzen und küsste ihn.

Zärtlich. Vorsichtig. Herantastend.

Er gab einen überraschten Laut von sich, als ich meinen Körper instinktiv an seinen schmiegte. Mein Mund lag heiß auf seinem, dabei hielt ich noch immer seinen Kopf zwischen meinen Händen. Sein Haar fühlte sich genauso weich an, wie ich es in Erinnerung hatte, und sein wunderbar männlicher Duft hüllte mich ein. Dieser Kuss allein war die ganze Aktion und den damit verbundenen Ärger wert. Er war einfach unglaublich, wie schon die beiden Küsse zuvor. Vorsichtig strich ich mit der Zungenspitze über seine Lippe. Ein kaum merkliches Schaudern ging durch seinen Körper. Offensichtlich gefiel ihm der Kuss mindestens genauso gut wie mir. Alles um uns herum war vergessen. Ich wollte diesen Mann. *Verdammt.*

Ein leises Räuspern holte mich in die Realität zurück, was sehr bedauerlich war. Als ich die Augen öffnete, blickte ich geradewegs in die freundlich grinsenden Gesichter von Alexanders Eltern.

»Wir stören euch ja nur ungern«, ergriff die Mutter als Erste das Wort, »aber mir ist wirklich kalt.« Was ich ihr nicht verdenken konnte. Sie trug eine hochgeschnittene schwarze Hose, die an der

Hüfte eng war und nach unten hin immer weiter wurde und bis zum Boden reichte. Dazu hatte sie einen schwarzen Kaschmirpullover angezogen. Zumindest nahm ich an, dass es Kaschmir war. Ihre dunklen Haare fielen in perfekten Wellen bis auf die Schulter. Sie sah aus wie ein Model.

»Mum.« Alex löste sich aus meiner Umarmung. »Ich habe euch gar nicht kommen sehen.«

»Wie auch, deine Augen waren die letzten zwei Minuten geschlossen«, erwiderte seine Mutter lächelnd.

Frodo bellte, als wollte er ihr zustimmen.

»Und was ist mit mir? Bekomme ich keine Umarmung?« Alexanders Vater war vorgetreten. Ein großer Mann in einem ebenfalls schwarzen Outfit, bestehend aus Hose und Rolli. Seine Füße steckten in braunen Loafern. Das Einzige, was ihn als Musikproduzent verriet, war der schwarze Gürtel mit den zwei sich kreuzenden silbernen Gitarren als Schnalle.

»Hallo, Dad.« Die beiden Männer klopften sich freudig auf die Schultern. Obwohl ich die Familie erst wenige Minuten zusammen gesehen hatte, fiel mir das etwas distanzierte Verhältnis auf.

»Darf ich euch vorstellen? Das ist Violet.« Alex war einen Schritt zur Seite getreten und gab den Blick wieder auf mich frei. »Meine Verlobte.« Demonstrativ legte er seinen Arm um mich, als wollte er sichergehen, dass ich noch da war.

»Das will ich doch hoffen, dass sie das ist. Ansonsten wäre ich einigermaßen schockiert über diesen überaus leidenschaftlichen Kuss.« Alex' Mutter reichte mir die Hand. Für ihre zarte Gestalt hatte sie eine erstaunlich tiefe und raue Stimme. »Eve. Ich freue mich sehr, dich kennenzulernen.« Sie war nahtlos in die persönliche Anrede übergegangen, was mir recht war. Ihre braunen Augen scannten jeden Millimeter meines Gesichts. Eine warme Welle stieg mir den Hals hoch.

Gut, dass ich in letzter Sekunde Isabels Pullover ausgezogen hatte. Ich bezweifelte stark, dass Eve Godfrey einen Humor hatte, der in diese Richtung ging.

»Guten Tag.« Ich hatte mich für die etwas förmliche Anrede entschieden. »Die Freude ist ganz meinerseits. Alex hat schon so viel von Ihnen erzählt.«

»Wirklich, das wundert mich. Seit wann bist du eine Plappertasche geworden?« Die gezupften Augenbrauen von Alex' Mutter schnellten nach oben.

Shit. Shit. Shit.

»Seit ich Violet kennengelernt habe«, kam Alex mir zu Hilfe.

»Sieht ganz danach aus.« Seine Mutter stellte sich zu ihrem Mann.

»Hallo, Violet.« Alex' Vater reichte mir die Hand. »Howard. Der Vater dieses Glückspilzes.«

»Danke. Aber ich schätze mich mindestens genauso glücklich«, spielte ich den Ball zurück. Ganz die liebende Verlobte. Aus dem Augenwinkel bemerkte ich eine Gestalt hinter dem großen Fenster am Eingang. Kaum hatte ich sie entdeckt, war sie auch schon wieder verschwunden.

»Darlings, wenn ich noch eine Minute länger hier stehe, bin ich trotz der ganzen Liebe, die über uns schwebt, erfroren«, flötete Eve und kuschelte sich demonstrativ an ihren Mann, der sofort beschützend den Arm um sie legte.

»Los. Los. Thomas wird das Gepäck aus dem Auto holen.«

»Mum, ich kann unsere Taschen durchaus selbst tragen«, protestierte Alex und löste sich aus der Umarmung.

»Das weiß ich doch, Darling, aber wir bezahlen Thomas schließlich dafür.« Eve Godfreys Hände flatterten durch die Luft.

Alex stieß einen Seufzer aus. »Also gut, Mum.«

Gemeinsam gingen wir die Stufen zum Eingang hoch. Ich war

gespannt, was mich drinnen erwarten würde. Kaum waren wir oben angekommen, wurden wir von einem Mann begrüßt.

»Willkommen zu Hause, Mr Godfrey. Miss.«

»Guten Tag, Thomas«, grüßte Alex freundlich zurück. »Schön, Sie zu sehen.«

»Das finde ich auch, Sir.« Mit einem Kopfnicken eilte der Angestellte die Treppe runter zum Wagen.

Als wir durch die Eingangstür in den Windfang traten, knarrten die alten Holzdielen leise, als wollten sie uns eine Begrüßung zuflüstern. Obwohl es Winter war, hing ein zarter Blumenduft in der Luft.

Das Erste, was ich wahrnahm, war die breite Holztreppe rechts neben der Tür, die zu den oberen Stockwerken führte.

Der Raum hatte hohe Decken, die mit Stuck verziert und weiß getüncht waren. An den Wänden hingen Ölgemälde von zeitgenössischen Künstlern, die dem alten Gemäuer einen völlig neuen Charakter verliehen. Auf einem Tisch neben dem Eingang stand eine große Vase mit einem weihnachtlichen Blumenstrauß aus Christrosen, Tannenzweigen und Lilien.

»Was haltet ihr davon, wenn ich euch zuerst eure Räume zeige, dann könnt ihr euch frisch machen von der Reise. Nicht, dass ihr beiden das nötig hättet. Aber euch bleibt nicht mehr viel Zeit, bis die ersten Gäste kommen«, holte mich Alex' Mutter aus meinen Beobachtungen.

»Die ersten Gäste?« Ich warf Alex einen fragenden Blick zu. Bisher war nie die Rede von einem Empfang oder Ähnlichem gewesen.

»Ähm, Mum, was meinst du? Ich dachte, wir feiern Weihnachten in gemütlicher Runde.« Alex sah ernsthaft überrascht aus. Zumindest hatte er mich nicht angelogen.

»Darling, wenn mein einziger Sohn zu Weihnachten mit seiner

Verlobten zu uns kommt, dann ist das ein Grund zum Feiern. Noch dazu bist du der neue Verlagsleiter der *Herway*. Das sind schon zwei Gründe.« Eve Godfrey strahlte ihren Sohn an. »Deshalb habe ich mir erlaubt, ein paar Freunde und Familie zu einem gemütlichen Abend einzuladen.«

»Ohne das mit mir vorher abzusprechen.« Alex funkelte seine Mutter an. »Du weißt selbst am besten, dass noch nichts entschieden ist.«

»Darling, du bist hier mit dieser bezaubernden Frau an deiner Seite. Was sollte da schon schiefgehen?« Alex' Mum blinzelte irritiert.

»Deine Mutter plant seit Tagen für den heutigen Abend. Verdirb ihr bitte nicht den Spaß. Du weißt, wie sehr sie Partys und Empfänge liebt. Was hast du erwartet?« Howard Godfrey hatte die Hand auf die Schulter seines Sohnes gelegt. »Zieh nicht so ein Gesicht und mach deiner Mutter die Freude.« Sein Blick wanderte zu mir. »Wir haben allen Grund, stolz zu sein.«

In meinem Kopf tobte ein Wirbelsturm. Nicht nur, dass ich vor seinen Eltern die Verlobte spielen musste, wie es sich anhörte, vor der ganzen High Society.

Verdammt. Das lief mal wieder überhaupt nicht nach Plan. Alex konnte ich keinen Vorwurf machen, da er anscheinend auch nichts von der Überraschung seiner Mutter gewusst hatte.

»So.« Eve wedelte mit der Hand über unseren Köpfen, als versuchte sie, etwas wegzuwischen. »In diesem Raum hängt mir viel zu viel schlechtes Karma. Howard, erinnere mich bitte daran, ein paar Duftkerzen aufzustellen, um die Luft zu reinigen.«

»Natürlich, Eve.« Alex' Vater drückte seiner Frau einen sanften Kuss auf die Stirn.

»Danke, mein Lieber.« Eve Godfrey wandte sich uns zu. »Ich zeige euch als Erstes eure Zimmer.«

Zimmer klang zumindest schon mal gut. Meine Hoffnung stieg, dass ich die Nacht alleine in einem Bett verbringen konnte. Es ging doch nichts über den Anstand und die Sitte der gehobenen Gesellschaft.

»Da wir einige Übernachtungsgäste haben, habe ich euch im Cottage untergebracht.«

»Im Cottage?« Dem Blick nach zu urteilen, mit der Alex seine Mutter ansah, war er nicht sonderlich begeistert.

»Ja, da seid ihr ganz für euch und könnt tun und lassen, was ihr möchtet. Eigentlich müsstest du jubeln. Thomas hat euer Gepäck bereits dorthin gebracht.«

»Mum, wirklich.« Alex klang verärgert.

»Was denn, Darling?« Dem Tonfall nach war es beschlossene Sache. Eve Godfrey machte auf mich den Eindruck einer Frau, die genau wusste, was sie wollte, und dies auch gnadenlos durchsetzte.

»Nichts«, murmelte Alex, der offenbar zu der gleichen Erkenntnis gekommen war. Erst jetzt bemerkte ich die Angestellten, die im Nachbarzimmer hin und her flitzten.

Eve gab ihrem Mann einen flüchtigen Kuss. »Wir sehen uns gleich im Salon.«

»Bis gleich, Sweetheart.« Die Augen von Alex' Vater ruhten liebevoll auf seiner Frau. Die Verbundenheit zwischen den beiden war förmlich spürbar. Zusammen bildeten sie ein äußerst attraktives Paar.

Alex hatte die Statur seines Vaters geerbt und auch die Farbe seiner Augen. Die hohen Wangenknochen, die gerade Nase, der geschwungene Mund waren definitiv ein Erbe seiner Mutter, der er wie aus dem Gesicht geschnitten war.

»Husch, Darlings. Wir haben nicht mehr viel Zeit«, forderte Eve uns auf, ihr zu folgen. »Die ersten Gäste dürften bereits in einer halben Stunde eintreffen. Es gibt einen kleinen Empfang im Salon und anschließend ein gemeinsames Abendessen. Danach gibt es eine Überraschung, die noch nicht verraten wird. Aber ich kann euch jetzt schon versprechen, es wird großartig.«

»Nicht noch mehr Überraschungen«, sagte Alex stöhnend.

»Das ist doch eigentlich mein Satz«, flüsterte ich ihm zu, was er mit einem kurzen Augenbrauenzucken quittierte.

»Ach, jetzt stell dich nicht so an. Wir wollen doch etwas Eindruck machen auf unser neues Familienmitglied«, erwiderte Eve.

»Das ist wirklich nicht nötig«, entgegnete ich hastig. »Ich fühle mich auch so sehr willkommen.«

»Darling, das ist lieb von dir.« Eve legte ihre Hand auf meine Schulter. Dabei war sie sanft wie ein Vögelchen, das sich auf einen Fenstersims setzte. »Wenn du wüsstest, wie lange wir auf dich gewartet haben, könntest du meine Freude verstehen.«

Alex verrollte die Augen. Unwillkürlich musste ich grinsen.

Eve Godfrey war definitiv ein bisschen durchgeknallt, aber auf eine sympathische Art, auch wenn es mir überhaupt nicht gefiel, derart im Mittelpunkt zu stehen.

»Mrs Godfrey.« Eine rundliche Frau war wie aus dem Nichts aufgetaucht und musterte uns interessiert. Ihre Wangen waren gerötet, ob vor Anstrengung oder Aufregung vermochte ich nicht zu sagen. Sie trug einen einfachen Baumwollrock und dazu einen dünnen dunkelblauen Rollkragenpullover, dessen Ärmel hochgeschoben waren. Um ihre Hüften hatte sie eine hellblaue Schürze gewickelt. Die Füße steckten in bequemen Halbschuhen. Ihre braunen Haare waren von silbergrauen Strähnen durchzogen und zu einem Knoten am Hinterkopf zusammengefasst. Unter ihren Augen bildeten sich unzählige Knitterfältchen, wenn sie lächelte. Ich schätzte die Frau auf Anfang sechzig.

»Iris!« Mit wenigen Schritten war Alex bei ihr und schlang seine Arme um die Taille der Unbekannten und wirbelte sie einmal um die eigene Achse. »Wie schön, dich zu sehen.«

»Alexander James …« Iris trommelte gespielt gegen Alexʼ Brust. »… du lässt mich sofort runter oder ich muss dir die Ohren lang ziehen.«

»Du siehst fantastisch aus«, sagte Alex lächelnd.

»Ach, du alter Charmeur. Glaub bloß nicht, dass du mich mit deinen Komplimenten um den Finger wickeln kannst so wie früher.« Ihre Augen straften sie Lügen. »Und wer ist die junge Dame an deiner Seite?«

»Iris, darf ich dir vorstellen, das ist Violet, meine Verlobte.« Vorsichtig setzte er die Frau ab. »Violet, das ist Iris Mckennar, unsere Haushälterin und mein großes Vorbild in der Küche.«

»Ich habe schon gehört, dass Sie diejenige sind, die dafür verantwortlich ist, dass Alex so gut kochen kann.« Ich reichte ihr die Hand. »Freut mich, dass wir uns endlich kennenlernen.«

»Das kann ich nur zurückgeben. Als ich erfahren habe, dass unser Alex seine Verlobte nach Hause bringt, konnte ich es gar nicht glauben.« Sie wischte sich die Handflächen an ihrer Schürze ab und schlug ein. »Aber jetzt, wo ich Sie gesehen habe, weiß ich, warum.« Sie schnalzte anerkennend mit der Zunge. »Herzlich willkommen in Willow Weed House.«

»Danke, Mrs Mckennar. Das ist total lieb von Ihnen.«

»Wenn du mich allerdings noch einmal wie eine Fremde ansprichst, dann muss ich gegebenenfalls meine Meinung revidieren. Einfach nur Iris, bitte. Das sagen hier alle aus der Familie.« Sie zwinkerte mir vergnügt zu.

»Das möchte ich auf keinen Fall. Also danke, Iris.«

»Ist in der Küche so weit alles in Ordnung?«, erkundigte sich Eve.

»Alles bestens. Die Gäste können kommen.« Iris streckte den Daumen in die Höhe. »Und damit es so bleibt, gehe ich wieder zurück in die Küche. Die jungen Dinger sind einfach nicht belastbar.« Mit diesen Worten rauschte sie genauso schnell wieder davon, wie sie gekommen war.

»Wen meint Iris?«, erkundigte sich Alex.

»Ach, wir haben eine Aushilfe eingestellt, die ihr ab und zu zur Hand gehen soll. Aber du kennst Iris. Hilfe annehmen bedeutet Schwäche zeigen«, erklärte Eve. »Aber sie wird auch nicht jünger wie wir alle und manchmal wird es einfach ein bisschen viel. Vor allem an Tagen wie heute.« Eve setzte sich in Bewegung. »Wie war eure Anreise? Der Wetterdienst hat heftige Schneefälle vorhergesagt.«

»Bei uns lief alles reibungslos«, kam mir Alex zuvor. »Wir hatten keine Probleme. Es war sogar so ruhig, dass Violet neben mir geschlafen hat.«

»Aber nur weil ich weiß, was für ein guter Fahrer du bist«, lobte ich ihn, ganz die stolze Verlobte spielend. Wobei die Aussage nicht gelogen war. Alex war tatsächlich ein guter Fahrer und ich hatte mich sicher neben ihm gefühlt. Etwas, das man nicht bei jedem Mann behaupten konnte. Wie oft hatte ich schon neben irgendwelchen Kerlen gesessen, deren Auto eine Art Schwanzverlängerung dargestellt hatte und die auch genauso fuhren.

»Danke für das Kompliment, das kenne ich gar nicht von dir«, witzelte Alex und seine Mundwinkel zuckten.

»Gewöhn dich lieber nicht daran. Denn sobald wir wieder in London sind, ist es vorbei«, flüsterte ich ihm mit einem breiten Grinsen zu, sodass uns Eve nicht hören konnte.

»Das dachte ich mir schon.« Sein warmer Atem streifte meine Wange und sorgte dafür, dass meine Haut zu prickeln begann. »Aber so lange wir hier sind, werde ich es genießen und so tun, als ob es wahr ist.«

Verwundert schaute ich zu ihm hoch. Aber außer einem breiten Lächeln konnte ich nichts entdecken, was darauf hindeutete, dass er es ernst gemeint hatte.

»Hier ist übrigens die Küche.« Alex deutete auf eine offen stehende Tür zu unserer Rechten. »Das ist ganz allein Iris' Reich. Nicht einmal Mum traut sich da ungefragt hinein.«

»Darling, das stimmt doch gar nicht.« Eve blieb stehen. »Ich möchte Iris einfach das Gefühl geben, dass sie die Chefin in der Küche ist.«

»Das hast du geschickt umschrieben. Aber Fakt ist, alle haben Angst vor Iris«, sagte Alex schmunzelnd.

Ich runzelte die Stirn. »So streng wirkt sie gar nicht.«

»Schlimmer als des Tigers Zahn ist die Frau in ihrem Wahn. Wenn es um ihre Küche geht, versteht Iris keinen Spaß. Aber keine Angst, dich scheint sie zu mögen.«

»Puh, da habe ich ja noch mal Glück gehabt.« Ich wischte mir den imaginären Schweiß von der Stirn.

Wir hatten das Ende des Ganges erreicht.

»Das war früher ein Cottage für die Dienstboten. Aber seit wir es nicht mehr brauchen, steht es für Besucher zur Verfügung«, erklärte Alex' Mutter und drückte die schwere Holztür auf. »Ich dachte mir, für euch zwei Turteltäubchen ist es dort netter, als sich die Zimmer mit Onkel Carl und den anderen Gästen zu teilen.«

»Ja, toll«, murmelte ich. Das Letzte, was ich wollte, war ungestört mit Alex zu sein. »Tatataaa. Euer kleines Reich und manchmal auch mein Rückzugsort. Aber ich überlasse es euch wirklich gern.« Eve schmunzelte wissend.

Na toll, sowohl meine als auch Alex' Familie dachte, dass wir den ganzen Tag Sex miteinander hatten oder zumindest daran dachten. Wobei, so ganz falsch lagen sie damit nicht. Zumindest von meiner Seite aus. Jedes Mal, wenn ich mit Alex allein war, konnte ich an nichts anderes denken.

Nur noch vierundzwanzig Stunden. Nur noch vierundzwanzig Stunden. Nur noch vierundzwanzig Stunden. Ich wiederholte die

Worte, als ob es sich dabei um ein Mantra handeln würde. Dann würden wir wieder Social-Media-Agentin und Verlagsleiter sein.

»Violet, kommst du?« Alex winkte mir zu.

»Natürlich, Schatz.« Mit klopfendem Herzen trat ich ein.

»O mein Gott.« Fassungslos blieb ich stehen. Als Alex' Mutter von einem Dienstboten-Cottage gesprochen hatte, hatte ich ein kleines Häuschen erwartet, das mit dem Notwendigsten ausgestattet war. Aber nie im Leben hatte ich mit diesem verzauberten Ort gerechnet.

Das Innere des Cottage war etwas größer als unser Wohnzimmer in London und durch einen schmalen Gang in zwei Räume geteilt.

Links befand sich eine Küche, die gerade so groß war, dass man sich zu zweit darin aufhalten konnte, ohne sich gegenseitig auf die Füße zu treten. Rechts war das Wohnzimmer, dessen Mittelpunkt der große Kamin mit der Sitzecke davor bildete.

Die Wände im Cottage waren weiß getüncht bis auf den Teil, in den man den Kamin eingelassen hatte. Schwarze Rußspuren waren auf den blanken Steinen zu erkennen.

Die Decke war gerade so hoch, dass ein Mann von Alex' Größe bequem darin stehen konnte, und von hellbraunen Stützbalken durchzogen. Der Boden im Eingangsbereich war mit groben Steinplatten bedeckt und ging im Wohnzimmer in einen Teppichboden über. Wahrscheinlich, damit die Bewohner im Winter keine kalten Füße bekamen. Auch in der Küche hatte man einen Sisalteppich auf den Boden gelegt. Vor den Fenstern hingen weiße Spitzenvorhänge, die so dünn waren, dass man durch sie nach draußen in den Garten schauen konnte.

Das Mobiliar war ein wilder Mix aus Antiquitäten und plüschigen Bezügen. Trotzdem oder vielleicht gerade deshalb wirkte der Raum ultragemütlich. Am liebsten hätte ich alle Klamotten von mir geworfen und mich in Jogginghose und Sweatshirt mit einem guten Buch vor den Kamin gesetzt. Aber daraus würde nichts werden. Ich war schließlich in einer Mission hier und die ließ keine Pausen zu.

Ein altes Holzregal mit unzähligen Büchern darin bedeckte die große Wand im Wohnzimmer. Vor dem Kamin entdeckte ich einen Schürhaken und einen Korb, in dem frische Holzscheite lagerten.

»Gefällt es dir?«, wandte sich Eve direkt an mich.

»Ob es mir gefällt?« Ich klatschte begeistert in die Hände. »Es ist absolut zauberhaft. Am liebsten würde ich hier einziehen.«

»Das freut mich zu hören. Alex ist da anderer Ansicht«, erwiderte Eve. »Aber jetzt habe ich endlich eine Verbündete in der Familie.« Sie beugte sich vor und gab mir einen Kuss auf die Wange. Sofort hatte ich eine zarte Mischung aus Jasmin und Patschuli in der Nase, die von Eve stammte. »Falls ihr etwas brauchen solltet, könnt ihr einfach in der Küche Bescheid sagen. Iris bringt es euch sofort.«

»Das wird nicht nötig sein«, lehnte Alex ab.

»Wie dem auch sei. Wasser, Wein, Whiskey und Cognac findet ihr in der kleinen Bar neben dem Sofa. Im Kühlschrank sind ein paar Kleinigkeiten, falls euch ein plötzlicher Hunger überfällt.« Sie ging zur Tür. Kurz bevor sie sie erreicht hatte, blieb sie stehen. »Ich erwarte euch in einer halben Stunde im Salon, um unsere Gäste zu begrüßen.«

»Wann kommt eigentlich Granny?«, wollte Alex wissen.

»Mit ihrem Cousin in einer halben Stunde«, erwiderte Alexʻ Mutter. »Bis gleich und macht euch ein bisschen nett zurecht.«

Einmal mehr bestätigte seine Mutter meine Vermutung, dass ein gewisser Dresscode erwartet wurde.

Mit einem leisen Klick fiel die Tür ins Schloss und wir waren allein.

»Puh, das lief doch schon mal ganz gut«, meinte Alex, als sich die Schritte langsam im Flur entfernten.

»Findest du?«, entgegnete ich spitz.

»Na ja, wenn man mal von der Tatsache absieht, dass meine Eltern einen Empfang geplant haben, ohne uns davon zu informieren, und dem Umstand, dass wir nicht im Haupthaus schliefen, sondern ins Cottage abgeschoben wurden, eigentlich schon. Zumindest haben sie uns die Nummer des verliebten Pärchens dank deines Kusses abgekauft.«

»Das freut mich zu hören.« Suchend sah ich mich um. »Hast du eine Ahnung, wo unser Gepäck ist? Deine Mutter sagte doch, dass man es aufs Zimmer bringt.«

Mit einer Kopfbewegung deutete Alex zu der kleinen Treppe seitlich des Eingangs. »Das dürfte oben im Schlafzimmer sein.«

»Okay, dann gehe ich mich mal umziehen.« Ich deutete mit der Hand auf die Treppe.

»Geh ruhig allein. Ich warte unten, bis du fertig bist.«

»Einverstanden.« Gespannt, was mich oben erwarten würde, ging ich die schmale Steintreppe hoch. Jemand hatte einen rotgrau gestreiften Teppichläufer darauf befestigt. Die Stufen führten direkt in das Schlafzimmer. Für einen Moment blieb ich stehen, um mir einen Überblick zu verschaffen.

Der Raum hatte die Größe einer Schuhschachtel – zugegebenermaßen einer gemütlichen Schuhschachtel. Zur Rechten bedeckte ein Bücherregal die komplette Seitenwand, in dem ein bunter Mix aus moderner und klassischer Literatur stand. Auf der gegenüberliegenden Seite stand eine Kommode aus dunklem Wurzelholz, über der ein Spiegel angebracht war. Jemand hatte eine Vase mit frischen Tannenzweigen und einer Amaryllis dekorativ dort platziert. Der weiß gestrichene Kleiderschrank war gerade mal so groß, dass der Inhalt meiner Reisetasche hineinpasste. Oben drauf lagen alte Hutschachteln mit floralen Mustern. Links neben dem Bett befand sich der Kamin, auf dessen Sims mehrere Fotos in goldenen

Rahmen standen. Das schwarze Kamingitter sah äußerst dekorativ aus und war auch durchaus sinnvoll, da zwischen Bett und Kamin nicht mehr als ein Meter Abstand lag.

Ich schluckte bei dem Anblick des schmalen Bettes. Selbst für ein liebendes Paar wäre das Bett eine Herausforderung, aber für zwei Menschen, die alles taten, nur um sich nicht zu berühren, war es ein Witz.

Verdammt. Wie sollte ich nur die Nacht in diesem Ding zusammen mit Alex verbringen.

Aber das war nicht meine größte Sorge. Zumindest nicht im Moment.

Jetzt musste ich erst einmal ein Outfit finden, das den Ansprüchen seiner Mutter standhielt. Denn auch wenn ich es ungern zugab, wollte ich, dass er stolz auf mich – seine Fake-Verlobte – war.

Mit drei Schritten hatte ich das Schlafzimmer bis zum Bett durchquert. Tatsächlich lag meine Reisetasche sorgfältig abgestellt auf einer kniehohen Bank, die vor dem Fußende aufgebaut war.

Mit einem leisen Schnurren sprang der Reißverschluss auf. Als Erstes holte ich den Kulturbeutel heraus, gefolgt von meinen Klamotten. Vorsichtig breitete ich alles auf dem Bett aus.

Eigentlich hatte ich eine lange schwarze Hose anziehen wollen und dazu einen leichten Pullover. Aber das fiel flach. Wahrscheinlich kamen die meisten Gäste im Cocktailkleid.

Ich nahm die letzten Teile aus der Tasche, die Florence dort sorgfältig gefaltet hineingelegt hatte.

Ein dunkelgrüner Satinrock und eine schwarze Bluse und dazu ein schwarzer geflochtener Gürtel. Ein Lächeln breitete sich auf meinem Gesicht aus. Auf meine Freundinnen war eben Verlass. Zusammen mit den Slingpumps würde ich zumindest nicht unangenehm auffallen.

Mein Blick wanderte zu der schmalen Tür. Dahinter musste sich das Badezimmer verbergen.

Entschlossen hängte ich die Teile auf einen der Bügel an den Schrank, damit die Knitterfalten verschwanden. Gut gelaunt trat ich ins Bad.

Wumm. Leider hatte ich die Türhöhe falsch berechnet und stieß mit dem Kopf gegen den gemauerten Rahmen.

»Mist!«, fluchte ich laut.

»Alles okay da oben?«, hörte ich Alex von unten rufen.

»Ja, alles prima. Ich habe mir nur den Kopf an dem Türrahmen gestoßen.« Fluchend rieb ich mit der Hand über die schmerzende Stelle. Zumindest würde die Beule nicht im sichtbaren Bereich liegen.

»Das kenne ich. Du musst vorsichtig sein, hinter der Tür kommt ein kleiner Rahmen, an dem man sich stoßen kann.«

»Was du nicht sagst.« Schimpfend schloss ich die Tür hinter mir und verharrte einen Moment. Das Bad war noch kleiner, als ich erwartet hatte. Genau genommen hatte es die Größe einer Abstellkammer, die man verzweifelt unter die Dachschräge gebaut hatte, um so jeden Millimeter an Platz auszunutzen. Der Boden war, völlig untypisch für die heutige Zeit, mit Holzdielen überzogen, die man weiß lasiert hatte. In der Mitte vor dem Waschbecken lag ein hellblauer Teppich. Unter dem Fenster in der Dachschräge hatte man einen kleinen Absatz gebaut, auf dem eine blecherne Badewanne stand, wie man sie aus alten Cowboy-Filmen kannte. Längs davon hatte man eine schmale weiße Kommode an die Wand gequetscht, in der ich die Handtücher und das Badzubehör vermutete. Ansonsten gab es noch einen Spiegel oberhalb des Waschbeckens.

»Wie eine Puppenstube«, murmelte ich zu mir selbst. Mein Blick fiel erneut auf die Wanne, an der eine Stange mit einem Duschkopf und ein Vorhang befestigt waren.

Nach der Fahrt würde eine Erfrischung guttun, um den Kopf klar und meine blubbernden Hormone in den Griff zu bekommen.

Kurz entschlossen zog ich die Klamotten aus und stellte das Wasser an. Es war kühl und ich fröstelte, als ich über den Wannenrand stieg. Zumindest der Duschstrahl war kräftig und angenehm warm. Genießerisch schloss ich für einen Moment die Augen, um die Wärme auf meiner Haut zu genießen. Herrlich.

Unwillkürlich musste ich an Alex denken, der unten im Wohnzimmer saß und wartete.

Verdammt, nicht einmal unter der Dusche hatte ich meine Ruhe vor ihm. Der Mann hatte sich in meine Festplatte gefressen und nun wurde ich ihn nicht mehr los. Das war, wie an den rosa Elefanten zu denken. Je mehr man es auszublenden versuchte, umso schlimmer wurde es und der rosa Elefant war überall – Alex war mein rosa Elefant.

Hastig stellte ich das Wasser ab und schob den Vorhang zurück. Das Handtuch hatte ich auf den Stuhl neben dem Waschbecken gelegt. Summend wickelte ich es mir um die Brust, dabei warf ich einen kurzen Blick aus dem Fenster. Vor mir breitete sich eine tief verschneite Gartenlandschaft aus mit großen Bäumen und dichten Büschen. Ganz in der Ferne waren ein Teich und eine Art Labyrinth zu erkennen. Dahinter erhoben sich die sanft geschwungenen Hügel von Yorkshire. Die Dämmerung hatte bereits eingesetzt und es würde nicht lange dauern, bis es dunkel war. Ich hatte den Gedanken noch nicht zu Ende gedacht, als die Tür vom Badezimmer aufgerissen wurde und Alex im Raum stand.

»Hey, was soll das?«, rief ich.

»Ich habe dich ein paarmal gerufen, und als ich keine Antwort bekommen habe, dachte ich mir, ich schaue mal nach.« Seine Augen scannten mein Gesicht. Erst jetzt wurde ich mir meiner Nacktheit bewusst. Unauffällig zupfte ich am Handtuch über meiner Brust.

»Du hättest trotzdem klopfen können.«

»Das habe ich, aber du hast nicht geantwortet«, erklärte er. Unsere Augen verhakten sich ineinander. Ich schluckte, als ich die Lust darin sah.

»Danke, mir geht es gut und jetzt husch.« Hektisch wedelte ich mit der Hand in der Luft.

»Husch?« Er lachte. Dabei machte er keine Anstalten, den Raum zu verlassen. Seine Augen glitten begehrlich über mich hinweg. »Du bist wunderschön.«

»Es ist niemand hier, der dich hören könnte, also spar dir deine Komplimente.« Tatsächlich flatterten die Schmetterlinge angesichts seiner Worte in meinem Bauch aufgeregt herum.

»Du bist hier. Das sollte eigentlich genügen.« Mit einem Schritt war er bei mir. »Ich meine es ernst. Du bist wunderschön. Alles an dir.« Sein warmer Atem streifte meine Haut. Eine kleine Bewegung und unsere Zehenspitzen würden sich berühren.

Was passierte hier gerade? Hatte er sich entschlossen, mich zu verführen, jetzt, wo er sich auf sicherem elterlichen Terrain befand, oder meinte er es wirklich ernst? Ich schüttelte unwillkürlich den Kopf. Alexander James Godfrey war mein Boss. Eine Affäre zwischen uns war undenkbar. Wie sollte ich meinen Kollegen in die Augen schauen? In Gedanken konnte ich schon sehen, wie man mit dem Finger auf mich zeigen und hinter meinem Rücken tuscheln würde. Nein, sobald wir wieder in London waren, musste unser Verhältnis wieder rein dienstlich sein und das war nur möglich, wenn ich einen kühlen Kopf behielt.

Ehe ich antworten konnte, wandte er sich mit einem Ruck von mir ab und eilte aus dem Zimmer. Als die Tür ins Schloss fiel, atmete ich erleichtert aus. Es hätte nicht viel gefehlt und ich hätte ihn gebeten, mich zu küssen. *Scheiß Hormone.*

❄ ❄ ❄

Als ich zurück ins Schlafzimmer kam, war Alex verschwunden. Aus dem Wohnzimmer drang leise Musik zu mir. Wie es sich anhörte, hatte er es sich unten gemütlich gemacht.

Nachdenklich nahm ich die Klamotten vom Bügel und zog mich an.

Einmal mehr war ich froh, dass ich Florence mit dem Packen meiner Sachen beauftragt hatte. Niemand sonst hätte daran gedacht, mir Seidenstrümpfe und ein Set Unterwäsche einzupacken. Lächelnd betrachtete ich die Geschenke meiner Freundinnen, die ich ebenfalls dort hinein gelegt hatte. Florence hatte mir meinen Lieblingsduft geschenkt und von Laurie hatte ich eine Wärmflasche bekommen mit der Aufschrift *Love rules – nur die Liebe zählt.* Ich würde sie später anrufen und mich dafür bedanken und gleichzeitig ein Update der aktuellen Lage geben.

Vorsichtig zog ich den schwarzen Spitzen-Slip und den passenden BH dazu an. Laurie hatte mich zum Kauf des sündhaft teuren Ensembles überredet. Sie war der Ansicht, dass man sich als Frau anders bewegte, wenn man sexy Unterwäsche trug. Und sie hatte recht behalten. Es war ein deutlich anderes Körpergefühl, als in ausgeleierten Slips herumzulaufen, wie ich es sonst immer tat. Auf eine subtile Art fühlte ich mich begehrenswert.

Nachdem ich damit fertig war, streifte ich mir die halterlosen Strümpfe über die Beine, gefolgt von dem dunkelgrünen Satinrock und der schwarzen Seidenbluse.

Als Schuhe hatte ich die schwarzen Slingpumps gewählt.

Zufrieden betrachtete ich mich im Spiegel. Der tiefe Ausschnitt meiner Bluse gab gerade so viel preis, dass es nicht ordinär wirkte. Der weich fallende Rock schmeichelte meiner Figur und ließ meine Beine schlanker und länger erscheinen, als sie waren. Meine

Haare hatte ich zu einem lockeren Knoten am Hinterkopf zusammengeschlungen. Dazu hatte ich als Accessoire schlichte goldene Creolen gewählt, die mir Mum zu meinem Geburtstag geschenkt hatte. Was meine Familie wohl gerade tat? Wahrscheinlich saßen alle zusammen am Esstisch und verspeisten die Ente, die Dad wie jedes Jahr gekauft hatte und die so etwas wie Tradition in unserer Familie war. An diesem Abend war Dad der Chef in der Küche und Mum saß draußen bei den Gästen.

»Gut siehst du aus, Baby«, murmelte ich meinem Spiegelbild grinsend zu.

»Hast du etwas gesagt?«, kam es prompt von unten hoch. Irritiert sah ich mich um, ob er irgendwo eine Kamera versteckt hatte.

»Nein.« Ich schnappte mir meine Clutch und ging die Treppe nach unten.

Als ich das Wohnzimmer betrat, saß Alex in dem Sessel vor dem Kamin und hatte ein Glas in der Hand, in dem sich eine goldbraune Flüssigkeit befand.

»Oh, wie ich sehe, hast du schon ohne mich angefangen zu feiern.« Ich blieb stehen.

»Möchtest du auch einen Schluck?« Mit wenigen Schritten war er bei mir und stellte sich dicht zu mir. Eine falsche Bewegung und unsere Körper würden sich berühren. Instinktiv hielt ich die Luft an, als seine Augen in fast quälender Langsamkeit über mich hinwegglitten. »Hier.« Sein Duft wehte zu mir rüber, als er den Arm hob, um mir das Glas zu reichen. Er roch herrlich nach Hölzern und frisch gemähtem Gras.

»Danke. Ich habe irgendwie das Gefühl, dass ich etwas Stärkung gebrauchen kann«, erwiderte ich lächelnd. Vorsichtig setzte ich das Glas an den Mund und nahm einen Schluck. Sofort hatte ich den rauchigen Geschmack des Whiskeys auf der Zunge, auf den sich die typische Schärfe des Alkohols legte.

Alex' Augen ruhten auf mir. Er selbst hatte sich ebenfalls umgezogen. Ich hatte ihn zwar schon in einem Anzug gesehen, aber noch nie in seinem Festtagsanzug.

Der nachtblaue Stoff saß wie maßgeschneidert, was er wahrscheinlich auch war. Das Jackett spannte leicht über seinen breiten Schultern und die Hose saß perfekt auf seinen schmalen Hüften. Dazu hatte er ein weißes Hemd angezogen. Schuhe und Gürtel waren aus einem braunen Leder. Auf eine Krawatte hatte er verzichtet, was dem Ganzen einen lässigen Look gab. Eins musste man ihm lassen – der Mann war eine Augenweide, egal was er anhatte. Aber in diesem Anzug sah er einfach umwerfend aus. Sofort gingen meine Hormone in den Jubelstatus über, was zur Folge hatte, dass ich weiche Knie bekam.

»Ich würde sagen, wir beide sind ein ziemlich hübsches Paar«, lautete sein abschließendes Urteil. »Man könnte meinen, wir hätten uns abgesprochen.«

»Du hast recht, unsere Outfits passen perfekt«, stimmte ich ihm zu.

»Endlich hast du es mal zugegeben.« Alex' Mundwinkel kräuselten sich.

»Was meinst du?«

»Dass ich recht habe«, gab er lachend zurück.

»Man muss seine Geschäftspartner doch bei Laune halten«, erwiderte ich.

Alex sah mich mit einem intensiven Blick an. »Du siehst mich also als Geschäftspartner?«

»Das bist du doch auch.« Ein ziemlich sexy Geschäftspartner, aber das behielt ich für mich. »Und noch dazu bist du mein Boss.«

»Mhm.« Er strich sich mit der Hand über das Kinn. Das Feuer knisterte leise, begleitet von den sanften Klängen von Rod Stewarts Stimme, die einen alten Weihnachtssong zum Besten gab. Ich hatte das Lied schon immer gemocht. Mum und ich hatten es oft zusammen in der Küche beim Keksebacken gesungen.

Unbewusst bewegte ich mich zum Rhythmus der Musik.

»Hey, Princess.« Mit einer sanften Bewegung hatte er mich zu sich gezogen und wiegte mich zur Musik. »Wie wäre es mit einem Tanz vor dem Ball?« Seine Augen versenkten sich auf mein Gesicht.

»Dagegen wäre nichts einzuwenden«, hauchte ich. Zu mehr war ich nicht fähig. Mein ganzer Körper vibrierte in seinen Armen und mein Verstand hatte beschlossen, auf Tauchstation zu gehen und mich meinem Schicksal zu überlassen.

Ich kuschelte mich an ihn. Gott, das fühlte sich so gut an und dazu dieser Duft. Irgendwo hatte ich mal gelesen, dass die Pheromone angeblich daran schuld waren, welchen Mann eine Frau als attraktiv empfand. Also, wenn das stimmte, dann hatte Alex gerade eine volle Ladung an mich abgegeben. Mit perfektem Taktgefühl bewegte er unsere Körper zur Musik. Seine Hand lag heiß auf meinem Rücken, während er mich sicher durch den Raum führte.

Für einen winzigen Moment erlaubte ich es mir, die Augen zu schließen und mich ganz unserem Tanz hinzugeben. Raum und Zeit schienen außer Kraft gesetzt und es gab nur noch uns beide und die Musik. Ich hätte ewig so weitertanzen können.

Leider war das Lied zu Ende.

Blinzelnd öffnete ich die Augen und blickte geradewegs in Alex' Gesicht.

Sekundenlang sagte keiner von uns beiden ein Wort, noch gefangen von dem Augenblick.

Küss mich, war alles, was ich denken konnte. *Küss mich.*

Wie in Zeitlupe näherte sich sein Gesicht meinem. Instinktiv hielt ich die Luft an. Sein warmer Atem streifte meine Wange und zauberte ein wohliges Kribbeln auf meine Haut.

Verdammt. Ich war verknallt. Die Erkenntnis traf mich wie ein Schlag. Meine Beine drohten nachzugeben und hätte mich Alex nicht in seinen Armen gehalten, ich wäre gestürzt.

In diesem Moment flog die Tür auf und ein Mann stand im Raum. Ich blinzelte verwirrt. In meinem Kopf herrschte absolute Leere und in meinen Ohren rauschte das Blut. Frodo, der entspannt vor dem Kamin gelegen hatte, fing laut an zu bellen.

»Onkel Carl?« Alex runzelte verärgert die Stirn. Sein Arm zog sich noch fester um meine Taille. »Was ist los? Gibt es einen Grund, dass du einfach so hereinplatzt, ohne zu klopfen?«

Alex gab Frodo ein Zeichen, still zu sein.

Erst jetzt erkannte ich Catherines Bruder. Er sah deutlich besser aus als bei seinem Besuch im Verlag. Sein grauer Bart war frisch gestutzt und die vollen Deckhaare waren mit Wachs zurückgekämmt. Die tiefen Schatten unter seinen Augen waren verschwunden und sein Blick war wacher. Er trug einen anthrazitfarbenen Anzug mit passender Weste und darunter ein dunkelblaues Hemd mit Krawatte. Das schwarze Lackleder auf seinen Schuhen glänzte, wie es nur bei neuen Schuhen der Fall war.

»Deine Mutter hat mich geschickt. Ich soll dich und deine Verlobte ...« Carl musterte mich mit unverhohlener Neugier. »Aber wenn ich schon hier bin und euch in dieser vertrauten Zweisamkeit treffe, kann ich mich auch gleich mal offiziell bei deiner Verlobten vorstellen. Carl William Bancroft. Sehr erfreut, dich kennenzulernen«, begrüßte er mich formvollendet. Mit ein paar Schritten war er bei uns. Zögerlich ließ Alex meine Hand los, damit ich sie seinem Onkel reichen konnte.

»Es freut mich sehr, dich endlich persönlich kennenzulernen. Violet Lancaster«, begrüßte ich ihn mit geschäftlicher Freundlichkeit. Offensichtlich erinnerte er sich nicht an mich.

Er stutzte. »Haben wir uns nicht schon mal getroffen?«

Wie es aussah, hatte ich mich getäuscht. »Ich habe für deine Schwester gearbeitet.«

»Violet ist die Social-Media-Agentin der *Herway*«, kam Alex mir zu Hilfe.

»Verstehe. Ich dachte gleich, dass mir Ihr Gesicht irgendwie bekannt vorkommt. Catherine hat in den höchsten Tönen von Ihnen gesprochen.« Ein dunkler Schatten hatte sich auf sein Gesicht gelegt. »Die arme Catherine.«

»Ja, mein herzliches Beileid.«

»Danke. Ein schrecklicher Unfall.« Er strich sich mit der Hand über seinen Bart. »Ich wünschte, ich hätte sie noch einmal gesprochen. Aber dafür ist es jetzt zu spät.« Bedauern hatte sich auf sein Gesicht gelegt.

Keiner von uns sagte ein Wort. Ich wusste, dass Alex der Tod seiner Tante tief getroffen hatte, auch wenn er es nicht nach außen zeigte. Instinktiv drückte ich seine Hand fester, um ihm zu zeigen, dass ich bei ihm war.

»Ich bin mir sicher, dass Catherine es nicht gefallen würde, wenn wir die Freude an diesem schönen Abend durch traurige Gedanken trüben würden«, durchbrach Alex' Onkel das Schweigen. »Deine Mutter hat sich wieder einmal so viel Mühe gegeben, dass wir sie nicht länger warten lassen sollten. Sie brennt förmlich darauf, dich, liebe Violet, allen Gästen vorstellen zu dürfen.«

Sofort schaltete mein Puls einen Gang höher.

»Du hast recht«, stimmt Alex ihm zu. »Tante Catherine wäre die Letzte gewesen, die eine Party ausgelassen hätte.«

Wir setzten uns in Bewegung. Alex hatte beschlossen, Frodo im Cottage zu lassen.

»Wie lange bleibt ihr?«, wollte Alex' Onkel wissen. Leise fiel die Tür hinter uns ins Schloss.

»Wir fahren morgen früh zurück nach London. Violet ist mit ihren Freundinnen verabredet«, erklärte Alex.

»Wie bedauerlich. Ich dachte eigentlich, dass wir deinen Geburtstag zusammen feiern.«

Mit einem Ruck fuhr ich herum. »Du hast morgen Geburtstag?« Im selben Moment wusste ich, dass es ein Fehler gewesen war.

»Liebling, aber das habe ich dir doch erzählt«, sagte Alex mit weicher Stimme.

»Aber. O nein ...« Ich schwieg betroffen. Mein Herz raste angesichts der brisanten Situation.

Alex lachte. »Violet ist ziemlich vergesslich, was Geburtstage angeht. Sie hat sogar den Geburtstag ihrer Mutter vergessen.« Er beugte sich zu mir und gab mir einen zärtlichen Kuss auf die Stirn. »Keine Sorge, Darling, du bist Geschenk genug für mich.«

Der Mistkerl. Einfach seinen Geburtstag zu verschweigen. Ich würde ein Hühnchen mit ihm rupfen, wenn wir allein waren. Jetzt musste ich allerdings erst einmal ein gerades Gesicht bewahren.

Carls Augen ruhten auf mir. Zweifel stand darin geschrieben.

»Ja, ähm. Ich bin schrecklich, was Daten angeht«, stotterte ich.

»Erstaunlich für eine Social-Media-Agentin«, brummte Carl.

»Ja, ich weiß.« Ich machte ein reumütiges Gesicht. »Deshalb habe ich mir angewöhnt, alles in meinen Terminkalender einzutragen.«

Wir hatten den Salon erreicht. Unwillkürlich blieb ich stehen. Das Gemurmel von Stimmen war zu hören, begleitet vom Scheppern aus der Küche. Offensichtlich waren die ersten Gäste bereits eingetroffen.

Ich nahm einen tiefen Atemzug, dabei spürte ich die Blicke von Alex' Onkel auf mir ruhen.

»Keine Angst, die werden dich schon nicht fressen.« Er lächelte mir aufmunternd zu. »Ich überlasse euch ab jetzt eurem Schicksal. Bis später.« Ohne unsere Antwort abzuwarten, eilte er davon.

Mit klopfendem Herzen schaute ich ihm hinterher, bis er außer Hörweite war.

»Warum hast du mir nicht erzählt, dass du morgen Geburtstag hast?«, flüsterte ich aufgeregt. »Das hätte echt schiefgehen können.«

Alex zuckte schuldbewusst mit den Schultern. »Ich wollte nicht, dass du dir deswegen Gedanken machst. Schließlich fahren wir morgen wieder zurück nach London.«

»Trotzdem hättest du es mir sagen müssen. So habe ich wie ein Depp vor deinem Onkel dagestanden.« Es ärgerte mich, dass er einen wichtigen Punkt wie seinen Geburtstag ausgelassen hatte. Ich hätte ihm zumindest eine Kleinigkeit besorgt. Nun würde ich morgen mit leeren Händen vor ihm stehen. »Ich hoffe, dein Onkel hat uns die Nummer mit meiner Vergesslichkeit geglaubt.«

»Na klar. Du hast doch gesehen, wie er reagiert hat. Wahrscheinlich hat er es schon wieder vergessen.«

»Dein Wort in Gottes Ohr.« Missmutig setzte ich mich wieder in Bewegung. Ich dachte daran, wie Carl sich während unseres Gesprächs verhalten hatte. Ich hatte einen verbitterten Mann erwartet, stattdessen hatte er sich als freundlich und aufgeschlossen präsentiert. »Täusche ich mich oder war dein Onkel anders als sonst?«

»Nein, ich habe ihn auch noch nie so entspannt erlebt«, bestätigte Alex meine Wahrnehmung. »Ehrlich gesagt hatte ich erwartet, dass er uns gegenüber deutlich skeptischer sein würde.«

»Umso besser. Jetzt hoffe ich nur, dass der Rest der Familie genauso denkt.«

»Mach dir keine Sorgen. Niemand wird merken, dass wir kein Paar sind. Bleib einfach an meiner Seite und sei du selbst. Dann wird alles gut.« Er zog mich so dicht an sich, dass ich fast keine Luft bekam. Ich ließ es geschehen, denn auf eine eigenartige Weise fühlte ich mich sicher in seinen Armen wie noch nie bei einem Mann zuvor. Trotzdem verletzte es mich, dass er uns als Geschäftspartner bezeichnet hatte, was natürlich albern war. Denn letztendlich waren wir genau das.

Ich nahm einen tiefen Atemzug, dann traten wir ein.

22. Violet

Und das nennt deine Mum eine kleine Party«, raunte ich angesichts der vielen Menschen, die sich in der kurzen Zeit hier eingefunden hatten. Überall standen kleine Grüppchen von Gästen zusammen und unterhielten sich angeregt. Im Hintergrund dudelte Weihnachtsmusik, begleitet vom leisen Klirren der Gläser. Die Frauen trugen, wie bereits vermutet, festliche Cocktailkleider in gedeckten Farben und die Männer schicke Anzüge mit Krawatten oder Fliegen dazu. Einmal mehr dankte ich Florence für ihr gutes Händchen bei der Auswahl meiner Klamotten.

»Yep. Mum lebt in Superlativen. Wobei es schon besser geworden ist, seit sie Yoga praktiziert.« Alex grinste mich schief an und die Schmetterlinge in meinem Bauch flatterten nervös.

Neugierig schaute ich mich um.

Der Salon war genauso, wie ich es mir immer vorgestellt hatte. Die hohen Wände waren mit leuchtend weinroten Tapeten überzogen, deren Farbe sich auf den Bezügen der Sessel wiederfand, die dekorativ vor dem Kamin aufgestellt waren. Wie in den übrigen Räumen hatte man auch hier ein Feuer entzündet, das seine Wärme in die Umgebung abgab.

Kostbare Teppiche bedeckten den Holzboden und schluckten

jedes Geräusch. Von der Decke hing ein schwerer Kristalllüster, in dem sich das Licht tausendfach brach. Ölbilder von Menschen aus den vergangenen Jahrhunderten waren dekorativ in goldenen Rahmen an der Wand angebracht. Ein riesiges Bücherregal mit Büchern in Ledereinbänden rundete das Gesamtbild ab.

Alex' Eltern standen, umringt von Freunden, ein paar Meter von uns entfernt und unterhielten sich angeregt. Alex' Mutter sah einfach atemberaubend aus in ihrer langen schwarzen Hose und der schwarzen Bluse. Alex' Vater hatte sich ebenfalls umgezogen und in einen Anzug geworfen, der seine durchaus sportliche Figur betonte. Bisher hatten uns die beiden noch nicht entdeckt.

Zwei junge Frauen in schwarzen Kleidern und weißen Schürzen um die Hüften gebunden, schlängelten sich jeweils mit einem voll beladenen Tablett durch die Reihen der Gäste.

Alex gab einer der Angestellten ein Zeichen. Sofort eilte diese auf uns zu.

Perfekt. Das war genau das, was ich jetzt brauchte. Wer wusste schon, was mich heute Abend noch so erwartete.

»Darf ich Ihnen etwas zu trinken anbieten? Wir haben Champagner oder einen Marteani. Sie können selbstverständlich auch etwas ohne Alkohol bekommen.« Die junge Frau musterte uns interessiert.

»Entschuldigen Sie, aber was ist ein Marteani?«, fragte ich, den Kopf leicht schräg gelegt, um einen besseren Blick auf die Gläser zu haben, in denen sich eine orangefarbene trübe Flüssigkeit mit einem Schaumdeckel befand. Abgerundet wurde der Drink durch eine schlichte Zitronenscheibe, die auf dem Schaum lag, was immer das war.

»Das ist ein Earl-Grey-Martini mit Cointreau, Wodka und Earl-Grey-Tee.«

»Das klingt genau nach meinem Getränk«, erwiderte ich

lächelnd. Wenn ich den Abend überstehen wollte, brauchte ich Alkohol. Am besten intravenös.

»Das Gleiche nehme ich auch.« Alex schenkte der Bedienung ein Lächeln zum Steinerweichen.

»Gerne, Sir. Eine gute Wahl«, lispelte die Frau sichtlich angetan und reichte Alex den Drink mit einem Augenaufschlag, der hollywoodreif war. Ich bekam mein Glas, ohne dass sie auch nur mit der Wimper zuckte. Fehlte nur noch, dass sie ihm ihre Adresse zusteckte. Eins war klar, die Frau später an Alex' Seite musste Nerven wie Drahtseile haben.

»Auf die schönste Frau des Abends.« Ohne die Bedienung weiter zu beachten, wandte sich Alex mir zu. Seine Augen senkten sich auf mein Gesicht. Sofort spürte ich ein Kribbeln am ganzen Körper. »Cheers.«

»Cheers.« Klirrend stießen unsere Gläser aneinander.

Vorsichtig nahm ich einen Schluck. Unmittelbar hatte ich den zarten, blumigen Geschmack des Earl Grey auf der Zunge, der sich mit der süßlichen Note des Cointreaus und dem von Zitrone mischte.

»Mmh. Der ist wirklich köstlich. Wie ein beschwipster Tee«, lautete mein abschließendes Urteil. Wie zum Beweis nahm ich noch einen Schluck. »Daran könnte ich mich echt gewöhnen.«

»Ich an deiner Stelle wäre lieber vorsichtig. Der Drink hat es in sich«, warnte er mich.

»Dann ist das genau mein Getränk für heute Abend.« Ich nippte erneut an meinem Glas. Als ich wieder aufblicke, hatte ich das Gefühl, in die blauen Seen seiner Augen gezogen zu werden.

Verdammt. Ich war verloren. Die Erkenntnis hatte mich vorhin wie ein Blitz getroffen und noch immer weigerte sich mein Verstand, die Tatsache zu akzeptieren.

»Du hast da was«, sagte Alex mit rauer Stimme. Sein Blick war zu meinem Mund gewandert.

»Wo? Was?« Mit der Zungenspitze fuhr ich mir über die Oberlippe.

»Warte.« Ehe ich es verhindern konnte, streckte er die Hand aus und strich mir mit dem Daumen über die Unterlippe. Wie elektrisiert blieb ich stehen, unfähig, mich auch nur einen Millimeter zu bewegen. »Jetzt ist der Schaum weg.« Seine Augen zogen mich fast magisch an.

»Super.« Ich schluckte nervös.

Reiß dich zusammen. Du benimmst dich wie ein liebeskranker Teenager. Das ist dein Boss.

»Du spielst die Rolle der Verlobten übrigens perfekt«, raunte er mir passenderweise zu.

»Freut mich. Das Kompliment kann ich nur zurückgeben.« Ich leerte mein Glas mit einem Schluck.

»Kein Wunder. Bei dieser Begleitung fällt es mir auch nicht schwer.«

Einmal mehr machte er deutlich, dass alles nur ein Spiel für ihn war.

Die Bedienung kam vorbei.

»Sie schickt der Himmel.« Lächelnd nahm ich mir ein volles Glas und überreichte ihr mein leeres. Alex' Augenbraue schnellte belustigt nach oben. Immer mehr Gäste strömten in den Salon.

»Sind das alles Freunde deiner Eltern?«, fragte ich Alex.

»Der Großteil schon. Es sind auch ein, zwei entfernte Verwandte mit dabei. Wie es aussieht, hat Mum tiefer in die Trickkiste gegriffen, dass alle an Weihnachten kommen.«

»Ich dachte ja immer, dass meine Eltern scharf darauf sind, mich unter die Haube zu bringen, aber wenn ich das hier sehe …« Ich machte eine ausladende Handbewegung. »… sind die beiden ja Waisenkinder dagegen.«

»Da siehst du mal, welchem Druck ich ausgesetzt bin.« Er grinste schief.

»Du armes Ding, du.« Ich schürzte die Lippen. »Eine Tüte Mitleid für den kleinen Alex.«

»Mach dich nur lustig. Allerdings habe ich auch nicht damit gerechnet, dass Mum einen derartigen Aufwand betreiben würde«, gestand er. Das schlechte Gewissen war ihm förmlich anzusehen.

»Ach, komm schon. Irgendwie ist es auch süß.« Ich gab ihm einen sanften Stoß in die Seite.

»Süß ist anders.« Sein Blick blieb an mir hängen.

»Alex. Violet«, ertönte die rauchige Stimme von Alex' Mutter in diesem Moment über die Köpfe der Gäste hinweg zu uns.

»Es geht los.« Alex zwinkerte mir zu.

Zielsicher steuerte Eve Godfrey mit ihrem Mann im Schlepptau auf uns zu.

»Da seid ihr ja. Ich hatte schon Angst, ihr kommt nicht.« Ihre Augen glitten prüfend über uns hinweg.

»Deshalb hast du sicherheitshalber Carl geschickt, um uns zu holen«, erwiderte Alex alles andere als begeistert.

»Ich dachte, das wäre eine gute Gelegenheit, damit er Violet kennenlernt. Je früher er akzeptiert, dass der Verlag tabu für ihn ist, umso schneller ist die Sache vom Tisch.«

»Du hättest mich ruhig vorwarnen können.«

»Das nächste Mal, Darling.« Eves Blick fiel auf unsere Gläser. »Wie ich sehe, haben wir, was die Getränke anbelangt, den gleichen Geschmack.«

»Ich muss gestehen, ich kannte Marteani nicht. Aber es schmeckt wirklich hervorragend.« Wie zum Beweis nahm ich noch einen Schluck.

»Das freut mich.« Eve strahlte mich an. »Hat dir Alex schon ein paar unserer Gäste vorgestellt?«

»Bisher noch nicht«, gestand ich.

»Dann wird es unbedingt Zeit, dass wir dieses Versäumnis

nachholen«, erklärte sie mit ernster Miene. »Howard, würdest du bitte eine kurze Ansprache halten.«

»Ähm, ja, selbstverständlich, Liebes.« Alex' Vater räusperte sich.

»Dad, das ist wirklich nicht nötig«, bat Alex.

»Aber natürlich«, widersprach Eve Godfrey, was zu erwarten gewesen war.

»Schämst du dich gar nicht«, ertönte eine glockenklare Frauenstimme hinter uns. »Hierherzukommen, ohne deiner Großmutter guten Tag zu sagen.«

Überrascht drehte ich mich um. Eine üppige ältere Frau nahm direkten Kurs auf uns. Sie trug ein auffälliges rotes Kostüm und dazu schwarze Pumps. Auf ihrem Kopf saß ein keckes Hütchen mit einem Tannenbaum als Dekoration darauf. Mit dem Outfit hätte sie locker zu einem weihnachtlichen Besuch im Königshaus antreten können. Wie es aussah, war nicht nur meine Familie exzentrisch, wenn es um Weihnachten ging. Alex' Großmutter war mir auf Anhieb sympathisch.

»Granny!« Ein Lächeln breitete sich über Alex' Gesicht aus.

»Na, mein Junge.« Die ältere Frau kniff ihm unverfroren in die Wange. »Was muss ich da hören? Du hast dich einfach verlobt, ohne mir vorher Bescheid zu geben.« Sie warf einen strengen Blick in meine Richtung. Unbewusst nahm ich Haltung an und ließ die Hand mit dem Glas sinken.

»Entschuldige bitte, Granny.« Alex nahm die faltige Hand seiner Großmutter und hauchte einen Kuss darauf. »Aber ich wollte dich überraschen.«

»Das ist dir gelungen. Würdest du mir die bezaubernde junge Frau an deiner Seite endlich vorstellen.« Die Augen der älteren Dame ruhten wohlwollend auf mir.

»Das ist Violet Lancaster, meine Verlobte.« Er zog mich fast besitzergreifend an sich. Wenn ich es nicht besser gewusst hätte, ich hätte ihm die Rolle des stolzen Verlobten glatt abgekauft. Dabei hatte er noch vor ein paar Minuten eindeutig klargemacht, dass wir nur *Partner in Crime* – Komplizen waren.

»Hallo, Mrs Godfrey.« Fast war ich angesichts der Persönlichkeit, die von ihr ausging, einen Knicks zu machen. »Alex hat schon viel von Ihnen erzählt.«

»Ich hoffe, nur Gutes.« Sie zwinkerte mir zu.

»Absolut. Ich glaube, Sie haben einen großen Fan in ihrem Enkel«, erwiderte ich lächelnd.

»Und er in mir.« Ihre graublauen Augen lächelten vergnügt.

»Dann sind wir schon zu zweit«, rutschte es mir heraus.

»Das freut mich zu hören«, flüsterte Alex mir zu.

Ich wollte gerade antworten, als Eve mehrfach mit einer Gabel gegen das Glas in ihrer Hand klopfte.

Sofort verstummten die Gespräche im Raum. Alle Augen waren auf uns gerichtet. Unbewusst kuschelte ich mich dichter an Alex.

Alex' Vater räusperte sich. »Liebe Freunde, liebe Familie, es ist schön, an Weihnachten so viele vertraute Gesichter zu sehen. Danke, dass ihr alle der Einladung meiner lieben Frau gefolgt seid, um mit uns zu feiern. Wie Eve auf der Karte schon angedeutet hat, handelt es sich um keine gewöhnliche Weihnachtsfeier. Deshalb war es uns auch wichtig, euch alle hier bei uns zu haben, um dieses besondere Ereignis mit euch zu teilen …«

Der Mann war ein geborener Redner. Je länger er dort stand, umso flüssiger und lockerer wurden seine Bewegungen.

Ich warf Alex einen kurzen Seitenblick zu. Er hatte seinen Arm um mich gelegt und lauschte andächtig den Worten seines Vaters. Keine Spur von Aufregung in seinem Gesicht. Ganz im Gegensatz zu mir. Meine Wangen fühlten sich an, als würde ein Flächenbrand darauf wüten, und mein Herz raste.

»Ich bitte Alexander und seine Begleiterin vorzutreten.«

Er machte eine Pause und winkte uns zu sich. Mein Puls schaltete einen Gang höher. Ich wäre mit Sicherheit gestolpert, wenn mich Alex' Arme nicht fest umschlossen gehalten hätten.

»Eve und ich freuen uns, die Verlobung unseres Sohnes Alexander mit Miss Violet Lancaster bekanntgeben zu dürfen.«

Für einen Moment herrschte atemlose Stille im Salon, dann brach lauter Jubel los.

Alex' Vater hob die Hand und die Menge verstummte.

»Bitte erhebt eure Gläser mit uns, damit wir auf das junge Glück anstoßen können.« Alle Gäste folgten seiner Aufforderung. »Auf Alexander und Violet. Mögen sie genauso glücklich werden wie Eve und ich.«

»Auf Alexander und Violet«, ertönte es aus unzähligen Kehlen.

Ich stürzte den Inhalt meines Glases runter. Als Alex davon gesprochen hatte, mich als seine Verlobte auszugeben, hatte ich nicht mit diesen Ausmaßen gerechnet. In meinem Kopf drehte sich alles, meine Beine fühlten sich an, als wären sie mit Pudding gefüllt, und der Boden unter meinen Füßen schwankte.

Verdammt. Das war einfach zu viel.

Lauter unbekannte Gesichter stürmten auf uns zu, um uns zu beglückwünschen. Dazwischen standen Alex' Eltern wie die Zeremonienmeister bei einer königlichen Hochzeit.

»Alles Liebe für euch beide«, säuselte eine grauhaarige Dame mit knallroten Lippen in einem schwarzen Cocktailkleid. »Meine Güte, ich erinnere mich noch, wie du als kleiner Hosenscheißer die Rabatten in Camillas Garten ausgerissen hast.« Sie kicherte. »Und jetzt bist du so ein prächtiger Mann mit einer reizenden Frau an deiner Seite.«

Am liebsten hätte ich gesagt, dass das Wort *reizend* vielleicht nicht unbedingt auf mich zutraf, aber angesichts der puren Begeisterung meines Gegenübers blieb ich standhaft und lächelte stattdessen.

»Danke, Tante Caroline. Da ist total lieb von dir.« Alex umarmte die ältere Frau herzlich.

»Ihr müsst mich unbedingt besuchen, wenn ihr in Highgrove seid. Versprochen?« Sie tätschelte Alex' Wange, als wäre er noch ein Kind.

»Das machen wir. Aber jetzt müssen wir erst einmal die anderen Gäste begrüßen«, verabschiedete Alex seine Tante.

»Du hast also Königin Camillas Blumenbeet zerstört. Du schlimmer Junge, du«, flüsterte ich ihm grinsend zu.

»Wenn du wüsstest.« Alex' Augen suchten meine. Wie auf Kommando hoben die Schmetterlinge in meinem Bauch wieder zum Höhenflug an.

»Du machst mich neugierig.« Ich schenkte ihm einen zweideutigen Blick. Der Alkohol machte sich bemerkbar und ich fühlte mich herrlich leicht und beschwingt.

»Mein Junge.« Ein untersetzter Mann mit Glatze hatte sich vor uns aufgebaut. »Lass dich umarmen.«

»Onkel Herbert. Wie schön dich zu sehen.« Alex klopfte seinem Onkel freundschaftlich auf die Schulter. »Wie geht es Lizzie und Charles?«

»Prima. Prima. Lizzie ist das zweite Mal Mutter geworden und geht ganz in ihrer Rolle auf und Charles ist erfolgreicher Scheidungsanwalt in London.« Er zwinkerte Alex verschwörerisch zu. »Aber davon seid ihr beiden ja zum Glück weit entfernt.«

»Das will ich doch hoffen. Außerdem habe ich mir immer geschworen, nur die Frau zu heiraten, von der ich weiß, dass ich auch richtig schlechte Zeiten gut mit ihr verbringen kann.« Ob bewusst oder unbewusst zog er mich dichter an sich heran. Erstaunt über seine Worte sah ich zu ihm hoch. Unsere Blicke trafen sich. Alles, was ich in seinen Augen sah, war pure Zärtlichkeit, die daraus sprach und mir fast den Atem raubte.

»Meine Liebe«, riss mich eine Frau mittleren Alters aus meinen Gedanken. »Sie müssen mir unbedingt verraten, wo Sie zum Friseur gehen. Ihre Haare sind einfach bezaubernd.«

Fast hätte ich laut gelacht.

»Das ist das *Hairleluja* in London. Ein winzig kleiner Laden in Soho«, erzählte ich freimütig.

»Vielen Dank und Ihnen beiden viel Glück.« Die Frau verschwand wieder in der Menge.

»Na, wie geht es dir?«, flüsterte Alex mir ins Ohr.

»So weit gut. Ein bisschen überwältigt von allem hier.« Ich machte eine ausladende Handbewegung.

»Mach es wie die Pinguine«, raunte Alex.

»Pinguine?« Ich runzelte die Stirn.

»Aus dem Film Madagaskar. Immer wenn es brenzlig wird, lautet deren Motto: smile and wave – lächele und winke.«

Ich prustete laut los. »Das klingt eher wie ein Ausschnitt aus dem Leben der Queen. Du siehst Zeichentrickfilme?«

Alex zuckte gleichgültig mit den Schultern. »Ich habe eben auch meine schwachen Momente.«

»Da wäre ich gern dabei«, rutschte es mir einfach raus.

»Lieber nicht. Das würde das ganze Bild von mir kaputt machen«, kam es genauso spontan zurück.

»Keine Sorge. Spätestens, wenn wir Montag jeder in deinem Büro sitzen und du wieder mein Boss bist, besteht eh keine Gefahr mehr«, sagte ich leichthin.

»Ja, da hast du wohl recht.« Das Lächeln war aus seinem Gesicht verschwunden und die Stimmung zwischen uns hatte sich schlagartig geändert.

23. Alex

Mein Blick wanderte unauffällig zu Violet, die sich gerade angeregt mit ihrem Tischnachbarn unterhielt. Ein Cousin entfernten Grades, der Violet offensichtlich verfallen war, denn seine Augen klebten förmlich an ihr und er las ihr die Worte von den Lippen ab.

»Du musst uns unbedingt mal in London besuchen«, hörte ich sie sagen. Sehr zur Freude ihres Nachbarn. »Meine Freundin Florence wäre begeistert.«

»Dann haben wir einen Deal«, entgegnete mein Cousin und seinem Gesicht nach zu urteilen, plante er bereits den Trip nach London. Es gefiel mir nicht, dass andere Männer Violet gut fanden, was natürlich Blödsinn war, denn schließlich waren wir kein Paar und ich hatte keinerlei Anspruch auf diese Frau.

»Cheers«, prostete sie ihm zu. Obwohl sie den ganzen Abend nicht von meiner Seite gewichen und die Rolle der Verlobten fast bis zur Perfektion gespielt hatte, hatte sie mich beim Essen ein paarmal mit diesem eigenartigen Blick angesehen, der mir bisher nicht aufgefallen war. Erstaunen. Panik. Zärtlichkeit. Eine wilde Mischung aus Emotionen, die so gar nicht zu der selbstsicheren Frau passten, die sie nach außen widerspiegelte. Welche war die echte Violet und welche war nur eine Illusion?

Als ob sie mich gehört hatte, drehte sie den Kopf in meine Richtung. »Sag mal, ist dir auch so warm oder bin nur ich das?«

»Das könnte an deinem heißen Sitznachbarn liegen«, rutschte es mir heraus.

»Du bist wohl eifersüchtig.« Ihre Augen blitzten vergnügt.

»Vielleicht ein bisschen. Schließlich bist du meine Verlobte«, erwiderte ich scherzhaft. Allerdings steckte auch ein gutes Stück Wahrheit darin, aber das durfte sie nicht wissen.

»Da müssen wir unbedingt Abhilfe schaffen«, säuselte sie und schenkte mir einen Augenaufschlag, der mein Herz ins Stolpern brachte.

»Da bin ich ganz deiner Meinung. Komm, ich muss dir etwas zeigen.« Ehe sie antworten konnte, hatte ich mir ihre Hand geschnappt.

»Jetzt? Aber was ist mit deinen Eltern und der Party?« Violet war aufgestanden und folgte mir nach draußen in Richtung Flur.

»Vergiss sie.« Ich musste weg. Weg von den vielen Menschen. Weg von der Realität. Ich wollte mit Violet allein sein.

»Wohin gehen wir?«

»Lass dich überraschen.«

»Bitte nicht. Mein Bedarf an Überraschungen ist wahrlich gedeckt.« Ihr Lächeln strafte sie Lügen.

»Diese hier wird dir gefallen.«

»Das behaupten alle Menschen, die sich eine Überraschung aus-gedacht haben.« Dabei funkelten ihre Augen im Licht wie flüssiger Honig, in den kleine goldene Punkte gefallen waren. Ihre Wangen waren gerötet, ob vor Aufregung oder vom Alkohol, vermochte ich nicht zu sagen. Die langen Haare schimmerten wie die Blätter im Herbst. Braun, rot, golden. Ihr voller Mund lächelte fast unentwegt.

Violet Lancaster war definitiv die schönste Frau des Abends, wobei sie sich dessen nicht bewusst war. Die natürliche Grazie, mit der sie sich bewegte, ihr glockenhelles Lachen und ihre Art, lebhaft zu erzählen, stellte alle anderen Frauen in den Schatten.

Bisher hatte sie sich mit Bravour geschlagen. Die Antworten auf die gestellten Fragen kamen ihr leicht über die Lippen und es hatte keinen Moment gegeben, in dem man an der Echtheit unserer Beziehung hätte zweifeln können. Im Gegenteil.

Während sie sprach, kuschelte sie sich an mich oder legte wie zufällig den Kopf auf meine Schulter. Beim Essen hatte sie mir verliebte Blicke zugeworfen, die selbst mich glauben ließen, dass sie in mich verliebt war. Und genau das war das Problem. Den ganzen Abend hatte ich an nichts anderes denken können, als sie zu küssen.

»Was hältst du von ein bisschen frischer Luft?«, fragte ich sie auf dem Weg nach draußen.

»Kannst du Gedanken lesen?«

»Ich wünschte, ich könnte es.« Tatsächlich war Violet nach wie vor ein Rätsel für mich.

Sie blieb stehen. »Aber wird man uns nicht vermissen? Immerhin veranstalten deine Eltern die Party nur für dich.«

»Und dich. Außerdem auch ein bisschen für Mum, die solche Partys liebt«, korrigierte ich sie. »Nein, werden sie nicht. Die sind so mit sich beschäftigt, das fällt gar nicht weiter auf.« Wir hatten den Flur erreicht.

»Violet. Alex«, ertönte Mums Stimme.

Shit. Shit. Shit.

»Hören wir Mummy rufen oder ignorieren wir sie?«, fragte Violet mit verschmitztem Gesichtsausdruck.

»Ignorieren.« Entschlossen zog ich sie weiter in Richtung Ausgang. Alles, was ich wollte, war mit Violet allein zu sein. Aus der Küche war lautes Klappern zu hören. Wahrscheinlich waren Iris und die

Angestellten damit beschäftigt, das schmutzige Geschirr zu reinigen und aufzuräumen.

»Hier entlang.« Ich führte sie durch den schmalen Gang zum hinteren Teil des Hauses, wo sich unser Cottage befand. »Ich glaube, es schneit noch immer. Wir sollten uns lieber warm anziehen.«

»Gute Idee«, sagte Violet außer Atem.

»Ich komme mir ein bisschen wie ein kleiner Junge vor, der vor seiner Mutter wegläuft«, gestand ich ihr lachend.

»Der Eindruck täuscht nicht.« Violets Mundwinkel zuckten verdächtig.

Wir hatten den Eingang zum Cottage erreicht, wo jemand, ich vermutete Iris, unsere Mäntel sorgfältig an der Garderobe aufgehängt hatte.

»Ich ziehe mir nur schnell ein Paar Stiefel an«, teilte Violet mir mit.

»Alles klar. Ich warte hier.«

Lächelnd sah ich der schlanken Gestalt hinterher, wie sie die schmale Treppe zum Schlafzimmer hochging.

»Bin gleich fertig«, ertönte ihre Stimme von oben. »Zwei Minuten.« Es polterte erneut.

»Keine Sorge, ich laufe nicht weg.«

»Das sagen alle Männer und dann gehen sie Zigaretten holen und kommen nicht wieder«, kam es prompt zurück.

Unwillkürlich musste ich über ihren Humor lächeln.

»Keine Angst. Ich rauche nicht.«

Es polterte und Violet kam die Treppe runtergelaufen. Sie hatte ihren Rock gegen schwarze Jeans eingetauscht und sich dicke Winterstiefel und ihre Mütze angezogen.

»Fertig!« Sie wedelte mit einem Paar Handschuhe. »Florence hat sogar daran gedacht.«

»Florence hat deinen Koffer gepackt?« Ich runzelte die Stirn.

»Lange Geschichte, kurz erzählt: Ich hatte verschlafen und meine beiden Freundinnen haben mir geholfen, damit ich noch rechtzeitig fertig war. Sonst hätten wir es niemals pünktlich zu meinen Eltern geschafft. Florence ist die Modeexpertin unter uns, also war sie für die Klamotten zuständig. Laurie hat sich um den Rest gekümmert.«

»Und was hast du gemacht?«

»Geduscht.« Lächelnd kam sie auf mich zu.

Am liebsten hätte ich sie in meine Arme genommen und sie geküsst. Aber dann hätte ich unsere Abmachung gebrochen, also verzichtete ich schweren Herzens darauf.

»Das klingt nach einer fairen Arbeitsaufteilung.« Schmunzelnd bot ich ihr meinen Arm. Ohne zu zögern, hakte sie sich bei mir ein.

»Das Dienstboten-Cottage hat einen großen Vorteil ...« Ich deutete auf die schmale Holztür, die etwas verborgen neben der Treppe war.

»Und der wäre?« Sie legte den Kopf leicht schräg.

»Man hat von hier einen direkten Zugang in den Garten.«

»Was du so alles weißt.« Der Schalk blitzte ihr aus den Augen.

»Da gibt es noch viel mehr, und wenn du artig bist, verrate ich es dir vielleicht.«

»Blödmann. Ich lasse mich nicht erpressen. Meine Gran hat immer gesagt: Gute Mädchen kommen in den Himmel und böse Mädchen haben Spaß. Ich habe mich für Letzteres entschieden.«

»Das dachte ich mir.« Ich drehte den eisernen Schlüssel um und mit einem lauten Quietschen sprang die schwere Holztür auf.

»Klingt, als ob sie nicht allzu oft benutzt wird«, stellte Violet fest. Sie hatte ihre Haare geöffnet und die Mütze bis tief in die Stirn gezogen. Ihre Augen glänzten in freudiger Erwartung.

»Willkommen in unserem privaten Winterwonderland – Winterwunderland.«

Wir traten nach draußen. Schneeflocken wirbelten durch die Luft. Es war bis auf das Licht, das aus dem Cottage auf die Landschaft fiel, dunkel. Kein Laut war zu hören, nur das Rascheln der Äste, wenn eine Windböe daran rüttelte. Schnee so weit das Auge reichte. Die Grenzen zwischen Boden und Himmel waren verschwommen.

Ich war froh, dass ich warm angezogen war. Violet neben mir schien es genauso zu gehen, denn sie zog den Mantelkragen höher.

Der Garten sah aus, als hätte jemand eine blütenweiße Decke darübergelegt. Die Äste der Tannen hingen unter der ungewohnten Last des Schnees nach unten wie Schnurrbärte. Am auffälligsten jedoch war die Stille. Kein Vogelgezwitscher. Keine Motorengeräusche. Absolut nichts. Nur das Schlagen meines Herzens, das wie wild gegen die Brust hämmerte.

»Es schneit noch immer.« Pure Begeisterung sprach aus Violets Stimme.

»Ja, sieht ganz danach aus.«

Violet ließ meine Hand los und lief in den Garten. »Ich komme mir vor, als wäre ich in eine Schneekugel gehüpft!«, rief sie lachend.

Stumm betrachtete ich, wie sie die Arme ausbreitete, das Gesicht zum Himmel gerichtet, und die Flocken auf sich niederrieseln ließ. Ihre Mütze war nach hinten gerutscht und drohte jeden Moment zu Boden zu fallen. Schnell lief ich zu ihr.

»O mein Gott. Ist das schön!« Ihre Augen leuchteten selbst in der Dunkelheit wie Bernstein.

»Ja, das stimmt.« Ich konnte nicht anders, als sie anzustarren. Winzige Eiskristalle hatten sich auf ihre Wimpernspitzen gelegt. Ihr Mund war halb geöffnet und die freche Zungenspitze blitzte durch, als wollte sie mich locken.

»Ich habe noch nie so viel Schnee auf einmal gesehen.« Sie schien förmlich vor Lebensfreude zu sprühen. »Euer Haus sieht aus wie von einer Postkarte abfotografiert.«

Es war seit langer Zeit das erste Mal, dass ich das Landhaus meiner Eltern vom Garten aus betrachtete. Auf die grauen Schindeln hatte sich der Schnee wie eine Schutzschicht gelegt. Aus den Fenstern leuchtete das gelbe Licht der Lampen wie Katzenaugen und die Rosenbüsche sahen aus, als hätte sie jemand mit Sprühsahne überzogen.

»Ich weiß, was wir jetzt machen«, verkündete sie.

»Okay. Und das wäre?« Fragend sah ich sie an.

»Etwas, das ich das letzte Mal als kleines Mädchen gemacht habe.« Weiße Atemwölkchen hatten sich um ihren Mund gebildet und stiegen wie Rauchzeichen hoch in die Luft, wenn sie sprach. »Einen Schnee-Engel.«

Eine Schneewolke wurde aufgewirbelt und hüllte sie den Bruchteil einer Sekunde ein, als sie sich rücklings auf die weiße Flockendecke fallen ließ.

»Los, du auch!«, rief sie mir zu. »Einfach fallen lassen. Das ist wie in einem Rockkonzert, wenn der Star Crowdsurfing macht.«

Ich zögerte einen Moment.

»Du hast wohl Angst«, frohlockte sie aus dem Schnee.

»Also gut.« *Scheiß auf die teure Anzughose.* Ich holte tief Luft, dann ließ ich mich neben ihr in den Schnee fallen.

Flocken stoben auf, als ich neben Violet zum Liegen kam.

»Jetzt die Arme und Beine zur Seite bewegen so wie ich«, kommandierte sie. Ich drehte meinen Kopf zur Seite, sodass ich sie sehen konnte.

Ihr Gesicht strahlte, als hätte jemand einen Spot darauf gerichtet, während sie die Gliedmaßen gleichmäßig von oben nach unten bewegte und so den Schnee zur Seite schob.

Ich folgte ihrem Beispiel.

»Halt, und jetzt ganz vorsichtig aufstehen, damit du die Engel nicht kaputt machst«, wies mich Violet an.

Mit einem Satz kam ich auf den Füßen zum Stehen.

Violet startete ebenfalls einen Versuch, blieb aber liegen.

»O Gott, ich glaube, ich habe zu viel getrunken«, hörte ich sie kichern. »Ich schaffe es nicht.«

»Warte, ich helfe dir.« Ich streckte die Hand nach ihr aus. Mit einem Ruck hatte ich sie hochgezogen, sodass sie in meinen Armen landete.

»Hoppla.« Doch statt sich aus meiner Umarmung zu befreien, blieb sie regungslos stehen, den Kopf gegen meine Brust gelegt.

Vergessen waren die Kälte und der Schnee mit ihr in meinen Armen. Es fühlte sich so gut an. Ich spürte, wie sich ihr Brustkorb unter dem Mantel hob und senkte. Wie in Zeitlupe reckte sie den Kopf und ihre Augen nahmen mich gefangen.

»Alex.« Ihr warmer Atem streichelte mein Gesicht wie ein Samthandschuh. »Verdammt.« Ohne Vorankündigung stellte sie sich auf die Zehenspitzen und küsste mich. Als ihre Zunge meine Lippen durchstieß, gab ich einen überraschten Laut von mir.

Noch nie hatte mich eine Frau so fordernd geküsst wie Violet. Waren die ersten beiden Male von Zurückhaltung geprägt gewesen, so hatte dieser Kuss etwas Wildes, Ungezähmtes. Lust pur.

Unsere Zungen umspielten sich, gierig danach, den Geschmack des anderen aufzunehmen. Sie schmeckte so, wie ich sie in Erinnerung hatte, nur dass sich diesmal ein Hauch von Alkohol daruntermischte, was mich nicht weiter störte. Hauptsache, sie hörte nicht auf. Ihre Hände strichen sanft über mein Gesicht wie die Flügel eines Schmetterlings. Dort, wo sie mich berührte, hinterließ sie eine brennende Spur. Unsere Körper schmiegten sich instinktiv aneinander. Mein Schwanz pochte sehnsüchtig. Ich wollte diese Frau wie noch nie eine Frau zuvor. Alles an ihr.

In diesem Moment traf mich die Erkenntnis wie ein Blitz. Ich war in Violet Lancaster verliebt.

24. Violet

Ich wusste nicht, was mit mir los war, aber eins wusste ich genau – das war der beste Kuss meines Lebens. Hier inmitten der Schneelandschaft in den Armen von Alexander Godfrey.

Ich hätte noch ewig so weitermachen können. Aber leider tat mir Alex nicht den Gefallen. Wie aus dem Nichts zog er seinen Kopf plötzlich zurück und sah mich mit großen Augen an. Als ich die Lust darin sah, setzte mein Herz einen Schlag lang aus, um dann wie verrückt weiterzugaloppieren.

Ich war verloren und es war mir egal, was die Konsequenzen waren. Als ob er meine Gedanken lesen könnte, hob er mich hoch, bis ich in seinen Armen zum Liegen kam. Instinktiv kuschelte ich mich an ihn und schloss die Augen. Mit federnden Schritten durchquerte er den Garten bis zum Cottage. Alles, was ich wahrnahm, waren die winzigen Schneeflocken, die wie eisige Berührungen auf meinem Gesicht landeten, und das Schlagen seines Herzens an meinem Ohr. Seine Arme hielten mich so fest umschlossen, dass ich kaum atmen konnte. Eine Flut an Emotionen rauschte durch meinen Körper. Glück, Leidenschaft, Erregung und Angst mischten sich zu einem berauschenden wilden Cocktail, der jegliche Vernunft ausschaltete.

Die Tür fiel hinter uns ins Schloss und ich öffnete die Augen.

Wir waren im Wohnzimmer. Das Feuer prasselte leise im Hintergrund und es war unglaublich heiß.

Unsere Blicke fanden sich erneut.

»Du bringst mich um meinen Verstand«, krächzte Alex. Seine Augen schwebten über mir. Die dunklen Haare hingen wirr um seinen Kopf und winzige Tropfen regneten von den Spitzen auf mich herab. Sein Duft hüllte mich ein und fachte meine Lust an.

»Dann sind wir schon zu zweit.« Meine Stimme war kaum mehr als ein heiseres Flüstern. Seine Augen glänzten im Schein des Feuers.

Sekunden später senkte er seinen Mund auf meinen, als wollte er sich die Erlaubnis holen für das, was zweifellos folgen würde.

Es war unglaublich. Zärtlich und leidenschaftlich zugleich. Es war, als ob meine Sinne aus einem Winterschlaf erwacht waren. Noch nie hatte ich so intensiv geschmeckt und gespürt. Die Haut an meinem Körper prickelte und ich spürte, wie ich feucht wurde. Ich war kurz davor, einen Orgasmus zu bekommen. *Unglaublich.*

Sanft lösten sich seine Lippen von meinem Mund, um langsam meinen Hals nach unten zu wandern. Als er die kleine Kuhle zwischen Hals und Schultern erreicht hatte, vergrub er die Nase darin.

»Du riechst einfach wunderbar. Unschuldig und erotisch zugleich.«

Vorsichtig entließ er mich aus seinen Armen, bis meine Zehenspitzen den Boden berührten.

Seine Finger glitten über die zarte Haut meines Halses.

Unsere Münder fanden sich erneut. Gierig nahm ich seinen Geschmack in mich auf. Eine wilde Mischung aus Gin und einer Spur von Schokolade, die vom Nachtisch stammen musste.

Mein Unterleib zog sich lustvoll zusammen und ich gab ein leises Stöhnen von mir. Dieser Kuss war einfach unglaublich wie alle Küsse mit Alex.

Sein Mund löste sich von meinem und wanderte mit quälender Langsamkeit meinen Hals entlang, um an meinen Ohrläppchen zu saugen. Sein Zungenspiel brachte mich fast um den Verstand und meine Hormone endgültig zum Überlaufen.

Ich krallte meine Hand in seine wunderbaren weichen Haare und warf meinen Kopf in den Nacken, um seinen Künsten mehr Platz zu bieten.

»Gefällt es dir?«, hauchte seine Stimme an meinem Ohr.

Ich nickte. Zu mehr war ich in diesem Stadium nicht fähig. Alles in meinem Kopf drehte sich und Glückshormone schwemmten meinen Körper. All meine Bedenken waren vergessen. Es gab nur noch Alex und mich. Mir war heiß und am liebsten hätte ich mir die Klamotten vom Leib gerissen.

Als ob er meine Gedanken gehört hätte, fuhren seine Fingerspitzen über meinen Hals bis zu den Knöpfen meines Mantels. Völlig ohne Hast und mit geradezu quälender Langsamkeit öffnete er den Mantel, bis der schwere Stoff von meinen Schultern fiel. Ich schauderte trotz der Hitze.

Wieder senkte er seinen Mund auf meinen Hals, um dieses Mal tiefer nach unten zu wandern.

Stöhnend bäumte ich mich ihm entgegen, als er mit der Zungenspitze über die Halsbeuge leckte. Seine Hand glitt unter meinen Haaransatz, dort, wo die empfindliche Stelle im Nacken war, um sie mit dem Daumen kreisend zu massieren. Die andere Hand schob sich unter den Saum meiner Bluse.

Ich zitterte unter seinen Berührungen – voller Erregung.

Als ich die Augen wieder öffnete, hatte er seine Jacke ausgezogen und stand nur im Hemd vor mir.

»Du bist wunderschön.« Seine Augen glitten voller Bewunderung über mich hinweg, um auf meinen Brüsten hängen zu bleiben. Ohne den Blick von mir zu nehmen, strich er mit den Fingerspitzen entlang des Kragens, was dazu führte, dass sich eine Gänsehaut auf meinen Armen bildete. Jede Berührung von Alex löste winzige wohlige Schauer aus, die über meinen Körper wanderten.

Mit wenigen Bewegungen hatte er die Bluse geöffnet. Der seidige Stoff fiel auseinander und rutsche über meine Schultern nach unten zum Boden, wo er wie ein welkes Blatt liegen blieb. Nur mit BH, Hose und Stiefeln bekleidet stand ich vor ihm.

Alex trat einen Schritt zurück, genau so weit, dass er mich noch immer anfassen konnte. Seine Augen folgten seiner Hand, die von meinen Schultern runter zu den Rundungen meiner Brüste glitt. Seine Berührungen waren unfassbar zart und doch lösten sie bei mir einen Tsunami an Emotionen aus. Pure Lust und Verlangen.

Durch ihn ermutigt, machte ich mich an seinem Hemd zu schaffen. Meine Hand zitterte, als ich die Knöpfe zu öffnen versuchte. Endlich hatte ich es geschafft und Alex stand mit freiem Oberkörper vor mir. Der Schein des Feuers tanzte auf seiner Brust und zeichnete die feinen Linien seiner Muskeln optisch nach. Ich beugte mich vor und leckte über seine nackte Haut. Alex pur. Genüsslich fing ich an, mit der Zunge kleine Kreise um seine Brustwarze zu ziehen.

Ein leises Klicken verkündete, dass seine Hand den Verschluss meines BHs gefunden hatte. Meine Nippel richteten sich auf, als wollten sie ihn willkommen heißen.

Mit den Fingerspitzen fuhr er die Rundungen meiner Brüste nach. Unbewusst hielt ich die Luft an. O mein Gott, das war alles noch viel besser, als ich es mir ausgemalt hatte.

Als sein Mund meine Brustwarze umschloss und daran zu saugen begann, war es endgültig um mich geschehen. Es gab kein Zurück mehr. Ich stand wie unter Strom.

Hektisch versuchte ich, aus meinen Stiefeln zu schlüpfen. Leider war ich noch nie sonderlich geschickt in solchen Dingen gewesen.

Mit Schwung streifte ich den rechten Stiefel ab. Ein lautes Klirren ertönte.

»Shit.« Ein Blick genügte, um zu wissen, dass ich die Gläser vom Couchtisch gefegt hatte, die dort gestanden hatten.

Alex lachte heiser. »Lass lieber mich das machen, sonst ist die Wohnung ein Trümmerhaufen, bis du nackt bist.« Lächelnd ging er in die Knie, um mir den zweiten Stiefel auszuziehen. Als er damit fertig war, machte er sich am Reißverschluss meiner Hose zu schaffen. Sekunden später stand ich nur noch im Slip vor ihm.

Noch immer auf seinen Knien beugte er sich vor und fuhr mit dem Mund an der Innenseite meiner Schenkel entlang. Als seine Zunge unter den Saum meines Slips tauchte, schnappte ich nach Luft. Für einen Wimpernschlag hielt Alex inne. Unsere Blicke trafen sich. Eine Frage lag in seinen Augen.

»Hör nicht auf«, bat ich heiser.

Er nickte kaum merklich und ein Lächeln spielte um seinen Mund. Ohne zu zögern, schoben seine Fingern den Slip beiseite, um ihren Weg in meine feuchte Lust zu finden.

Ich stöhnte laut, dabei warf ich den Kopf in den Nacken. Meine Beine sackten weg und ich stützte mich mit den Händen auf seinen Schultern ab, um nicht zu stürzen.

Seine Zunge liebkoste meine pulsierende Mitte und steigerte meine Lust schier ins Unermessliche. Es hätte nicht viel gefehlt und ich wäre gekommen.

Energisch gebot ich ihm Einhalt, indem ich ihn zu mir hochzog. Unsre Lippen fanden sich. Während sich unsere Zungen umspielten, machte ich mich daran, seine Hose auszuziehen.

Bei dem Anblick der mächtigen Beule, die sich darunter abbildete, stieß ich einen bewunderten Pfiff aus. »Nicht schlecht.«

»Freut mich, dass es dir gefällt.« Ohne zu zögern, nahm er meine Hand und legte sie auf seine Körpermitte, sodass ich seinen harten

Schwanz unter dem Stoff spüren konnte. »Er hat schon Sehnsucht nach dir.«

»Das trifft sich gut«, schnurrte ich wie eine rollige Katze. Mit einer Handbewegung hatte ich meinen Slip von den Hüften gestreift und beförderte ihn mit einem Kick ins Zimmernirwana. Gefolgt von Alex' Shorts.

Jetzt war ich es, die in die Knie ging. Meine Hände umfassten sein steifes Glied, und als ich es in den Mund nahm, hörte ich ihn laut stöhnen und meinen Namen dabei rufen.

»Violet.« Sein Brustkorb hob und senkte sich heftig. »Warte.« Alex bückte sich dort, wo seine Sachen lagen, und zog ein Kondom aus der Jackentasche hervor.

Für einen winzigen Moment stutzte ich. Hatte er den Abend und seinen Ausgang geplant oder weshalb hatte er ein Kondom dabei?

Egal, verwarf ich den Gedanken. Ich wollte Alexander James Godfrey genauso, wie er mich wollte. Eine Win-win-Situation. Einmal im Leben wollte ich nicht die Vernünftige sein, sondern mich von meinen Gefühlen treiben lassen.

»Gib mir das Kondom.« Ich streckte die Hand aus.

Lächelnd reichte er mir die Tüte.

Ohne zu zögern, setzte ich die Verpackung an den Mund und zog sie mit den Zähnen auf, um das Kondom zu entnehmen. Dann steckte ich mir das Kondom mit dem Zipfel nach innen in den Mund, um es dann mit meinen Lippen über seinen erregten Schwanz zu ziehen. Für das letzte Stückchen nahm ich die Hände.

»Violet. Violet. Violet.« Pure Lust sprach aus seinen Augen, die jede meiner Bewegungen verfolgt hatten. Mit einem Ruck hatte er mich angehoben und genau auf seiner Körpermitte platziert. Seine kräftigen Hände umfassten meine Pobacken.

Als er in mich eindrang, trafen sich unsere Blicke für den Bruchteil eines Wimpernschlags. Blindes Vertrauen, Lust und

Erregung spiegelten sich in seinen Augen wider wie in meinen. Als ich ihn in mich aufnahm, hörte alles um uns herum auf zu existieren und ich wusste, dass ich für immer verloren war.

»Wow.« Ich kuschelte mich noch immer schwer atmend an ihn. Seine Haut war feucht von der Anstrengung und mit einem leichten Schweißfilm bedeckt. Sein Brustkorb hob und senkte sich schwer, aber seine Hände hielten mich noch immer fest umschlossen auf seinem Schoss sitzend.

»Das kannst du laut sagen«, murmelte Alex. Eine Strähne fiel ihm in die Stirn. Im Schein des Feuers schimmerten seine Augen wie Kristalle. Unsere Körper hatten sich wie zu einer stummen Choreografie bewegt. Jeder hatte genau gewusst, was der andere gerade brauchte.

Noch nie hatte ich einen derart intensiven Orgasmus erlebt. Ich strich mit den Fingerspitzen über seinen Rücken. Er schauderte leicht. Wie ich schien auch Alex sehr empfindlich zu sein und reagierte selbst auf winzige Berührungen.

Ich hatte schon einige Liebhaber in meinem Leben gehabt. Gute – schlechte. Aber noch nie hatte ich etwas Ähnliches wie mit Alex erlebt. Alles war so vertraut und gleichzeitig so fremd. *Eigenartig.*

»Ist dir warm genug?«, holte mich seine Stimme aus meinen Gedanken.

»Ja, dir nicht?«

»Mir ist genau genommen heiß«, erwiderte er lachend und sein Brustkorb vibrierte dabei wie eine Trommel, die man anstimmte.

»Gut, dann geht es dir wie mir.« Mit den Fingern fuhr ich die feinen Linien seiner Muskeln nach. »Hast du eigentlich immer ein Kondom dabei?« Die Frage beschäftigte mich seit dem Moment, als er es wie selbstverständlich aus der Jackentasche gezogen hatte.

Das Lächeln verschwand aus seinem Gesicht. »Violet, ich habe nie behauptet, ein Mönch zu sein.«

Ich nickte. Der Gedanke, dass er mit anderen Frauen den gleichen wunderbaren, unfassbar guten Sex gehabt haben könnte, schmerzte mich. Auch wenn ich eigentlich kein Recht dazu hatte. Schließlich hatten wir eine klare Abmachung getroffen, die Alex bis zu diesem Moment eingehalten hatte. Ich war die treibende Kraft gewesen.

»Genauso gut könnte ich dich fragen, wo du diese Fingerfertigkeit mit dem Kondom gelernt hast.« Seine Augen brannten sich förmlich in mein Gesicht.

»Übung macht den Meister, heißt es doch immer so schön«, witzelte ich. Ich wollte nicht wie die Heilige Jungfrau Maria vor ihm stehen.

In Wirklichkeit hatten Florence, Laurie und ich stundenlang an einer Banane geübt, nachdem wir einen unglaublich heißen Film gesehen hatten, zumindest bis zu dem Punkt, als die Hauptdarstellerin ein Kondom völlig unbeholfen geöffnet hatte. Danach hatten wir uns geschworen, dass uns das niemals passieren würde. Aber wenn ich Alex das erzählt hätte, hätte es unglaublich unsexy geklungen, und das war das Letzte, was ich für ihn in diesem Moment sein wollte – unsexy.

Alex fuhr sich mit den gespreizten Fingern durch die Haare. Etwas an seiner Körperhaltung hatte sich verändert. »Was hältst du von einem Schluck Wasser?«

»Wasser klingt traumhaft.« Tatsächlich hatte ich einen rauen Hals.

Vorsichtig befreite sich Alex aus meiner Umklammerung und stand auf.

Nachdenklich sah ich ihm zu, wie er in die kleine Küche nach nebenan ging, um zwei Gläser zu holen. Er sah selbst im nicht erregten Zustand unglaublich heiß aus. Die knackigen Pobacken, die so eigenartig hüpften, wenn er ging, die langen muskulösen Beine und der durchtrainierte Oberkörper. Alexander Godfrey war eine echte Augenweide. Wie es wohl war, neben ihm jeden Morgen aufzuwachen und als Erstes sein Gesicht zu sehen.

Hör auf damit. Alex war tabu. Das hier war alles nur eine Ausnahme, die eigentlich nicht hätte passieren dürfen. Aber in meinem Leben hatte ich schon mehrfach die falschen Entscheidungen aufgrund meiner aktiven Eierstöcke getroffen. Den letzten Mann, mit dem ich zusammen gewesen war, hatte ich bei einem Spontanbesuch mit einer anderen Frau erwischt. Wie sich herausgestellt hatte, mit seiner ihm angetrauten Frau.

Ich war mir schrecklich billig vorgekommen und hatte mir geschworen, dass mir das niemals mehr passieren würde. Seitdem hatten One-Night-Stands mein Liebesleben bestimmt. Da wussten beide Beteiligten genau, woran sie waren. Keine tiefen Gefühle und der Sex war zumindest aufregend, wenn auch nicht immer gut. Das hier war anders. Ich hatte Gefühle für Alex. Gefühle, die es nicht geben durfte, wenn ich mit ihm zusammen arbeiten wollte. *Verdammt.*

»Hier, dein Wasser.« Alex war zurück und reichte mir das Glas. Dankbar nahm ich einen Schluck. In meinem Kopf drehte sich alles. Was hatte ich nur getan? Wie sollte es weitergehen?

Alex setzte sich neben mich auf den Teppich. Die Wärme des Feuers hüllte uns ein wie in einem Kokon.

»Komm zu mir.« Er streckte den Arm aus, sodass ich mich an ihn kuscheln konnte.

»Meinst du, deine Eltern sind sauer, weil wir uns so sang- und klanglos verdrückt haben?«, versuchte ich, mich von den quälenden Gedanken abzulenken. Ich wollte den Moment genießen, bevor er vorbei war und ich mich mit der Realität auseinandersetzen musste. Ich fuhr mit den Fingern über seine Brust.

Alex zuckte mit den Schultern. »Und wenn schon. Das war es auf jeden Fall wert.«

»Freut mich, dass du es so siehst«, gab ich leichtfertig zurück.

Seine Augen hielten mich gefangen. »Hast du daran gezweifelt?«

»Keine Ahnung. So gut kennen wir uns schließlich nicht«, versuchte ich, gleichgültig zu klingen.

»Mhm.« Er fuhr sich mit der Hand über das Kinn.

»Du und deine Eltern ...«, tastete ich mich vorsichtig weiter vor, »ihr redet nicht so viel miteinander, oder?«

»Wie meinst du das?«

»Na ja, ich habe so den Eindruck, dass euer Verhältnis nicht das einfachste ist«, fuhr ich zögernd fort.

»Ich finde nicht, dass wir über mein Verhältnis zu meinen Eltern sprechen müssen, nachdem wir gerade sensationellen Sex miteinander hatten«, brach er meine kleine Fragerunde schroff ab.

»Nein, natürlich nicht«, stotterte ich. Innerlich schimpfte ich mich eine Närrin. Wie hatte ich annehmen können, dass mir Alex etwas Persönliches erzählen würde. Er war mein Boss und als solcher wollte er ganz bestimmt nicht, dass ich tiefere Einblicke in die Familie bekam. Ich schluckte gegen eine leichte Enttäuschung an.

Seine Hand legte sich unter mein Kinn und zwang mich, ihm in die Augen zu schauen. »Tut mir leid. Das war zu hart, aber ich habe wirklich keine Lust, über meine Eltern zu sprechen. Ich würde mich viel lieber darüber unterhalten, wie wunderschön du bist und wie unglaublich der Sex mit dir war.«

Er hatte recht. Wieso die kostbare Zeit verschwenden, die wir miteinander hatten. Morgen würden die Uhren wieder ganz normal weiterticken, aber heute Nacht standen sie still.

»Soso. Es hat dir also gefallen.« Schmunzelnd drehte ich mich zu ihm.

»Mehr als das.« Er zog mit den Fingern die Rundungen meiner Brüste nach. »Die sind perfekt. Wie aus Marzipan geformt«, murmelte er und nahm meine Brustwarze zwischen seine Finger, um sie sanft zu massieren.

Sofort regten sich mein Unterleib und meine Hormone, die gerade in einen friedlichen Erholungsschlaf übergegangen waren, und hüpften aufgeregt.

Verdammt. Ich war so ein schwaches Ding. Aber heute Nacht war mir alles egal.

25. Alex

Blinzelnd öffnete ich die Augen. Licht fiel durch das Fenster ins Schlafzimmer. Weiße Flocken schaukelten träge durch die Luft und legten sich auf das Fensterbrett, als wollten sie die neugierigen Blicke von draußen abwehren. Es war noch früh am Morgen. Es war komplett still. Nicht einmal das Zwitschern eines Vogels war zu hören.

Violet hatte ihren warmen Körper an mich gekuschelt. Unsere Beine waren ineinander verknotet, als hätte sie Angst, ich könnte mich heimlich davonmachen. Ihre Augäpfel bewegten sich hinter den geschlossenen Lidern. Sie träumte.

Wir hatten uns ein zweites Mal geliebt. War das erste Mal ein Entdecken des anderen, so war es dieses Mal ein Akt voller Zärtlichkeit und Leidenschaft gewesen.

Obwohl wir uns kaum kannten, war mir alles so vertraut an ihr. Die Art und Weise, wie sie redete, ihr Lachen, ihre Bewegungen, ihr Duft und ihre Küsse.

Meine Augen glitten über ihr schlafendes Gesicht hinweg. Selbst im Schlaf sah sie wunderschön aus. Die hohen Wangenknochen, der volle geschwungene Mund und die gerade Nase. Wenn ich hätte zeichnen können, dann hätte ich genau diesen Anblick für immer festgehalten.

Ihr Brustkorb hob und senkte sich regelmäßig.

Was sie wohl träumte? Ich würde es nie erfahren.

Mit einem Mal war ich mir wieder unserer Situation bewusst, nachdem ich sie die letzten Stunden erfolgreich verdrängt hatte. Gestern Nacht hatte es nur uns beide gegeben und keine Welt da draußen. Spätestens heute Abend würden wir wieder in London sein und privat getrennte Wege gehen. Das hatte sie mehr als einmal deutlich gemacht.

Violet gab ein leises Geräusch von sich. Ihr Mund war halbgeöffnet und ihre Zungenspitze blitzte zwischen ihren roten, vom Küssen leicht geschwollenen Lippen hervor. Am liebsten hätte ich sie geküsst, aber dann wäre ich Gefahr gelaufen, sie zu wecken, und das wollte ich nicht.

Wieder drängte sich mir die Frage auf, wie es weitergehen sollte.

Violet hatte mehr als einmal klargestellt, dass unsere Verbindung nur auf die Zeit über Weihnachten begrenzt war. Leider hatte keiner von uns beiden darüber nachgedacht, was passieren würde, wenn sich einer von uns in den anderen verlieben würde. Jetzt stand die Frage im Raum und ging auch nicht wieder weg. Zumindest bei mir.

Vorsichtig zog ich meinen Arm unter ihr hervor und rollte mich Zentimeter für Zentimeter aus dem Bett, bis ich schließlich aufstehen konnte, ohne sie zu wecken. Der Kamin war ausgegangen und es war bitterkalt in dem kleinen Zimmer.

Nackt tapste ich die Treppe hinunter ins Wohnzimmer, wo unsere Sachen wild auf dem Boden verstreut lagen.

Alles lag noch so da, als hätten wir uns eben geliebt. Sofort hatte ich die Bilder von letzter Nacht in meinem Kopf. Violets herrlich weiblicher Körper mit seinen Rundungen.

Ich schüttelte mich, als könnte ich den Gedanken so loswerden. Ich würde später duschen, wenn Violet wach war. Was ich jetzt brauchte, um einen klaren Kopf zu bekommen, war ein Kaffee.

Hastig zog ich mich an. Dabei entdeckte ich Violets Bluse. Wie ein Dieb nahm ich den seidigen Stoff hoch und schnupperte daran. Sofort hatte ich ihren zarten Blumenduft in der Nase und mit ihm ein warmes Gefühl in meinem Bauch. An Violet zu riechen, war wie in einer Blumenwiese zu sitzen. Berauschend und wunderschön.

Lächelnd legte ich die Bluse über den Sessel zusammen mit ihren übrigen Sachen.

Frodo kam auf leisen Pfoten zu mir getapst. Er hatte die Nacht vor dem Kamin verbracht, nachdem Violet ihn aus dem Schlafzimmer verbannt hatte.

»Na, mein Kleiner«, begrüßte ich ihn flüsternd.

Frodo sah mich mit seinen großen Hundeaugen an, als wollte er mir sagen: *Was- hast - du - dir - dabei - gedacht?*

»Ich weiß …« Ich seufzte. »… aber ich konnte ihr einfach nicht widerstehen. Sie ist so anders als alle Frauen, die ich bisher kennengelernt habe.«

Frodo stupste mit seiner feuchten Nase gegen meine Wange.

»Freut mich, dass sie dir auch gefällt.« Lächelnd strich ich ihm über das Fell.

Dabei fiel mein Blick aus dem Fenster, wo es noch immer schneite. Die Decke im Garten war gut und gern auf zwanzig Zentimeter angewachsen über Nacht. Wenn es so weiterging, konnten wir unmöglich mit dem MG nach Hause fahren. Der Wagen war einfach nicht für extreme Wetterbedingungen gemacht.

»Komm.« Ich gab Frodo ein Zeichen, mir zu folgen. Auf Zehenspitzen schlich ich mich aus dem Cottage in die Hauptküche. Als ich eintrat, war das Erste, was ich sah, Iris, die über den Herd gebeugt stand und Porridge anrührte. Als sie mich hörte, drehte sie sich um.

»Alexander. Du bist ja schon wach!«, rief sie erstaunt. »Das erinnert mich ein bisschen an früher. Da bist du auch an deinem

Geburtstag in die Küche geschlichen.« Sie hatte sich eine blaue Schürze um die Hüften gebunden und im Gegensatz zu gestern trug sie eine Hose. Unter ihren Augen lagen tiefe Schatten. Ein sicheres Zeichen, dass sie bis spät in die Nacht gearbeitet hatte. »Herzlichen Glückwunsch, mein Junge.« Sie breitete die Arme aus und drückte mich an sich.

»Danke, Iris. Wie es scheint, hat sich nichts zwischen uns geändert«, erwiderte ich schmunzelnd.

»Außer, dass du ein erwachsener Mann bist, der einen Verlag leitet und eine Verlobte hat.« Iris spitzte die Lippen.

Ich kratze mich am Hinterkopf. »Ja, wer hätte das gedacht.«

»Wo ist Violet?« Sie schielte hinter meinen Rücken, als hätte sie sich dort versteckt.

»Schläft wie ein Baby. Hast du einen Kaffee für mich?«

»Alexander, als ob ich dir schon jemals keinen Kaffee angeboten hätte.« Sie seufzte. Iris war die Einzige, die mich bei meinem vollen Vornamen rief, ohne dass es wie eine Erziehungsmaßnahme wirkte, sondern liebevoll klang. Iris war immer für mich da gewesen und hatte auf mich aufgepasst wie eine Vogelmutter auf ihr Junges, während Mum und Dad irgendwelche Veranstaltungen besucht hatten.

»Hallo, Frodo«, begrüßte sie den Jack Russell. »Hast du deinem Herrchen schon gratuliert?«

»Wie immer war er der Erste«, antwortete ich statt des Hundes.

Iris nickte lächelnd. »Für dich habe ich natürlich auch eine Kleinigkeit vorbereitet.« Sie deutete auf eine Schüssel neben dem Tisch.

Ein köstlicher Duft zog durch die Küche. Prompt meldete sich mein Magen knurrend zu Wort. »Ist das Porridge?« Neugierig schielte ich zum Herd, auf dem ein Topf stand.

»Glaubst du ernsthaft, ich hätte nichts für dich zum Geburtstag vorbereitet?« Sie sah mich strafend an.

Ich schenkte ihr ein strahlendes Lächeln und ließ mich auf einen der Stühle fallen. »Iris, du bist die Beste.«

Sekunden später tauchte Iris mit einem kleinen Kuchen neben mir auf.

»Happy Birthday, Alexander. Mögen all deine Wünsche für das kommende Jahr in Erfüllung gehen.« Die Kerze auf der Torte flackerte, während sie sprach.

»Danke, Iris.« Ich schluckte vor Rührung. Seit ich denken konnte, hatte Iris noch nie meinen Geburtstag vergessen. Selbst als ich im Internat war, hatte sie mir ein kleines Päckchen mit ihrem Kuchen darin geschickt.

»Los, auspusten«, forderte sie mich auf.

Tief in mir drin kam ich mir vor wie früher als kleiner Junge. Lächelnd holte ich Luft und blies die flackernde Kerze aus.

»Das hier ist auch für dich.« Wie aus dem Nichts zauberte sie ein kleines, liebevoll eingepacktes Geschenk hinter ihrem Rücken hervor. »Eigentlich wollte ich einen Geburtstagstisch vorbereiten, aber jetzt bist du mir zuvorgekommen.«

»Tschuldigung, aber ich konnte nicht mehr schlafen.«

»Bedrückt dich etwas?« Ihre Augen musterten mich intensiv.

Ich zögerte einen winzigen Moment. Iris war neben Alfie immer meine Vertraute gewesen. Es fiel mir schwer, ihr nicht die Wahrheit erzählen zu können. »Nein, es ist einfach ziemlich viel im Moment.« Das war zumindest nicht völlig gelogen. Die letzten Wochen waren äußerst anstrengend gewesen und ich hatte nur wenig geschlafen.

»Gut, dann pack aus.« Ihre Augen verfolgten jede meiner Bewegungen, als ich das Band löste. Vorsichtig schlug ich das Papier zurück, bis ein dunkelblauer Schal zum Vorschein kam.

»Den habe ich selbst gestrickt.« Der Stolz in ihrer Stimme war nicht zu überhören. »Ist aus feinster Merinowolle. Die wärmt herrlich, ohne zu kratzen.«

»Der ist wunderschön.« Andächtig strich ich mit den Fingerspitzen über die Wolle.

»Leg ihn dir doch mal um.« Ehe ich reagieren konnte, hatte sie den Schal aus seiner Verpackung genommen und wickelte ihn mir um den Hals. Tatsächlich fühlte sich die Wolle herrlich kuschelig und warm an.

»Der ist toll«, versicherte ich ihr. »Genau so ein Schal hat mir noch gefehlt.« Ich drückte ihr einen Kuss auf die Wange. Sofort wurde ihr Gesicht von einer roten Farbe geflutet.

Iris kicherte glücklich und ihre Augen strahlten. »Bist du so weit für eine Schale Geburtstagsporridge?«

»Ich verhungere gleich.«

Lächelnd sah ich zu, wie sie den Topf vom Herd nahm und den Haferbrei in eine Schüssel füllte. Anschließend verteilte sie eine ordentliche Ladung Golden Syrup, gefolgt von gehackten Nüssen und einer frisch geschnittenen Banane darauf.

»Bitte schön. Genauso wie du es immer geliebt hast.« Sie stellte die Schüssel vor mir auf den Tisch. Gefolgt von einem dampfenden Becher Kaffee. »Guten Appetit. Ich setze mich einen Moment zu dir. Kommt schließlich nicht mehr allzu häufig vor, dass wir allein sind.«

»Ich bitte darum.« Der Haferbrei war herrlich süß und cremig. Früher, als ich noch bei meinen Eltern gewohnt hatte, hatte es jeden Morgen Porridge gegeben. Heutzutage trank ich meist nur Kaffee zum Frühstück, was eigentlich sehr bedauerlich war.

»Das schmeckt immer noch genauso gut wie damals«, lobte ich sie.

»Danke, mein Lieber. Aber erzähl doch mal ein bisschen von deiner Verlobten. Wo kommt sie her? Was macht sie? Wie habt ihr euch kennengelernt?«

»Hey, nicht so viele Fragen auf einmal«, erwiderte ich zwischen zwei Löffeln.

»Wir haben nicht so viel Zeit und du weißt doch, wie schrecklich neugierig ich bin.« Sie strich sich mit der Hand eine lose Strähne aus dem Gesicht. Erst jetzt bemerkte ich die dicken Gelenke an ihren Fingern. Anscheinend machte ihr die Arthrose mehr zu schaffen, als sie zugeben wollte.

»Violet ist Social-Media-Expertin und arbeitet bei der *Herway*. Kennengelernt haben wir uns in einer Bar.« Bei dem Gedanken an jenen Tag musste ich schmunzeln. Es war gerade mal ein paar Tage her und doch hatte ich das Gefühl, Violet schon ewig zu kennen. Alles an ihr schien mir auf eine eigenartige Weise vertraut zu sein. »Damals hat sie mich einen Grinch genannt.«

Iris brach in fröhliches Gelächter aus. »Da hat sie dich wohl auf dem falschen Fuß erwischt.«

»Allerdings«, bestätigte ich. »Das war kurz nach Catherines Tod und ich war gar nicht gut drauf.«

»Das kann ich mir vorstellen. Eine schreckliche Sache. Ich mochte deine Tante immer sehr.«

»Ich glaube, wir alle«, bestätigte ich traurig.

»Aber sag doch mal, wie ist Violet so? Ich habe sie ja nur ganz kurz gesehen.«

Ich nahm einen Schluck Kaffee, um etwas Zeit zu gewinnen. Wie sollte ich Violet mit wenigen Worten beschreiben. »Sie ist intelligent, hat einen tollen Humor und vor allem ist sie selbstbewusst und weiß genau, was sie will.«

Leider nicht mich, fügte ich im Stillen hinzu.

»Außerdem ist sie ehrgeizig, bildhübsch und noch dazu hat sie einen guten Charakter.« Ich holte tief Luft.

»Hm, das sind alles schöne Eigenschaften, mein Junge. Aber was ist Violet für dich?« Iris' Augen schienen sich förmlich in mein Gesicht zu bohren.

»Das ist nicht so einfach«, gab ich zögerlich zu.

Iris runzelte die Stirn. »Was soll daran nicht einfach sein? Wenn mich jemand fragen würde, was Ben für mich ist, dann würde ich sagen, dass er mein Zuhause ist. Meine Festung im Sturm. Der Mann, der immer an meiner Seite steht. Deshalb wiederhole ich meine Frage noch einmal: Was ist Violet für dich?«

»Der Mensch, bei dem ich einfach ich selbst sein kann«, war das Erste, was mir in den Sinn kam. »Aber warum möchtest du das wissen?«, hakte ich nach.

»Weil ich die Befürchtung hatte, du könntest mit ihr zusammen sein, nur um dein Erbe am Verlag zu sichern«, gab sie freimütig zu. Iris hatte noch nie ein Blatt vor den Mund genommen. Schon als kleiner Junge hatte ich immer wieder den Verdacht gehabt, dass Iris so etwas wie den siebten Sinn besaß – jetzt war ich mir sicher. Woher in Gottesnamen konnte sie ahnen, dass genau das mein ursprünglicher Plan gewesen war?

Ich räusperte mich unbehaglich. »Ganz so ist es nicht. Sagen wir, es war eine glückliche Fügung.« Zumindest hatte ich nicht gelogen.

Sie legte ihre Hand auf meine. »Ich bin kein Experte in Sachen Liebe. Aber egal, wie diese Verbindung zustande gekommen ist, ich habe dich noch nie so glücklich wie mit dieser Frau gesehen. Also halt dein Glück fest. Nicht jeder bekommt eine solche Chance vom Schicksal geschenkt.«

»Es ist nicht ganz so einfach«, gab ich zurück.

»Meistens ist es einfacher, als man denkt.« Iris stand auf. »So, und jetzt iss dein Porridge in Ruhe fertig. Ich bereite so lange das Frühstück vor, damit die Gäste deiner Mutter nicht hungrig vom Tisch aufstehen.«

»Hättest du etwas dagegen, wenn ich mir eine Schüssel von deinem leckeren Porridge und zwei Kaffee mitnehme?«

»Da wird sich eine junge Frau aber sehr freuen«, gab Iris mit bedeutungsvollem Unterton zurück. »Bediene dich einfach. Du weißt ja, wo alles steht.«

Der heiße Kaffee hatte mir gutgetan genau wie das Gespräch mit Iris. Ich musste mir dringend über meine Gefühle zu Violet klar werden und wie ich damit umgehen sollte. Wir hatten nur noch wenige Stunden und ich wollte alles geklärt haben, bevor wir nach London zurückkehren würden. Aber jetzt würde ich sie erst einmal mit einem Frühstück im Bett überraschen. Frodo hatte beschlossen, bei Iris in der warmen Küche zu bleiben. Also ging ich allein zurück ins Cottage.

26. Violet

Blinzelnd öffnete ich die Augen. Alles um mich herum war verschwommen. Es war früh am Morgen. Kein Laut drang zu mir durch. Wie es aussah, schliefen alle noch.

Langsam drehte ich den Kopf zur Seite. Zu meiner Überraschung war das Bett neben mir leer. Lediglich das zerwühlte Kissen erinnerte daran, dass Alex noch vor ein paar Stunden dort gelegen hatte.

Die Nacht mit ihm war unglaublich gewesen. Eine heiße Welle flutete mein Gesicht bei dem Gedanken daran, was wir alles getan hatten. Ich hatte mich völlig in Alex' Armen fallen gelassen. Kein Zögern. Keine Zurückhaltung. Nichts.

Wir hatten uns hemmungslos geliebt, begierig darauf, den Körper des anderen zu erkunden. Alex war ein erfahrener Liebhaber, der genau gewusst hatte, welche Stelle er berühren musste, um mich zum Höhepunkt zu bringen.

Seine Zärtlichkeiten und seine geflüsterten Worte hatten mich umgehauen und für einen Moment die Illusion geschaffen, dass wir Liebende waren. In meinem Kopf drehten sich die Gedanken. Ich dachte über diese verzwickte Situation nach. Alex, sein Onkel, mein Job in der *Herway*. Mit einem Mal war nichts mehr so wie vor unserem Deal. Er und ich hatten einen Pakt mit dem Teufel geschlossen.

Ich musste mit Alex sprechen. Ich musste Gewissheit haben. Aber damit würde ich mich bis zur Autofahrt gedulden müssen. Solange seine Familie in der Nähe war, machte ein Gespräch keinen Sinn und wir liefen Gefahr, dass die Stimmung kippen würde und wir uns verraten würden. Wir hatten noch genügend Zeit auf dem Heimweg.

Mühsam hievte ich mich aus dem Bett. Die wunde Stelle zwischen meinen Beinen erinnerte mich daran, dass ich die ganze Nacht wilden Sex gehabt hatte. Unwillkürlich huschte ein Lächeln über mein Gesicht.

Als Erstes musste ich duschen, um wieder klar denken zu können. Sein männlicher Duft haftete an mir und vernebelte meine Gedanken.

Auf nackten Füßen tapste ich die wenigen Schritte bis zum Badezimmer. Es war kühl und eine Gänsehaut ließ die Härchen entlang meiner Arme hochstehen. Schnee hatte sich auf das Fenster gelegt und verdeckte die Sicht nach draußen. Es war mucksmäuschenstill. Kein Laut drang von außen zu mir.

Ich stellte den Wasserhahn an und Sekunden später stiegen weiße Dampfschwaden aus der winzigen Dusche empor. Nachdenklich kletterte ich in die alte Wanne und zog den Vorhang zu, den man mit einer Schiene an der Decke befestigt hatte.

Das heiße Wasser prasselte auf meine kühle Haut wie winzige Nadelstiche.

Mit geschlossenen Augen blieb ich stehen und genoss das Gefühl des Wassers, das über meinen nackten Körper lief. Ich dachte daran, wie Alex mich angesehen hatte, als der Orgasmus über uns hinweggerollt war. Voller Zärtlichkeit. Konnte man solche Gefühle spielen? Immerhin hatte er einen Verlag zu verlieren. Wer würde an seiner Stelle nicht versuchen, alles zu geben – aber würde er so weit gehen, mir eine Verliebtheit vorzuspielen, wenn wir allein waren? Welchen Grund könnte es dafür geben? Sex? Ich weigerte mich, das zu glauben.

Ein Geräusch ließ mich hochschrecken. Ertappt öffnete ich die Augen. Alles war auf den ersten Blick verschwommen. Ein Schatten tauchte hinter dem Duschvorhang auf. Instinktiv hielt ich die Luft an. Einen Wimpernschlag später sah ich Alex' brauner Haarschopf vor mir. Mein Puls schnellte nach oben, als ich sah, dass er nackt war. Wasser lief mir über das Gesicht und ich schnappte laut nach Luft.

»Violet.« Nur ein Wort und doch lag so viel Zärtlichkeit in seiner Stimme, dass es mir fast den Atem nahm.

»Alex«, flüsterte ich heiser. Meine Hormone hatten beschlossen, wieder in den Partymodus zu verfallen.

Mit einem Schritt war er zu mir in die Dusche geklettert.

»Eigentlich wollte ich dich mit einem Frühstück im Bett wecken ...« Mit einem breiten Grinsen streckte er mir einen Kaffeebecher entgegen. »Aber ich dachte mir, das hier ist noch viel besser.«

»Du verrückter Kerl.« Lachend nahm ich einen Schluck. Wasser tropfte hinein, aber das war mir egal.

»Verrückt nach dir«, murmelte er mit rauer Stimme.

»Herzlichen Glückwunsch zum Geburtstag.« Ich gab ihm einen Kuss.

»Danke, das nenne ich mal ein echtes Geburtstagsgeschenk.« Seine Fingerspitzen strichen über meine Brust und den Bauch. Ich fing an zu zittern. Meine Beine fühlten sich an wie Pudding und ich hatte Mühe, mich aufrecht zu halten.

Jede Faser meines Körpers sehnte sich nach seinen Berührungen.

»Alex«, wiederholte ich seinen Namen und schlang den Arm

um seinen Hals. Mit der anderen Hand hielt ich noch immer den Becher fest.

Unsere Blicke trafen sich. Tropfen hatten sich in seinen Wimpern verfangen wie Diamanten. Wasser lief ihm über die Haare und sein Gesicht. Er sah unfassbar wild und sexy zugleich aus.

Keiner sagte ein Wort, während sich unsere Blicke gegenseitig abtasteten.

»Ich habe Lust auf dich.« Seine Stimme war kaum mehr als ein Flüstern.

»Worauf wartest du noch?« Ich bückte mich, um den Becher abzustellen, dabei spürte ich, wie seine Blicke meine Bewegungen verfolgten wie ein Panther, der seine Beute beobachtete, jeden Moment zum Sprung bereit.

»Bleib.« Er legte seine Hände um meine Taille und presste seinen Körper von hinten gegen mich. Sein harter Schwanz lag auf meinem Po, als wollte er mich daran erinnern, was mir ohnehin schon klar war. Ich wollte Alex.

Seine Hände umschlossen meine beiden Brüste, um sie sanft und fordernd zugleich zu massieren.

Stöhnend warf ich den Kopf in den Nacken. Wasser tropfte auf mein Gesicht und nahm mir die Sicht. Sein Mund fand meinen Hals und begann, an meinen Ohrläppchen zu saugen. All meine Sinne waren auf Alex ausgerichtet.

Seine Hand glitt über meinen Bauch nach unten. Ein Stöhnen entwich meiner Kehle, als er mit dem Finger entlang meiner Lustperle strich, um darauf zu verharren. Ich holte tief Luft.

Mit kreisenden Bewegungen fing er an, die Klit zu massieren. Erst ganz sacht, dann immer schneller und druckvoller. Ich seufzte genüsslich. Alles um uns herum war vergessen. Eingehüllt in die Wärme des Wassers stand ich einfach nur da und ließ ihn gewähren.

Als seine Finger in meine feuchte Mitte eintauchten, hatte ich das Gefühl, innerlich zu explodieren. Ich fühlte die Bartstoppeln an meinem Hals, wie sie darüber kratzten, während er mich küsste, was meine Lust nur noch mehr anfachte.

Seine Bewegungen wurden schneller und ich war kurz davor zu kommen.

Genau in dem Moment, als ich dachte, ich könnte es nicht mehr aushalten, zog er sich zurück und wirbelte mich herum, sodass ich vor ihm stand. Sein Mund verschloss meine Lippen. Er schmeckte herrlich nach sich selbst und einem Hauch Kaffee.

»Moment«, sagte er heiser. Sekunden später hatte er ein Kondom herbeigezaubert und zog es sich über seinen beeindruckenden Schwanz. Sein warmer Körper presste sich gegen mich. Seine Hände umfassten meine Pobacken, um mich mit einer gezielten Bewegung anzuheben und mich geschickt auf seinem erregten Glied zu platzieren.

Ich stöhnte laut und schlang meine Beine um seine Oberschenkel, um ihn voll und ganz in mich aufzunehmen. Mit wenigen kraftvollen Bewegungen brachte er mich zum Höhepunkt. Das Blut rauschte in meinen Ohren. Ich klammerte mich wie eine Ertrinkende an ihn, als der Orgasmus über mich hinwegrollte.

Unsere Blicke trafen sich. Seine Wangen waren gerötet und die Lippen waren vom Küssen geschwollen. Die Haare hingen ihm wirr ins Gesicht.

»Violet.« Er beugte sich vor und küsste zärtlich meine Augenlider, gefolgt von der Nase und dem Mund.

Erschöpft lehnte ich den Kopf gegen seine Brust und lauschte dem kräftigen Schlagen seines Herzens.

Bum. Bum. Bum.

Noch immer regnete das Wasser auf uns herab.

Keiner von uns beiden sagte ein Wort. Es war das dritte Mal, das ich mit Alex Sex gehabt hatte, innerhalb von wenigen Stunden.

Sanft entließ er mich aus seinen Armen. »Ich denke, wir sollten uns langsam fertig machen.«

Meine Beine zitterten, als er mich auf dem Boden der Wanne absetzte.

Unsere Blicke trafen sich.

»Das war definitiv der beste Kaffee meines Lebens«, sagte ich.

»Freut mich, dass es dir gefallen hat.« Ein zufriedenes Lächeln lag auf Alex' Gesicht. »Das war definitiv mein bestes Geburtstagsgeschenk.«

»Freut mich, dass ich zu Diensten sein konnte.« Grinsend schnappte mir das Badetuch um es mir um die Brust zu wickeln.

Alex hatte sich ebenfalls ein Handtuch gegriffen. »Lust auf Frühstück?«

»Ich bin am Verhungern«, gestand ich ihm.

»Was hältst du davon, wenn wir uns fertig machen, uns zu Iris in die Küche schleichen und dort in Ruhe noch einen Kaffee trinken, bevor sich die Familie wieder auf uns stürzt?«

»Wohl eher auf dich. Schließlich ist es dein Geburtstag und nicht meiner.« Ich strich mir eine nasse Strähne aus dem Gesicht. »Wobei ich auch nichts gegen ein Frühstück im Bett gehabt hätte.«

»Du Tier!« Alex grinste. »Ich muss mir kurz frische Sachen holen.« Er deutete auf den Stapel Klamotten auf dem Boden. »Ich wollte dich vorhin nur nicht wecken.«

»Wie lieb von dir.«

»Wahrscheinlich haben meine Eltern schon eine Vermissten-anzeige aufgegeben«, meinte Alex und hob die Kleider vom Boden auf.

»Ich beeile mich«, versprach ich und stellte mich vor den Spiegel.

Alex eilte nach draußen.

Seufzend begann ich, mich meinem Aussehen zu widmen. Der

wenige Schlaf hatte seine Spuren hinterlassen. Dunkle Schatten hatten sich unter meine Augen gelegt und meine Gesichtshaut wirkte leicht fahl. Nichts, was die moderne Kosmetik nicht bewältigen konnte. Nachdenklich machte ich mich daran, mein Gesicht in einen Zustand zu versetzen, mit dem ich mich der Familie präsentieren konnte.

Als ich fertig war, sah ich zumindest wieder wie ich selbst aus. Nur meine Haare hatten sich geweigert, meinen Wünschen nachzukommen, und standen noch immer zu allen Seiten ab, statt in schimmernden Wellen über die Schultern zu fallen, wie ich es gern gehabt hätte.

Fluchend legte ich die Bürste in den Kulturbeutel.

»Was?« Alex war zurück und stand grinsend hinter mir. Er hatte sich eine anthrazitfarbene Hose angezogen und dazu ein lässiges weißes Hemd, was seine breiten Schultern betonte. Seine Haare lagen im Gegensatz zu meinen perfekt und er hätte ohne Probleme als Model in einer Calvin-Klein-Kampagne auftreten können. Ich hingegen sah aus wie eine Frau, die die ganze Nacht wilden Sex gehabt hatte und erst einmal eine Ladung Schlaf brauchte.

Seufzend ließ ich die Arme sinken. »Ich fürchte, ich habe gerade den Kampf mit meinen Haaren mal wieder verloren.«

Mit zwei Schritten war er bei mir. »Deine Haare sind wunderbar genau so, wie sie sind.« Er hatte eine Strähne zwischen seine Finger genommen, als würde es sich dabei um eine Kostbarkeit handeln, und schnupperte daran. »Außerdem duften sie wie ein Blumenstrauß.«

Das war das netteste Kompliment, das ich seit Langem gehört hatte. Meine Wangen fühlten sich an, als würde jemand einen Bunsenbrenner daraufhalten. Warum musste Alex nur so verdammt charmant sein? Wäre er ein Idiot, dann wäre alles viel leichter. Aber dann wäre ich vermutlich auch nicht mit ihm im Bett gelandet und hätte den besten Sex meines Lebens verpasst.

Ich drehte mich zu ihm. »Das sagst du, der Mann mit den perfekten Haaren. Du hast ja auch nicht das Krisengebiet auf dem Kopf.«

Alex schlang seine Arme von hinten um mich und zog mich an sich, den Blick in den Spiegel gerichtet. »Wir sind ein ganz schön hübsches Paar. Findest du nicht?«

»Das denkt deine Familie hoffentlich auch.«

»Meine Eltern lieben dich und selbst Onkel Carl scheinen die Argumente auszugehen.«

»Dann haben wir doch unsere Mission auf beiden Seiten erfolgreich erfüllt.« Ich löste mich aus seiner Umarmung.

Alex sah mich mit diesem eigenartigen Blick an. »Mhm.«

»Gib mir noch zwei Minuten«, bat ich ihn.

»Alles klar. Ich warte unten auf dich.« Er gab mir einen Kuss auf die Nasenspitze.

Einmal mehr wurde mir bewusst, dass mein Glück bald zu Ende gehen würde.

Traurig nahm ich meine Sachen und ging zurück ins Schlafzimmer. Für die Reise hatte ich mir eine bequeme Hose und dazu einen warmen Wollpullover ausgesucht, dessen braune Farbe meiner Gesichtshaut schmeichelte und meine Augenfarbe hervorhob.

Seufzend zog ich den Reißverschluss zu.

Als wir in die Küche kamen, wurden wir freudig von Iris begrüßt.

Alex stellte die Becher und den Teller auf den Tresen. Das Croissant hatten wir auf dem Weg brüderlich geteilt.

»Euren Gesichtern nach zu urteilen, hattet ihr einen schönen Morgen.« Iris zwinkerte uns zu.

Eine warme Welle flutete meine Wangen bei dem Gedanken daran, was wir getan hatten.

»Danke, das war das beste Frühstück meines Lebens«, erwiderte ich lächelnd. Dabei spürte ich, wie Alex' Blicke auf mir ruhten.

»Soso.« Iris spitzte die Lippen. »Ein Croissant, ein Kaffee und eine Prise Alex. Etwas, das wir nicht jedem Gast bieten können.«

»Könnten wir noch einen Kaffee und etwas Porridge bekommen?«, bat Alex mit schuldbewusstem Gesicht.

»Ah, du hast wohl wieder Hunger bekommen?« Sie deutete auf den langen Holztisch in der Mitte der Küche. »Bitte setzt euch. Ich will mal sehen, was noch vom Frühstück übrig geblieben ist.

Neugierig sah ich mich in dem Zimmer um. Die Wände waren im Gegensatz zu den übrigen Räumen aus Naturstein und nicht gestrichen. Der Boden war mit alten Dielen bedeckt, die frisch geschliffen waren und in einem zarten Honigbraun matt schimmerten. Die Einrichtung war in einem schlichten Weiß gehalten. Lediglich die Arbeitsplatte und die Sitzecke waren aus dunklem Holz gearbeitet. Auf den Stühlen lagen Polster, die mit einem dunkelblauen Stoff überzogen waren. Über dem Gasherd war eine Leiste angebracht, an der mehrere kupferne Töpfe hingen. In den Küchenregalen konnte man modernes Steingutgeschirr bewundern. Vor den Fenstern hingen einfache Vorhänge, auf die Gänseblümchen gestickt waren. Auf den Fensterbänken hatten mehrere Töpfe mit Kräutern darin ihren Platz. Alles wirkte aufgeräumt und sauber. Rechts über dem Kamin standen Weihnachtsfiguren und eine Lichterkette blinkte munter.

»Möchtest du auch Porridge oder lieber Rührei?«, holte mich Iris' Stimme aus meinen Beobachtungen.

»Ehrlich gesagt habe ich das letzte Mal als Kind Haferbrei gegessen«, überlegte ich laut.

»Na, dann wird es höchste Zeit, dass du das von Iris probierst«, sagte Alex. »Das ist nämlich das beste auf der ganzen Welt.«

»Nachdem du so geschwärmt hast, muss ich es wohl probieren«, erwiderte ich grinsend. »Wenn ich dazu noch einen Kaffee mit Milch bekommen könnte, wäre ich der glücklichste Mensch auf der Welt. «

»Du bist ziemlich leicht glücklich zu machen«, stellte Iris lächelnd fest. »Aber bitte setzt euch doch. Ich mache solange alles fertig.«

Zufrieden nahm ich auf einem der Stühle Platz. Ein leises Klicken verkündete, dass Iris den Gasherd in Gang gesetzt hatte, um den Topf mit dem Porridge aufzuwärmen.

»Vorsichtig, heiß.« Iris reichte mir einen dampfenden Becher. »Hier ist die Milch.« Sie deutete auf ein kleines Kännchen, das auf dem Tisch stand.

»Vielen Dank.« Wie eine Ertrinkende umklammerte ich den Becher und nippte vorsichtig daran. Der Kaffee war herrlich stark und kräftig im Geschmack. So, wie ich es mochte.

»Ah.« Ich stieß einen zufriedenen Seufzer aus. »Köstlich, und das sage ich nicht so leichtfertig. Eine meiner Mitbewohnerinnen ist Barista und verwöhnt uns mit gutem Kaffee. Aber dieser hier kann locker mithalten.«

Iris lachte heiser. »Freut mich, dass er dir schmeckt.« Sie rührte mit einem großen Löffel in dem Topf. Ein angenehm süßlicher Duft waberte zu uns herüber. Sofort meldete sich mein Magen knurrend zu Wort.

Während Iris den Haferbrei zubereitete, nutzte ich die Gelegenheit, sie etwas genauer unter die Lupe zu nehmen. In ihre dunkelbraune Haare hatten sich silberne Strähnen geschlichen. Sie war vollkommen ungeschminkt. Obwohl man Iris nicht als klassisch schön bezeichnen konnte, dafür war die Nase zu groß und der Mund zu schmal, hatte sie eine schöne Ausstrahlung, vor allem, wenn sie lächelte. Dann blitzten ihre Augen und winzige Fältchen fügten sich zu einem Netz auf dem Gesicht zusammen.

»Möchtest du Sirup dazu oder lieber Mandelmus?«

»Gern Sirup«, sagte ich, einem spontanen Impuls folgend.

»Ist auch meine Lieblingsvariante. Mandelmus nimmt eigentlich nur Mum«, erklärte Alex. »Seit sie dieses Yoga-Retreat besucht hat. Weißt du noch, Iris?«

»Wie könnte ich das vergessen«, gab Iris lächelnd zurück. Die enge Bindung zwischen der Haushälterin und Alex war offensichtlich.

»Die arme Iris musste danach den halben Inhalt unserer Küche entsorgen und durch vegane Lebensmittel ersetzen. Seitdem sind Mum und Dad auch Vegetarier.«

Aus dem Augenwinkel sah ich, wie Iris das Gesicht kaum merklich verzog. Offensichtlich war sie nicht einverstanden mit der Ernährung ihrer Arbeitgeber.

»Wo sind meine Eltern eigentlich?«

»Die sind im Wohnzimmer mit deinem Onkel und zwei Freunden. Die übrigen Gäste sind schon abgereist.« Sie reichte uns die dampfenden Schüsseln mit Porridge und eine Flasche Sirup. »Lasst es euch schmecken. Der gibt Energie.« Das Grinsen auf ihrem Gesicht verriet, dass sie genau das meinte, was ich gedacht hatte.

Ein köstlicher Duft von warmer Milch stieg mir in die Nase.

»Wenn es auch nur ansatzweise so schmeckt, wie es riecht, bin ich glücklich«, sagte ich lächelnd und griff nach dem Löffel, den Iris ebenfalls bereitgelegt hatte.

Ich nahm einen Bissen von dem dampfenden Brei.

Sofort hatte ich den cremig milchigen Geschmack zusammen mit der Süße des Sirups auf der Zunge.

»Mmh, das ist genau das, was ich jetzt gebraucht habe. Passend zum Wetter.« Ich machte eine Kopfbewegung zum Fenster, wo sich der Schnee lautlos auf dem Fensterbrett ansammelte. »Sieht nach ganz schön viel Schnee aus.«

Iris nickte. »Ich hatte Mühe, heute Morgen hierherzukommen, obwohl es nur ein paar Meter von mir aus sind«, bestätigte sie meine Vermutung.

»Ich mache mir ein bisschen Sorgen«, meldete sich Alex zu Wort. »Ob wir überhaupt wegkommen.«

»Mhm.« Wortlos schaufelte ich das Porridge in mich hinein. Der Gedanke, noch länger mit Alex zusammen hier zu sein in dem gemütlichen Cottage, war durchaus verlockend und gleichzeitig mein schlimmster Albtraum. Wie sollte ich es in seiner Nähe aushalten, ohne mich noch mehr in ihn zu verlieben?

Ich hatte den Gedanken gerade zu Ende gedacht, als Alex' Mutter in Begleitung von seinem Vater und Onkel in die Küche gestürmt kam.

»Dachte ich es mir doch.« Der Vorwurf in der Stimme von Eve war nicht zu überhören. »Wir haben euch schon gesucht. Hast du nicht gehört, wie ich vorhin an eure Tür geklopft habe?«

»Entschuldige, Mum, aber wir haben länger geschlafen.« Er machte ein Gesicht wie ein kleiner Junge, den man beim Naschen erwischt hatte.

»Herzlichen Glückwunsch, Darling.« Anscheinend hatte Eve beschlossen, ihrem Sohn zu verzeihen. Sie nahm seinen Kopf zwischen ihre zarten Hände und gab ihm einen Kuss auf die Wange. »Und alles Liebe von mir.«

»Danke, Mum.« Alex schenkte ihr ein Lächeln.

»Herzlichen Glückwunsch, mein Junge.« Howard Godfrey klopfte seinem Sohn auf die Schulter.

»Hier ist eine Kleinigkeit von uns beiden.« Eve Godfrey reichte ihm ein aufwendig verpacktes Geschenk.

»Danke, aber ich dachte, wir schenken uns nichts mehr«, sagte Alex.

»Das ist dein fünfunddreißigster Geburtstag und du hast dich verlobt. Das ist etwas Besonderes.« Alex' Vater lehnte sich entspannt gegen den Küchentresen. Zumindest wusste ich jetzt, woher Alex seine lässige Art hatte.

Vorsichtig löste Alex die Schleife des Geschenkbandes und schlug das Papier zurück. Ein schwarzes Kästchen kam darunter zum Vorschein mit dem Logo der Luxusuhrenmarke Panerai.

Für einen Moment herrschte atemlose Stille in der Küche, als Alex den Deckel aufklappte. Eine wunderschöne Uhr mit braunem Lederarmband kam zum Vorschein.

»Mum. Dad. Das ist zu viel«, wies Alex das Geschenk von sich. »Das kann ich unmöglich annehmen.«

»Darling, wir haben lange gesucht, bis wir dieses Model gefunden haben«, meldete sich Eve zu Wort. »Das ist die gleiche Uhr, die dein Großvater deinem Dad geschenkt hat, als er fünfunddreißig wurde.«

Behutsam nahm Alex die Uhr aus der Schachtel und legte sie an sein schmales Handgelenk.

»Sie passt perfekt.« Freude schwang in seiner Stimme mit.

»Wunderbar. Genauso sollte es auch sein.« Eve beugte sich vor und gab ihrem Sohn einen Kuss auf die Wange.

»Danke, Mum. Danke, Dad«, sagte Alex sichtlich gerührt.

»Freut mich, dass sie dir gefällt.« Die Augen von Alex' Dad ruhten stolz auf seinem Sohn.

»Von mir auch nur eine Kleinigkeit.« Carl war nach vorn getreten und reichte Alex ebenfalls ein kleines Päckchen. »Alles Gute für dich.« Er klopfte Alex freundschaftlich auf die Schulter.

Alex sah seinen Onkel verdutzt an. Es war offensichtlich, dass er nicht damit gerechnet hatte. Eve hatte ebenfalls die Augen weit aufgerissen und starrte ihren Bruder verwundert an.

Vorsichtig packte Alex das Geschenk aus. Instinktiv hielt ich die Luft an.

Eine eingerahmte Schwarz-Weiß-Fotografie kam zum Vorschein. Sie zeigte Alex als kleinen Jungen mit einer riesigen Eistüte in der Hand. Es musste Sommer gewesen sein, denn die Kugeln waren zerlaufen und tropften auf Alex' Hand. Rund um seinen Mund waren Spuren der köstlichen Süßigkeit zu sehen und seine Augen strahlten vor Glück. Ein wunderschönes Foto, das dem Betrachter ein Lächeln aufs Gesicht zauberte.

»Das habe ich bei einem Besuch von euch in Cornwall aufgenommen«, erklärte Carl mit ruhiger Stimme.

Alex sah zu seinem Onkel hoch. »Ich erinnere mich daran. Das war das leckerste Eis meines Lebens. Danke, Carl.«

»Sehr gern.« Sein Onkel räusperte sich.

»Ein wunderschönes Foto«, sagte Eve sichtlich gerührt. »Ich wusste gar nicht, dass du es noch hast.«

»Ich habe lange überlegt, was ich Alex schenken könnte, dann habe ich das Foto zwischen den Sachen entdeckt, die Catherine von mir gehabt hatte«, erwiderte Carl. Seine Augen schimmerten feucht. Irgendwie wurde ich das Gefühl nicht los, das wir ihn alle falsch eingeschätzt hatten. Nichts deutete auf den Mann hin, den ich bei Catherine kennengelernt hatte.

»Wollt ihr euch nicht zu uns setzen und noch einen Kaffee mit uns trinken?«, forderte Alex seine Eltern und Carl auf.

»Gern, mein Liebling. Wir haben uns ja noch gar nicht gesprochen.« Sie gab ihrem Mann ein Zeichen, zu ihr zu kommen. Carl nahm neben seiner Schwester Platz. Wenn die beiden Geschwister nebeneinandersaßen, konnte man die familiäre Ähnlichkeit gut erkennen. Die gleichen Augen und auch die Gesichtsform war ähnlich.

»Für mich einen ayurvedischen Tee, bitte, Iris.« Eve Godfrey nickte ihrer Haushälterin huldvoll zu.

»Habt ihr schon das Wetter draußen gesehen?«, erkundigte sich der Vater und nahm zusammen mit seiner Frau gegenüber von uns Platz.

»Wir haben uns eben darüber unterhalten, dass es ordentlich geschneit hat«, bestätigte Alex.

»Ich habe gerade Nachrichten gehört und im Moment sieht es gar nicht gut aus«, fuhr Alex' Vater fort.

»Inwiefern?« Alex runzelte die Stirn. Ich hielt unbewusst die Luft an.

»Die Straßen rund um Haworth sind weitgehend gesperrt. Ich fürchte, ihr kommt heute nicht mehr nach London«, ließ Alex' Vater die Bombe platzen. »Die Räumungsdienste arbeiten auf Hochtouren, aber laut den Nachrichten ist nicht vor morgen früh damit zu rechnen.«

»Aber das geht doch nicht«, rutschte es mir heraus. Im gleichen Moment wurde mir bewusst, wie es in den Ohren der anderen klingen musste.

Alle am Tisch sahen mich verwundert an. Inklusive Alex.

»Ähm, also, ich meine wegen meiner Mitbewohnerinnen«, stotterte ich verlegen. »Wir wollten heute Abend zusammen Weihnachten feiern.«

»Aber heute ist doch Alexanders Geburtstag.« Verwunderung sprach aus Eves Gesicht.

Mist.

»Ähm, Alex feiert natürlich mit«, versuchte ich die Situation zu retten.

»Ach so.« Ihr Blick wanderte zu ihrem Sohn. »Ich schätze, daraus wird nichts. Die Beewethers haben gerade angerufen und gesagt, dass sie fast drei Stunden nach Sheffield gebraucht haben. Normalerweise sind es nur fünfzig Minuten maximal.«

Mein Herz fing an zu rasen. Noch einen Tag und eine Nacht mit Alex.

»Okay, da kann man nichts machen«, sagte Alex gleichgültig. Im Gegensatz zu mir schien er kein Problem damit zu haben, noch länger meinen Verlobten zu spielen.

»Umso schöner für uns. Dann können wir deinen Geburtstag zusammen feiern und lernen unsere zukünftige Schwiegertochter etwas besser kennen«, sagte Alex' Mutter freudig, den Blick auf mich gerichtet. »Ich fand ohnehin, dass ein Abend viel zu kurz ist. Wir bekommen dich kaum noch zu Gesicht. Was haltet ihr von einem schönen gemeinsamen Abendessen und anschließend einem Umtrunk? Allerdings müssten wir selbst kochen, denn Iris hat heute Abend frei.«

»Das klingt wunderbar. Nicht wahr, Violet?« Alex nahm meine Hand und warf mir einen liebevollen Blick zu. Es fiel mir schwer zu unterscheiden, was nur geschauspielert und was davon echt war.

»Ja, toll«, murmelte ich und zwang mich zu einem Lächeln. Das war die absolute Katastrophe. Ich musste unbedingt mit meinen Freundinnen sprechen.

»Dad und ich können ja zusammen kochen und ihr beiden Frauen macht es euch bei einem Glas Wein gemütlich«, schlug Alex vor.

»Eine hervorragende Idee.« Seine Mutter klatschte in die Hände.

»Dann ist es abgemacht.« Alex strahlte.

Iris reichte allen einen Becher.

»Den Kuchen hat mir Iris gebacken.« Alex deutete auf den wunderschönen Gugelhupf in der Mitte des Tisches. »Möchte jemand ein Stück davon?«

»Sehr gern.« Ich hob meinen Teller hoch, sodass er mir ein Stück drauflegen konnte.

»Du hast einen gesunden Appetit«, bemerkte Eve, den Blick auf mich gerichtet.

»Ja, leider«, gab ich seufzend zu. »Ich esse eben gern.«

»Und ich liebe jedes Gramm an ihr.« Alex gab mir einen Kuss.

»Ihr müsst unbedingt erzählen, wie ihr euch kennengelernt habt«, bat Eve.

»Genau genommen haben wir uns in London in meinem Lieblingspub das erste Mal getroffen. Da wusste ich noch gar nicht, dass Alex mein Boss werden würde. Er hat mir einen Drink ausgeben und ich habe ihn abblitzen lassen.« Ich grinste schief.

Alex' Mutter lachte vergnügt. »Ich wusste gleich, dass du mir sympathisch bist. Mein Sohn braucht eine Frau, die ihm Kontra gibt. Was meinst du, wie viele Diskussionen ich mit ihm geführt habe, als er noch klein war.« Sie schenkte ihm ein liebevolles Lächeln. »Ein kleiner Sturkopf mit dem Herzen am rechten Fleck.«

»Violet hat mir ziemlich die Hölle heiß gemacht am Anfang. Aber dann konnte ich sie davon überzeugen, dass ich eigentlich doch ein ganz netter Typ bin.« Die Grenze zwischen Wahrheit und Illusion war fließend.

»Manchmal hat das Schicksal eben seine Finger im Spiel«, meinte Alex' Mutter. »Und habt ihr schon einen Termin für eure Hochzeit geplant? Immerhin ging es ja mit eurer Verlobung ziemlich schnell.« Wie es aussah, war Eve eine Frau, die kein Blatt vor den Mund nahm.

Alle Augen ruhten auf uns. Meine Wangen fingen an zu glühen. Wahrscheinlich sah ich aus wie eine reife Tomate. Hastig senkte ich meinen Blick, damit es die anderen nicht sahen.

»Es war eben Liebe auf den ersten Blick. Zumindest für mich.« Es erschreckte mich, wie leicht ihm die Lüge von der Hand ging. Überrascht warf ich ihm einen Seitenblick zu. Auf seinem Gesicht lag ein breites Lächeln. Hätte ich nicht die Wahrheit gewusst, ich hätte es ihm geglaubt.

»Ehrlich gesagt haben wir uns noch keine großen Gedanken wegen des Termins gemacht«, beantwortete ich die Frage, bevor er es tun konnte und eventuell Dinge sagte, die mir nicht gefielen. »Wir wollten warten, bis sich alles bei der *Herway* eingespielt hat und uns dann um einen Termin kümmern.«

»Wissen eure Kollegen eigentlich von eurer Beziehung?«

Ich schluckte. Mit dieser Frage hatte ich nicht gerechnet. Alex und ich tauschten kurze Blicke.

»Bisher haben wir es niemandem erzählt. Wir wollten keine unnötige Unruhe reinbringen, zumal ich als Chef noch nicht fest im Sattel sitze«, übernahm Alex die Gesprächsführung. Damit hatte er den entscheidenden Punkt angesprochen, der mich beschäftigte.

»Das ist sehr vernünftig«, bestätigte Alex' Vater. »Es ist immer schlecht, wenn man Privates und Berufliches mischt.«

»Was haben deine Eltern zu der schnellen Verlobung gesagt?«, fuhr Alex' Mutter mit ihrer kleinen Fragerunde fort.

»Die waren begeistert«, sagte ich aufrichtig. »Wenn es nach meiner Mutter gegangen wäre, hätten wir noch unter dem Weihnachtsbaum geheiratet.«

Alle lachten.

»Catherine hat große Stücke auf Violet gehalten«, meldete sich Carl zu Wort.

»Hat sie dir das gesagt?« Die Augenbraue von Alex' Mutter schnellte verwundert nach oben.

»Ja, als wir uns das letzte Mal nach meiner Therapie getroffen haben«, gab Alex' Onkel freimütig zu.

Für einen Moment herrschte Schweigen am Tisch.

»Du warst wieder in Therapie?« Eve Godfrey sah ihren Bruder mit großem Erstaunen an. »Das wusste ich gar nicht.«

Carl schüttelte den Kopf. »Niemand wusste davon. Ich wollte meine Sucht in den Griff bekommen – ganz allein. Deshalb bin ich untergetaucht und habe mich in eine Suchtklinik einweisen lassen.«

Mit einem Mal war mir alles klar. Alex' Onkel war trocken. Deshalb der plötzliche Sinneswandel und das gesunde Aussehen. Wie es sich anhörte, hatte er niemanden aus der Familie davon in Kenntnis gesetzt, außer seine Schwester Catherine.

»Es war eine harte Zeit, aber ich habe es geschafft«, hörte ich ihn voller Stolz sagen. »Natürlich bin ich immer noch in Betreuung, aber mittlerweile bin ich fast vier Monate trocken.«

»Du bist trocken. Vier Monate«, wiederholte Eve ungläubig.

Carl nickte. »Es ist nicht immer leicht, aber ich weiß, dass ich es diesmal schaffen werde. Meine Betreuerin ist ebenfalls zuversichtlich. Ich habe sogar wieder angefangen zu fotografieren. Deshalb war ich auch bei Catherine«, fuhr er fort. »Ich hatte sie gebeten, mir eine Chance zu geben. Schließlich war ich mal ein ziemlich guter Fotograf.« Er zuckte mit den Schultern.

»Catherine hat mir gar nichts davon erzählt«, sagte Alex' Mutter betroffen.

»Ich wollte es dir selbst sagen. Leider kam dieser schreckliche Unfall und hat alles verändert.« Tränen hatten sich in seine Augen geschlichen.

»Carl, das tut mir so leid.« Eve sah aus, als würde sie jeden Moment losweinen.

Ein betroffenes Schweigen legte sich über uns wie eine schwere Decke.

»Wie es aussieht, hat das Leben andere Pläne für mich«, sagte Carl schließlich. Bitterkeit schwang in seiner Stimme mit.

»Und wie geht es dir jetzt?« Alex' Mutter hatte die Hand ihres Bruders ergriffen. Aus der Nähe war die Ähnlichkeit zwischen den Geschwistern deutlich zu sehen.

Carl zuckte mit den Schultern. »Es ist nach wie vor schwer. Vor allem in Phasen, wenn es mir nicht gut geht. Aber ich werde sehr gut betreut und das hilft mir, damit klarzukommen. Trotz all unserer Schwierigkeiten vermisse ich sie sehr.«

»Ich auch.« Eine Träne kullerte über das Gesicht von Alex’ Mutter. »Aber ich hoffe, dass sie bei uns ist und sich freut, dass wir miteinander gesprochen haben.«

Alex’ Vater gab seiner Frau einen Kuss. »Ich bin mir sicher, dass es so ist.«

»Danke, Liebling.« Eve Godfrey sah ihren Mann liebevoll an.

»Es tut mir leid wegen des Verlags«, sagte Alex mit belegter Stimme. Niemand am Tisch außer mir wusste von der misslichen Lage, in der er sich befinden musste.

»Das muss es nicht. Catherine war immer der Ansicht, dass ich kein Verleger bin, sondern ein Fotograf. Damals konnte ich sie nicht verstehen. Aber jetzt, wo ich meine Sucht besiegt habe, denke ich, dass sie recht hatte. Die Übernahme des Verlages wäre vielleicht eine Nummer zu groß für mich. Nicht, weil ich es nicht könnte, aber die Verantwortung wäre einfach zu viel. Zumindest zum jetzigen Zeitpunkt. Meine Betreuerin meinte, ich sollte erst einmal klein anfangen und mich auf das konzentrieren, was mir Spaß macht.«

Keiner sagte ein Wort.

Mit einem Mal verstand ich, warum Catherine diese groteske Formel eingebaut hatte. So hatte sie zwei Fliegen mit einer Klappe geschlagen. Ihr geliebter Neffe würde den Verlag übernehmen und noch dazu eine Frau an seiner Seite haben, das, was sie sich immer gewünscht hatte, und ihr Bruder war gezwungen, sein Leben selbst in die Hand zu nehmen.

»Danke, Carl. Ich weiß deine ehrlichen Worte zu schätzen.« Alex reichte seinem Onkel die Hand.

Alex’ Mutter schniefte. »Warum hast du nicht mit mir gesprochen, ich bin doch auch deine Schwester?«

»Weil ich dich und Howard schon oft genug enttäuscht habe. Ich wollte es ohne Hilfe schaffen und mir selbst beweisen, dass ich es kann.«

»Aber wir hätten dir gern geholfen.« Alex' Vater war aufgestanden, um seinen Schwager zu umarmen. »Du bist Familie und da ist es selbstverständlich, dass man zusammenhält. In guten wie in schlechten Zeiten.«

»Danke. Wie ihr wisst, bin ich kein Heiliger und wahrscheinlich hätte ich den Verlag trotzdem übernommen, wenn es dazu gekommen wäre. Aber seit ich weiß, dass Catherines Vermächtnis an Alexander übergeht, habe ich mich bei verschiedenen Produktionen beworben.« Ein zartes Lächeln breitete sich auf Carls Gesicht aus und das erste Mal, seit ich ihn kennengelernt hatte, fand ich ihn sympathisch. »Nach den Feiertagen habe ich ein Bewerbungsgespräch bei einem großen Studio. Das wäre zumindest ein Anfang.«

»Ich bin mir sicher, dass die dich nehmen werden«, sagte Alex' Mutter zuversichtlich.

»Hoffentlich. Ich werde euch davon berichten.« Er prostete uns mit seinem Kaffeebecher zu.

Unauffällig beobachtete ich Alex, der nachdenklich seinen Becher in der Hand hielt. Das Gespräch mit seinem Onkel hatte die ganze Sache in ein neues Licht gerückt. Ich war gespannt, seine Ansicht dazu zu hören.

»Würdet ihr mich entschuldigen? Ich möchte meine Freundinnen anrufen und ihnen sagen, dass ich heute nicht kommen werde«, bat ich. Es war bereits kurz nach zwei und wir saßen noch immer in der Küche. Der Kaffee war längst ausgetrunken und der Kuchen gegessen, den Iris uns auf den Tisch gestellt hatte.

»Aber natürlich, meine Liebe«, sagte Alex' Mutter mit einem milden Lächeln. Die Tränen, die sie wegen ihrer verstorbenen Schwester geweint hatte, waren getrocknet.

»Ich komme gleich nach.« Alex gab mir einen Kuss und löste eine Flut an Gefühlen bei mir aus. Der Vormittag war anders verlaufen, als ich es mir vorgestellt hatte. Das Gespräch mit Carl hatte auch mich emotional aufgewühlt.

»Wir sehen uns später.« Alex' Mutter lächelte mir zu.

»Ich freue mich darauf«, erwiderte ich. Tatsächlich hatte ich Alex' Eltern von einer ganz anderen Seite kennengelernt als am Vorabend, als sie sich mir gegenüber eher oberflächlich und distanziert präsentiert hatten. Nach Carls Offenbarung war die Stimmung umgeschlagen und die Spannungen, die im Raum gelegen hatten, waren einer gewissen Erleichterung gewichen.

Nachdenklich ging ich den schmalen Flur bis zum Cottage entlang.

Erst als die Tür ins Schloss gefallen war, holte ich mein Handy aus der Tasche und wählte Florence' Nummer.

Es klingelte. Einmal. Zweimal. Dreimal.

Gerade als ich auflegen wollte, meldete sie sich.

»Hallo, Violet. Entschuldige, aber ich habe eben den Truthahn in den Ofen gesteckt und konnte nicht schneller ans Telefon.«

»Du kochst?«, fragte ich erstaunt. Seit wir zusammenwohnten, hatte ich Florence erst einmal am Herd gesehen und das war, um Wasser für einen Tee aufzusetzen.

»Da staunst du, was. Allerdings ist Kochen vielleicht nicht der richtige Ausdruck. Mum hat mir einen Truthahn mitgegeben und den wärme ich gerade für uns auf. Vincent ist übrigens auch zu Besuch. Wann kommst du?«

»Ich-habe-mit-Alex-geschlafen«, platzte ich heraus, ohne weiter auf ihre Frage einzugehen.

»Waaas?« Es raschelte. »Laurie, Vincent. Violet hat mit ihrem Boss gevögelt.«

Ich stöhnte. »Hey, du sollst das nicht gleich herausposaunen! Eigentlich wollte ich es nur dir erzählen und nicht der ganzen Welt.«

»Du sagst selbst immer, dass wir eine große Familie sind. Also stell dich nicht so an. Ich habe den Lautsprecher angestellt, damit die beiden mithören können«, verkündete sie. Ich stöhnte erneut.

»Hallo, Violet«, meldete sich Vincents Stimme fröhlich.

»Du Tier«, folgte Lauries. »Also bist du doch schwach geworden.« Es war eine Feststellung und keine Frage.

»Wir wollen alles wissen«, flötete Florence wie immer, wenn sie etwas von ihrem Gegenüber wollte. »Wie war es? Hat er einen großen Schwanz? Ich will alles wissen. Mein Gott – du und Mr Sexy Godfrey. Ich fasse es nicht.«

»Ich werde die letzte Frage auf keinen Fall beantworten«, gab ich zurück.

»Jetzt sei doch nicht so prüde.«

»Ich bin nicht prüde, aber das ist meine Privatsache.«

»Wir sind deine besten Freundinnen. Vor uns brauchst du kein Blatt vor den Mund zu nehmen«, sagte Florence. Ich konnte förmlich sehen, wie sie den anderen zunickte.

»Das könnt ihr vergessen«, sagte ich entschieden.

»Ach, komm schon. Es ist doch viel schöner, wenn man seine Freunde an seinem Glück teilhaben lassen kann«, sagte Vincent.

»Okay, ich sage nur so viel.« Ein hysterisches Kichern entwich meiner Kehle. »Wisst ihr, wie wir das Überziehen der Kondome an einer Banane geübt haben?«

»Na klar, wie könnte ich diesen denkwürdigen Abend vergessen«, meinte Florence. »Wir waren betrunken wie zehn Matrosen und du hast anschließend kotzend über dem Klo gehangen.«

»Danke, dass du mich daran erinnert hast«, entgegnete ich trocken. »Eigentlich wollte ich nur sagen, dass die Banane ein perfektes Objekt zum Üben war.«

Florence brüllte los. »O mein Gott. Das ist ja voll Porno. Alex Long Don Godfrey.«

»Schrei nicht so laut!« Panisch schaute ich mich um. »Sonst hört er dich noch. Gut, dass du nicht beim Geheimdienst arbeitest.«

»Wo ist Long Don Godfrey denn? Liegt er etwa neben dir?«, fragte Vincent.

»Wie war es?«, rief Laurie dazwischen.

»Wenn ihr mich mal zu Wort kommen lassen würdet, würde ich es euch ja sagen.«

»Also schieß los!«, ergriff Florence das Wort.

»Es war unglaublich, zärtlich, wahnsinnig, hammertoll. Der beste Sex meines Lebens. Ich hatte noch nie einen derart intensiven Orgasmus wie mit Alex.« Ich machte eine Pause. Allein der Gedanke daran ließ die Schmetterlinge in meinem Bauch nervös flattern. »Der Mann ist ein Sexgott. Ich werde nie wieder normal duschen können.«

»Ihr habt es unter der Dusche getrieben?«, fragte Laurie.

»Heute Morgen.« Ein Lächeln breitete sich bei dem Gedanken an das, was wir getan hatten, auf meinem Gesicht aus.

»Du Tier. Da lässt man dich einmal mit einem Typen allein und schon verwandelst du dich in eine männermordende Sirene.«

»Das liegt wohl eher an dem Objekt meiner Begierde. Der Mann ist unersättlich.«

»Den Eindruck habe ich auch. Du scheinst einen echten Glücksgriff gemacht zu haben«, sagte Laurie.

»Ich habe dir gleich gesagt, dass der Typ gut im Bett ist, wenn er so mit seiner Zunge umgehen kann«, meinte Florence fröhlich. »Und wie geht es jetzt weiter?«

»Aber genau das ist mein Problem. Ich weiß es nicht«, erklärte ich mit gesenkter Stimme. »Alex ist mein Boss und noch dazu haben wir einen Deal miteinander geschlossen. Verlobt über Weihnachten, mehr nicht.«

»Darüber hättest du dir vielleicht vorher Gedanken machen sollen«, meinte Laurie trocken.

»Hast du mir nicht gesagt, ich soll es einfach genießen?« Missmutig setzte ich mich auf die Bettkante. Mein Blick wanderte zu dem kleinen Dachfenster, wo die Schneeflocken vorbeisegelten.

»Genießen, nicht verlieben«, konterte Laurie.

»Ich weiß«, sagte ich kleinlaut. »Aber jetzt habe ich den Salat. Ich kann unmöglich am Montag zurück ins Büro und so tun, als wäre nichts passiert.«

»Wie ist es denn überhaupt dazu gekommen?«, wollte Laurie wissen.

In wenigen Worten erzählte ich meinen Freunden von den Vorkommnissen der letzten vierundzwanzig Stunden, seit wir das Haus meiner Eltern verlassen hatten.

Als ich fertig war, herrschte kurz nachdenkliches Schweigen. Ich konnte förmlich sehen, wie die drei bedeutungsvolle Blicke austauschten.

»Also ich finde die ganze Sache gar nicht so schlimm, wie du sie darstellst. Du hattest den geilsten Sex deines Lebens und noch dazu mit einem heißen Typen. Das kann nicht jeder von uns behaupten«, sagte Florence schließlich. »Ich hatte heißen Sex mit meinem Vibrator. Laurie hatte gar keinen Sex und bei Vincent bin ich mir nicht sicher. Eigentlich müsstest du mit einem seligen Grinsen durch die Gegend laufen und dich den ganzen Tag nur freuen.«

»Aber so einfach ist das nicht. Wir hatten einen Deal. Zwei Singles, die sich gegenseitig helfen, und jetzt ist daraus so viel mehr geworden. Der böse Onkel ist gar nicht so böse und der Deal ist kein Deal mehr.«

»Hm, wenn du in die Scheiße greifst, dann aber richtig«, meinte Vincent.

»Danke, wenigstens einer, der mich versteht. Und was soll ich jetzt machen?« Verzweiflung mischte sich in meine Stimme.

»Bist du verliebt in Alex?«, stellte Florence die entscheidende Frage.

Nachdenklich spielte ich mit einer Haarsträhne. »Ich glaube schon.«

»Du glaubst?«, hakte Laurie gewohnt direkt nach.

»Wir kennen uns erst so kurz und außerdem ist er mein Boss.«

»Das eine hat nichts mit dem anderen zu tun«, konterte Florence.

»Hat es doch. Denn ich darf mich nicht in meinen Boss verlieben«, sagte ich entschlossen.

»Willst du mich oder dich davon überzeugen?«, fragte Florence.

»Hm.« Ich knabberte an meiner Unterlippe. Etwas, was ich immer tat, wenn ich mir nicht sicher war.

»Was ist mit Alex? Hat er dir gegenüber irgendwelche Andeutungen gemacht, was er für dich empfindet?«, erkundigte sich Florence.

»Kein Wort. Zumindest nicht, wenn wir allein waren.« Ich dachte daran, was er heute in der Küche gesagt hatte. Gab es vielleicht eine Möglichkeit, dass er auch in mich verliebt war? Für einen Moment schlug mein Herz hoffnungsvoll schneller. Dann schimpfte ich mich eine Närrin. Alex hatte ziemlich deutlich klargemacht, dass er nicht auf der Suche nach einer Frau fürs Leben war.

»Rede mit ihm. Erzähl ihm von deinen Gefühlen. Dann weißt du, woran du bist«, schlug Laurie vor.

»Vielleicht hast du recht. Aber nicht, solange wir hier bei seinen Eltern sind«, sagte ich bestimmt.

»Ich habe immer recht. Das vergisst du nur manchmal.« Das Lächeln in ihrer Stimme war nicht zu überhören. »Sprich mit Alex, sobald sich die richtige Gelegenheit bietet. Sag ihm, was du für ihn fühlst. Du hast schließlich nichts zu verlieren, sondern nur zu gewinnen.«

»Mhm.« Ich dachte daran, wie ich am Montag all meinen ahnungslosen Kollegen in die Augen schauen sollte. Wenn Chloe wüsste, dass Alex und ich Sex gehabt hatten, würde sie ausflippen. Etwas, was auf keinen Fall passieren durfte.

»Du hast noch gar nichts von Haworth erzählt«, sagte Florence.

»Das Örtchen ist absolut bezaubernd. Wie aus einer Postkarte.« Ich schilderte meinen Freundinnen das Cottage und das Landhaus. »Alex und ich wollen gleich einen Spaziergang machen. Hier sieht es aus wie im Winterwonderland. Noch nie in meinem Leben habe ich so viel Schnee gesehen.«

»Beneidenswert«, sagte Laurie. »Hier hat es auch geschneit, aber die Straßen sind schon wieder grau. Also genieß es.«

»Das werde ich.«

»Und wie sind die Eltern von Alex?«, fragte Vincent.

»Schwer zu sagen«, überlegte ich laut. »Sehr herzlich zu mir, aber auf der anderen Seite sehr auf sich fixiert.« Ich erzählte meinen Freundinnen von der Überraschungsparty und dem heutigen Frühstück.«

»Klingt ganz so, als ob Iris die Seele des Hauses ist«, sagte Laurie nachdenklich und hatte wie immer den Nagel auf den Kopf getroffen.

»Ja, ich schätze, das ist der Preis, wenn man berühmte Eltern hat, die ständig unterwegs sind.« Schritte näherten sich. »Ich muss Schluss machen.«

»Alles klar. Pass auf dich auf!«, rief Laurie.

»Und tu nichts, was ich nicht täte«, krähte Florence aus dem

Hintergrund. Ich hörte Vincent lachen.

»Werde ich mir merken. Ich hab euch lieb.«

»Wir dich auch«, ertönte es fröhlich.

Hastig legte ich auf. Mein Blick wanderte zum Fenster, wo die Schneeflocken ohne Unterlass auf den Boden rieselten wie ein Vorhang, der sich bewegte. Das Schicksal hatte mir weitere vierundzwanzig Stunden in Alex' Nähe gegeben und ich hatte beschlossen, die bis zur letzten Minute auszukosten.

27. Violet

»Mit einem lieben Gruß von meiner Mutter.« Alex streckte mir ein Paar braune Lederhandschuhe entgegen, die mit Lammfell gefüttert waren. Genau das Richtige für die Wetterverhältnisse, die im Moment draußen herrschten.

Gut gelaunt zog ich sie über. Die Handschuhe saßen wie angegossen und das Fell war herrlich kuschelig.

»Und, passen sie?« Alex sah mich fragend an.

»Perfekt.« Wie zum Beweis hob ich meine Hände mit den Lammwollhandschuhen in die Höhe.

»Wunderbar. Du siehst aus wie eine moderne Eisprinzessin.« Sein Blick glitt bewundernd über mich hinweg. Ich hatte meine Jeans, einen dicken Pullover und darüber meinen Mantel gezogen. Meine Füße steckten in den Stiefeln, die Florence mir vorsorglich eingepackt hatte. Dank Eve musste ich auch keine kalten Hände mehr fürchten. Auf dem Kopf thronte meine Mütze.

»Ich fühle mich auch so«, gab ich zu. »Du siehst aber auch nicht schlecht aus. Ein bisschen wie Olaf.«

»Olaf?« Alex überlegte. »Olaf, ist das nicht der singende Schneemann?«

»Yep, genau der.«

»Du Schlange.« Mit einem Ruck hatte er mich hochgehoben und gab mir einen Kuss.

»So spricht man aber nicht mit seiner Verlobten.« Ich fuhr mit der Hand durch seine Haare.

»Vielleicht sollte ich dir den Hintern versohlen, wenn du so frech bist.«

»Untersteh dich. Dafür musst du mich erst einmal kriegen.« Lachend stürmte ich aus der Tür in den Flur und wäre um ein Haar mit Iris zusammengestoßen.

»Nicht so stürmisch.« Iris stand mit zwei Backblechen in der Hand vor mir.

»Entschuldigung.« Eine verräterische Wärme hatte sich auf meine Wangen geschlichen. Alex stellte sich neben mich, den Arm um meine Taille gelegt.

»Kein Thema. Ich war auch mal jung.« Sie reichte Alex die beiden Bleche. »Wiedersehen macht Freude.«

»Du bekommst sie heil zurück. Versprochen.« Lächelnd nahm Alex sie entgegen.

»Was willst du denn damit?«, fragte ich erstaunt. »Eiskekse backen?«

Alex sah mich geheimnisvoll an. »Lass dich überraschen.«

Ich stöhnte gespielt. »Als ob mein Bedarf an Überraschungen noch nicht gedeckt ist.«

»Viel Spaß, ihr beiden.« Iris lächelte verschwörerisch. Frodo tauchte neben ihr auf und sah uns mit großen Augen an.

»Na, mein Kleiner.« Ich streichelte dem Jack Russell über sein glattes Fell. »Wir würden dich ja gern mitnehmen, aber der Schnee ist wirklich zu hoch für dich.« Alex und ich hatten kurz überlegt, Frodo auf dem Schlitten mitzunehmen, aber angesichts der kühlen Temperaturen und des konstanten Schneefalls hatten wir uns entschlossen, ihn in der Obhut von Iris zu lassen.

»Macht euch keine Sorgen«, sagte Iris. »Frodo und ich machen es uns vor dem Kamin gemütlich.«

»Mein Kleiner, pass gut auf Iris auf.« Alex drückte seinen Hund zum Abschied liebevoll an sich.

Frodo bellte laut, als wollte er sagen: *Alles klar, Kumpel. Du kannst dich auf mich verlassen.*

»Na, dann los.« Alex schnappte sich meine Hand.

Ein eiskalter Wind blies mir ins Gesicht und zerrte an den Kleidern, als ich nach draußen trat. Ich war froh, dass ich mir ein warmes Shirt unter den Pullover gezogen hatte, denn selbst durch den dicken Mantel drang die Kälte. Die Luft war herrlich klar und der Schnee war weniger geworden. Im Gegensatz zu gestern konnte man zumindest die Landschaft wieder erkennen.

Kein Laut war zu hören, lediglich das Knirschen des Schnees unter unseren Füßen, als wir den schmalen Weg vom Landhaus runter zur Straße gingen. Dicke Schneeflocken segelten an uns vorbei und legten sich auf die blütenweiße Decke, die die Landschaft überzog. Die Äste der Tannen hingen schwer nach unten, als könnten sie die Last kaum noch tragen und die Büsche hatten sich in weiße Bälle verwandelt, die mit dem Boden verschwammen.

Es war wunderschön. Ruhig und friedlich. Ich nahm einen tiefen Atemzug. Sofort füllten sich meine Lungen mit der klaren Luft und ich spürte, wie die Energie durch die Adern floss.

In London war die Freude über Schnee immer ein kurzes Vergnügen. Der Verkehr kam zum Erliegen und die Straßen waren mit stinkenden Autos verstopft, deren Abgase die weiße Pracht innerhalb von Stunden in eine graubraune Matsche verwandelten.

Hier war kein Auto weit und breit zu sehen. Der Winter hatte die kleine Ortschaft fest im Griff. Auf den Dächern der umliegenden Häuser lag eine hohe Schicht der weißen Pracht und aus den Schornsteinen stiegen kleine Wölkchen wie Rauchzeichen empor.

Hier und da blinkte eine Lichterkette in den Schaufenstern der örtlichen Geschäfte.

Zwei Gestalten kamen uns dick eingemummelt entgegen, um im nächsten Hauseingang zu verschwinden.

Ein älterer Mann mit einem Schneeschieber in der Hand kämpfte einsam gegen die Schneemassen an, die sich vor seiner Haustür aufgebaut hatten. Ein Schild über dem Eingang verriet, dass es sich um eine Bäckerei handeln musste. Das winzige Schaufenster war mit Eisblumen überzogen, die den Blick in das Innere des Hauses verwehrten.

Ansonsten war niemand unterwegs.

»Mr Harris«, begrüße Alex den Mann lächelnd.

»Alexander!« Die grauen Äuglein des Unbekannten musterten uns neugierig. Sein Gesicht war von der Anstrengung gerötet. Er hatte sich einen Schal fest um den Hals gebunden und atmete schwer. »Das ist ja eine Freude. Wie ich sehe, bist du nicht allein. Guten Tag, Miss.«

»Guten Tag«, grüßte ich freundlich zurück.

»Ganz schön viel Schnee«, sagte Alex, den Blick auf die Berge seitlich des Weges gerichtet, die sich dort bereits türmten.

»Allerdings. Aber ich möchte nicht, dass jemand stürzt. Deshalb habe ich angefangen, den Gehweg zu räumen.« Er deutete auf die schmale freie Spur vor der Bäckerei.

»Wenn Sie möchten, erledige ich den Rest und Sie ruhen sich aus, Mr Harris«, schlug Alex vor.

»Das wäre großartig, mein Junge. Ich merke einfach, dass ich nicht mehr die Kraft wie früher habe.« Mr Harris warf Alex einen dankbaren Blick zu.

»Kein Problem.« Alex sah mich fragend an, als müsste er sich mein Einverständnis holen.

»Nein, überhaupt nicht.« Ich nahm die Backbleche, damit er

die Hände frei hatte. Wieder eine Seite, die ich noch nicht an Alex kannte. Es war rührend zu sehen, wie er sich um den alten Herrn kümmerte.

Der Blick von Mr Harris wanderte von mir zu Alex und wieder zurück. »Du hast ziemliches Glück, Alexander, dass du so eine hübsche Frau hast«, lautete sein abschließendes Urteil.

Ich wollte antworten, dass wir nicht verheiratet waren, aber Alex kam mir zuvor.

»Das finde ich auch.« Lächelnd nahm er Mr Harris die Schneeschippe ab und geleitete ihn den schmalen Weg bis zum Eingang des Hauses.

»Vielen Dank.« Mr Harris schlurfte zwei Schritte in den Flur, um dann in der Tür zu verschwinden. Anscheinend handelte es sich bei dem älteren Herrn um den Bäcker des Örtchens.

»Mr Harris gehört die Bäckerei«, bestätigte Alex meine Vermutung. »Wenn ich früher zur Schule gegangen bin, hat er mir immer ein Butterbrot oder ein süßes Teilchen geschenkt, wofür ich ihm sehr dankbar war. Meine Mutter hat mir nämlich immer nur gesunde Sachen eingepackt.« Bei dem Wort *gesunde* machte er Gänsefüßchen in der Luft. »Paprika, Möhren oder im besten Fall einen Apfel.«

»Verstehe«, erwiderte ich schmunzelnd. »Ich hätte auch gern einen Mr Harris gehabt. Meine Mum hat mir immer Brote mit Marmite geschmiert, das war nicht gerade der Hit.«

»Ich sehe schon, wir sind beide gebrannte Kinder.« Alex nahm die Schaufel zu Hand.

»Kann ich dir helfen?« Ich legte meinen Kopf leicht schräg.

»Es reicht, wenn du bewundernd an der Seite stehst«, erwiderte er lächelnd.

»Nichts leichter als das.« Ich hatte den Satz noch nicht zu Ende gesprochen, als die Gestalt von Mr Harris im Türrahmen des

Cottage auftauchte. »Miss.«

Ich eilte zu ihm.

»Das ist für Sie beide. Meine Spezialität – Ingwerkekse.« Mit einem breiten Lächeln reichte er mir eine braune Tüte. »Früher hat Alexander sie geliebt.«

»Danke, Mr Harris.« Artig nahm ich die Tüte entgegen. »Aber ich bin mir sicher, das wäre nicht nötig gewesen.«

»Genauso wie es nicht selbstverständlich ist, was Alexander da gerade macht. Der Junge hat sich in all den Jahren nicht verändert. Ist noch immer der gleiche gute Kerl, der er schon als Kind war.«

»Ja, das stimmt.« Nachdenklich schaute ich zu Alex, der gerade eine gehäufte Ladung Schnee scheinbar mühelos an den Seitenrand beförderte.

»Geben Sie gut auf sich acht und halten Sie Ihr Glück fest. Das ist nicht normal.« Mit einem bedeutungsvollen Blick verschwand er wieder in der Tür. »Frohe Weihnachten.«

»Frohe Weihnachten.« Nachdenklich sah ich der gebückten Gestalt hinterher.

Wie sollte ich ein Glück festhalten, das ich mir durch einen Deal erkauft hatte?

»Ich bin fertig«, riss mich Alex' Stimme aus meinen Gedanken. Er hatte den Gehweg in Windeseile von dem Schnee befreit und lehnte die Schneeschaufel gegen die Hauswand, sodass sie geschützt war.

Mit wenigen Schritten war ich bei ihm. »Mit lieben Grüßen von Mr Harris.« Ich hielt ihm die Tüte entgegen.

»Sind das Ingwerkekse?« Seine Augen leuchteten, als hätte jemand von innen eine Glühbirne angeknipst.

Ich lachte vergnügt. »Sind es, aber du wirst sie wohl mit mir teilen müssen.«

Er öffnete die Tüte und verdrehte genießerisch die Augen, als er einen der Kekse herauszog. »Ausnahmsweise. Allerdings kostet das eine Kleinigkeit.«

»Und was wäre das?«

»Ein Kuss würde genügen.« Unsere Blicke trafen sich. Auf seine Haare hatten sich die Schneeflocken wie eine weiße Haube gelegt. Seine Augen schimmerten wie Kristalle im Licht, fast unwirklich. Er sah unglaublich heiß aus.

Ohne zu zögern, ging ich auf die Zehenspitzen und küsste ihn. Seine Lippen waren herrlich warm und weich. Verdammt, wie konnte ein Mensch nur so gut küssen.

Als er sich von mir löste, spielte ein Lächeln um seinen Mund. »Ich denke, du hast dir den Keks redlich verdient.« Er wedelte mit einem davon vor meinem Gesicht herum.

»Sehr gut.« Grinsend nahm ich einen Bissen. Tatsächlich schmeckten sie ausgezeichnet.

Alex hatte ebenfalls ein Stück abgeknabbert und strahlte wie ein Junge, dem man Zuckerwatte geschenkt hatte.

»Jetzt weiß ich, warum du so geschwärmt hast. Die sind wirklich köstlich«, quetschte ich kauend hervor.

»Noch eine Sache, die wir gemeinsam haben.« Gut gelaunt schnappte er sich die Backbleche. »Aber wir sollten langsam los, damit es nicht zu spät wird.«

Wir folgten der Straße vorbei an den Häusern von Haworth, bis wir das Ortsende erreicht hatten.

Ab hier reichte uns der Schnee bis zu den Knien und wir kamen nur langsam voran.

»Da vorn ist es.« Alex deutete mit der freien Hand auf eine Baumgruppe, die schätzungsweise zweihundert Meter von uns entfernt war.

Ich kniff die Augen zusammen, konnte aber nichts Besonderes erkennen. Artig folgte ich ihm langsam durch den tiefen Schnee einen Hügel hoch, bis wir die Kuppe erreicht hatten. Atemlos blieb ich stehen.

Vor uns breitete sich die weiße Landschaft von Yorkshire mit ihren sanft geschwungenen Hügeln aus. Trockensteinmauern zogen sich durch das Gelände und grenzten die Felder, die sich unter dem Schnee verbargen, voneinander ab. Ein leises Blöken war in der Ferne zu hören. Ein paar hundert Meter entfernt stand ein altes Cottage.

»Wunderschön!«, rief ich. Winzige weiße Atemwölkchen stiegen hoch. »Ich komme mir vor, als ob ich in einem 3-D-Kino sitze.«

»Das hier ist einer meiner Lieblingsspots. Iris hat mir die Stelle gezeigt, als ich noch klein war.«

»Du und Iris seit sehr verbunden miteinander«, stellte ich fest.

»Ja, sie war immer für mich da.« Alex reichte mir eines der Backbleche. »Hier, für dich.«

»Und was soll ich damit?«

»Du bist noch nie auf einem Backblech gerodelt?« Verwunderung sprach aus seinem Gesicht.

»Nein, wo auch.« Misstrauisch beäugte ich das Teil in meiner Hand.

»Dann wir es höchste Zeit.« Er legte das Blech auf den Schnee. »Los, du auch.«

»Ist das ein Scherz?« Ungläubig starrte ich ihn an.

»Nein, ich hätte auch einen Schlitten mitgenommen, bedauerlicherweise hat Mum meinen alten leider entsorgt. Aber das hier geht mindestens genauso gut.« Er nahm mir das Blech aus der Hand und legte es neben seinem auf den Boden. »Setz dich, sodass du dich seitlich festhalten kannst.«

»Ich weiß nicht«, sagte ich zögerlich.

»Du hast wohl Schiss.« Seine Augen ruhten prüfend auf mir.

Das ließ ich mir nicht zweimal sagen.

»Ich? Niemals.« Entschlossen setzte ich mich auf die Mitte der schwarzen Fläche.

»Sehr gut. Das hätte mich auch gewundert.« Seine Mundwinkel kräuselten sich, als er sich neben mir auf das zweite Blech setzte.

Mein Herz wummerte wie verrückt. Im Sitzen sah der Hügel wesentlich höher aus als im Stehen.

»Bist du so weit?« Alex warf mir einen kurzen Blick zu. »Mach mir einfach alles nach.«

Ich nickte, die Lippen fest aufeinandergepresst.

»Los gehts.« Ehe ich reagieren konnte, gab er mir einen kräftigen Schubs.

Mit einer Geschwindigkeit, die ich niemals für möglich gehalten hatte, raste der improvisierte Schlitten samt mir nach unten. Aus dem Augenwinkel sah ich Alex neben mir auftauchen.

Pulverschnee wirbelte hoch und hüllte uns wie eine Wolke ein. Ich stieß einen begeisterten Schrei aus. Alex war dicht neben mir und fast war ich versucht, nach seiner Hand zu greifen. Aber angesichts des halsbrecherischen Tempos verzichtete ich darauf.

Der eiskalte Fahrtwind zerrte an meinen Kleidern. Schneeflocken trafen auf mein Gesicht wie winzige Nadelstiche und die Haut fing an zu prickeln. Wir sausten vorbei an einer kleinen Baumgruppe, deren Äste schwer nach unten hingen. Mein Blech vibrierte unter mir und ehe ich mich's versah, hatte ich eine Drehung vollzogen und fuhr rückwärts weiter. Ich stieß einen spitzen Schrei aus.

»Violet.« Alex tauchte neben mir auf und streckte mir seine Hand entgegen. Hektisch griff ich danach. Seine Finger umschlossen mich fest und ein Gefühl der Sicherheit breitete sich in mir aus. Sekunden später hatte er es geschafft, mich wieder in die richtige Richtung zu drehen.

Rund um uns herum zeigte sich eine unberührte Schneelandschaft, wie ich sie noch nie in meinem Leben so erlebt hatte.

Adrenalin rauschte durch meine Adern und versetzte mich in Euphorie, während wir dem Ende des Hangs entgegenfuhren. Der Fahrtwind säuselte in meinen Ohren, als würde er mir etwas vorsingen.

Es gab nur noch Alex und mich.

Lachend hielt ich seine Hand, als das Ende des Hangs immer näher kam.

»Abbremsen!«, rief Alex mir zu. Er hatte die Beine ausgestreckt und stellte dabei die Fersen auf. Ich folgte seinem Beispiel. Schnee wirbelte auf. Aber das Tempo verlangsamte sich.

Leider hatten wir die kleine Bodenschwelle übersehen, die wie aus dem Nichts plötzlich vor uns auftauchte.

Die Bleche zischten darüber hinweg wie auf einer Schanze und für den Bruchteil eines Wimpernschlages brach das Geräusch ab und wir schwebten durch die Luft.

Ich stieß einen Jauchzer aus. Dann ging alles ganz schnell und ich verlor den Halt. Ehe ich reagieren konnte, drehte ich mich in der Luft und landete mit einem Schrei kopfüber auf der weichen Schneedecke, wo ich mit dem Gesicht nach unten liegen blieb.

»Violet«, hörte ich Alex' Stimme dumpf.

Ich drückte mich mit den Händen vom Boden ab und kam langsam nach oben.

Das Erste, was ich sah, waren Alex' Stiefel, die direkt neben meinem Kopf im Schnee standen.

»Violet, alles okay?« Alex beugte sich über mich und zog mich sanft nach oben.

»Ja, alles prima.« Ich schüttelte mich. Schnee flog zu allen Seiten. Ein Lachen stieg meine Kehle hoch. Mit einem Ruck landete ich sicher in Alex' Armen.

»Das war herrlich«, sagte ich lachend. »Können wir das noch mal machen?«

»Du verrücktes Huhn, ich dachte schon, dir ist etwas passiert.«
Seine Augen glitten sorgenvoll über mich hinweg.

»Mir geht es prima.« Geschmolzener Schnee tropfte mir ins Auge und ich blinzelte.

»Du hättest dich mal sehen sollen, wie du geflogen bist.« Ein Lächeln hatte sich in sein Gesicht geschlichen. »Das war besser als jeder Stunt.«

»So hat es sich auch angefühlt«, erwiderte ich noch immer lachend. Ein Glücksgefühl breitete sich in mir aus, wie ich es lange nicht mehr gehabt hatte. »Fantastisch.«

Unsere Lippen fanden sich. Leidenschaftlich und zärtlich zugleich. So musste sich der Himmel anfühlen.

Verdammt, ich war so hoffnungslos verliebt in Alex.

»Das war die beste Idee ever.« Völlig außer Atem ließ ich mich in den hohen Schnee fallen. Wir waren den Hang noch zweimal gefahren. Obwohl es kalt war, lief mir der Schweiß den Rücken runter. Mit jeder Fahrt waren wir mutiger geworden, hatten Drehungen vollzogen, während wir nach unten geschlittert waren. Das letzte Mal hatten wir die Bleche hintereinandergestellt und waren im Doppelpack nach unten gezischt. Dabei hatten mich Alex' Arme von hinten fest umschlossen gehalten.

»Du warst die beste Idee.« Alex beugte sich über mich. Schnee glitzerte auf seinen Haaren. Seine Augen schimmerten eisblau hinter den dunklen Wimpern, auf die sich winzige Eiskristalle gelegt hatten. Sein warmer Atem streifte mein Gesicht. Ich schlang meine Arme um seinen Hals.

»Küss mich.« Jede Faser meines Körpers sehnte sich nach ihm.

Ohne zu zögern, beugte er sich vor und legte seinen Mund auf meinen. Als seine Zunge meine Lippen durchstieß, gab ich ein leises Stöhnen von mir. Er schmeckte so gut. Wie sollte ich ohne ihn in meiner Nähe leben?

Sag es ihm. Sag ihm, was du fühlst. Nur mit Mühe widerstand ich meinem Impuls.

Mit einem Ruck hatte er mich herumgewirbelt, sodass ich auf ihm zum Liegen kam, ohne dabei den Kuss zu unterbrechen. Minutenlang lagen wir so innig in der Kälte vereint. Es hatte wieder angefangen, stärker zu schneien. Schneeflocken fielen auf mein Gesicht wie eisige Küsse.

Als wir uns voneinander lösten, waren die Worte verschwunden, die eben noch in meinem Mund gelegen hatten, aus Angst, ich könnte den Moment zerstören. Die Dämmerung hatte bereits eingesetzt.

»Ich denke, wir sollten uns langsam auf den Heimweg machen«, sagte Alex mit rauer Stimme.

Ich nickte stumm, noch immer von dem Moment gefangen. Schnee rieselte auf uns herab und es war komplett still, bis auf das heftige Schlagen meines Herzens.

Alex richtete sich auf und streckte mir die Hand entgegen. Lächelnd schlug ich ein und ließ mich von ihm hochziehen. Wie sollte es nur weitergehen?

28. Violet

Den ganzen Heimweg hatten wir kaum ein Wort gesprochen. Jeder hatte einfach nur die Nähe des anderen genossen und dabei seinen Gedanken nachgehangen, während wir uns eng umschlungen durch den Schnee zurück nach Willow Weed House gekämpft hatten. Es hatte aufgehört zu schneien und die Dämmerung hatte sich wie ein grauer Schleier über die Landschaft gelegt.

Als wir das kleine Örtchen erreicht hatten, waren wir von blinkenden Räumfahrzeugen empfangen worden, die die Straßen von den Schneemassen befreiten.

»Home sweet home.« Alex drückte die Tür zum Cottage auf.

»Gott sei Dank.« Ich zitterte am ganzen Körper vor Kälte trotz der warmen Sachen. Meine Zehen fühlten sich an wie abgestorben.

Das Feuer im Kamin brannte und es war kuschelig warm im Cottage.

»Was hältst du davon, wenn du dich in die Badewanne legst? Ich bringe Iris so lange die Backbleche zurück und hole Frodo ab«, schlug Alex vor. Seine Haare waren zerzaust und feucht vom Schnee. »Die Arme wartet bestimmt schon, damit sie nach Hause kann.«

»Gute Idee«, erwiderte ich zähneklappernd.

»Alles klar. Bis gleich.« Er beugte sich vor und gab mir einen zärtlichen Kuss, nicht ahnend, welche Lawine an Gefühlen er dabei in mir auslöste.

Mit vor Kälte steifen Gliedern ging ich die Treppe hoch ins Schlafzimmer und zog die nassen Sachen aus, um sie über den Stuhl vor dem Kamin zu hängen, damit sie trocknen konnten.

Ich tapste ins Badezimmer und drehte den Hahn der Badewanne auf. Anschließend nahm ich die Flasche mit dem Badeschaum, die neben der Wanne auf einer Ablage stand, und ließ ein wenig davon ins Wasser laufen.

Anschließend ging ich zum Waschbecken und betrachtete mein Gesicht im Spiegel.

Meine Augen leuchteten fast unnatürlich hinter meinen dunklen Wimpern. Meine Wangen waren gerötet und meine Lippen vom Küssen geschwollen. Ein Glanz hatte sich auf mein Gesicht gelegt, wie ich es noch nie zuvor an mir bemerkt hatte.

So siehst du also aus, wenn du verliebt bist.

Den ganzen Heimweg über war ich kurz davor gewesen, ihm meine Gefühle zu gestehen, aber dann hatte mir der Mut gefehlt. Auf der anderen Seite stand das Abendessen bevor und ich wollte Alex nicht seinen letzten Abend mit den Eltern verderben. Vor allem nicht, nachdem sie endlich die Probleme, die die ganze Familie belastet hatten, aus dem Weg geräumt hatten.

Ein herrlich blumiger Duft breitete sich in dem kleinen Zimmer aus.

Nachdenklich drehte ich den Wasserhahn an der Wanne ab. Ich strecke die Hand aus, um die Temperatur zu prüfen. Wunderbar.

Verfroren und müde ließ ich mich bis zum Hals in das warme Wasser sinken.

Sofort wurde ich von dem köstlich duftenden Schaum einge-schlossen. Genießerisch schloss ich die Augen, den Kopf gegen das Rückenteil der Wanne gelehnt. Eingehüllt in die angenehme Wärme des Wassers.

Die Bilder der letzten Tage tauchten in meinem Kopf auf und mit ihnen kam ein unfassbar schönes Glücksgefühl. Egal, wie die Sache zwischen mir und Alex ausgehen würde, ich würde diese kostbaren Erinnerungen wie einen Schatz in meinem Herzen aufbewahren, um mich daran zu erinnern, wenn ich einsam in meinem Bett in London lag. Denn eines war mir auf dem Heimweg klar geworden. Ich konnte unmöglich weiter für Alex arbeiten. Das wäre reiner Sadismus, ihm gegenüber zu sitzen und so zu tun, als wäre alles so wie vor Weihnachten.

Nichts war mehr so wie vor unserem Deal.

Ich hatte mich verliebt. So sehr, dass der Gedanke daran mir Angst machte. Deshalb hatte ich beschlossen zu schweigen und so gut es ging, meine letzten Stunden mit Alex einfach zu genießen. Diese perfekte heile Welt, in der es uns beide als Paar gab. Denn selbst wenn ich ihm mein Herz öffnen würde, war die Konsequenz die gleiche. Alex war mein Boss.

Ich hatte den Gedanken kaum zu Ende gedacht, als mich ein Geräusch hochschrecken ließ. Alex stand im Türrahmen und hielt eine Flasche und zwei Gläser in der Hand.

»Darf ich reinkommen?«, fragte er fast schüchtern. »Ich habe auch was mitgebracht.«

»Komm zu mir. Das Wasser ist herrlich warm.«

»In das kleine Ding?« Er schüttelte lachend den Kopf.

»Schade, du verpasst etwas.« Schmollend schob ich die Unterlippe vor.

»Als ob ich das nicht wüsste.« Seine Augen glitten begehrlich zu meinen Brüsten, wo sich ihm meine Nippel freudig unter dem Schaum entgegenreckten, als wollten sie ihn locken. »Aber ich leiste dir gern bei einem Glas Wein Gesellschaft.« Mit wenigen

Schritten war er bei mir und setzte sich auf den Stuhl.

Gluckernd lief die dunkelrote Flüssigkeit in die Gläser. »Den habe ich aus den Vorräten meiner Eltern gemopst«, verriet er augenzwinkernd.

»Ich werde dich nicht verraten«, erwiderte ich kichernd. Wir prosteten uns zu.

Der Rotwein war die reinste Geschmacksexplosion in meinem Mund. Kräftig, beerig, schokoladig mit einem Hauch Eichenfass darin.

Genüsslich leckte ich mir mit der Zungenspitze über die Oberlippe und ließ mich wieder zurück in das warme Wasser sinken.

Unsere Blicke trafen sich.

Alex hatte sein Glas abgestellt. Seine Hand tauchte in das Wasser und mit den Fingerspitzen fuhr er die Konturen meiner Rundungen nach. Ich schloss die Augen und genoss das Gefühl, von ihm liebkost zu werden. Langsam strich er über meine Brust und nahm meine Nippel zwischen seine Finger, um sie sanft zu kneten, gerade so, dass mein Lustzentrum erwachte.

Ich stöhnte leise und zwang mich dazu, die Augen geschlossen zu halten, während seine Finger mich verwöhnten.

Seine Hand glitt über meine Flanken bis runter zu meinem Venushügel, wo sie liegen blieb. Die Schmetterlinge in meinem Bauch waren zum Leben erwacht und flatterten aufgeregt. Als seine Finger in meine Mitte tauchten, riss ich die Augen auf und blickte geradewegs in Alex' Gesicht.

»Soll ich aufhören?«

»Untersteh dich.« Meine Stimme war kaum mehr als ein heiseres Krächzen.

Sein Daumen fing an, meine Perle mit kreisenden Bewegungen zu verwöhnen, während seine Finger tiefer in mich hineinglitten.

Es war unglaublich. Sein heißer Atem traf mein Gesicht. Unsere Lippen fanden sich und unsere Zungen spielten miteinander. Alles drehte sich in meinem Kopf.

»Alex. Ich will dich.«

»Sch. Lass dich fallen«, wies er meine Bitte ab. Seine Finger nahmen ihre Arbeit wieder auf und nur kurze Zeit später brachten sie mir die Erlösung, nach der ich mich sehnte.

»Wie sehe ich aus?« Lächelnd drehte ich mich vor Alex, sodass er mich von allen Seiten bewundern konnte. Ich hatte eine Kombi aus dem schwarzen Rock mit einer weißen Seidenbluse angezogen. Ein brauner Ledergürtel lag um meine Taille. Die Bluse hatte ich am Boden der Reisetasche entdeckt, zweifellos aus Florence' reichhaltigem Fundus. Dazu hatte ich eine schwarze Seidenstrumpfhose und Pumps angezogen. Meine Haare fielen weich über meine Schultern ohne Anzeichen, dass sie zicken würden. Anscheinend hatten sie beschlossen, ihren Frieden mit mir zu machen – zumindest für den heutigen Abend, wofür ich sehr dankbar war. Ich wollte, dass mich Alex' Familie als hübsch in Erinnerung behielt.

»Wie eine Frau, die gerade einen fantastischen Orgasmus in der Badewanne hatte«, beantwortete Alex meine Frage lächelnd.

»Woran das wohl liegt?«, schnurrte ich und schmiegte mich an ihn. Alex hatte sich ebenfalls umgezogen und sah in seiner schwarzen Hose und dem schwarzen Rolli geradezu fantastisch aus.

»Stets zu Diensten, Miss Lancaster.« Seine Mundwinkel kräuselten sich belustigt.

»Hast du dir schon überlegt, was ihr kochen wollt?«, fragte ich ihn.

»So, wie ich Iris kenne, hat sie den Kühlschrank voll mit

Köstlichkeiten. Eigentlich hatte ich an Spaghetti gedacht und dazu eine schöne vegetarische Soße mit Parmesan. Was meinst du?«

»Das klingt hervorragend.« Ich schenkte ihm ein Lächeln.

Wir setzten uns in Bewegung. Bis zur Küche waren es vom Cottage aus nur ein paar Schritte. *Der letzte gemeinsame Abend,* geisterte es durch meinen Kopf und um mein Herz legte sich eine eiskalte Hand. Unbewusst schüttelte ich mich, als könnte ich den Gedanken abschütteln. Leider ohne Erfolg. Die Angst vor dem, was danach kommen würde, hatte sich wie ein giftiger Stachel in meinem Herzen festgesetzt und der bedrückende Gedanke blieb.

Ich nahm einen tiefen Atemzug.

»Alles okay?« Alex musterte mich besorgt.

»Ja, alles prima. Ich habe nur daran gedacht, dass meine Freundinnen jetzt ohne mich feiern«, log ich.

»Das tut mir leid, dass ich dich nicht rechtzeitig nach Hause bringen konnte.« Das Lächeln war aus seinem Gesicht verschwunden und ich fragte mich, was der Grund dafür war.

Wir hatten die Küche erreicht.

Als wir eintraten, waren bereits alle Familienmitglieder dort versammelt.

»Da ist ja unser Geburtstagskind«, begrüßte uns Eve beschwingt. »Wir haben nur auf euch gewartet.« Sie deutete auf eine Schale, in der diverse Orangenschalen zusammen mit Cranberrys und zwei Zimtstangen in einer roten Flüssigkeit schwammen, als würden sie ein Bad nehmen.

Der Duft nach süßem Gebäck lag in der Luft, was den Keksen geschuldet war, die Iris vorsorglich gebacken hatte und die in einer roten Schale auf dem gedeckten Tisch standen.

»Weihnachtspunsch!«, rief Alex erstaunt.

»Ja, ich dachte, auf die guten alten Zeiten«, meldete sich Alex' Vater zu Wort, der zusammen mit Carl am Tresen stand.

»Mein Dad macht den besten Punsch auf der Welt«, erklärte mir Alex.

»Und sogar einen ohne Alkohol.« Carl deutete auf ein kleineres Gefäß direkt daneben.

»Dann lasst uns auf einen schönen Familienabend anstoßen, zusammen mit unserer zukünftigen Schwiegertochter«, fing Alex' Mutter an. »Wir haben es ein Stück weit dir zu verdanken, dass diese Familie wieder zusammengekommen ist. Hätte Alex dich nicht gefunden und sich in dich verliebt, wäre alles anders gekommen. Dafür möchte ich dir von Herzen danken.« Alex' Mutter sah mich an. In ihrem Blick lag so viel Dankbarkeit und Liebe, dass es mir fast den Atem nahm. Mit einem Mal kam ich mir wie eine Schwerverbrecherin vor. Als Alex und ich den Deal geschlossen hatten, hatte ich mir keine Gedanken über die Tragweite gemacht, aber je länger die ganze Situation andauerte, umso bewusster wurde mir, was es für alle bedeutete. Wir hatten mit Gefühlen von Menschen gespielt, denen wir wichtig waren und in deren Leben wir eine große Rolle spielten. Für einen winzigen Moment war ich versucht, mich zu offenbaren, aber dann blickte ich zu Alex, der mich mit diesem unergründlichen tiefen Blick ansah, und verzichtete darauf. Welchen Sinn hätte es, wenn ich die Wahrheit sagen würde, außer dass der gerade gefundene Frieden der Familie zerstört wäre. Also lächelte ich stattdessen und hob mein Glas. »Auf einen schönen Abend.«

Den Letzten, fügte ich im Stillen hinzu.

29. Alex

ast die ganze Nacht hatte ich wach gelegen und an nichts anderes als Violet gedacht und daran, wie es weitergehen sollte, während Violet friedlich an mich gekuschelt geschlafen hatte. Der Abend mit meiner Familie war harmonisch verlaufen. Wir hatten zusammen gekocht, Punsch getrunken und uns unterhalten. Dad hatte uns von seinen neuen Projekten erzählt und Mum hatte das Ganze humorvoll kommentiert. Carl war verhältnismäßig ruhig gewesen, aber ich hatte den Eindruck gehabt, dass es ihm gefallen hatte.

Mein Blick fiel auf Violet, die neben mir am Frühstückstisch saß, sie hatte ihren Kopf gegen meine Schulter gelehnt und unterhielt sich angeregt mit Mum. Die beiden Frauen schienen sich blendend zu verstehen.

Die letzten Tage mit ihr waren einfach unglaublich gewesen. Noch nie hatte ich mit einer Frau etwas Vergleichbares erlebt. Der Sex war fantastisch ebenso wie die Gespräche, die wir miteinander führten. Ich mochte ihren Humor, der genau auf meiner Wellenlänge war. Ihre Art zu denken und wie sie Probleme anging.

Trotzdem hatte ich den ganzen Abend das Gefühl gehabt, dass sie nicht bei der Sache war. Zwar hatte sie viel gelächelt und mit meiner Familie gescherzt. Aber ein paarmal hatte ich sie erwischt, wie sie mich mit diesem seltsamen, traurigen Blick angesehen hatte.

Bisher hatte sie keine Andeutung dazu gemacht, wie es mit uns weitergehen sollte, was ich ihr nicht verübeln konnte, schließlich wusste ich ja noch nicht einmal selbst, was ich tun sollte.

Das Gespräch mit Onkel Carl hatte mein ganzes Denken auf den Kopf gestellt. Mit einem Mal war er nicht mehr das schwarze Schaf und der ewige Verlierer. Er hatte sich in einen Kämpfer gewandelt, der sein Leben in die Hand genommen und sich aus eigener Kraft von den Dämonen, die ihn verfolgt hatten, befreit hatte. Mein schlechtes Gewissen war ins Unermessliche gewachsen.

Eigentlich hatte ich mit Violet darüber sprechen wollen, aber dann hatte sie verführerisch in der Wanne gelegen und meinen Verstand ausgeschaltet.

»Dann hoffe ich, dass ihr uns bald wieder besuchen kommt«, hörte ich Mum sagen.

»Wir sehen uns doch ohnehin beim Notar in zwei Wochen«, sagte Carl, den Blick auf mich gerichtet.

»Beim Notar?« Violet sah mich ebenfalls verwundert an.

»Das habe ich ganz vergessen zu erzählen«, murmelte ich.

»Darling, wie kann man so etwas Wichtiges vergessen?«, schimpfte Mum mich.

»Ich weiß auch nicht. Es war einfach so viel los.«

»Alex und du müsst zusammen zum Notar, damit das Testament vollstreckt werden kann«, erklärte Mum.

»Verstehe.« Etwas lag in ihrem Blick, das ich nicht deuten konnte. Sie knabberte nachdenklich an ihrer Unterlippe, was unglaublich süß und sexy aussah.

»Und dann ist endlich alles geklärt und Catherine hat ihren letzten Willen bekommen, wie sie es sich gewünscht hat.« Carl nahm einen Schluck aus seinem Becher. »Ich wollte euch gern noch etwas zeigen, bevor ihr abfahrt.« Er stand auf und holte eine schwarze Mappe aus dem Wohnzimmer. Fragend blickte ich in die Runde. Mum zuckte mit den Schultern und signalisierte mir, dass sie keine Ahnung hatte, was jetzt folgen würde.

Violets Blick wanderte zum Fenster. Etwas bedrückte sie, das konnte ich fühlen. Hatte sie kalte Füße bekommen wegen des Notartermins?

Carl legte die Mappe vor uns auf den Tisch. »Diese Fotos habe ich in der Klinik aufgenommen und ich wollte eure Meinung dazu hören.« Er schlug die erste Seite auf. Neugierig beugte ich mich nach vorn, um besser sehen zu kennen. Es war ein Schwarz-Weiß-Porträt.

Ein Mann blickte direkt in die Kamera, dessen Gesicht von der Sucht gezeichnet war. Tiefe Falten zogen sich durch seine Haut wie Gräben. Stumme Zeugen des Leids, das er durchlebt hatte. Die Augen des Mannes nahmen den Betrachter direkt gefangen. Eine Träne kullerte über die eingefallene Wange des Unbekannten.

Leid, Trauer, aber auch Lebensfreude lagen darin und spiegelten die Emotionen des Patienten wider.

Ich war völlig fasziniert, wie es Carl gelungen war, diesen Moment mit all seinen Emotionen einzufangen.

»Wow!«, war alles, was ich sagte. Zu mehr war ich nicht imstande. Carl blätterte um. Das nächste Porträt zeigte eine Frau. Ich schätzte sie auf Mitte vierzig. Auch ihr Gesicht wies Spuren von der Sucht auf. Trotzdem war sie durchaus als hübsch zu bezeichnen. Wie schon auf dem Bild zuvor waren es auch hier die Augen und der Blick, die den Betrachter in seinen Bann schlugen. Ein Meisterwerk, so viel war sicher.

Violet, die neben mir saß, nahm meine Hand und drückte sie fest. Ihre Augen schimmerten feucht.

Das nächste Foto zeigte einen jungen Mann. Tattoos schlängelten sich über seine Brust und die Arme bis hoch zum Hals. Seine Haare waren abrasiert und obwohl er noch jung war, hatte er den Ausdruck eines Hundertjährigen.

»Carl, die sind unglaublich«, sagte Mum mit brüchiger Stimme. »Sind das alles Patienten?«

»Ja, wir alle teilen das gleiche Schicksal«, erklärte Carl mit ernster Stimme.

»Die Aufnahmen sind brillant«, lautete Violets abschließendes Urteil. »Was meinst du, Alex?«

»Ich bin genau deiner Meinung. Hast du sie schon jemandem gezeigt oder angeboten?«

Carl schüttelte den Kopf. »Angeboten schon, aber die meisten meinten, das Thema wäre zu ernst und nichts für sie.«

»Hm.« Nachdenklich fuhr ich mir mit der Hand über das Kinn. »Wir könnten doch eine Kampagne starten, in der wir über die Schicksale dieser Menschen berichten. Die *Herway* ist zwar eigentlich mehr eine unterhaltsame, auf Mode und Trends basierende Zeitschrift. Aber warum nicht mal etwas Neues ausprobieren? Es könnte die Aufmerksamkeit der Presse auf uns ziehen und wer weiß, vielleicht würden wir am Ende sogar Leser dazugewinnen«, schlug Violet vor. Ihre Augen waren fest auf mich gerichtet.

»Ja, die Idee ist gar nicht so schlecht«, antwortete ich.

»Das war wirklich nicht der Grund, aus dem ich euch die Fotos gezeigt habe.« Carl nahm die Mappe wieder zu sich. »Ich wollte einfach eure Meinung dazu hören. Eigentlich hatte ich vor, eine Galerie für mein Projekt zu gewinnen, um auf die Suchtproblematik aufmerksam zu machen. Es kann jeden von uns treffen. Niemand ist davor geschützt. Diese Menschen, die ich euch gezeigt habe, sind Hausfrauen, Geschäftsmänner und normale Jugendliche gewesen, bevor sie der Sucht verfallen sind.«

Für einen Moment herrschte betroffenes Schweigen in der Küche.

»Es tut mir so leid, dass ich deine Situation völlig unterschätzt habe«, meine Alex' Mum.

Carl schüttelte den Kopf. »Wir hatten Gruppensitzungen, in denen die Betreuer ganz klar gesagt haben, dass es für Angehörige fast unmöglich ist zu helfen, wenn es der Betroffene nicht möchte. Catherine hat das erkannt und mir damals jegliche finanzielle Hilfe entzogen. Sie meinte, es würde nichts nützen, wenn sie mir Geld geben würde, es würde mich nur noch tiefer in die Sucht treiben. Letztendlich hatte sie recht damit.«

»Die gute Catherine«, sagte Alex' Mum und streichelte die Hand ihres Bruders.

»Ich melde mich auf jeden Fall noch diese Woche bei dir«, versprach ich. Je länger ich über Violets Idee nachdachte, umso besser gefiel sie mir.

Iris kam in die Küche gestürmt. »Entschuldigen Sie die Störung, aber eben wurde im Radio bekannt gegeben, das die Straßen wieder frei sind.«

»Gott sei Dank!«, rief Violet neben mir.

»Dir kann es wohl nicht schnell genug gehen«, brummte ich gerade so laut, dass sie mich hören konnte. Unsere Augen trafen sich.

Sie zuckte mit den Schultern. »Meine Freundinnen warten auf mich und Weihnachten ist vorbei.«

Bei ihren letzten Worten zuckte ich zusammen. Ich fühlte mich, als hätte sie mir eine Ohrfeige versetzt.

»Du hast recht. Weihnachten ist vorbei.« Ich stand auf. »Deshalb sollten wir uns auch langsam auf den Weg machen.«

Violet blinzelte, sagte jedoch nichts.

Mum und Dad waren ebenfalls aufgestanden, um uns nach draußen zu begleiten.

»Von mir aus hätte Weihnachten diesmal ewig dauern können«, sagte Mum mit dem Ausdruck des Bedauerns auf ihrem Gesicht.

»Ja, das ging mir genauso,

Außerdem haben wir ja auch einiges vor.«

»Ihr seid unterwegs?«, fragte ich.

»Ja, wir verbringen Silvester mit ein paar Freunden in New York«, erklärte Dad.

»Immer auf Achse.« So lange ich mich erinnern konnte, tingelten meine Eltern von einem Termin zum nächsten. Anscheinend hatte sich daran nichts geändert.

»Und was macht ihr an Silvester, Darling?«, fragte Mum mit einem Blick auf Violet und mich.

»Alfie und ich schmeißen eine große Feier in seiner Modelagentur.« Ich spürte Violets Blicke auf mir ruhen. »Die letzte die wir zusammen gemacht haben, war ein Riesenerfolg und wir haben bis in die frühen Morgenstunden krachen lassen. In der Modelwelt hat man noch lange darüber gesprochen.«

»Das kann ich mir vorstellen. Du hättest die beiden mal als Jungs sehen sollen«, sagte Mum an Violet gewandt. »Nur Blödsinn im Kopf. Alfie Bishop war schüchtern und pummelig. Nicht zu glauben, dass er eine der größten Modelagenturen Londons besitzt.«

»Du kennst doch Alfie. Er hat seine Leidenschaft zum Job gemacht. Schöne Frauen von morgens bis abends«, erwiderte ich lächelnd bei dem Gedanken an meinen besten Freund.

Auf Violets Gesicht hatte sich ein eigenartiger Ausdruck gelegt. Im Stillen fragte ich mich, was sie wohl dachte. Seit heute Morgen wirkte sie eher zurückhaltend und sagte kaum etwas.

»Bitte grüßt Alfie von mir«, bat Mum.

»Na klar. Das mache ich.« Es war bereits kurz nach zehn. »Wir sollten langsam losfahren, sonst kommen wir in den Stau vor London«, schlug ich vor.

»Alles klar. Ich packe nur schnell meine Sachen zusammen«, stimmte Violet mir zu. »Du kannst so lange ruhig noch bei deiner Familie bleiben. Ihr habt euch schließlich nicht so oft.«

»Danke, Liebes.« Mum strahlte Violet an.

Violet schenkte ihr ein Lächeln. Nachdenklich sah ich ihr hinterher, wie sie durch die Tür verschwand.

»Du bist ein absoluter Glückspilz«, sagte Mum, kaum dass Violet außer Hörweite war. »Eine Frau wie Violet findet man nicht alle Tage. Nicht wahr, Howard?«

»Tatsächlich erinnert sie mich ein bisschen an dich, als wir uns kennengelernt haben«, bestätigte Dad.

»Ich mag sie auch.« Carl sah mir direkt ins Gesicht. »Ich bin mir sicher, Catherine wäre mit deiner Wahl mehr als einverstanden.«

Mein schlechtes Gewissen meldete sich zurück. Als ich den Deal mit Violet geschlossen hatte, war ich davon ausgegangen, dass Carl nur auf das Geld aus war, und jetzt musste ich feststellen, dass mein Onkel eine Hundertachtzig-Grad-Wende hingelegt hatte und wieder der nette Mann war, der er gewesen war.

Ein Kloß hatte sich in meinem Hals gebildet, der nicht verschwinden wollte. Ich räusperte mich. »Danke, Carl. Ich weiß deine Worte zu schätzen.«

»Gern, das kommt von Herzen.« Er sah zu meinen Eltern. »Ich denke, ich sollte auch langsam aufbrechen. Heute Abend ist das Treffen mit den Anonymen Alkoholikern und anschließend wollte meine Therapeutin mit mir essen gehen.«

»Ist das denn erlaubt?«, fragte ich.

Carl zuckte mit den Schultern. »Warum nicht? Wenn wir uns schon treffen, dann können wir dem Ganzen wenigstens einen schönen Rahmen geben. Außerdem tut sie mir gut.« Ein Lächeln breitete sich auf seinem Gesicht aus und ließ die Falten verschwinden, die die Sucht dort hineingezeichnet hatte.

»Du weißt gar nicht, wie froh ich bin, dass es dir gut geht.« Mum drückte Carls Hand.

»Ich auch.« Carl schenkte seiner Schwester einen liebevollen Blick.

»Ein Weihnachten voller Überraschungen.« Dad hatte seinen Arm auf meine Schulter gelegt.

»Das kann man wohl sagen.« Es war das erste Mal seit Jahren, dass ich Mum und Dad so entspannt erlebt hatte. Ich dachte an Violet. Nach wie vor hatte ich keine Ahnung, ob sie meine Gefühle erwiderte oder ob die letzten beiden Nächte nur eine kurze Affäre für sie gewesen waren. Ich musste mit ihr reden, so viel war sicher.

30. Violet

Mein Magen machte einen Purzelbaum – leider keinen von der guten Sorte. Eine leichte Übelkeit breitete sich in mir aus. Die Geigen in meinem Kopf, die heute Morgen noch gespielt hatten, wurden abrupt von Alarmglocken abgelöst.

Für Alexander Godfrey war alles nur ein Spiel mit dem Feuer gewesen, das sich aufgrund eines bescheuerten Deals ergeben hatte. All die geflüsterten Worte hatten nur dazu gedient, mich in Sicherheit zu wiegen, damit ich das Spiel der glücklichen Verlobten bis zum Ende perfekt spielen würde.

Warum sonst hatte er mich nicht mit einem Wort in seine Pläne für Silvester mit einbezogen? Wie es aussah, hatte er in Gedanken bereits einen Schlussstrich unter uns gezogen.

Verdammt. Eine Welle an Emotionen schlug über mir zusammen. Wie hatte ich nur auf seinen Charme hereinfallen können? Aber das war mal wieder typisch für mich. Ich hatte geradezu ein Händchen dafür, auf die falschen Kerle hereinzufallen. Deshalb hatte ich mir auch geschworen, lieber Single zu bleiben. Sex ohne Gefühle.

Daran waren nur meine blöden Hormone und das Weihnachtsfest schuld.

Aber das würde sich jetzt ändern. Ich schluckte gegen die Tränen an, die sich in meine Augen geschlichen hatten. Schritte näherten sich.

Ich holte tief Luft und schüttelte mich, um die Tränen zu verscheuchen.

»Hier steckst du.« Alex' brauner Haarschopf tauchte im Türrahmen auf.

»Gerade rechtzeitig. Ich bin fertig.« Ich hoffte, dass er das leichte Zittern in meiner Stimme nicht bemerkte. Ohne seine Antwort abzuwarten, ging ich an ihm vorbei ins Schlafzimmer, wo mein aufgeschlagener Koffer auf dem Bett lag. Enttäuscht und gleichzeitig wütend stopfte ich meinen Kulturbeutel in die Tasche und zog den Reißverschluss mit einem Ruck zu.

»Das ging aber schnell.« Alex stand hinter mir und beobachtete mich.

»Ja, wir wollen schließlich nicht zu spät in London ankommen«, gab ich zurück. »Wir haben schon viel zu viel Zeit verloren. Meine Freundinnen warten schon auf mich.«

»So ist das also«, murmelte Alex. Das Lächeln war aus seinem Gesicht verschwunden.

»Na klar.« Es kostete mich meine ganze Kraft, meiner Stimme eine gewisse Leichtigkeit zu verleihen. »In wenigen Stunden geht wieder jeder seinem Leben nach. Du hast deine Freunde, ich meine.«

»Mhm.« Er fuhr sich mit der Hand über das Kinn. Eine Eigenart, die ich schon ein paarmal bei ihm beobachtet hatte, wenn er sich einer Sache nicht hundertprozentig sicher war.

»Wollen wir?« Ich hatte mir meine Reisetasche geschnappt.

»Lass mich dir helfen.« Ehe ich protestieren konnte, hatte er die Hand auf den Griff gelegt. Als sich unsere Finger berührten, zuckte ich unwillkürlich zusammen.

»Danke«, war alles, was ich sagte. Mein Puls raste noch immer. Wie sollte ich die lange Autofahrt nach London überstehen, ohne in Tränen auszubrechen?

Wortlos stürmte ich die Treppe nach unten. Ich wollte nur noch weg. Weg von Willow Weed House und weg von Alex.

»Fahrt vorsichtig und meldet euch, wenn ihr in London angekommen seid«, verabschiedete sich Eve breit lächelnd von uns.

Es hatte aufgehört zu schneien und die dichte Wolkendecke hatte Lücken bekommen, sodass gelegentlich sogar die Sonne durchbrach und die Landschaft rund um das Cottage in eine glitzernde Winterlandschaft verwandelte.

»Das machen wir«, versprach Alex. Er hatte das Gepäck bereits im Wagen verstaut und stand neben mir. Seit dem Gespräch im Bad, versuchte ich, eine körperliche Berührung zwischen uns zu vermeiden, weil es unweigerlich dazu geführt hätte, dass ich in Tränen ausgebrochen wäre. Was wiederum zur Folge gehabt hätte, dass unser Schwindel aufgeflogen und damit die ganze Aktion umsonst gewesen wäre. Also stand ich stumm neben ihm und versuchte, einfach weiterzuatmen und dabei meine Enttäuschung zu verdrängen.

»Es war schön, dich kennengelernt zu haben.« Eve breitete die Arme aus und drückte mich fest an sich. »Du bist genau die Frau, die ich mir immer für unseren Sohn gewünscht hatte.« Tränen hatten sich in ihre Augen geschlichen.

Ich schluckte trocken angesichts der überschwänglichen Emotionen.

»Hier, das ist für euch, damit ihr mir auf der langen Fahrt nicht verhungert.« Iris, die sich die ganze Zeit im Hintergrund gehalten hatte, reichte Alex einen großen Weidenkorb, der prall gefüllt war mit Leckereien und einer Thermoskanne Kaffee.

»Danke, Iris.« Ich hatte die ältere Frau mit ihrer ruhigen und liebevollen Art in mein Herz geschlossen. »Für alles.«

»Sehr gern.« Sie umarmte mich. »Ich bin mir sicher, wir sehen uns wieder.«

Verwundert sah ich sie an. Aber ehe ich antworten konnte, stand Carl neben mir.

»Bis bald. Alex hätte es nicht besser treffen können.« Lächelnd reichte er mir die Hand. »Vielleicht arbeiten wir ja mal zusammen. Mich würde es jedenfalls freuen.«

»Danke, mich auch.« Zu mehr war ich nicht fähig. Am liebsten hätte ich ihm die Wahrheit entgegengeschrien, aber dann hätte ich Alex bloßgestellt und unsere Abmachung gebrochen und das wollte ich noch weniger. Also setzte ich mich stumm in den Wagen und ließ die Tür ins Schloss fallen.

Alex hatte auf dem Fahrersitz Platz genommen und startete den Motor. Langsam rollte der MG vom Parkplatz.

Wehmütig warf einen letzten Blick auf das kleine Cottage im Hintergrund. Der Ort, an dem ich die Liebe meines Lebens gefunden hatte. Jetzt war nicht der richtige Zeitpunkt, um sich gehen zu lassen. Weinen konnte ich zu Hause. Erst einmal musste ich die nächsten fünf Stunden neben Alex überstehen.

Ich schüttelte mich unbewusst.

»Hast du was dagegen, wenn ich das Radio anschalte?« Alex warf mir einen kurzen Seitenblick zu.

»Nein, natürlich nicht.« Angestrengt sah ich aus dem Fenster, wo die Winterlandschaft an uns vorbeiflog. Als ich den Kopf wieder in seine Richtung drehte, hatte Alex den Blick auf die Straße gerichtet. Mit keiner Miene verriet er, was in seinem Kopf vorging.

Mein Magen zog sich zu einer Faust zusammen, als hätte ich in eine Zitrone gebissen. Wie sollte ich nur die Fahrt überstehen?

Wir hatten die ersten Vorboten der Großstadt bereits hinter uns gelassen. In der Ferne war das London Eye zu erkennen. Die Verkehrsbetriebe hatten ganze Arbeit geleistet und die Straßen über Nacht von den Schneemassen befreit. Obwohl der MG nicht für Schnee gebaut war, waren wir einigermaßen schnell durchgekommen. Es hatte aufgehört zu schneien und die Sonne brach durch. In London war die Hölle los. Menschen, schwer beladen mit Einkaufstüten, hetzten über die Gehwege, um die weihnachtlichen Fehlkäufe der Liebsten schnellstmöglich umzutauschen oder um eines der Schnäppchen zu machen, die ab heute überall angeboten wurden. Die Straßen waren verstopft mit Autos, die ihre grauen Spuren im Schnee hinterließen. Spätestens heute Abend würde sich die weiße Pracht in eine Schlammmasse verwandelt haben.

Hinter halb geschlossenen Lidern sah ich zu Alex. Seine schlanken Finger hielten das Lenkrad fest umklammert, sodass die weißen Knöchelchen hervortraten. Er hatte seine Hornbrille aufgesetzt, hinter der die blauen Augen auf die Straße starrten. Seine Lippen waren fest aufeinandergepresst, als könnte er so verhindern, dass ungewollte Worte hindurchschlüpfen konnten. Mit keiner Regung verriet er seine Gefühle.

Die ganze Fahrt hatten wir bis auf ein paar Belanglosigkeiten kaum ein Wort miteinander gesprochen. Jeder hatte seinen Gedanken nachgehangen. Parallel hatte das Radio gedudelt und die Stille zwischen uns gefüllt.

Alex setzte den Blinker und bog in die Straße Richtung Camden ein. In wenigen Minuten würden wir da sein und ich hatte es geschafft. Niemals hatte ich mit einem solchen Ende dieses Weihnachtsfestes gerechnet. Dabei hatte alles so gut angefangen. Verdammt. Ich war so eine Idiotin.

Wir hatten mein Viertel erreicht. Bei dem Anblick der bunten Häuser stiegen mir die Tränen in die Augen. Hastig wandte ich den Kopf zum Fenster, damit er es nicht sah, und wischte mir unauffällig mit dem Handrücken über das Gesicht, um die verräterischen Spuren wegzuwischen.

Mit wenigen Fahrbewegungen hatte Alex den MG vor unserem Haus eingeparkt. Der Wagen kam zum Stehen. Schneemassen türmten sich an den Seiten zu einer kniehohen Mauer.

»Da wären wir.« Der Motor stoppte und Alex drehte sich zu mir um.

»Ja, da wären wir.« Mit einem geschäftsmäßigen Lächeln auf den Lippen sah ich ihn an. Sofort nahmen mich seine Augen gefangen. »Ich würde sagen, das Wochenende war ein voller Erfolg.«

»Wie meinst du das?« Verwunderung stand ihm ins Gesicht geschrieben.

»Das liegt doch auf der Hand«, gab ich zurück. »Wir haben beide erreicht, was wir wollten. Ich musste nicht am Kindertisch sitzen und du hattest eine Verlobte. Ich hatte harmonische Weihnachten und du hast den Verlag. Wenn das nicht erfolgreich war, dann weiß ich auch nicht. Alles, was wir jetzt noch tun müssen, ist es, uns zu überlegen, wie wir die ganze Sache offiziell beenden.« Die Worte hatte ich mir auf der Fahrt zurechtgelegt. Er sollte nicht wissen, dass er mir das Herz gebrochen hatte.

»Ist es das, was du willst?« Seine Augen hatten sich zu schmalen Schlitzen zusammengezogen.

»Du etwa nicht? Schließlich war das der Sinn des ganzen Unternehmens.« Mein Herz schlug wie ein Hammer gegen meine Brust und es fiel mir schwer zu atmen.

Er zögerte und für einen winzigen Augenblick keimte die Hoffnung in mir auf, dass ich mich getäuscht haben könnte.

»Doch. Na klar. Das war der Plan.« Mit einem Ruck hatte er sich abgewandt und drückte die Fahrertür auf. Mit wenigen Schritten hatte er das Auto umrundet, um mir die Tür zu öffnen. Eins musste man ihm lassen, er spielte den Gentleman bis zur letzten Minute.

Mit klopfendem Herzen stieg ich aus. In meinem Kopf drehte sich alles.

»Hier, deine Tasche.« Alex hatte das Gepäck aus dem Kofferraum geholt und stellte es vor mir auf dem Gehsteig ab.

»Danke für alles«, presste ich hervor.

»Was meinst du mit alles?« Er musterte mich unverhohlen.

»Soll ich dir das wirklich aufzählen?«, gab ich zurück.

Zwischen seinen Augenbrauen hatte sich eine tiefe Falte gegraben. »Du hast recht, lieber nicht. Es könnte peinlich für uns beide werden. Bis Montag in alter Frische.« Er schenkte mir ein grimmiges Lächeln.

»Ja, bis Montag.« Meine Stimme war kaum mehr als ein heiseres Flüstern. Mit dem letzten bisschen Kraft, das ich noch hatte, nahm ich mein Gepäck und ging mit steifen Beinen zum Eingang unseres Hauses. Dabei spürte ich, wie mir seine Blicke folgten.

Ich nahm einen tiefen Atemzug, dann trat ich ein.

Das Aufheulen des Motors verkündete, dass Alex wieder eingestiegen war.

Nur mit Mühe widerstand ich dem Impuls, mich umzudrehen. Meine Beine fühlten sich an wie aus Blei, als ich die Treppe hoch zu unserem Appartement ging. Nur noch ein paar Stufen und ich war in Sicherheit bei meinen Freundinnen.

Mit zitternder Hand schloss ich die Tür auf.

»Laurie. Florence.« Nichts rührte sich. Mein Blick fiel auf den

Zettel, den jemand an den Spiegel neben dem Eingang geklebt hatte.

Sind kurz einkaufen. Das war eindeutig Florence' energische Schrift.

Verdammt. Ausgerechnet heute war niemand zu Hause. Mit letzter Kraft schleppte ich mich in mein Zimmer. Noch nie in meinem Leben hatte ich mich so unglücklich gefühlt wie genau in diesem Moment. Wären wenigstens Florence und Laurie da gewesen.

Mit einem lauten Rums ging die Reisetasche zu Boden. Dicke Tränen kullerten über meine Wangen, tropften von meinem Kinn, um auf dem Boden zu zerplatzen wie meine Träume. Jetzt, wo ich ihnen freien Lauf gelassen hatte, gab es kein Halten mehr. Schluchzend warf ich mich so, wie ich war, auf mein Bett und weinte um den Mann, den ich verloren hatte.

Keine Ahnung, wie lange ich so gelegen hatte. Eine Minute. Eine Stunde. Einen Tag.

Es klopfte an der Tür.

»Violet, bist du da drin?«, drang Florence' Stimme dumpf zu mir.

Ich schniefte laut. Zu mehr war ich nicht fähig. Ich fühlte mich ausgebrannt und unendlich müde. Es war, als ob mit Alex sämtliche Energie aus meinem Körper gewichen wäre.

Erschöpft hob ich den Kopf. Der Kissenbezug war mit schwarzer Mascara verschmiert und feucht.

»Violet!« Florence stand plötzlich im Zimmer und starrte mich mit großen Augen an. »Was ist passiert?«

»Er-liebt-mich-nicht«, stieß ich schluchzend hervor.

»Ach, meine Süße.« Mit wenigen Schritten war Flo bei mir und nahm mich in die Arme. Weinend legte ich meinen Kopf gegen ihre Brust und ließ meinem Kummer freien Lauf.

»Für ihn war alles nur ein Spiel.« Rotz lief mir aus der Nase und mischte sich mit den Tränen.

»Violet.« Laurie kam ins Zimmer und schaute erst mich und dann Florence an. »Flo, was hast du ihr gesagt?«

»Gar nichts«, knurrte Flo. »Der Mistkerl hat sie hängen gelassen.«

»Was? O nein.« Laurie kam zu mir geeilt und schlang ihre Arme um mich und Flo. »Das tut mir so leid.«

»Es tut soooo weh«, jammerte ich wie ein Kind. Aber das war mir egal. Ich hatte das Gefühl, dass mein Herz in Stücke zerfiel.

»Alles wird gut. Du wirst sehen«, redete Flo beruhigend auf mich ein.

»Flo und ich sind bei dir.« Laurie fuhr mit der Hand über meinen Kopf. »Und wir lassen dich nicht allein.«

»Danke.«

Tränen quollen aus meinen Augen wie bei einem leckenden Wasserhahn.

»Dafür sind Freundinnen doch da«, redete Flo mit sanfter Stimme auf mich ein. »Weißt du was? Wir gehen jetzt in die Küche. Ich mache dir einen Tee und dann erzählst du uns alles.«

Stumm ließ ich es geschehen, dass Florence mich mit sich in die Küche zog. Dort angekommen ließ ich mich auf einen der Stühle fallen.

»Welchen Tee hättest du gern?«, fragte Flo.

»Ich hätte lieber ein Glas Rotwein.« Lautstark zog ich meine Nase hoch.

Laurie, die neben mir stand, verzog das Gesicht. »Du klingst wie eine Horde Wildschweine.«

»Eine traurige Horde Wildschweine«, korrigierte ich sie.

»Da. Für dich.« Flo hielt mir ein Glas entgegen, in dem die dunkelrote Flüssigkeit schimmerte.

»Danke.« Ich wischte mir mit dem Handrücken übers Gesicht. »Was für ein Scheißtag.«

»So siehst du auch aus«, bestätigte Laurie kopfnickend.

»Danke, jetzt fühle ich mich gleich besser.« Ich setzte das Glas erneut an den Mund. Die beerige Flüssigkeit lag tröstlich auf meiner Zunge.

»Laurie.« Florence warf ihr einen vorwurfsvollen Blick zu.

»Was? Ich sage nur, wie es ist. Violet sieht scheiße aus und ich fühle mit ihr.«

»Schon gut.« Ich legte die Hand auf Lauries Arm. »Ich weiß, was du meinst, und es stimmt. Noch nie habe ich mich so beschissen gefühlt wie heute.« Demonstrativ nippte ich erneut an meinem Glas.

»Whoa. Mach lieber langsam«, hielt Florence mich zurück. »Sonst hast du morgen Liebeskummer und Kopfschmerzen. Ein ziemlich ätzender Zustand.«

»Außerdem ist Alkohol keine Lösung«, fügte Laurie noch hinterher.

»Aber es hilft, den Schmerz zu vergessen«, sagte ich traurig.

»Apropos Schmerz«, meinte Flo. »Du hast noch nicht erzählt, was seit unserem letzten Telefonat passiert ist.«

»Ich habe versucht, den Tag einfach zu genießen, ohne über die Zukunft nachzudenken«, fing ich an. Mit wenigen Worten schilderte ich meinen Freundinnen, was sich zugetragen hatte. »Eigentlich wollte ich mit ihm sprechen, aber dann habe ich gehört, wie er mit diesem Alfie über Silvester, gesprochen hat, ohne mich auch nur mit einem Wort zu erwähnen und dann war alles klar«, beendete ich meine Erzählung.

»Was für ein Scheißkerl.« Florence hatte die Hand zur Faust geballt. »Wenn du willst, setze ich mich ins Auto und geige dem Herrn mal meine Meinung.«

Traurig schüttelte ich den Kopf. »Nein, das tust du nicht. Im Prinzip kann ich ihm nichts vorwerfen. Er hat sich an unsere Abmachung gehalten.«

»Indem er mit dir geschlafen hat.« Florence schnaubte laut. »Ich würde sagen, das ging weit über eure Abmachung hinaus.«

Obwohl mir nicht danach zumute war, musste ich unwillkürlich lächeln bei dem Gedanken an den Sex mit Alex.

»Du grinst?« Laurie sah mich verständnislos an.

»Weil ich diejenige war, die ihn zuerst geküsst hat. Ich war es, die mit ihm schlafen wollte. Und ich bin froh, dass ich es getan habe, auch wenn es bedeutet, dass mein Herz bricht. Aber der Sex war absolut übergalaktisch gut. Um nichts auf der Welt möchte ich die Nächte mit Alex missen.«

»Mhm. Übergalaktisch.« Florence und Laurie tauschten kurze Blicke.

Tränen kullerten mir über die Wange. »Es war so unglaublich schön und ich habe mich so verliebt wie noch nie in meinem Leben.« Ich schluchzte leise.

»Ach, Süße. Wenn du in die Scheiße greifst, dann aber richtig.« Flo strich mir tröstend über den Kopf.

»Ja, und da hilft nur eins …« Ich hielt ihr mein leeres Glas entgegen. »Alkohol. Vielleicht kann ich es dann vergessen.«

»Okay, überredet.« Laurie hatte die Flasche in die Hand genommen und schenkte mir nach. »Wenn jemand einen Grund hat, dann du.«

»Okay, also keinen Vorwurf an ihn. Aber wie willst du mit der Situation umgehen?«

Traurig nahm ich einen Schluck Wein. »Keine Ahnung. Ich werde wohl kündigen müssen, denn so kann ich unmöglich mit Alex zusammenarbeiten. Es würde mir jedes Mal aufs Neue das Herz brechen, wenn ich ihn sehe.« Sofort bildete sich ein Kloß in meinem Hals.

»Wir sind jedenfalls bei dir und lassen dich auch nicht so schnell allein«, versicherte Laurie.

Es klingelte an der Haustür. Sofort schnellte mein Puls in die Höhe. Alex? Vielleicht hatte er es sich anders überlegt.

»Ich gehe und schaue nach, wer es ist«, sagte Florence, die meinen Blick aufgefangen hatte.

Mit klopfendem Herzen sah ich ihr hinterher. Vielleicht hatte ich mich doch getäuscht.

»Hallo, meine Butterblume.« Vincents Gesicht tauchte im Türrahmen auf, gefolgt von Florence. Er hatte seine dunklen Haare zurückgegelt und trug eine enge schwarze Hose, braune Lacklederschuhe und dazu ein fliederfarbenes Hemd, das den perfekten Kontrast zu seiner milchkaffeefarbenen Haut bildete. Gegen die Kälte hatte er einen schwarzen Mantel angezogen.

Mit ein paar Schritten war er bei mir und schlang die Arme um mich. »Du armes Ding, du. Es gibt nichts Schlimmeres als Liebeskummer und ich weiß genau, wovon ich rede. Passiert mir nämlich mindestens einmal im Monat.«

»Vincent!«, ermahnte ihn Florence. »Das hat wirklich nichts mit deinen Liebeleien zu tun.«

»Woher willst du das wissen?« Vincent schob seine üppige Unterlippe nach vorn. »Ich leide jedes Mal.«

»Ist schon gut.« Ich winkte ab. Vince war die Dramaqueen unter uns und ich konnte ihm einfach nicht böse sein.

»Wie ich sehe, habt ihr schon ohne mich angefangen.« Sein Blick fiel auf das Weinglas in meiner Hand.

»Das war ein Notfall, der einer sofortigen Maßnahme bedurfte«, erklärte Flo mit ernster Miene. »Möchtest du auch ein Glas Wein?«

»Wenn ich vorher einen Blick auf das Etikett werfen dürfte.«

»Du bist so ein Snob«, warf ihm Laurie an den Kopf.

»Mag sein, aber im Gegensatz zu den meisten Menschen habe ich einen wirklich ausgeprägten Geschmackssinn, was den Wein und Männer anbelangt.«

Vince hatte schon immer die Gabe besessen, mich zum Lachen zu bringen, auch heute verfehlte seine lockere Art nicht das Ziel.

Laurie zeigte ihm die Flasche.

»Vielleicht nicht der beste, aber durchaus akzeptabel«, lautete Vince' Urteil, nachdem er die Flasche ausgiebig studiert hatte.

Laurie füllte ein weiteres Glas und reichte es ihm.

»Auf gebrochene Herzen und die Modern Girls«, prostete Florence uns zu.

»Hey und was ist mit mir?« Vince ließ seinen Blick über unsere Köpfe hinweg kreisen.

»Stell dich nicht so an. Du bist schließlich eine von uns«, gab Florence schlagfertig wie immer zurück.

»Da gibt es einen kleinen, aber feinen Unterschied«, fing Vincent an.

»Gut zu wissen.« Flo zwinkerte mir vergnügt zu.

»Du weißt genau, wie ich das meinte.« Vince versetzte ihr einen Stoß.

»Können wir jetzt endlich anstoßen?«, bat ich. Der Alkohol machte sich bemerkbar und mein Körper fühlte sich eigenartig leicht an.

»Du wirst sehen, morgen sieht die Welt schon wieder besser aus«, sagte Laurie.

»Hoffentlich.« Mit einem Schluck leerte ich das halbe Glas.

31. Alex

Und sie hat dich einfach so stehen gelassen und ist nach oben gegangen?«, fragte Alfie fassungslos. Wir saßen in unserem Pub. Um uns herum herrschte eine ausgelassene Stimmung, die im krassen Kontrast zu meiner aktuellen Verfassung stand. Seit Violet aus dem Auto gestiegen war, hatte ich das Gefühl, mich in einer Art Vakuum zu befinden. Nichts schien mehr Sinn zu machen. Wie um Himmels willen sollte ich wieder ins Büro gehen und so tun, als ob alles in Ordnung war? Jedes Mal, wenn ich Violet in die Augen sehen würde, würde mein Herz in tausend Teile zerspringen.

»Keine Ahnung, woher dieser plötzliche Sinneswandel kam. Aber angefangen hat es schon beim Abendessen. Violet war die ganze Zeit verhältnismäßig still.« Ich dachte daran, wie sie neben mir gesessen und einfach meine Hand gehalten hatte. »Dabei hatte ich die ganze Zeit den Eindruck, dass sie Gefühle für mich hat.« Unbewusst schüttelte ich den Kopf.

»Offensichtlich hast du in der Kleinen deinen Meister gefunden«, sagte Alfie nachdenklich. »Wurde auch mal Zeit.«

»Hey, auf welcher Seite stehst du eigentlich?« Ich funkelte meinen besten Freund wütend an.

»Natürlich auf deiner, aber das, was du gerade durchlebst, ist für uns anderen Kerle normal. Du hattest bisher einfach Glück, dass dir alle Frauen zu Füßen lagen.«

»Violet war die erste Frau in meinem Leben, die mich wirklich interessiert hat.« Sofort tauchte ihr Gesicht in meinem Kopf auf. »Die erste Frau, in die ich mich verliebt habe.«

Für einen Moment herrschte Stille zwischen uns, lediglich unterbrochen durch das leise Flackern des Kamins zu unseren Füßen.

»Dich hat es echt erwischt«, stellte Alfie andächtig fest.

»Yep, und ich kann dir sagen, es tut verdammt weh.« Unbewusst ballte ich die Hand zur Faust.

»Aber trotzdem verstehe ich nicht, warum du nicht einfach mit ihr gesprochen hast, wenn es so ist, wie du sagst.« Alfies Augen fixierten mich.

»Weil ...« Ich stockte. »Du hättest ihren Gesichtsausdruck sehen sollen.«

Die Bedienung kam und brachte uns zwei Bier. Eigentlich war mir gar nicht danach zumute. Frodo hatte sich zu meinen Füßen gelegt, als würde er spüren, dass mit mir etwas nicht stimmte. Normalerweise hätte er es sich vor dem Kamin gemütlich gemacht. Frodo und ich hatten schon immer eine tiefe Verbindung und auch diesmal zeigte der Jack Russell, wie nahe er mir stand. Seit Violet aus dem Auto gestiegen war, hatte er mich keine Sekunde mehr aus den Augen gelassen.

»Vielleicht war es wirklich nur ein aufregendes Spiel für sie. Immerhin bist du ihr Boss«, sagte Alfie nachdenklich.

Energisch schüttelte ich den Kopf.

»Du kennst Violet nicht. Das interessiert sie nicht. Violet macht genau, was ihr gefällt.« Ich nahm eines der Gläser in die Hand und prostete Alfie zu.

»Und wie willst du jetzt mit der Situation umgehen?«

»Ich habe ehrlich gesagt keine Ahnung. Die ganze Sache ist so durcheinander, dass ich nicht weiß, wo ich anfangen und aufhören soll.« Ich nahm einen Schluck kühles Bier und leckte mir den Schaum vom Mund. »Da ist zum einen das Durcheinander mit Violet. Aber dann ist da noch der Notartermin, der mir im Magen liegt. Ich kann meinem Onkel nicht vor die Augen treten und weiterlügen. Das wäre nicht fair. Carl hat sich aus eigener Kraft aus dem Sumpf geholt und zur Belohnung lüge ich ihn an und schnappe ihm das Erbe seiner Schwester unter der Nase weg.« Ich schüttelte den Kopf.

»Du willst ihm also sagen, dass alles nur eine Scharade war, um dir das Erbe zu sichern?« Alfies Augen schienen mich förmlich zu durchbohren.

»Ja, weil sonst kann ich mich nicht mehr im Spiegel anschauen.« Ich holte tief Luft. »Die *Herway* ist eine tolle Zeitschrift mit einer Message. Aber hinter dieser Message kann ich nur stehen, wenn ich zu mir selbst stehen kann.«

»Alter, du steckst ganz schön in der Scheiße«, stellte Alfie fest.

»Ja, aber lieber fange ich noch mal von vorn an, als mir untreu zu sein.« Je länger ich darüber sprach, umso sicherer war ich mir mit meinem Entschluss. Ich hatte bereits in der Nacht wach gelegen, nachdem Carls sich uns offenbart hatte, und darüber nachgedacht, wie ich mit der neuen Situation umgehen sollte – aber jetzt war ich mir sicher.

»Und was willst du tun, wenn Carl auf sein Erbe besteht?«, holte mich Alfie aus meinen Gedanken.

»Dann werde ich ihm viel Glück wünschen, schließlich ist es sein rechtmäßiges Erbe.« Entschlossen leerte ich das Glas mit einem Schluck. »Vielleicht gehe ich zurück in die USA und versuche, mir dort etwas Neues aufzubauen.«

»Aber du liebst es hier.«

»Ja, aber noch mehr liebe ich Violet.« Es war das erste Mal, dass ich die entscheidenden Worte laut ausgesprochen hatte. »Ich kann nicht in London wohnen mit dem Wissen, dass Violet hier ist. Das würde ich nicht ertragen.«

»Wow, du willst ernsthaft deine Karriere für sie opfern?« Alfie prostete mir zu. »Aber ich als dein Freund muss dir sagen, dass das sehr bewundernswert ist, absoluter Selbstmord. Denk noch mal in Ruhe über alles nach. Gibt dir ein paar Tage Zeit. Versprochen?«

»Versprochen.« Ich prostete ihm nachdenklich zu.

32. Violet

Blinzelnd öffnete ich die Augen. Mein ganzer Schädel brummte, als hätte darin ein Schwarm Hornissen über Nacht sein neues Zuhause gefunden. Gleißend helles Licht traf auf meine Augäpfel wie Laserstrahlen. Stöhnend schloss ich die Augen. Alex' blaue Augen tauchten hinter meinen geschlossenen Lidern auf und mit ihnen kehrte das traurige Gefühl zurück, was ich die ganze Nacht zu verdrängen versucht hatte.

Verdammt. Wie sollte ich weiterleben? Schließlich konnte ich mich nicht jeden Abend volllaufen lassen. Für einen winzigen Augenblick gestattete ich mir, an die erste Nacht im Cottage zu denken, als er mich vor dem knisternden Kamin in seinen Armen gehalten hatte. Seine warme Haut hatte sich so herrlich angefühlt und sein Duft hatte mich eingehüllt. Ich wünschte mir, ich hätte ein Fläschchen davon, um daran zu schnuppern. Aber selbst dieser kleine Wunsch blieb mir verwehrt. Stattdessen lag ich mit gebrochenem Herzen und allein in meinem Bett.

Jemand schnarchte. War ich das?

Hektisch drehte ich den Kopf zur Seite. Das Erste, was ich sah, waren dunkle Haare, das Nächste war Vincents schlafendes Gesicht.

Verdammt. Wirre Bilder der Nacht wirbelten durch meinen Kopf. Vincent, wie er einen Cocktail aus den Resten unserer Bar mixte. Florence und Laurie, die laut singend auf dem Tisch tanzten. Ich, wie ich heulend ein Liebeslied mitsang.

»Vince.« Ich rüttelte an meinem Bettnachbarn.

Keine Regung bis auf ein lautes Schnarchen. Zumindest war er nicht tot.

Wahrscheinlich war es besser, ich ließ ihn schlafen.

Mit einem Ruck drehte ich mich zur anderen Seite. Ein Fehler, wie sich herausstellte, denn sofort fing mein Magen an zu rebellieren und beschloss, alles abzuwerfen, was sich darin befand.

Würgend stand ich auf.

»Violet?« Vince kam blinzelnd hoch.

Ich würgte erneut. Hektisch hielt ich mir die Hand vor den Mund und schluckte dagegen an.

»O mein Gott.« Vincent wurde innerhalb eines Augenblinzelns grün im Gesicht. »Lauf.«

Das ließ ich mir nicht zweimal sagen und torkelte auf nackten Füßen ins Badezimmer. Gerade noch rechtzeitig. Sekunden später schoss mein Mageninhalt nach oben wie die Kohlensäure in einer Flasche, nachdem man sie geschüttelt hatte. Minutenlang hielt ich die Kloschüssel umklammert und gab alles von mir.

Als es endlich vorbei war, drückte ich die Spülung und blieb neben dem Klo auf dem kalten Badezimmerboden sitzen. Tränen liefen mir über die Wangen. Wie sollte ich nur weitermachen?

»Violet?« Florence kam komplett angezogen und bereits geschminkt hereingestürmt.

»Ich-bin-so-traurig«, schniefte ich, »dass-es-wehtut.«

Florence ließ sich neben mir auf dem Boden nieder. »Ach, Süße. Das tut mir so leid. Eigentlich hatte ich gehofft, dass es dir heute besser geht.«

Stumm schüttelte ich den Kopf und kuschelte mich an sie.

Keine Ahnung, wie lange wir so dasaßen, die Arme ineinander verschlungen, den Kopf hatte ich an Flos Brust gelehnt.

»Was ist denn hier los?« Laurie stand plötzlich im Raum. »Habt ihr die ganze Nacht hier verbracht?«

»Nee, als ich ins Bad gekommen bin, habe ich Violet so vorgefunden.«

»War wohl ein bisschen viel Alkohol«, nuschelte ich.

Laurie rümpfte die Nase. Was stinkt denn hier so?

»Kotze«, klärte ich sie auf.

»Verstehe.« Laurie setzte sich zu uns. Sie legte ihre Hand unter mein Kinn und zwang mich, ihr in die Augen zu schauen. »Willst du den ganzen Tag hier sitzen oder kann ich dich vielleicht mit einem starken Kaffee und einem Croissant in die Küche locken?«

»Aber erst einmal wird geduscht«, sagte Florence bestimmt. »Unsere Süße stinkt nämlich wie ein Puma. Einverstanden? Du wirst sehen, danach fühlst du dich wie neu.«

Ich nickte stumm mit dem Wissen, dass ich mich nie wieder gut fühlen würde, solange Alex nicht in meiner Nähe war.

»Alles klar. Wir warten auf dich.« Laurie half mir aufzustehen.

»Hast du Vince gesehen?«, fragte Florence. »Der hat ja ordentlich Gas gegeben gestern Abend.«

»Liegt in meinem Bett«, teilte ich meinen Freundinnen mit.

»Nein, liegt er nicht.« Vince stand in einem meiner Pyjamas im Türrahmen. »Alles klar bei dir?«

»Danke für deine Hilfe«, gab ich zurück.

»Immer gern.«

»Das war ironisch gemeint!« Ich funkelte ihn an.

»Sorry, aber wenn ich jemanden kotzen sehe, dann muss ich gleich mitmachen.« Er fasste sich theatralisch mit der Hand an den Bauch. Es geht schon los.«

»Wehe. Reiß dich zusammen«, befahl Florence. »Hier wird nicht mehr gekotzt. Ihr beide schüttet euch jetzt eine Ladung Wasser ins Gesicht und dann erwarte ich euch zum Frühstück in einer Viertelstunde – gut riechend und geduscht. Verstanden?«

»Wow, wenn du mich weiter so ansiehst, bekomme ich Angst«, stammelte ich.

»Gut so. Das sagen meine Autoren auch immer.« Ein breites Grinsen tauchte auf Florence' Gesicht auf.

»Okay, Boss.« Vince salutierte gespielt.

»Wahnsinn! Du hast es echt drauf.« Laurie klopfte Flo anerkennend auf die Schulter.

Florence rieb sich die Hände. »Gelernt ist eben gelernt. Wie meinst du, setze ich mich tagtäglich gegen meine exzentrischen Autoren durch? Wir sehen uns in fünfzehn Minuten in der Küche.«

Damit verschwanden sie und Laurie aus dem Badezimmer.

Vince und ich tauschten kurze Blicke.

»Ich glaube, du hast da noch was.« Vince deutete auf meinen Mund, dabei verzog er das Gesicht.

»Ich würde sagen, damit ist entschieden, wer als erster duschen darf«, erwiderte ich und fing an, mein Oberteil aufzuknöpfen.

»Ich bin schon weg.« Vincent flüchtete aus dem Badezimmer.

Seufzend stellte ich mich vor den Spiegel. Fast hätte ich laut geschrien bei meinem Anblick.

Meine Haare sahen aus, als wären sie einem Waldbrand ausgesetzt gewesen. Über mein Gesicht verlief eine Schlaffalte, die so tief war, dass ich befürchten musste, sie würde nie wieder weggehen. Meine Augen waren rot verquollen und meine Nase sah aus wie eine zu lang gelagerte Kartoffel. Ein Teil meines Mittagessens von gestern hing an meinem Mundwinkel. Kein schöner Anblick.

Aber eigentlich war es auch egal. Schließlich würde mich niemand außer meiner Freundinnen zu sehen bekommen. Unser

Büro war noch bis einschließlich morgen geschlossen.

Bei dem Gedanken traten mir die Tränen in die Augen. Wie sollte ich Alex jemals wieder ins Gesicht sehen können? Laurie hatte recht, ich steckte ziemlich tief in der Scheiße. Seufzend stellte ich mich unter die Dusche.

Als ich eine Viertelstunde später in die Küche kam, roch es nach frisch gebrühtem Kaffee. Laurie und Florence saßen am Tisch und unterhielten sich.

»Da bist du ja«, stellte Flo mit prüfendem Blick fest. »Was ist mit Vince?«

»Der kommt gleich.« Immer noch zerschlagen ließ ich mich auf den Stuhl fallen.

»Kaffee?«, fragte Laurie.

»Unbedingt.« Ich nickte müde.

Vince kam zu uns. »Ein Albtraum. Ein einziger Albtraum.«

»Was meinst du genau?«, fragte Florence.

»Meine Haare natürlich.« Vince deutete auf seinen Kopf, wo die Locken zu allen Seiten abstanden. Er hatte die Sachen von gestern Abend an und entgegen zu sonst kein Gel in den Haaren.

»Du siehst ein bisschen so aus, als hättest du in die offene Steckdose gefasst«, lautete Flos abschließendes Urteil.

»Ein Albtraum.« Missmutig setzte sich Vince auf den Stuhl neben mir. Draußen vor dem Fenster segelten winzige Schneeflöckchen vorbei.

»Du kannst es doch mal mit Seife probieren. Hat mein kleiner Bruder immer gemacht«, schlug Laurie vor.

»Auf keinen Fall.« Vincent hob die Hand, als müsste er einen bösen Zauberspruch abwehren.

»Na gut, dann lauf halt so rum.«

»Ich kann dir meine Beanie leihen«, bot ich ihm an.

»Danke.« Er warf mir eine Kusshand zu. »Wie geht es dir?«

»Beschissen«, erwiderte ich betrübt. Mein ganzer Körper fühlte sich eigenartig träge und schwer an. In meinem Kopf herrschte völliges Chaos und mein Hormonlevel war unter die Nulllinie gefallen. »Mir ist gerade unter der Dusche bewusst geworden, dass ich nicht mehr zurückkann.« Ich schlürfte an meinem Kaffeebecher.

»Wohin zurück?« Flo kratzte sich ausgiebig am Kopf.

»Ins Büro. Ich kann Alex in meinem Zustand unmöglich ins Gesicht sehen.« Betrübt ließ ich den Becher sinken. »Nie mehr.«

»Okay, das ist tatsächlich ein Problem«, lautete Lauries abschließendes Urteil. »Allerdings würde ich keinen Schnellschuss machen, sondern vielleicht noch einmal darüber schlafen. Die Sache ist ganz frisch und bis du eine endgültige Entscheidung getroffen hast, meldest du dich einfach krank.«

»Krank?« Ich sah zu ihr hoch.

»Na ja, irgendwie bist du es ja auch – liebeskrank. Da kann man schon mal zu Hause bleiben«, stimmte Florence ihr zu.

»Außerdem gibt es deinem Alex die Chance, sich doch noch bei dir zu melden«, sagte Vince.

»Eigentlich wollte ich heute meine Kündigung einreichen.« Nachdenklich fuhr ich mit dem Finger über den Becherrand.

»Das machst du auf keinen Fall!«, sagte Laurie bestimmt. »Kurzschlusshandlungen sind nie gut, da gebe ich Flo absolut recht. Lass dir ein paar Tage Zeit, und wenn du im neuen Jahr der gleichen Ansicht bist wie jetzt, kannst du immer noch fristlos kündigen aufgrund eures gestörten Arbeitsverhältnisses.«

»Vielleicht habt ihr recht.« Meine Stimme war kaum mehr als ein heiseres Krächzen und der Magen machte erneut Purzelbäume, angefeuert durch den Kaffee.

»Wir haben fast immer recht. Zumindest wenn es dich betrifft.« Florence sah mir prüfend ins Gesicht. »Du siehst ein bisschen blass aus. Geht es dir gut?«

Angewidert schob ich den Becher von mir weg. Plötzlich überkam mich das dringende Bedürfnis, mich in mein Bett zu verkriechen und die Welt da draußen auszuschalten. »Wärt ihr mir böse, wenn ich wieder in mein Zimmer gehe?«

»Nein, natürlich nicht.« Laurie warf mir einen besorgten Blick zu.

»Danke für alles. Ihr seid die besten Freundinnen auf der Welt.« Mühsam stand ich auf. »Bis später.«

33. Violet

Nachdenklich saß ich auf der Fensterbank und starrte nach draußen. Das Buch, das ich angefangen hatte, lag achtlos neben mir. Seit Alex mich verlassen hatte, fühlte ich mich wie gelähmt. Es war, als ob das Lachen mit ihm aus meinem Leben verschwunden war, so sehr ich mir Mühe gab, es wiederzufinden.

Die Kündigung war bereits geschrieben, sodass sie pünktlich zum neuen Jahr auf Alex' Schreibtisch liegen würde.

Die Dämmerung hatte bereits eingesetzt. Es hatte wieder angefangen, heftig zu schneien, nachdem es in den letzten Tagen getaut hatte. Heute lagen die Temperaturen wieder unter dem Gefrierpunkt und über den Garten vor meinem Fenster hatte sich eine dicke Schneedecke gelegt. Die Lichter des Nachbarhauses warfen bizarre Schatten in die Landschaft.

Im Fenster gegenüber konnte ich ein junges Pärchen erkennen, das seine Wohnung mit Girlanden und Luftballons schmückte. Daneben in der Wohnung lief flackernd der Fernseher. Ein Stock darunter stand eine Frau mit einer Geige am Fenster und spielte. Eine traurige Melodie, deren Klänge durch den Wind zu mir getragen wurden, als wollte sie mir Hallo sagen.

Im Hintergrund waren die Stimmen meiner Freundinnen zu

hören, die sich für den heutigen Abend fertig machten. Wir hatten beschlossen, das neue Jahr in unserem Lieblingspub zu begrüßen.

Mein Blick wanderte zur Tür, wo noch immer die verschlossene Reisetasche stand und mich an meine Zeit mit Alex erinnerte. Etwas in mir sträubte sich dagegen, sie auszuräumen. Es war vier Tage her, seit ich aus seinem Auto gestiegen war, und der Schmerz, den ich damals verspürt hatte, war keinen Deut weniger geworden. Im Gegenteil. Vor allem die Nächte waren schwer. Immer wenn ich die Augen schloss, tauchte Alex' Gesicht hinter meinen Lidern auf, als wollte er mich quälen. In meinen Träumen spürte ich seinen Atem auf meiner Haut, fühlte seine Fingerspitzen, die mich liebkosten, seinen Mund und seinen süßen, erregenden Geschmack. Erst letzte Nacht hatte ich wieder von ihm geträumt.

Wir hatten uns geliebt und genau in dem Moment, als der Orgasmus über mich hinweggerollt war, war ich mit klopfendem Herzen und einer unstillbaren Sehnsucht nach Alex aufgewacht. Alles an ihm fehlte mir – seine Stimme, sein Geruch, seine Zärtlichkeiten.

Seit meiner Ankunft in London hatte ich den Großteil der Zeit geschlafen oder vor dem Fernseher verbracht, um die Gedanken zu vertreiben, die mich quälten.

Chloe hatte mich ein paarmal besorgt angerufen und sich nach meinem Gesundheitszustand erkundigt. Von Alex keine Spur. Kein Anruf, keine Nachricht. Es war, als ob es uns beide nie gegeben hätte.

Das Handy klingelte und riss mich aus meinen trüben Gedanken.

Sofort schlug mein Herz hoffnungsvoll schneller. Alex? Mühsam raffte ich mich auf und lief taumelnd zu meiner Tasche, in die ich das Handy gesteckt hatte.

Meine Finger zitterten so stark, dass ich Mühe hatte, den Reißverschluss zu öffnen.

Mist. Mist. Mist.

Endlich hatte ich es gefunden. Zu meiner Enttäuschung leuchtete mir Mums Gesicht auf dem Display entgegen. Für einen winzigen Moment war ich versucht, das Gespräch wegzudrücken, aber dann siegte mein schlechtes Gewissen. Seit meinem Besuch zu Weihnachten hatte ich nicht mehr mit Ihnen gesprochen, sondern ihnen lediglich eine WhatsApp geschickt, in der ich ihnen mitgeteilt hatte, dass ich wieder heil in London angekommen war.

»Hallo, Mum«, nahm ich das Gespräch an. Ich hoffte, dass sie das Zittern in meiner Stimme nicht bemerkte.

»Dein Vater und ich sitzen hier und machen uns Sorgen um dich. Du hast keinen meiner Anrufe der letzten Tage beantwortet«, kam Mum ohne Umwege zur Sache.

»Hallo, Pumpkin«, meldete sich Dads Stimme aus dem Hintergrund.

»Hallo, ihr beiden.« Allein die Stimmen meiner Eltern genügten, um mir die Tränen in die Augen zu treiben. Noch immer hatten sie keine Ahnung von Alex und mir.

»Schätzchen, bist du krank? Du klingst so komisch.« Mum hatte schon immer ein Gespür besessen, wenn es um das wohl ihrer Kinder ging. Als ich sie mal darauf angesprochen hatte, hatte sie mir erklärt, dass sich bei der Geburt ein neuer Sinn ausbilden würde, der ausschließlich Müttern zu eigen war und dazu diente, Gefahren zu erkennen.

»Ich-bin-so-unglücklich«, schluchzte ich. Vorbei war es mit meiner Zurückhaltung.

»Liebes, was ist passiert?« Dad klang bestürzt.

»Ich habe euch wegen Alex angelogen!«, platzte es aus mir heraus. Jetzt, wo ich den Entschluss gefasst hatte, bei der Wahrheit zu bleiben, gab es kein Halten mehr.

Für einen Moment herrschte Schweigen am anderen Ende. Nur heftiges Atmen.

»Bist du etwa schwanger?«

»Was? Nein! Sonst hätte ich wohl kaum Eggnog getrunken« fassungslos über die Frage starrte ich auf das Display. »Ich habe euch wegen Alex und mir angelogen.«

»Dann verstehe ich dich nicht.« Ich konnte förmlich sehen, wie Mum den Kopf schüttelte.

»Alex ist gar nicht mein Freund. Ich habe nur so getan, als wäre er mein Verlobter, damit ich Weihnachten nicht am Kindertisch oder zwischen Hattie und Onkel Travis sitzen musste. Es tut mir so leid.«

»Ihr wart verlobt?«, hakte Mum nach. Offensichtlich war die eigentliche Message noch nicht bei ihr angekommen.

»Nein, Mum, das versuche ich, dir gerade zu vermitteln. Das zwischen Alex und mir war alles gelogen. Ein Theater, damit ich meine Ruhe habe und Alex sein Erbe bekommt.« Die Worte überschlugen sich in meinem Mund.

»Aber, Pumpkin, wieso solltest du so etwas absolut Schwachsinniges tun?«, sagte Dad.

»Weil ich ein Feigling bin«, gestand ich unter Tränen. »Ich wollte nicht länger der Außenseiter zwischen euch sein und mir anhören, dass meine biologische Uhr zu ticken begonnen hat. Alles, was ich wollte, war, meine Ruhe zu haben und mit euch zu feiern.«

»Und deswegen hast du uns angelogen«, sagte Dad betroffen.

»Es tut mir so leid. Ich hätte einfach mit euch darüber sprechen sollen, aber dann hätte es Diskussionen gegeben. Deshalb habe ich Alex gefragt, ob er meinen Freund an Weihnachten spielen kann«, fuhr ich fort. Mit wenigen Worten schilderte ich ihnen die Situation im Fahrstuhl und wie es zu unserer Abmachung gekommen war. »Ich wollte euch nicht anlügen. Wirklich. Und es tut mir schrecklich leid, dass ich es getan habe.«

»Schätzchen, mir tut es leid«, sagte Mum zerknirscht. »Ich wollte dir einfach einen Schubs in die richtige Richtung geben. Mehr nicht.«

»Aber ich liebe mein Leben als Single in London. Ich habe ein tolles Appartement zusammen mit meinen besten Freundinnen, einen tollen Job und jede Menge Spaß. Ich brauche keinen Mann, um glücklich zu sein. Was nicht bedeutet, dass ich ewig allein bleiben möchte. Aber bisher war einfach nicht der Richtige dabei.« Ich stockte. Alex' blaue Augen tanzten durch meinen Kopf.

»Und was ist mit Alex?«, fragte Dad zögerlich.

»Das zwischen uns beiden sollte nur eine Abmachung sein, um sich gegenseitig zu helfen. Aber dann ...« Eine einzelne Träne kullerte mir über die Wange.

»... hast du dich in ihn verliebt«, vollendete Dad meinen Satz.

»Aber er sich nicht in mich.« Ich brach weinend zusammen.

»Bist du dir sicher?«, holte mich Mums Stimme zurück. »So, wie er dich angesehen hat, würde ich behaupten, dass er über beide Ohren in dich verknallt ist. Kein Mann ist so ein guter Schauspieler, dass er das hinbekommt. Das schafft nicht einmal Anthony Hopkins und der Mann ist ein Genie.«

»Hat er dir das gesagt?«, fragte Dad.

Ich fuhr mir mit dem Handrücken über das Gesicht.

»Das ist ja genau der Punkt. Er hat gar nichts gesagt.« Mein Blick wanderte zu meinem Fenster, wo die Schneeflocken vorbeisegelten. Es dämmerte bereits. In ein paar Stunden würden wir das neue Jahr feiern. »Wir haben uns verabschiedet und seitdem habe ich nichts mehr von ihm gehört. Kein Anruf. Keine Nachricht. Nichts.«

Verdammt, wo kamen nur all die Tränen her.

»Pumpkin. Deine Mutter und ich haben uns sehr viel Mühe gegeben, dich zu einer selbstständigen, selbstbewussten Frau zu erziehen. Wie ich sehe, sind wir damit gescheitert. Denn sonst würdest du dein Schicksal selbst in die Hand nehmen und dein Glück nicht einfach an dir vorbeifliegen lassen.« Dad schnaubte. »Liebst du ihn denn?«

Für einen Moment hielt ich inne und schloss meine Augen. Alex' Gesicht tauchte hinter meinen geschlossenen Lidern auf und mit ihm kam das Gefühl von Geborgenheit, Wärme und Glück.

»Ich war noch nie so verliebt in meinem ganzen Leben«, gestand ich.

»Also, was hast du zu verlieren?«, erwiderte Dad.

»Und was soll ich deiner Ansicht nach tun?« Mein Puls schaltete einen Gang höher.

»Das weißt nur du allein. Hör auf dein Herz und nicht auf deinen Verstand. Dann wirst du die richtige Entscheidung treffen. Liebe findet immer einen Weg«, sagte Dad mit fester Stimme.

»Aber ich kann doch nicht einfach zu ihm fahren und ihm sagen, dass ich ihn liebe«, stammelte ich. In meinem Kopf wirbelten die Gedanken.

»Warum eigentlich nicht. Schließlich erwartest du genau das von ihm. Oder nicht?«, meldete sich Mum zu Wort.

»Es ist kompliziert.«

»Niemand hat gesagt, dass das Leben und vor allem die Liebe leicht sein würden«, erwiderte Mum zu meiner Überraschung.

»Aber du und Dad. Ihr seid so viele Jahre glücklich miteinander. Da kann man das leicht sagen.«

»Und du glaubst, dass es bei uns immer einfach war«, entgegnete Mum scharf.

»Ja, natürlich.« Ich hatte meine Eltern nie im Streit erlebt. Kleine Auseinandersetzungen vielleicht, aber nie ein böses Wort.

»Schätzchen, glaubst du noch an den Weihnachtsmann?«

»Ist das eine Trickfrage?«

»Nein, denn dann wüsstest du, dass es in jeder Beziehung, und sei sie noch so harmonisch, Reibungspunkte gibt. Es gab ein paar Krisen in unserer Ehe und einmal war ich kurz davor, deinen Vater zu verlassen. Ich dachte, er liebt mich nicht mehr. Trotzdem bin ich geblieben und habe gekämpft.« Zärtlichkeit schwang in ihrer Stimme mit. »Und es hat sich gelohnt. Ich könnte mir mit keinem anderen Mann ein Leben vorstellen. Was ich sagen will – manchmal muss man um sein Glück kämpfen.«

Unsicher knabberte ich an meiner Unterlippe. »Danke für euren Rat.«

»Du weißt doch, wir sind immer für dich da.« Mums Stimme war einladend weich. »Morgen beginnt ein neues Jahr. Du solltest dir überlegen, ob du es so zu Ende gehen lassen möchtest.«

Die Tür flog mit einem Knall auf und Florence stand in meinem Zimmer. Sie trug einen schwarzen Paillettenrock, dazu eine goldene, tief ausgeschnittene Seidenbluse und sündhaft hohe rote Stilettos, deren Anblick allein genügte, um mir Schmerzen in den Füßen zu verursachen.

»Was sitzt du hier noch rum!«, schimpfte sie. »Wir warten auf dich.« Wie auf Kommando tauchten Vince und Laurie hinter ihrem Rücken auf.

»Mum, Dad, ich muss Schluss machen«, beeilte ich mich zu sagen. »Ich melde mich im neuen Jahr bei euch.«

»Mach das und denk noch mal über alles nach. Du allein kannst dir die Sterne vom Himmel holen, dafür brauchst du niemanden. Und bitte lüg uns nie wieder an, sondern sag uns lieber die Wahrheit. Egal, wie weh sie tut. Versprochen?«

»Versprochen. Ich liebe euch.« Es war, als ob mir jemand eine Last von den Schultern genommen hätte.

»Wir dich auch!«, riefen Mum und Dad unisono in das Mikrofon des Handys.

»So willst du gehen?« Florence deutete mit dem Ausdruck des Entsetzens auf mein Outfit.

»Wieso? Was ist denn daran verkehrt?« Ich hatte mir eine schwarze Hose und dazu einen schwarzen Pullover angezogen.

»Also für einen Beitritt ins Kloster das perfekte Outfit, aber doch nicht für Silvester.« Mit einem Schritt war Florence bei mir und zerrte an meinem Pulli.

»Hey, was machst du da?«

Florence stockte. »Hast du geweint?« Ihre Augen lagen auf meinem Gesicht.

»Vielleicht ein bisschen«, murmelte ich.

»So geht das nicht.« Florence schüttelte den Kopf und gab dabei Vince und Laurie ein Zeichen, zu uns zu kommen.

»Du kannst das neue Jahr unmöglich als Trauerkloß beginnen. Laurie, du kümmerst dich um die Haare. Vince übernimmt das Make-up und ich suche dir passende Klamotten raus. Es wäre doch gelacht, wenn wir dich nicht in Partylaune bekommen.« Sie schnipste mit den Fingern. »Schwestern, ans Werk.«

Unwillkürlich musste ich lachen, obwohl mir gar nicht danach zumute war. Zumindest hatte ich meinen Frieden mit meinen Eltern gemacht.

34. Alex

Ich eilte über die Straße. Es hatte angefangen zu schneien und der Wind wirbelte die weißen Flocken durch die Luft wie winzige Wattebällchen.

In weniger als einer Stunde würde die Party bei Alfie starten, aber bevor ich das neue Jahr feiern würde, gab es noch etwas, das ich unbedingt klären musste. Abgesehen von der Sache mit Violet. Die ganze Woche hatte ich gehofft, sie wiederzusehen, aber stattdessen war ihre Krankmeldung gefolgt von der Kündigung ins Haus geflattert. Wie es aussah, wollte Violet mich auf keinen Fall wiedersehen.

Ich hatte das Haus erreicht, in dem Onkel Carl wohnte. Ein gepflegter Altbau mit Rotklinkerfassade, den ich noch von meinen früheren Besuchen mit Mum und Dad kannte. Entschlossen drückte ich auf den Klingelknopf.

Zunächst passierte gar nichts. Schritte näherten sich. Sekunden später wurde die Tür aufgerissen und Onkel Carl tauchte in einer schwarzen Jeans und einem Wollpullover vor mir auf.

»Alex?« Erstaunen schlug mir aus seinen Augen entgegen, die mich an Catherine erinnerten.

»Entschuldige die Störung, aber ich muss unbedingt mit dir

sprechen.« Die letzten Nächte hatte ich wach gelegen und abgesehen von Violet über die Situation mit Carl nachgedacht. Ich konnte den Verlag nicht basierend auf einer großen Lüge leiten. Deshalb hatte ich letzte Nacht den Entschluss gefasst.

Carl nickte ernst. »Ist etwas mit deinen Eltern passiert?«

»Nein. Ich wollte mit dir über den Verlag sprechen.«

»Carl«, ertönte eine Stimme aus dem Hintergrund. »Wer ist da?«

»Das ist mein Neffe!«, rief Carl durch den Flur.

»Du hast Besuch«, stellte ich überrascht fest.

»Ja, meine Betreuerin und ich wollten zusammen Silvester feiern«, antwortete er sichtlich verlegen.

»Ich wollte euch auch nicht stören, aber es gibt da etwas, was ich dir unbedingt sagen muss.«

»Du störst nicht. Bitte komm doch rein.« Er führte mich den Flur entlang. Die weißen Wände hingen voll mit Fotografien, die zweifelsohne von Carl stammten.

Wir hatten das Wohnzimmer erreicht. Seit meinem letzten Besuch hatte sich einiges verändert. Statt der dunklen Möbel bestimmten nun helle Eichenmöbel das Bild der Wohnung. Auf dem Sofa vor dem Gaskamin saß eine Frau mittleren Alters mit kurzen braunen Haaren und einem ausdrucksstarken Gesicht.

»Betty, darf ich dir meinen Neffen Alexander vorstellen.«

»Alex, bitte.« Ich eilte zu ihr, um sie zu begrüßen. »Freut mich sehr, Sie kennenzulernen.«

»Mich auch. Carl hat viel von dir erzählt.« Sie war ohne Umwege zur persönlichen Anrede übergegangen, was mir sehr sympathisch war.

»Aber bitte setz dich doch.« Carl deutete auf den freien Platz vor dem Kamin. »Möchtest du etwas trinken?«

»Nein, danke.« Je länger es dauern würde, umso nervöser würde ich werden. »Am liebsten würde ich gleich zur Sache kommen.«

»Soll ich lieber gehen?« Offensichtlich hatte Carls Freundin ein gutes Gespür, sonst hätte sie nicht gefragt.

Ich warf Carl einen fragenden Blick zu.

»Nein, nicht wenn es Alex nicht stört. Ich habe keine Geheimnisse vor dir.« Er setzte sich neben Betty auf das Sofa.

»Also gut.« Ich nahm einen tiefen Atemzug.

»Wo ist Violet?«, wollte Carl wissen.

»Deshalb bin ich hier.« Das Blut rauschte in meinen Ohren. Ich hatte mir die Worte im Auto auf der Fahrt hierher zurechtgelegt, aber jetzt war nichts mehr in meinem Kopf außer vollkommener Leere. »Violet ist nicht meine Verlobte. Wir haben alles nur gespielt, damit ich das Erbe bekomme und sie ihre Ruhe vor der Familie hat.«

»Tatsächlich?«, erwiderte Carl.

Ich schüttelte ungläubig den Kopf. Eigentlich hatte ich erwartet, dass Carl ausflippen und mich des Hauses verweisen würde. Stattdessen saß er seelenruhig auf dem Sofa. »Hast du mich verstanden? Violet und ich sind kein Paar.«

»Natürlich habe ich dich verstanden«, bestätigte er.

»Das bedeutet, der Verlag gehört dir.« Meine Stimme zitterte leicht.

Carl und Betty tauschten einen Blick, den ich nicht deuten konnte. »Ich weiß nicht, ob ich mich deutlich genug an Weihnachten ausgedrückt habe, aber ich möchte den Verlag nicht.«

»Willst du nicht?«

Carl schüttelte den Kopf. »Nein, ich möchte als Fotograf arbeiten und zusammen mit Betty auf Reisen gehen.« Er warf ihr einen liebevollen Blick zu.

»Eigentlich war es immer mein größter Wunsch, als Entwicklungshelferin zu arbeiten«, meldete sich Betty das erste Mal zu Wort. »Aber als es so weit war, hat mir damals der Mut gefehlt und so bin ich auf der Sozialstation gelandet.«

»Deshalb dachte ich mir, wir könnten zusammen neu starten. Betty hat eine Stelle als Entwicklungshelferin angeboten bekommen und ich würde sie begleiten und die Reise fotografisch festhalten.«

»Dann bist du nicht sauer auf mich?« In meinem Kopf wirbelten die Gedanken umher.

»Ich bin sogar stinksauer auf dich«, sagte Carl bestimmt, »dass du eine Frau wie Violet einfach gehen lässt.«

»Aber Violet liebt mich nicht. Das war alles nur Show.« Ich erzählte den beiden, was vorgefallen war. »Sie hat sogar schon die Kündigung eingereicht.«

»Du bist ein weit größerer Trottel, als ich dachte.« Carl schnaubte.

»Aber … ich verstehe nicht.« Ich fuhr mir mit den Fingern durch die Haare. »Was soll das bedeuten?«

»Alex, ich bin zwar ein trockener Alkoholiker, aber ich bin nicht blöd. Diese Frau liebt dich und ich verstehe nicht, wie du das nicht sehen kannst. Außer du liebst sie nicht, das würde natürlich alles verändern.« Seine Augen schienen mich zu durchbohren.

»In den letzten Tagen habe ich an nichts anderes als an Violet gedacht. Es ist, als ob sie sich in meine Festplatte gebrannt hätte. Sogar in der Nacht verfolgt sie mich in meinen Träumen.«

»Dachte ich es mir«, sagte Carl bestimmt. »Wenn es so ist, frage ich mich, was du hier machst. So oft bekommt man vom Leben nicht die Chance auf das Glück geschenkt und in deinem Fall auch noch auf dem Silberteller serviert. Es war mehr als offensichtlich, dass ihr beide ineinander verknallt seid. Also greif zu und schnapp sie dir, solange sie noch frei ist.«

Ich nickte stumm.

»Und was den Verlag anbelangt, klären wir alles bei unserem Termin mit dem Notar«, fuhr Carl fort.

Es klingelte an der Haustür.

»Das müssen unsere Gäste sein«, sagte Carl. Erst jetzt fiel mir auf, dass der Tisch neben dem Durchgang zur Küche gedeckt war.

»Dann mache ich mich mal auf den Weg.« Ich war von meinem Stuhl aufgesprungen.

»Ich begleite dich nach vorn.« Carl und Betty waren ebenfalls aufgestanden.

»Es war schön, jemanden aus Carls Familie kennenzulernen. Ich hoffe, das können wir bald wiederholen.« Betty reichte mir lächelnd die Hand.

»Das würde ich mir auch wünschen«, sagte ich aufrichtig. Wir gingen durch den Flur zum Ausgang. Als Carl die Tür öffnete, standen drei Männer und zwei Frauen mit Papphütchen auf dem Kopf vor der Tür.

»Happy New Year«, begrüßte Carl seine Gäste. »Bitte kommt rein. Ich muss nur kurz meinen Neffen verabschieden.« Er breitete seine Arme aus und drückte mich fest an sich. »Viel Spaß heute Abend. Wo gehst du hin?« Seine Augen glitten über meinen Anzug hinweg.

»Alfie, mein bester Freund, gibt eine Party«, teilte ich ihm mit.

»Na, dann viel Spaß. Wir wollten eigentlich zum London Eye und von dort das Feuerwerk bewundern, aber angesichts des Wetters haben wir beschlossen, zu Hause zu feiern.« Carl drückte mich ein letztes Mal. »Wir sehen uns beim Notar.«

»Ja, bis dann.« Völlig durcheinander ging ich zurück zum Auto.

35. Violet

Jetzt siehst du nach Party aus«, sagte Florence zufrieden. Ich stand vor dem Spiegel in meinem Zimmer und betrachtete mich skeptisch. Die schwarze Hose lief nach unten weit aus und zauberte mir lange Beine. Dazu hatte Florence mir eines ihrer schwarzen Paillettenoberteile aufgedrängt, das meine Oberweite vorteilhaft in Szene setzte. Ein schwarzer Gürtel mit einer fetten silbernen Schnalle zierte meine Taille. Als Schuhe hatte ich die schwarzen Pumps ausgewählt, da sie einigermaßen bequem waren und unter der Hose verschwanden. Gegen die Kälte hatte ich mir einen Mantel übergezogen.

Laurie war es tatsächlich gelungen, meine störrischen Haare in stylishe Wellen zu legen, und Vince hatte mir ein zartes, aber sehr wirkungsvolles Make-up verpasst, das meine Augen und den Mund betonte. Alles in allem sah ich fantastisch aus, was im krassen Gegensatz zu meiner inneren Verfassung stand.

»Ich weiß nicht. Eigentlich ist mir nicht nach Party.« Seit meinem Gespräch mit Mum und Dad konnte ich an nichts anderes mehr als an Alex denken. Zweifel, ob ich die richtige Entscheidung getroffen hatte, machten sich in meinem Kopf breit und wollten nicht verschwinden, egal wie viel Mühe ich mir gab, sie zu vertreiben.

»Hier, das lockert dich ein bisschen auf.« Vince reichte mir sein Glas, in dem der Sekt perlte. In seiner Hose und dem eng sitzenden blauen Rollkragenpullover sah er aus wie ein Model.

»Danke«, erwiderte ich schwach.

»Auf einen schönen Abend.« Laurie hatte sich ebenfalls eingeschenkt und prostete mir zu. Sie sah in ihrem hautengen, mit Spitze durchsetzten Schlauchkleid einfach atemberaubend aus.

»Auf einen schönen Abend und heiße Typen.« Florence leerte ihr Glas mit einem Zug.

Ich nahm nur einen winzigen Schluck.

»Das Taxi müsste jeden Moment hier sein«, teile Vince uns mit.

»Aber ich habe gerade noch eine Flasche aufgemacht«, protestierte Florence.

»Ist doch egal«, sagte Laurie achselzuckend. »Nimm sie einfach mit.«

»Du hast einfach immer die besten Ideen.« Flo warf Laurie eine Kusshand zu.

Es hupte draußen.

»Das muss das Taxi sein.« Vince hakte sich bei Florence unter. »Abfahrt.«

Unauffällig stellte ich das volle Glas auf dem Beistelltisch neben dem Bett ab und folgte meinen Freunden nach draußen.

Als wir durch die Haustür traten, wurden wir von einem eisigen Wind und heftigem Schneefall empfangen.

»Was für ein Wetter. So habe ich London noch nie erlebt«, schimpfte Laurie. »Das geht jetzt schon seit Weihnachten so. Unglaublich.«

Unwillkürlich musste ich an Haworth und das kleine Cottage denken. Wie Alex und ich Schnee-Engel geformt hatten und auf Backblechen die Hänge hinuntergefahren waren. Magische Momente, die ich niemals vergessen würde. Wenn ich nachts allein in meinem Bett lag, erlaubte ich mir ein paar Minuten Glück, indem ich an diese Zeit dachte. So lange, bis der Schmerz zu groß wurde und mich die Tränen davon abhielten weiterzumachen. Manchmal fragte ich mich, ob die Trauer um meine verlorene Liebe jemals geringer werden würde.

»Willst du hier draußen Wurzeln schlagen?« Florence zog mich sanft zu sich auf die Rückbank. Laurie hatte ebenfalls dort Platz genommen. Vincent setzte sich neben den Taxifahrer. Einem untersetzten Mann mit buschigen Augenbrauen und einem Mund, der aussah, als würde er nie lächeln.

»Wohin soll es denn gehen?«, fragte er prompt.

Vincent nannte ihm die Adresse des Pubs. Langsam setzte sich das Taxi in Bewegung. Ich schaute aus dem verschmierten Fenster nach draußen.

Es war schon spät am Abend. Dementsprechend wenige Menschen waren auf dem Gehweg unterwegs. Diejenigen, die sich nach draußen gewagt hatten, trugen dicke Jacken und Mäntel. Einige Party-Nachzügler wie wir hatten sich die typischen Partyhütchen aufgesetzt und eilten mit gehetzten Blicken zu ihren Zielorten.

Es schneite ohne Unterlass und eine dichte Schneedecke hatte sich auf alles gelegt.

»Mann, geht das nicht schneller?«, maulte Florence.

»Ich kann nicht schneller als der Rest.« Der Fahrer deutete nach vorn, wo die Bremslichter der Autos vor uns aufleuchteten.

Florence stöhnte laut auf. »Wenn wir weiter in dem Tempo fahren, sind wir erst nächstes Jahr da.«

Obwohl mir gar nicht danach war, musste ich grinsen.

»Hey, Flo, der war richtig gut.« Vince wieherte vorn. Laurie kicherte ebenfalls.

»War aber nicht witzig gemeint. Wenigstens sitzen wir nicht auf dem Trockenen.« Florence zückte die Sektflasche.

»Kein Alkohol in meinem Taxi.« Der Fahrer warf ihr einen bösen Blick im Rückspiegel zu.

»Es ist Silvester, da wird man schon mal ein Schlückchen trinken dürfen.« Florence setzte die Flasche an den Hals.

»Hey, ich sagte keine Getränke in meinem Taxi«, meldete sich der Mann erneut zu Wort.

»Spielverderber«, maulte Flo und ließ die Flasche sinken.

»Kommen Sie. Es ist Silvester und wir sitzen in einem Schneechaos fest, anstatt auf einer Party zu sein«, bettelte Laurie.

»Keine Ausnahme.« Der Mann richtete seinen Blick unbeirrt wieder nach vorn. Bis zum Pub waren es bei normalen Wetterverhältnissen circa fünfundzwanzig Minuten. Wenn es so weiterging, würden wir mehr als doppelt so lange brauchen. Wir waren jetzt schon eine halbe Stunde unterwegs.

»Können wir wenigstens etwas Musik anmachen?«, bat Vince.

»Von mir aus«, knurrte der Fahrer und wenige Sekunden später scheppterte die Stimme von Harry Styles durch den Lautsprecher des Taxis.

Florence, Laurie und Vince sagen lautstark mit. Mein Blick wanderte nach draußen.

Alex. Alex. Alex, wiederholte ich seinen Namen wie ein Mantra. Ich dachte daran, was Mum und Dad mir gesagt hatten.

Deine Mutter und ich haben uns sehr viel Mühe gegeben, dich zu einer selbstständigen, selbstbewussten Frau zu erziehen. Wie ich sehe, sind wir damit gescheitert. Denn sonst würdest du dein Schicksal selbst in die Hand nehmen und dein Glück nicht einfach an dir vorbeifliegen lassen, sprudelten die Worte durch meinen Kopf.

»Halt!« Ich hatte geschrien.

»Violet.« Florence sah mich mit großen Augen an. Sie hatte eine dicke Fellmütze auf dem Kopf. Darüber hatte sie den schwarzen

Daunenmantel an, der fast bis zu den Füßen reichte. Auf den ersten Blick sah sie aus wie ein sitzender Pinguin.

»Es tut mir leid, aber ich muss sofort zum Trafalgar Square.«

»Was willst du denn da?« Vince hatte sich zu uns umgedreht.

»Zu Alex. Ich muss ihm sagen, dass ich ihn liebe«, erklärte ich meinen Freunden mit fester Stimme. Genau in diesem Moment war ich mir so sicher wie noch nie im Leben, das Richtige zu tun.

»Ist das dein Ernst?« Florence sah mich an, als würden kleine grüne Männchen auf meinen Schultern Bachata tanzen.

»Ja, und es tut mir leid, aber ich hätte euch ohnehin eure Party versaut. Feiert ohne mich weiter.« Entschlossen auszusteigen, drücke ich die Türklinke des Taxis runter.

»Whoa! Hiergeblieben.« Laurie hatte mich am Arm gepackt und zog mich zurück. »Hier geht niemand irgendwohin.«

»Aber ich muss zu Alex.« Mein Herz schlug wie das eines Marathonläufers nach dem Wettkampf. Jetzt, wo ich mich entschlossen hatte, gab es kein Halten mehr.

Meine drei Freunde tauschten kurze Blicke.

»Und wir kommen mit dir!«, sagte Flo bestimmt.

Auch in Vince' Augen lag wilde Entschlossenheit.

»In diesem Zustand können wir dich unmöglich alleinlassen.« Laurie grinste breit. »Außerdem will ich wissen, wie das Drama ausgeht.«

»Das wollt ihr wirklich tun?« Tränen der Rührung hatten sich in meine Augen geschlichen.

»Wofür sind Freunde da? Außerdem bin ich ganz bei Vince. Ich muss diesen Traummann endlich mal persönlich sehen«, sagte Florence entschlossen.

»Wohin soll ich jetzt fahren?«, brummte der Taxifahrer.

»Trafalgar Square!«, riefen wir alle wie aus einem Munde.

»Ihr seid die Besten!« Lachend gab ich dem Fahrer das Zeichen loszufahren.

»Frauen«, brummte der Fahrer. »Wissen nie, was sie wollen.«

»Hey, sehe ich aus wie eine Frau?«, protestierte Vince.

Ohne auf ihn einzugehen, trat der Mann auf das Gaspedal und der Wagen fuhr wieder los.

36. Alex

Rings um mich herum tobte die Party. Frauen in aufreizenden Kleidern, dazwischen coole Typen oder solche, die sich dafür hielten. Alfies Partys waren weit über die Grenzen der Agentur hinaus bekannt und dementsprechend viele Gäste waren gekommen. Die DJane hinter dem Mischpult heizte die Stimmung mit angesagten Beats an. Es wurde getanzt und gelacht. Servicekräfte in kurzen Kleidern schlängelten sich mit voll beladenen Tabletts durch die Menge, um den Getränkewünschen nachzukommen. Alfie hatte keine Kosten gescheut, um seine Gäste angemessen zu unterhalten.

»Na, Kumpel.« Alfie war wie aus dem Nichts mit zwei Gläsern in der Hand aufgetaucht. »Ich würde sagen, die Party ist ein voller Erfolg.«

»Kann man wohl sagen.« Zustimmend nickte ich ihm zu.

»Wenn ich allerdings dich ansehe, vergeht mir die Lust zum Feiern. Du machst ein Gesicht wie sieben Tage Regenwetter. Die Kleine hatte gar nicht so unrecht, als sie dich Grinch genannt hat.« Wortlos reichte er mir ein Glas.

Unwillkürlich musste ich an meine erste Begegnung mit Violet denken. Niemals würde ich den Moment vergessen, als sie mich einen Grinch genannt hatte. Ihre Augen hatten gefunkelt wie Bernstein in der Sonne und auf ihrem Mund, der so wunderbar küssen konnte, hatte ein breites Lächeln gelegen. Allein der Gedanke an sie genügte, um mein Herz zum Stolpern zu bringen. *Violet. Violet. Violet.*

Was sie wohl gerade tat? Wahrscheinlich feierte sie mit ihren Freunden in Camden.

Ich schüttelte den Kopf, als könnte ich den Gedanken wie eine lästige Fliege abschütteln. Aber was, wenn sie mich nicht vergessen hatte? Was, wenn es ihr genauso wie mir ging.

»Hallo, Alex.« Alfie wedelte mit der Hand vor meinem Gesicht. »Hier, trink einen Schluck, dann geht es dir besser.«

»Alfie, ich bin echt nicht zu Scherzen aufgelegt.«

»Das wäre mir gar nicht aufgefallen.« Er lachte, was mich nur noch mehr auf die Palme brachte. »Was ist denn los mit dir? Denkst du immer noch an Violet? Ich dachte, das Thema ist durch.«

»Ich kann sie einfach nicht vergessen.«

»Vielleicht hilft dir eine von den vielen bezaubernden Wesen darüber hinweg.« Alex deutete auf eine Gruppe von Models, die zu uns herüberschauten und dabei kicherten, als würde es sich bei mir und Alfie um einen Jackpot handeln.

»Nein, ich denke nicht. Violet geht mir einfach nicht aus dem Sinn. Das zwischen ihr und mir war anders als alles zuvor.« Violets glockenhelles Lachen klingelte in meinen Ohren, als sie neben mir im Schnee gelegen hatte, die Augen in den Himmel gerichtet. Ihr betörender Duft, der noch an meinen Sachen haftete wie eine zweite Haut. Die geflüsterten Zärtlichkeiten in der Nacht. All das passte so gar nicht zu ihrer abweisenden Art auf dem Heimweg nach London. Irgendetwas musste passiert sein, warum sonst hatte sie sich so verhalten. Die ganze Woche hatte ich gehofft, sie zu sprechen. Aber dann hatte sie sich krankgemeldet und die Tage waren verflossen, ohne ein Wort von ihr. Ein paarmal hatte ich das Handy in der Hand gehalten, um sie anzurufen, aber dann hatte ich mich dagegen entschieden, weil ich angenommen hatte, dass sie mich nicht sprechen wollte. Was, wenn ich mich getäuscht hatte und alles nur eine Schutzreaktion war?

Alfie seufzte laut. »Violet Lancaster muss ja die absolute Traumfrau sein, wenn du dir solche Gedanken machst.«

»Violet ist mehr als nur eine Traumfrau – sie ist *die* Frau.«

»Das hast du noch nie gesagt.« Alfie sah mich mit großen Augen an.

In diesem Moment war mir klar, was ich tun musste.

»Danke für alles.« Ich klopfte meinem besten Freund auf die Schulter. »Ich muss los.«

»Aber du kannst doch nicht einfach abhauen. Wir haben Silvester.« Verständnislosigkeit sprach aus seinen Augen.

»Genau deshalb muss ich los. Ich muss wissen, was Violet für mich empfindet.« Entschlossen drückte ich ihm mein Glas in die Hand.

»Ausgerechnet jetzt?«

»Ja. Ich habe schon viel zu lange gewartet.« Lächelnd umarmte ich meinen besten Freund. »Danke für die Einladung und ein gutes neues Jahr. Wir sehen uns.«

Ohne Alfies Antwort abzuwarten, lief ich los.

37. Violet

Wie lange dauert das denn noch?«, rief ich ungeduldig. Wir waren seit einer gefühlten Ewigkeit unterwegs. Es schneite ohne Unterlass und die Straßen waren verstopft mit Autos.

»Ich kann nicht schneller, als es geht. Sie wollten schließlich zum Trafalgar Square. Und das um diese Uhrzeit, bei diesen Bedienungen.« Der Mann schüttelte den Kopf.

»Zum Glück haben wir den Sekt dabei«, flüsterte Florence neben mir und duckte sich so, dass der Fahrer sie nicht sehen konnte, um einen Schluck zu nehmen. »Wenn es so weitergeht, feiern wir den Jahreswechsel im Auto.«

Sie hielt mir die Flasche entgegen. »Los, trink schon. Das hilft gegen die Nervosität.«

»Also gut.« Unauffällig nahm ich einen Schluck.

»Hey, und was ist mit mir?« Laurie streckte die Hand aus.

Ich reichte ihr den Sekt und warf einen kurzen Blick aus dem Fenster. Noch immer blinkten die Lichterketten in den Schaufenstern fröhlich. Ansonsten waren die Gehsteige menschenleer. Die großen Partys waren längst im Gange und diejenigen, die zu Hause geblieben waren, saßen vor dem Fernseher oder feierten mit Freunden.

Hoffentlich war Alex zu seinem Freund gefahren, so wie er es angekündigt hatte. Alfies Party war sogar in der Regenbogenpresse erwähnt worden, als eines der angesagtesten Events zum neuen Jahr. Im Notfall konnte ich vor seinem Appartement warten, bis er kam. Wenn er kam. Immerhin bestand noch eine Chance, dass er mich vergessen hatte und die Nacht mit einer unbekannten Schönheit verbringen würde. Allein der Gedanke genügte, dass sich mein Magen zu einer Faust zusammenballte. Ich schüttelte mich.

Der Taxifahrer drückte auf die Bremse. Mit einem Ruck wurde ich in den Gurt gepresst.

Florence kicherte vergnügt, die Flasche in der Hand haltend. »Gut, dass sie nicht mehr voll ist, sonst hätten wir eine kleine Schweinerei.«

»Blödmann. Pass doch auf!«, fluchte der Taxifahrer und zeigte dem Vordermann einen Vogel. Hinter uns ertönte ein lautes Hupen. Langsam setzte sich das Taxi wieder in Bewegung.

Mit klopfendem Herzen sah ich nach draußen.

Genau in diesem Moment schob sich ein schwarzer Sportwagen auf der Gegenspur an uns vorbei. Mir stockte der Atem. Ich blinzelte hektisch.

Hinter dem Lenkrad saß kein Geringerer als Alex, den Blick fest auf die Straße gerichtet.

»Alex! Alex!« Wie eine Wahnsinnige klopfte ich gegen die Scheibe des Taxis.

»Was? Wo?« Florence folgte meinem Blick.

»Stopp! Sofort den Wagen anhalten!«, schrie ich.

»Hier?« Der Fahrer drehte den Kopf zu mir.

Der schwarze Sportwagen entfernte sich mehr und mehr von unserer Position. Noch hatte ich eine Chance, ihn einzuholen.

»Anhalten. Jetzt.« Ich tippte dem Taxifahrer auf die Schulter.

Mit einem Ruck kam das Taxi abrupt zum Stehen. Hektisch

fummelte ich an meinem Gurt herum. Das Scheißding wollte nicht aufgehen.

»Warte«, kam Florence mir zu Hilfe.

Mit einem leisen Klick gab der Gurt mich frei.

Hastig drückte ich die Klinke runter. Hinter uns startete ein Hupkonzert, aber das war mir egal. Da vorn war Alex und das war alles, was zählte.

»Du schaffst das!«, hörte ich meine Freunde rufen.

Ohne zu zögern, rannte ich los, zwischen den beiden Autoschlangen hindurch, vorbei an den Wartenden.

Die Bremslichter des MG leuchteten auf. Das war meine Chance. Ich beschleunigte meine Schritte, so schnell es auf dem glatten Untergrund möglich war. Schnee rieselte auf mich herab und fiel in meine Augen. Ich blinzelte hektisch.

Alex' Wagen hatte sich wieder in Bewegung gesetzt.

»Alex!« Ich wedelte mit den Armen in der Luft, um auf mich aufmerksam zu machen, ohne mein Tempo zu reduzieren. »Alex. Ich bin hier.«

Der Untergrund war gefährlich rutschig und ich hatte Mühe vorwärtszukommen. Hilflos musste ich mitansehen, wie sich der MG wieder entfernte.

»Go, Girl«, drangen die Stimmen von Vince, Flo und Laurie zu mir.

Mein Herz wummerte wie verrückt gegen meine Brust und das Atmen schmerzte. Trotzdem lief ich weiter. Bis zu Alex waren es noch ungefähr zehn Meter.

»Alex!«, rief ich erneut und hob die Arme in die Höhe.

Die Bremslichter des Sportwagens leuchteten auf. Hatte er mich gehört?

Sekunden später sprang die Tür auf und die hochgewachsene Gestalt stieg aus dem Wagen.

»Alex.« Ich rannte, so schnell mich meine Beine trugen.

»Violet«, wurde mein Name vom Wind zu mir getragen. Mit kraftvollen Schritten kam er in meine Richtung gelaufen.

Er hat mich gesehen, jubelte es in mir. Mein Puls schaltete einen Gang höher, wenn das überhaupt noch möglich war. Überall hupten die Autos. Blicke folgten mir.

Nur noch ein paar Schritte.

Alex breitete die Arme aus. Seine Augen leuchteten und um seinen Mund lag ein Lächeln. Mit einem Schrei warf ich mich an seine Brust.

»Violet.« Er hob mich hoch. Unsere Lippen fanden sich.

Als seine Zunge meinen Mund durchstieß, gab ich einen zufriedenen Seufzer von mir. Sein Duft hüllte mich ein. Es gab nur uns beide. Gierig nahm ich seinen Geschmack in mir auf. Mit der Hand fuhr ich durch seine feuchten Haare, spürte den kalten Schnee, der sich darauf gelegt hatte. Keine Ahnung, wie lange wir so in inniger Umarmung standen.

Langsam löste er sich von mir. Das Hupen hatte aufgehört. Lauter Applaus ertönte. Menschen waren aus ihren Autos gestiegen und schauten zu uns.

Mein Herz hämmerte wie verrückt gegen meine Brust.

»Violet.« Es lag so viel Zärtlichkeit allein in der Art, wie er meinen Namen aussprach, dass es mir fast den Atem nahm. Mit den Fingerspitzen strich er liebevoll über meine Wange.

»Alex, es tut mir leid. Aber ich kann nicht nur deine Kollegin sein«, fing ich an zu sprechen, bevor mich der Mut verließ. »Ich weiß, wir haben einen Deal, aber ich bin komplett verliebt in dich. Du kannst mir glauben, ich habe versucht, es nicht zu sein, aber ich komme nicht dagegen an. Und wenn du nicht so fühlst, dann muss ich damit leben. Eigentlich wollte ich es dir schon die ganze Zeit sagen, aber irgendwie war nie der richtige Moment und dann habe ich gehört, dass du Silvester ohne mich planst, und danach war mir alles klar.« Tränen hatten sich in meine Augen geschlichen.

Alex stockte. »Was meinst du?«

»Na, dass du und Alfie eine Party zusammen schmeißen, mit Models und so. Was hättest du an meiner Stelle gedacht?« Ich holte tief Luft. »Damit war mir klar, dass das Ganze nicht mehr war für dich und alles enden würde wie vereinbart.« Unsere Augen suchten sich.

Alex stöhnte laut. »O Mann. Da haben wir echt aneinander vorbeigeredet. Eigentlich wollte ich mit dir reden und dir meine Gefühle offenbaren. Aber nicht vor meinen Eltern.«

»Wirklich?«

Alex legte mir seinen Zeigefinger auf den Mund. »Ich habe mich total in dich verliebt. Von dem ersten Moment an, den ich dich in der Bar gesehen habe. Du hast mich mit deiner direkten Art einfach umgehauen. Eigentlich wollte ich es dir die ganze Zeit sagen, aber dann hast du immer wieder betont, dass wir einen Deal haben, und ich dachte genau wie du, dass du nichts von mir willst.«

»O mein Gott, wir sind solche Idioten«, sagte ich unter Tränen.

»Ja, das sind wir«, bestätige Alex lachend. »Als du in London aus dem Auto gestiegen bist, dachte ich, es ist vorbei. Ich wollte dich vergessen, aber seit du nicht mehr bei mir bist, kann ich an nichts anderes denken als an dich. Du hast mir das Alleinsein verdorben. Alles, was ich mir wünsche, ist, mit dir mein Leben zu verbringen. Ich möchte all die Dinge mit dir tun, die verliebte Paare miteinander tun. Gemütliche Abende vor dem Kamin, romantische Dates, Treffen mit Freunden und gemeinsam Kochen. Vor allem aber möchte ich jeden Morgen neben dir aufwachen und dabei in dein Gesicht schauen und wissen, dass ich der glücklichste Mann auf der Welt bin. Kannst du dir das auch vorstellen?«

»Ja. Ja. Und noch mal ja.« Selig schmiegte ich mich an ihn. »Ich liebe dich, Alex.«

»Und ich liebe dich.« Wir küssten uns erneut. Seine Arme hielten mich fest umschlungen, als hätte er Angst, ich könnte ihm weglaufen. Seine Wärme drang durch die Klamotten zu mir und sein wunderbar männlicher Duft sickerte durch meine Poren.

So musste sich der Himmel anfühlen.

Es hupte laut. Erschreckt fuhren wir auseinander.

»Ich glaube, wir sollten wieder ins Auto, sonst gibt es noch Tote«, sagte Alex schmunzelnd. In beide Richtungen hatten sich lange Schlangen gebildet.

»Nimmst du mich mit?«, fragte ich keck.

»Was hast du denn gedacht.« Mit einem Ruck hatte mich Alex hochgehoben, sodass ich in seinen Armen zum Liegen kam. »Ich lasse dich nie wieder los.«

»Ich hatte gehofft, dass du das sagst.« Mein Herz lief vor Liebe über.

Ich warf einen Blick über seine Schulter, wo das Taxi mit meinen Freunden inmitten des Chaos stand.

»Du hast es geschafft!« Florence, Laurie und Vince hingen mit den Oberkörpern aus dem Fenster und winkten uns zu.

»Ich liebe euch.« Lachend winkte ich meinen Freunden zu.

»Ich dachte, du liebst mich.« Alex' Mundwinkel zuckten.

»Für immer und ewig.« Glücklich kuschelte ich mich an ihn. Raketen knallten in der Ferne und ein Regen aus Gold und Silber ergoss sich über dem Himmel.

Epilog

W ie fühlst du dich?« Es war kühl und trotz meiner warmen Sachen fröstelte ich, als wir aus dem Auto stiegen. Die ganze Fahrt vom Notar bis nach Camden hatte Alex nachdenklich gewirkt.

»Erleichtert, glücklich und ein bisschen traurig, wenn ich ehrlich bin«, gestand Alex. »Froh, weil alles eine gute Wendung genommen hat und traurig, weil es bedeutet, dass Catherine nicht mehr unter uns weilt.«

»Das ist absolut verständlich. Aber ich hatte den Eindruck, dass Carl seinen Frieden mit der Situation gemacht hat.« Alex legte seinen Arm um meine Taille. Sofort hatte ich seinen herrlich männlichen Duft in der Nase, der sich mit dem Ledergeruch seiner Jacke mischte.

»Ja, den Eindruck hatte ich auch. Seine Freundin ist sehr nett.« Carl war zusammen mit Betty zum Notartermine erschienen. Die beiden hatten sehr glücklich miteinander gewirkt. Die offizielle Testamentsvollstreckung war schnell und unspektakulär gewesen. Der Notar hatte dem klassischen Klischee entsprochen und hatte alles in einer sehr nüchternen und schlichen Art und Weise moderiert. Nach knappen zwanzig Minuten war alles vorbei gewesen.

Carl und Betty hatten sich nach dem Termin relativ schnell danach verabschiedet, da Carl ein Treffen hatte, das er nicht versäumen wollte.

»Ja, absolut«, bestätigte Alex. Wir hatten das *Hairy Lemon – Haarige Zitrone* erreicht. Das Licht fiel durch das Fenster auf den Gehweg. Leise Stimmen und Musik drangen nach draußen.

»Scheint schon ordentlich was los zu sein«, stellte Alex fest.

»Wie immer am Freitagabend. Laurie, Flo und Vince sind bestimmt schon da.« Wir hatten uns im Pub verabredet.

»Alfie hat mir eine WhatsApp geschickt, dass er etwas später kommt.« Alex drückte die schwere Holztür zum Pub auf. Die Luft in dem Raum war schwer und angefüllt vom Lärm der vielen Besucher, die sich hier eingefunden hatten, um in Gesellschaft das Wochenende einzuläuten. Es roch nach Parfüm und fettigem Essen.

»Violet!« Florence hatte uns als Erste entdeckt und winkte uns zu. Sie sah in ihrer nachtblauen Bluse und der schwarzen Hose absolut atemberaubend aus. Neben ihr auf dem Hocker saß Laurie, deren blonder Pagenkopf aus der Menge herausstach. Wie ich prophezeit hatte, war Vincent ebenfalls schon da. Er hatte dunkle Jeans, ein weißes Hemd und darüber einen Pullover an, was ihm das Aussehen eines Nerds verlieh.

»Da seid ihr ja.« Florence war von ihrem Hocker gerutscht, um uns zu begrüßen.

»Ja, der Termin ging schneller als gedacht«, erklärte ich lächelnd.

»Und ist alles gut gelaufen«, wollte Laurie wissen, die ebenfalls aufgestanden war.

»Seit heute ist es offiziell«, sagte Alex mit einem strahlenden Lächeln. »Ich bin der neue Geschäftsführer der *Herway*.« Alex Blick ruhte auf mir. Sofort hatte ich das altbekannte Kribbeln im Bauch, dass mich immer befiel, wenn er mich mit seinen blauen Augen ansah.

»Wenn das kein Grund zum Feiern ist.« Florence gab dem Barkeeper ein Zeichen. »Fünf Rasberry Mimosas, bitte.«

»Raspberry Mimosa?« Alex verzog das Gesicht.

»Hey, du hast es doch noch gar nicht probiert.« Lächelnd gab ich ihm einen Stups.

»Außerdem, wenn du zu uns gehören willst, dann ist das quasi das Pflichtgetränk«, meldete sich Laurie zu Wort.

»Das kann ich nur bestätigen.« Vince zog eine leidgeprüfte Miene.

»Du Heuchler.« Florence versetzte ihm einem Stups. »Als ob du Mimosa nicht mögen würdest.«

Vince grinste verschmitzt. »Ich liebe Mimosa.«

»Na also.« Flo schlug gespielt die Hände zusammen. »Endlich mal ein Kerl, der zugibt, dass es sich dabei um das beste Getränk auf der Welt handelt.«

»Ihr wisst doch, ich bin eine von euch«, sagte Vince augenzwinkernd.

»Hier sind die Drinks.« Der Barkeeper reichte uns die Gläser über den Tresen.

»Danke, Süßer«, flötete Florence.

»Für dich doch immer.« Der Mann warf Flo ein Lächeln zu, mit dem er Eis zum Schmelzen gebracht hätte.

»Na, immer noch deine Flamme«, fragte ich sie.

»Nein, ich glaube, du hast recht. Der ist mir viel zu selbstsicher«, gab Flo seufzend von sich.

»Ich habe ja auch einen außerordentlich guten Geschmack, was Männer anbelangt.« Demonstrativ kuschelte ich mich an Alex.

»Freut mich, dass du das so siehst«, flüsterte Alex mir ins Ohr.

»Jetzt, wo du es sagst, bin ich mir nicht mehr so ganz sicher.«

»Aha. Und was müsste ich tun, um dich zu überzeugen?« Sein warmer Atem streifte meine Wange und löste einen wohligen Schauer aus.

»Überleg dir was«, gab ich kess zurück.

»Hm, da fällt mir spontan nur eine Sache ein, aber die muss bis später warten.« Er schickte verheißungsvolle Blicke in meine Richtung. Sofort fingen die Schmetterlinge in meinem Bauch aufgeregt an zu flattern.

»So ihr beiden. Genug geflirtet«, unterbrach Vince unsere kleine Unterhaltung.

»Du bist ja nur neidisch«, gab ich zurück.

»Vielleicht. Einen Alex würde ich tatsächlich nicht von der Bettkante schubsen.« Vince hob sein Glas.

»Hey, das ist mein Kerl. Such dir selber einen.« Demonstrativ gab ich Alex einen Kuss.

»Ah, wie ich sehe, habt ihr schon ohne mich angefangen«, meldete sich eine melodische Stimme.

Überrascht drehte ich mich um. Alex' bester Freund stand nur einen Schritt entfernt. Ich war so beschäftigt, dass ich ihn gar nicht bemerkt hatte. Er trug eine dunkle Jeans mit einem blauen Hemd dazu, über das er eine braune Weste und einen halblangen Tweedmantel gezogen hatte.

»Style, dein Name ist Alfie«, begrüßte ich ihn lächelnd.

»Das sagt die Frau, die mit dem stylishsten Mann Englands zusammen ist«, entgegnete Alfie und umarmte mich herzlich.

»Danke Kumpel, aber das stimmt nicht ganz.« Alex klopfte einem Freund auf den Rücken.

»Und wer sind diese absolut hinreißenden Wesen?« Alfies Blick wanderte zu Laurie und Florence.

»Also ich bin Vincent.« Vince drängte sich zwischen uns. Dem Gesicht nach zu urteilen, war er schockverliebt in Alfie. »Ich gehöre zu den Modern Girls.«

Aus dem Augenwinkel sah ich, wie Flo dem Barkeeper ein Zeichen gab, noch einen Drink zu bringen.

»Modern Girls?«, fragten Alex und Alfie wie aus einem Munde.

Ich grinste schief. »So haben wir uns in einer Sektlaune genannt«, erklärte ich lächelnd. Ein wilder Abend, der darin ausgeartet war, dass Flo, Laurie und ich im strömenden Regen auf der Straße getanzt hatten.

»Wie äußerst passend«, bemerkte Alfie mit hochgezogener Augenbraue. »Und wie ist der Termin gelaufen?«

»Du sprichst mit dem neuen Verlagschef«, erwiderte Alex und der stolz in seiner Stimme war nicht zu überhören.

»Herzlichen Glückwunsch, Alter.« Alfie schenkte Alex einen anerkennenden Blick.

»Genau deshalb wollten wir schon vor fünf Minuten anstoßen«, meldete sich Laurie zu Wort.

Wie auf Kommando erschien der Barkeeper mit einem appetitlich aussehenden Drink vor uns.

»Was ist das?« Alfie beäugte das Glas misstrauisch.

»Kannte ich auch nicht«, erklärte Alex. Dabei zuckten seine Mundwinkel verdächtig. »Ein Raspberry Mimosa. Und denk gar nicht darüber nach, etwas anderes zu bestellen, das ist hier Pflichtgetränk.«

»Okay. Na dann.« Alfie nahm den Drink in die Hand.

»Bevor wir anstoßen, würde ich gerne noch ein paar Worte sagen«, fing Alex zu meiner Überraschung an.

Alle nickten.

»Bei meinem ersten Besuch im *Hairy Lemon* war ich alles andere als gut drauf. Meine Tante war gestorben und hatte mir den Verlag vermacht unter der Bedingung, dass ich zu meinem Geburtstag eine Verlobte präsentieren sollte. Dann tauchte auf einem Mal dieses bezaubernde Wesen neben mir auf und ich dachte, so müsste sie aussehen. Wie sich herausstellte, hatte die attraktive Unbekannte Haare auf den Zähnen und hat mir schnell sehr deutlich gemacht, dass ich nicht ihr Typ bin.« Alex' Augen ruhten auf mir und ich hatte das Gefühl, in seinen blauen Seen zu versinken. Alle lachten über seinen kleinen Witz.

»Wie sich herausstellte, war die Unbekannte eine Mitarbeiterin meines Verlages. Bis dahin habe ich nicht an Schicksal geglaubt, aber dann saß ich mit Violet im Fahrstuhl fest. Der Rest ist Geschichte. Violet«, wandte er sich direkt an mich. »Du hast mein Leben auf den Kopf gestellt und mir gezeigt, was es bedeutet, wenn man jemanden liebt.«

»Ohhh«, hörte ich Flo, Laurie und Vince aus dem Hintergrund rufen.

»Eigentlich sind wir ja schon verlobt, zumindest für meine Familie. Damals war alles nur ein Deal. Heute möchte ich diesen Deal in ein Versprechen für den Rest meines Lebens umwandeln.«

Instinktiv hielt ich die Luft an, als Alex vor mir in die Knie ging.

»Violet, ich liebe dich von ganzem Herzen und ich möchte dich fragen, willst du meine Frau werden?« Wie aus dem Nichts zauberte Alex einen Ring aus seiner Jackentasche hervor und hielt ihn mir entgegen.

Tränen hatten sich in meine Augen geschlichen. Alles um mich herum war vergessen. Für einen winzigen Augenblick gab es nur Alex und mich.

»Ja. Ja. Ja. Ich liebe dich.« Ich reichte Alex die Hand.

Vorsichtig schob er mir den goldenen Diamantenring über den Finger.

»Der ist wunderschön«, hauchte ich unter Tränen.

»Nicht ansatzweise so schön wie du.« Alex beugte sich zu mir. Unsere Lippen fanden sich.

Als er mich wieder aus seinen Armen entließ, brach großer Jubel um uns herum aus.

»Was für ein hübscher Ring«, sagte Laurie bewundernd. »Du bist in jeder Hinsicht ein Glückspilz.«

»Danke, ich kann es auch nicht fassen. Wobei mir das Leben als Fake-Verlobte auch gut gefallen hat.« Ich grinste Alex frech an.

»Falls du letzte Nacht meinst. Das können wir gern heute wiederholen«, erwiderte Alex mit einem verschmitzten Grinsen.

»Lalalala. Weißes Pony.« Vincent hielt sich die Ohren zu.

»Du bist nicht zufällig auf der Suche nach einer Fake-Verlobten?«, fragte Florence Alfie. »Ich hätte dieses Wochenende Zeit.«

»Das trifft sich gut. Ich auch.« Alfie hob sein Glas. »Auf Alex und Violet!«

Ich nippte an meinem Glas.

»Wie es aussieht, macht unser Modell Furore« flüsterte ich Alex zu.

»Ja, man könnte uns auch als Trendsetter bezeichnen.« Ein Lächeln lag um seinen Mund. »Aber als echte Verlobte bist du mir lieber.«

»Freut mich zu hören.« Ich ging auf die Zehenspitzen. Unsere Blicke trafen sich. »Ich liebe dich.«

»Und ich dich«, flüsterte Alex und brachte mein Herz vor Glück zum Überlaufen.

Danksagung

Ich liebe Geschichten, die im Winter spielen. Wenn die Kälte förmlich durch die Seiten in die Finger kriecht und es schneit. Wenn man sich dabei noch herrlich in eine Decke kuschelt und eine heiße Schokolade, einen Kaffee oder Tee trinkt, ist es ein perfekter Tag für mich.

Damit das Lesegefühl wirklich so ist, wie ich es mir vorstelle, gibt es ein paar Menschen, die mich dabei unterstützen.

Da ist zum einen meine Korrektorin Sara Münster, die geduldig und akribisch jeden meiner kleinen Fehlerchen findet und korrigiert, damit ihr, meine lieben Leser, ein fehlerfreies Buch in den Händen haltet.

Und meine fantastische Lektorin Katharina Strzoda, die für mich der *Partner in Crime* ist, wenn es um die Liebe und den Plot in meinen Büchern geht. Du bist der Mensch, den sich jede Frau als beste Freundin wünscht, und ich bin sehr glücklich, dass das Schicksal uns zusammengeführt hat. Bleib immer so, wie du bist.

Ohne meinen Mann an meiner Seite wäre es nicht möglich, meinen Traum von der Schriftstellerei zu leben. Ich liebe dich.

Aber da sind auch noch die Menschen, ohne die keines meiner Bücher veröffentlicht werden würde – meine lieben Testleser und Blogger.

Danke für eure Zeit, eure Mühe, eure Rückmeldungen und eure Begeisterung. Ihr bringt mein Autorenherz zum Hüpfen.

Und last but not least meine Buchagentin Susanne Wahl, die mich mit ihrer unkomplizierten und netten Art und dieser wunderschönen Stimme betreut. Schön, dich an meiner Seite zu haben.

Liebe Leserin, lieber Leser

Ich danke dir, dass du meinen neuen LGBT-Roman „Der Bosporus-Kurier" gekauft hast. Viel Spaß beim Lesen!

Hast du Anmerkungen, Fragen, Rückmeldungen? Schreib mir auf marc@marc-weiherhof.ch.

Marc Weiherhof

P.S.: Ich freue mich auf deine **Rezension** auf LovelyBooks, Amazon, u. a.